A TREINADORA DE PAPAGAIOS

Swain Wolfe

A TREINADORA DE PAPAGAIOS

Tradução
Débora Guimarães Isidoro

BestSeller

CIP-Brasil. Catalogação-na-fonte
Sindicato Nacional dos Editores de Livros, RJ.

Wolfe, Swain
W837t A treinadora de papagaios: romance / Swain Wolfe; tradução de Débora Guimarães Isidoro. – Rio de Janeiro: Best*Selle*r, 2006.

Tradução de: The parrot trainer
ISBN 85-7684-090-1

1. Arqueologia – Ficção. 2. Roubo de objetos arqueológicos – Ficção. 3. Índios da América do Norte – Antiguidades – Ficção. 4. Romance americano. I. Isidoro, Débora da Silva Guimarães. II. Título.

06-1347 CDD – 813
CDU – 821.111 (73)-3

Capa: Sérgio Campante
Editoração eletrônica: DFL

Nota sobre as ilustrações: As imagens na abertura de cada capítulo foram extraídas de cerâmicas dos índios Mimbres e desenhadas por Harriet Cosgrove na década de 1920, durante o tempo em que ela pesquisou ruínas desse povo no sudoeste do Novo México.

Direitos exclusivos de publicação em língua portuguesa para o Brasil adquiridos pela
EDITORA BEST SELLER LTDA.
Rua Argentina, 171, parte, São Cristóvão
Rio de Janeiro, RJ — 20921-380

Impresso no Brasil

ISBN 85-7684-090-1

Para Frank e Susanne Bessac,
Burt Pfeiffer e Tio Jimmy

"Entre em minha casa."
Ela não tem idéia de onde está.
Ela tem o espírito dos bem-criados. Ela diz:
"Entre em minha casa", como se
Onde quer que esteja
Ali deva ser sua casa.
"Entre em minha casa", ela diz.

Sem saber se ela está exigindo,
pedindo,
ou convidando,
ele entra em sua casa.

UM

Jack olhou para cima do fundo de Lacuna Canyon no exato momento em que um carro vermelho era arremessado da margem leste. A rocha negra que ele carregava para a caminhonete perdeu o peso. Um fragmento de cromo cintilou no ar rarefeito, enquanto o automóvel descrevia um arco perfeito no céu azul e mergulhava nas sombras do abismo.

O horrível estrondo provocado pelo impacto assustou as aves, que alçaram vôo para o céu. Pequenas criaturas corriam em todas as direções perturbadas pelo barulho. Jack conteve a respiração e aguçou a audição. Um punhado de penas foi impulsionado pelo súbito deslocamento de ar e subiu, as plumas brancas brilhando iluminadas pela luz do sol antes de sumirem novamente na escuridão.

Depois foi o silêncio. Não havia mais nenhum som. Nem mesmo o zumbido de um inseto. Os pássaros, tensos e de asas estendidas, planavam sobre árvores de copas escuras. O silêncio o fez lembrar o quarto branco onde seu pai deixara de respirar. Jack pensou se o motorista ainda estaria vivo.

A queda do veículo pelos 150 metros que separavam a margem e o fundo do precipício durou cinco segundos e meio. O automóvel, um Ford Taurus, aterrissou sobre suas rodas a 90 quilômetros por hora. Os pneus estouraram. O porta-malas e as malas nele contidas se abriram. Jack já estava correndo para o carro antes de se dar conta de como ele havia caído longe dali. Ofegante, olhou através do pára-brisa estilhaçado para um sujeito assustado e de aparência inteligente com cerca de 60 anos. Para sua surpresa, os óculos de aros de metal ainda estavam no lugar, sobre o nariz da vítima. Seus olhos estavam abertos, mas ele parecia desconectado. Jack tocou seu pescoço buscando sinais vitais. Não havia nenhum. O homem morto tinha o rosto voltado para o deserto, o choque ainda presente em seus traços imóveis.

A necessidade urgente de oxigênio superou a solidariedade inerente a Jack. Ele respirou fundo, tonto e incapaz de exalar o ar. O fato de o desconhecido estar morto, em vez de estar morrendo, era motivo de alívio; a morte propriamente dita parecia muito delicada, comparada ao terrível processo de chegar lá. Talvez o coração do homem houvesse falhado. Jack imaginou-o morto ao cair no precipício.

Na medida em que o mundo começou a se solidificar e o tempo recuperou a direção, seus olhos se depararam com um pedaço de papel branco no chão. Ele se abaixou para pegá-lo e viu um desenho no estilo de uma antiga tribo do sudoeste. A imagem era de uma mulher jovem de perfil. Ela usava uma máscara branca com um pequeno bico triangular, duas marcas verticais na face e fendas pelas quais podia enxergar. Sobre as fendas havia formas ovais pintadas em negro. Ela segurava um arco sobre o qual se equilibrava um papagaio com as asas estendidas e o bico aberto. A postura da mulher era séria e pensativa. Seus seios nus eram pequenos. A única peça de roupa que a cobria era um cinto largo usado bem baixo sobre os quadris, e dele pendia uma faixa solta entre suas pernas. Longas tiras urdidas caíam da parte de trás do cinto até suas panturrilhas. Jack estudou a posição dos ombros, das costas e das pernas. Todo o corpo compunha um único gesto. Algo em sua postura parecia familiar.

Ele se sentou, o coração ainda ecoando nos ouvidos, e olhou para o desenho. Havia uma nota indecifrável num rabisco apressado no pé da página.

Estava cativado pelo gesto que revelava a mulher. Era uma posição contundente, seu significado impossível de expressar por palavras. Como o homem morto no carro vermelho se apoderara de tal imagem?

Jack levantou-se e olhou para dentro do carro. O homem usava calça cáqui e camisa de tecido leve nas cores branco e rosa. Tinha cabelos curtos e brancos. Usando o polegar e o indicador, ergueu os óculos do morto e baixou as pálpebras sobre os olhos vazios.

Os aspectos práticos da morte exigiam atenção metódica, específica. Queria saber quem era o homem e de onde ele viera. Por isso contornou o carro até a porta do passageiro, pegou a pequena valise que vira no assoalho e a abriu sobre o capô. Em um compartimento externo, encontrou um passaporte e um crachá da Universidade de Leipzig. O homem era Hans Becker, professor de antropologia, nascido em 7 de abril de 1939 em Dresden,

Alemanha. Jack pensou se Becker havia estado em Dresden durante o bombardeio. O pequeno Hans era um garoto de cinco anos naquela ocasião.

Jack estudou a estóica foto do passaporte concentrando-se na boca e nos olhos. Ali estava um homem que sobrevivera a uma guerra terrível, que tivera 40 anos de cinismo socialista substituídos por um Lanche Feliz, e que morrera instantaneamente. Teriam os germânicos desenvolvido um certo senso de ironia?

Havia três conjuntos na valise. Um com produtos e objetos medicinais — anti-sépticos, gaze, um antialérgico e os indispensáveis elixires para dor e noites de insônia. Outro conjunto continha pequenas ferramentas, um belo estojo suíço. E o terceiro continha um compasso, velas, lanterna e um aparato de sucção para extrair o veneno de picadas e mordidas. Em outro pacote ele encontrou uma pena de papagaio em cintilantes tons de azul e verde e uma moldura de prata envolta em chamois com a fotografia de uma mulher séria e sexy, alguém que devia ter cerca de cinqüenta e poucos anos. Não havia nenhuma câmera. Jack guardou tudo, percebendo subitamente que estava interferindo nas evidências. Evidências do quê, não sabia ao certo.

Ele já se afastava do carro levando a valise para sua caminhonete quando notou alguns outros pedaços de papel espalhados pelos arbustos em torno do automóvel. As penas que vira voando depois do impacto eram, na verdade, folhas de um bloco de anotações que fora lançado por uma das janelas e arrastado pelo vento.

Ele começou a recolher as páginas. Uma delas ficara enroscada nos galhos de uma árvore. Outras estavam espalhadas por entre os arbustos e as rochas que serviam de lar para serpentes e lagartos monstruosos. Depois de recuperar o que pôde, sentou-se no capô do carro destruído para examinar suas descobertas.

As notas haviam sido cuidadosamente redigidas em alemão com uma caneta esferográfica. Além da treinadora de papagaios, havia outros dois desenhos e uma fotocópia de um mapa. Como seu alemão era rudimentar, ele se dedicou imediatamente aos desenhos, esboços de uma cobra em ziguezague com um raio ao longo de um lado do corpo, e uma criatura com cabeça de coiote, rabo de peixe e pernas de homem. As imagens pareciam ter sido copiadas da cerâmica dos índios Mimbres, uma tribo pré-histórica que vivera na área até o ano de 1130. Jack conhecia bem essa era. Em certo período, as cerâmicas decoradas dos Mimbres haviam sido o centro de suas transações envolvendo artefatos do sudoeste. As imagens pintadas eram sua obsessão. Evidentemente, ainda tinham o poder de atraí-lo.

12

Os Mimbres pintavam figuras divertidas e abstratas de animais e criaturas espirituais. Os desenhos de Becker retratando o homem-peixe-coiote e a cobra podiam ser cópias exatas das imagens Mimbres, mas suas interpretações dos humanos eram normalmente estilizadas, sempre rígidas, ou abstratas. A treinadora de papagaios era diferente. Ela possuía ombros arredondados e suaves, costas graciosas e coxas delicadas. Embora fosse retratada usando uma máscara, o desenho parecia ser mais uma reprodução de uma pessoa em particular. Jack vira centenas de cerâmicas desse período e comprara e vendera um número suficiente delas para enriquecer. Nenhuma jamais havia sido como a treinadora de papagaios de Becker.

Se as peças estivessem no carro, teriam sido destruídas, mas não havia cacos de cerâmica naquela área. Era improvável que Becker houvesse desenhado algo que encontrara e que pretendia conservar; talvez as vasilhas não estivessem disponíveis. Se as encontrara em uma ruína, por que as deixara para trás? Hans podia ter enfrentado um dilema ético.

A cópia do mapa sugeria que Becker de fato encontrara uma ruína. Nele era possível identificar trilhas e detalhes geográficos, incluindo uma garganta estreita com um leito de riacho e penhascos voltados para o sul. Um pequeno xis marcava um ponto perto da margem da garganta. O mapa devia ter surgido acompanhado por uma história tão convincente que Becker acreditara nele. O original fora desenhado antes da construção das estradas para transporte de madeira. Pelo menos 40 anos antes e, em alguns trechos, mais de 100. O mapa mostrava uma estrada riscada a caneta esferográfica, sem dúvida por Becker.

Jack tentou comparar o traçado com o que conhecia da área imediata. Nada. Talvez o detalhe fosse muito pequeno. Uma série de números fora escrita no alto da página com a anotação: *Drehen Sie Western am gelben Metallhaus*. Oeste, talvez amarelo, e casa de metal. *Drehen* podia significar "virar".

Ele se levantou e olhou através do pára-brisa estilhaçado para o homem que havia feito as anotações e desenhado as imagens que estavam em suas mãos. As notas, o mapa e a treinadora de papagaios agora pertenciam a Jack, como antes pertenceram a Hans Becker. Era como se houvesse herdado a obsessão de outro homem.

Jack murmurou:

— Adeus, Becker.

Depois se virou e caminhou de volta para a caminhonete, um quilômetro distante do local do acidente.

Lá, abriu um mapa do Serviço Florestal sobre o capô do veículo e começou a procurar um conjunto de linhas que correspondesse ao mapa de Becker. Nenhum dos mapas numerados do Serviço Florestal combinava com os números do alemão. Depois de vários minutos ele desistiu, esperando que as notas pudessem relacionar o mapa ao território. Só havia cursado dois semestres de alemão, e assim mesmo há muitos anos. Agora teria de examinar cuidadosamente cada palavra. Em algum lugar, escondido nas caixas empilhadas em um dos aposentos de sua confusa casa, ainda possuía o velho dicionário de alemão.

Jack dirigiu 30 quilômetros para o norte e para o oeste rumo a Silverado, uma cidade alta e montanhosa não muito distante da fronteira do Arizona. O inverno ali era gelado, o que protegia a região da desordenada invasão de idosos que se repetia todos os anos nos estados nevados de Montana, Minnesota e Dakota do Norte, ou daquelas pessoas que fugiam da aglomeração humana típica da Califórnia e de Nova York. No verão, o local era quente e seco demais para os turistas. Desde o fechamento das minas subterrâneas na década de 1960, não havia emprego por ali que oferecesse pagamento decente.

Era uma típica cidade mineradora do oeste, dividida por vários canais que acolhiam grandes volumes de água durante as chuvas de final de verão. Carros haviam sido arrastados para dentro de vitrinas de lojas, e certa vez um bode chegou a se afogar no saguão do hotel. O principal argumento de Silverado para atingir a fama era o rumor de que William Bonney — um homem-garoto irlandês conhecido como Billy the Kid — havia cometido seu primeiro assassinato em um bar local defendendo a honra da mãe. O rumor dizia que ele desferira três golpes contra o agressor com um canivete de bolso e depois fugira para o deserto, onde ficara vagando por três dias e três noites. Depois disso, o pequenino Bonney se tornara um fora-da-lei famoso por matar e aterrorizar a boa gente do sudoeste. Ele não vivera para escrever a história de sua vida ou para contá-la ao *The Denver Post*. Tal omissão permitira que os habitantes fizessem uso conveniente de seu nome, transformando a única celebridade de Silverado em um pequeno vilão maldoso.

Mil anos antes, a área fora o lar dos índios Mimbres. Suas ruínas, vistas a cada cinco ou seis quilômetros ao longo de riachos e rios da bacia local, haviam sido castigadas pelo vento e pela chuva por 900 anos, depois erodidas por um século de arqueólogos, diretores de museus e caçadores de cerâmica até se transformarem em poeira. A cidade mantinha um museu repleto de singulares cerâmicas Mimbres e misteriosos objetos de pedra. A florescência do lugar, como se costuma dizer no ramo da arqueologia, havia acontecido 20 anos antes. O museu rangia, mas sua pátina cintilava.

Jack seguiu para a parte mais antiga da cidade entrando pelo lado leste no auge do calor vespertino. O asfalto começava a tremular, e os aparelhos de ar condicionado nas janelas das velhas construções de pedra não exibiam o desempenho anunciado. A vizinhança próxima do distrito comercial era composta por pequenas casas feitas de pedra, madeira, e algumas poucas de tijolos, todas com cercas altas e escassez de gramados.

Ele entrou na terceira ravina, conhecida como Arroyo Seco, passou pelo bar Silverado, pelo hotel Novo México e pelo Silly's Bar e Grill, até chegar à Carmen's Loja de Cópias e Suprimentos para Escritório, onde parou e entrou. Ali copiou as únicas anotações de Becker, guardando para si os desenhos e o mapa. A jovem sardenta e tímida no caixa olhou para as páginas, mas não teve coragem para perguntar sobre o idioma estrangeiro. Com um sorriso rápido, ela entregou o troco sem dizer nada.

Jack voltou à caminhonete e continuou subindo a rua até a Casa de Justiça do Condado de Silverado. O xerife estava sentado na frente de seu carro ouvindo um assistente gaguejar sentenças malformadas pelo rádio. O xerife Evans, um índio obeso e ofegante com costeletas gigantes e o costumeiro rabo-de-cavalo, permanecia em seu carro por muitas horas seguidas. Entrar e sair do automóvel representava trabalho e perda de tempo. O assento da frente fora montado sobre trilhos extralongos, medida que proporcionava o espaço necessário. Molas de alta resistência e barras de apoio haviam sido instaladas. Todas as medidas formavam o que ele chamava de kit antigravidade, algo de que necessitava e que, conforme afirmava, tinha sempre à mão. Evans considerava o carro reconfortante, algo como uma armadura. Ficar preso ao automóvel, ele decidira, era melhor do que ficar preso a uma escrivaninha. Assim podia sair do escritório e conviver com as pessoas, sem por isso deixar de cumprir suas obrigações profissionais. Evans gostava de comer, e se isso incomodava algumas pessoas, ele as censurava por não terem votado em Hurley, o bastardo gordo e *branco*.

Jack parou ao lado do carro do xerife e ouviu o rádio. Edwin, o assistente, acompanhava atentamente um relato sobre alguém que havia sido arremessado para fora da estrada e para o fundo do *canyon* no limite sudeste da cidade. Era evidente que Edwin não estava tendo muita sorte ao tentar localizar o ponto exato em que a vítima saíra da estrada. Jack saltou da caminhonete, aproximou-se de Evans e entregou os bens de Becker.

— Olá, George.

— Oi, Jack. — George puxou o pacote por cima de seu enorme estômago e deixou-o no banco do passageiro. — O que temos aqui?

— O cara de quem estão recebendo notícias saiu da estrada cerca de três quilômetros ao sul da mina Ocate. Estas coisas estavam no carro. Diga a Edwin para ir verificar o local perto de onde a estrada Binford termina em Foucault Lane.

— Viu o carro saindo da estrada?

— Não. Mas vi quando ele voava depois de ter saído dela.

— O homem está morto?

— Está.

— Você o conhece?

— Nunca o vi antes. Trata-se de um forasteiro. Alemão.

— Não mexeu nas coisas dele, não é?

— Não que você saiba, George. — Jack sorriu e entregou uma pilha de folhas soltas. — Isto foi jogado para fora do carro.

Evan examinou as anotações.

— É, parece alemão. Sobre o que podem tratar?

— Talvez ele estivesse interessado na América.

— Um historiador?

— Eles gostam de índios. — Sorrindo, Jack voltou à caminhonete. — Não esqueça de me contar o que descobrir sobre o alemão.

— Tem algum interesse nele?

— Ele caiu do céu, morto, bem onde eu estava. É claro que estou interessado.

George fez uma careta.

— É só mais um branco morto.

— Você é um índio perigoso.

— E você é um branco rico. Não tem com que se preocupar.

— Você acha que todos os brancos são ricos.

— Os que vivem aqui são. Mexicanos e índios são os únicos espertos o bastante para sobreviver com quase nada. Os brancos pobres se encolhem e esperam a morte... talvez até joguem seu carro em um precipício. Mas, como eu disse, você não tem com o que se preocupar. — O riso contido do xerife lembrava o relinchar suave de um cavalo acorrentado.

— Ponha seu nome aí. Se eles vierem atrás de mim, estarei garantido.

— Telefone se eles aparecerem. — A saliva escura de tabaco marcou a argila onde o xerife cuspiu. — Mandarei ajuda.

Jack voltou ao veículo e, em baixa velocidade, virou à direita e à direita novamente para descer a rua San Ignacio até a estrada. Através de uma vitrina, viu uma mulher com longos cabelos negros dobrando roupas na Laudra Queen. Dois turistas, almas perdidas e ancoradas no calor, olharam para sua caminhonete como que hipnotizados pela irreal ausência de progresso. Jake acenou para eles sem pressa. O homem começou a erguer a mão e parou, sem saber o que poderia significar responder ao aceno de um estranho em um país tão singular. Jack o viu desaparecer pelo espelho retrovisor.

Seguindo em frente sem aumentar a velocidade, teve a sensação de estar se movendo por um jogo infantil de Slowville, uma cidade hipotética onde tudo se tornava glacial, lento e deliberado. Precisava reduzir a velocidade do mundo. Afinal, as pessoas estavam caindo do céu, mortas a seus pés. Ele seguiu pelas vias secundárias a caminho de casa.

Durante um período de 150 anos denominado pelos arqueólogos Clássico III, os Mimbres haviam criado seus mais distintos desenhos geométricos e imagens de animais, espíritos e pessoas. Vasilhas rasas, a maioria com diâmetros entre seis e 12 centímetros, eram as telas desses pintores. Alguns desenhos tinham uma qualidade etérea. Uma famosa tigela continha espirais feitas de cubos que se dobravam sobre eles mesmos, ou se desdobravam para fora, distorcendo o ventre esférico de uma criatura sorridente de rosto redondo e mãos como garras. Em outro pote, um morcego maníaco, suas asas pintadas em quadros pretos e brancos, olhava para o observador. Uma vasilha, talvez do mesmo pintor, retratava uma criatura em forma de pêra com uma cauda longa e espessa que terminava pontiaguda sobre sua cabeça. Ninguém conhecia o significado dessas imagens. Elas eram um mistério tão grande quanto os próprios Mimbres, cuja memória cultural havia desaparecido com sua linguagem. Nenhuma outra tribo tinha sequer uma história sobre eles.

Jack deixou os desenhos de Becker sobre sua escrivaninha. As imagens no bloco de anotações pareciam ter sido copiados de vasilhas produzidas no auge da cultura Mimbres, também o momento anterior ao seu colapso.

Se as imagens tivessem sido copiadas da coleção de um museu, Jack provavelmente as teria reconhecido. Podiam ter saído de uma coleção particular. E havia a intrigante possibilidade de tais vasilhas terem sido encontradas recentemente. Havia sido essa possibilidade que o levara a esconder do xerife os desenhos de Becker e o mapa. Não queria Evans e seus assistentes animados com a perspectiva de uma nova descoberta. Não sabia o que faria com o sítio, se pudesse encontrá-lo, mas queria tempo para examinar as coisas sem a interferência e a concorrência de agências estaduais e federais, arqueólogos e outros tontos bem intencionados que se lançariam sobre qualquer farrapo de passado.

Sabia que o conjunto de anotações originais que agora se encontrava nas mãos do xerife nunca seria traduzido. Sem evidências de um crime na morte de Becker, as notas seriam enviadas de volta à Alemanha com tudo que pertencera ao morto.

A chance de encontrar um sítio ainda não escavado dos Mimbres do período Clássico era muito improvável. Na década de 1970, quando as melhores vasilhas começaram a ser vendidas por vários milhares de dólares, uma corrida frenética se desenrolara contrapondo arqueólogos e garimpeiros de cerâmica, ou, como eram definidos pelos arqueólogos, saqueadores de antiguidades.

A certa altura, peças mais raras de cerâmica ultrapassaram a casa dos 100 mil dólares. Tornara-se ilegal invadir áreas de túmulos, e o governo passara a perseguir os cavadores de potes. Sítios conhecidos foram vasculhados duas ou três vezes. Os próprios arqueólogos haviam retornado e escavado sítios estudados anos antes, reexaminando fragmentos e pedaços de madeira incinerada.

Desde a aprovação do ARPA (Ato de Proteção aos Recursos Arqueológicos) e do NAGPRA (Ato de Repatriação e Proteção dos Cemitérios Nativos Americanos), colecionadores de antiguidades passaram a ser um problema político para muitos arqueólogos e diretores de museus. As novas leis conferiam às tribos a força legal para reclamar dos museus os ossos e as posses de seus ancestrais.

E ainda havia os índios que apreciavam o elevado status moral de terem chegado ali antes. Eles não queriam ossos ancestrais examinados, porque um cérebro com traços distintamente europeus podia ser tomado como prova por alguns, inclusive por racistas arianos, de que os índios haviam chegado depois e varrido dali os primeiros americanos, gente branca e "amante da paz".

Em 1982, Jack havia trocado uma única cerâmica Mimbres por sua casa e 100 acres de terreno. A propriedade se estendia em três direções a partir da original edícula erguida logo acima da planície do rio Joaquin-Jimenez, um ancião de 200 anos.

A estrutura que definia a casa era composta pelas necessidades e pelos devaneios de 17 diferentes proprietários ao longo de 150 anos. Chuvas intensas haviam empurrado o Joaquin-Jimenez para além de suas margens alguns anos antes. Embora a enchente não houvesse ocorrido tão perto assim de sua casa, ela havia inspirado o sonho de Jack de que seus tesouros, arrancados dos cômodos pela fúria da água, iam se afastando por entre os acidentes do percurso — raízes em forma de gatos, demônios, deusas, órgãos sexuais e serpentes; papoulas gigantescas com imensas vagens de ópio; crânios de cervo, urso, cavalo e javali; revestimentos desbotados de portas pintadas com imagens em laranja e verde, e uma bicicleta amarela; rosas secas, tulipas, narcisos, zimbros, lúpulo e oliveira russa; um santo de madeira sem rosto; finos retalhos e painéis de madeira mostrando uma epidemia de demônios, hordas de santos, uma assembléia de Cristos, uma multidão de Madonas, todas abatidas, vagando pela casa, saindo por inúmeras portas, andando pela tempestade.

Jack prendeu o desenho da treinadora de papagaios de Becker na lateral de uma estante de livros em seu estúdio, e ficou ali olhando para ele por alguns minutos. Os Mimbres haviam demonstrado grande talento como desenhistas. Os animais por eles traçados podiam ter nuances e sutilezas, mas os humanos eram normalmente rígidos, com uma formalidade quase ritualista, nunca como indivíduos reais. Por alguma razão, os Mimbres não faziam retratos. Talvez considerassem perigoso e proibido. Na opinião de Jack, o artista que havia pintado a treinadora de papagaios quebrara um tabu.

Quando pararam de pintar animais e pessoas, os Mimbres pareciam ter desaparecido. Cada arqueólogo do sudoeste tinha uma teoria sobre o paradeiro da tribo: foram para o norte, a fim de se unirem às tribos que se tornaram os Iuni; ao sul, para Paquimé; para o oeste, com os Hohokam; a leste, para o rio Grande, ou para as montanhas sobre os vales onde haviam vivido em cavernas gerações anteriores. Qualquer que fosse o destino, os Mimbres nunca mais foram os mesmos. Perderam a definição como cultura.

19

A teoria mais aceita era a de que os Mimbres haviam aumentado rapidamente sua população durante anos de chuva abundante, até que os números começaram a superar os limites máximos do que podia ser colhido e caçado em épocas de fartura. Depois ocorreram sucessivas secas, que acarretaram escassez.

Os Mimbres foram diferentes de muitas tribos do sudoeste, e não se atacaram mutuamente por conta dos recursos reduzidos. Trezentos quilômetros ao norte, os Chacoan-Anasazi, guiados pela selvageria de seus líderes, se haviam reduzido a bandos paranóicos vivendo em povoados fortificados e fortalezas de pedras. Guerras se estenderam por séculos, deixando os Zuni, Acoma, Laguna e Hopi vitoriosos.

O interesse de Jack pelos Mimbres diminuíra antes mesmo de ele ter abandonado o comércio de artefatos há 15 anos. No sudoeste, tudo que fosse relacionado aos Mimbres se tornava objeto de merchandising, um recurso publicitário para a Downtown Associations. Desenhos Mimbres foram estampados em pratos, braceletes, camisetas e toalhas de mesa. O marketing agressivo sugara o mistério dos Mimbres.

Ele havia desistido do ramo de antiguidades porque o valor das coisas passara a ocupar sua mente por muito tempo. Tempo demais. Ser negociante reduzira sua vida a calcular "quanto posso obter por isso". A avaliação de tudo tornara-se um hábito repulsivo, depois um vício. Em meio a uma alegria ou durante uma descoberta excitante, o vírus do valor penetrava em seu cérebro, transformando a alegria em avaliação, matando o verdadeiro valor. Então, ele desistira com a ajuda de um programa de três passos. Primeiro, vender tudo. Segundo, investir metade do dinheiro em títulos do governo. E terceiro, estudar, colecionar e fazer outras coisas desprovidas de valor material, nada que pudesse ser negociado. Tornara-se um estudioso de inconseqüências.

A esposa de Jack, por outro lado, antiga adepta do estudo do valor material, pegara sua metade do dinheiro, 25 tapetes Navajo, várias cerâmicas que ela furtara, e seguira para as colinas de Seattle, onde a sombria arte de calcular começava a ser destilada numa forma tão pura de ganância que passaria a gozar do status de remédio teórico.

Enquanto estudava a imagem da treinadora de papagaios, Jack foi se convencendo de que o alemão havia feito uma réplica cuidadosa do original.

Era mais provável que a postura distinta e o gesto retratado não fossem produto do esforço criativo de Hans, mas do trabalho sofisticado do artista original, alguém que a amara profundamente, talvez uma irmã mais velha ou sua mãe. Um homem podia tê-la pintado. Todos pensavam que as mulheres eram as pintoras, mas ninguém podia afirmar que os homens nunca pintavam.

Ela era um enigma, um feixe de movimentos de pés e mãos no lampejo de um relâmpago. Talvez pintor e modelo houvessem violado um tabu, revelado um segredo ou lançado um encantamento.

Estudar o garrancho apressado de Becker no canto do desenho consumiu bom tempo, cerca de uma hora, até que Jack conseguiu decifrar algo parecido com "Ela dança em minha mente... meus pensamentos transformam-se em nuvens".

Talvez ela estivesse dançando, ou pretendia dançar para um pintor que a amava. Jack vira milhares de cerâmicas Mimbres, e em nenhuma delas encontrara a intensidade dessa imagem, a força de sentimento dessa peça. A pose da mulher mascarada revelava algo sábio e astuto, algo particularmente humano. O pintor havia desafiado a convenção capturando sua alma.

Ele se levantou, alongou os músculos e vagou de um cômodo para outro. Em um pequeno aposento na ala sul, passou uma hora examinando imagens Mimbres nos livros e em centenas de fotos que adquirira em seus dias de negociante. Quanto mais olhava, mais a treinadora de papagaios parecia improvável. Sentia-se impelido mais uma vez a traduzir uma linguagem que não lia desde a faculdade.

O bloco de anotações de Becker começava em Nova York, quando ele esperava por uma conexão da Delta Air Lines para Albuquerque. O empenho de Jack com a tradução foi recompensado por um breve contato com a visão quixotesca de Becker sobre o mundo, particularmente o mundo americano. As palavras "Para meus filhos e os filhos de meus filhos. Notas de minha viagem pela América, 4 de julho de 2002" marcavam o início da primeira página.

> Hoje é o grande dia da América. Há 226 anos ela se desligou do Velho Mundo e alçou vôo. A prole furiosa deixa pais dominadores e brutais. Ela não devia ser presunçosa. Começou como uma fantasia da imaginação européia. Nós inventamos sua necessidade de liberdade e seu peculiar conceito de comunidade como um ritual religioso. Mas, onde demos pureza de visão, ela nubla essa visão. Desfigura nossas fantasias românticas de pastores e nobres selvagens, transformando-as em criaturas deselegantes — "gente-

vaqueira" e "Povos Nativos Americanos". Ela submeteu sua linguagem a um cutelo de açougueiro.

Esta é minha quinta jornada ao sudoeste americano em busca das explorações do bisavô Becker sobre os antigos índios do Novo Mundo e seus esplêndidos artefatos. Este diário começa com a minha chegada ao aeroporto Internacional JFK na América.

Um homem sem país está morando na sala de espera da Air France. Ele afirma que seu passaporte foi roubado. As autoridades o impedem de entrar na América. Nenhum outro país o aceita. Por três anos ele vive de esmolas. Um homem em uma ilha de temporários.

A espera é uma terra que reprime a decência. O prospecto da decência é o fundamento da realidade de ser. Na espera a gente cessa de ser. Não há mais nada. A gente só espera.

Traduzir o texto de Becker era trabalho duro. Jack foi até a cozinha e despejou uísque em um copo. Então voltou e fez algumas correções. Estava inseguro sobre o parágrafo que falava da espera e do ser. Um deslize, e todo aquele ser e esperar poderia significar seu oposto, ou simplesmente perder o sentido.

Lembrou-se de Hans olhando para o deserto de trás do volante do Ford alugado. Imaginava que teria gostado dele. Virando as páginas, começou a procurar pelo primeiro contato do alemão com a treinadora de papagaios.

Eram aproximadamente 20 folhas de anotações cobertas dos dois lados. Jack começou a examiná-las buscando a palavra *Weg*, estrada em alemão, procurando um meio de localizar o mapa do *canyon* traçado à mão dentro do mapa maior fornecido pelo Serviço Florestal. Ele encontrou a palavra *Weg* em uma passagem na qual Becker reclamava: "As pequenas estradas de casa são muito melhores para se dirigir de verdade. As americanas são rápidas e baratas." Várias páginas adiante havia outra referência a estradas:

Parei no Little Grande, um bar perto da estrada que tem o mesmo nome; hambúrguer bom, mas ambiente insuportável. Vários tipos com jeito de caubói bebiam muitas cervejas em copos pequenos.

Um sujeito saiu, voltou com uma cerâmica pintada — dois homens saindo da boca de um grande peixe. Ele quer vender para mim a vasilha que diz ser Mimbres. Eu pergunto: "É verdadeira?" Irritado, ele garante que sim. A amiga dele insinua que eu não conheço meus índios, e eu respondo que não tenho índios.

Eles acham que sou engraçado... para um alemão. Tento ir embora. Eles insistem. Eu escapo ileso.

Dois quilômetros a leste do bar, encontrei o Motel Billy the Kid. A história faz pequenas piadas. O lendário William Bonney morreu saindo de um motel no deserto. O mundo certamente é maluco, mas nenhum lugar é tão louco quanto a América. Qualquer coisa acontece. Obrigado, Billy. Boa noite.

A imagem da treinadora de papagaios dançava nos sonhos de Jack, emergindo da escuridão de um quarto subterrâneo para um raio de luz que penetrava por uma abertura no teto, onde as frágeis linhas de uma escada de corda desapareciam em meio a uma névoa brilhante que transbordava do mundo superior.

Ele abriu os olhos. Havia dormido no sofá do estúdio. Era dia. Pela janela podia ver As Irmãs, como as chamava, inspecionando os últimos homens de barro a surgirem na margem do rio.

Há anos, Came From Under A Stone, um meio Iuni abatido e cansado, contara a Jack sua versão da história do primeiro povo. "Os primeiros homens foram feitos de barro. Lama comum. Como uma estrada na chuva. Eles viveram no fundo da terra... antes dos tempos."

O início da história havia sido sua inspiração para os homens de barro. Jack os construíra criando armações de salgueiro e cobrindo-as com argila úmida e avermelhada. As figuras maiores, algumas com mais de um metro e setenta centímetros, levaram dias para ficarem prontas. A argila tinha de secar enquanto a figura progredia. Ou toda a estrutura desmoronaria. Várias figuras podiam ser construídas ao mesmo tempo. Eram mais ou menos 60 no total, nem todas com forma de homens. Havia mulheres e crianças. Cobras de barro enroladas em pedaços de pau, tentando alcançar pássaros de barro encolhidos em galhos. Havia três pequenos cavalos, cinco mulas e um gato. Entre as figuras, havia vários pilares de pedras. As Irmãs consideravam os homens de barro de Jack um projeto importante e digno de sua atenção — diferente da maioria das coisas que ocupavam a mente dos adultos.

As quatro meninas, a mais nova com cinco anos, a mais velha com 12, eram recém-chegadas em Zuma Draw. Eles moravam em um *trailer* estacionado cerca de um quilômetro rio acima. A mãe delas era garçonete em

Silverado. As meninas se habituaram a descer a margem do rio até a casa de Jack para vê-lo trabalhar. No primeiro dia, foram tímidas como filhotes de gato. Ficaram do outro lado do rio observando, cochichando entre elas, chamando-o de "senhor" quando respondiam suas perguntas. Tudo isso havia mudado muito depressa.

Podia ver seu gato aninhado na relva perto das garotas — o curioso espionando as curiosas. Jack foi para a cozinha com o mapa do Serviço Florestal e o abriu sobre um móvel. Enquanto esperava a água aquecer, encontrou a estrada Little Rio Grande e procurou por similaridades entre os canais afluentes e o mapa de Becker. Várias estradas secundárias emergiam das gargantas adjacentes ao Little Rio Grande, mas não havia concordância entre os dois mapas. Do telefone do estúdio, Jack ligou para o serviço de informações e pediu o número do Motel Billy the Kid.

Pouco depois, já bebendo o café fresco, telefonou para o motel pedindo o endereço e informações sobre como chegar lá. Dois meninos muito magros, com cerca de dez e 11 anos, ambos novos nas redondezas, juntaram-se às meninas.

— Billy the Kid — disse o recepcionista que o atendeu. Jack perguntou como poderia encontrar o local, e o homem respondeu: — Estamos 30 quilômetros a oeste da estrada principal depois da saída 36.

— Há algum entroncamento próximo? — Pela janela, Jack viu o garoto mais novo empunhando um pedaço de pau e cutucando furiosamente um dos homens de barro. Como As Irmãs lidariam com esse ataque?

— Entroncamento? — repetiu o funcionário do motel. — Não, nenhum. Só algumas estradas secundárias.

— Vocês tiveram aí um hóspede alemão nesses últimos tempos? Um turista? O nome dele é Hans Becker.

— O professor? Turista?

— Por que a surpresa?

Uma das Irmãs disse alguma coisa ao menino, e a ira contra o boneco de barro tornou-se ainda mais intensa.

— Você é da polícia?

— Soube que o professor Becker se interessa por cerâmicas Mimbres.

— Não posso dar informações sobre nossos hóspedes, a menos que seja da polícia.

Sissy, a terceira irmã em ordem cronológica, corria para a casa de Jack. Ele foi até a cozinha para recebê-la na porta.

— Tudo bem, Sr... Hmmm... Sr. Kid. Pode esperar um minuto, por favor? — Sissy batia na porta, e ele abriu levando um dedo aos lábios para pedir silêncio. — Alguém aqui precisa da minha atenção.

— Senhor, meu nome não é Kid. Eu só atendo as ligações identificando o motel porque...

— Tudo bem, já entendi. Obrigado por sua ajuda.

— Não precisa agradecer. Eu não fiz nada.

— Tem razão — disse Jack. Agora os dois garotos atacavam o homem de barro. — Não fez. Mesmo assim, obrigado. E até logo.

— Até logo — respondeu o recepcionista.

Jack desligou o telefone.

— Oi, Sissy.

A menina apontava para os homens de barro.

— Aqueles meninos...

— Eu sei.

— Não quer detê-los?

— Acho que não. — Ele pegou uma câmera de cima do balcão e a entregou à menina. — Tire algumas fotos. Depois diga a eles que podem matar os homens de barro, se quiserem. E tire mais fotos. Será uma experiência.

Sissy estudou-o por um momento. Ele estava falando sério.

— Tudo bem, é um bom experimento, Jack. — Ela aceitou a câmera.

— Cuidado para não se machucar!

— Eles não vão me acertar. Sou muito rápida.

Jack a viu correr de volta para o riacho. Sissy era uma menina esguia, com pernas longas e cabelos louros e curtos, e era realmente muito ágil. Os meninos estavam alterados, atacando o inimigo de barro com golpes de caratê.

— O que Jack disse? — perguntou SuAnn. Ela estava parada ao lado de Sadie, perto de um torrão de barro que se desprendera de um dos bonecos, longe dos meninos. — Ele não vem?

Sissy mostrou a câmera e cochichou:

— É um experimento.

A princípio os garotos nem notaram Sissy ou a câmera. O mais velho pisoteou o que restava de um homem de barro, chutando para o riacho seu esqueleto de gravetos. Então ele se virou para Sissy, viu a câmera e olhou na direção da casa. Jack acenou.

— Pode matar os homens de barro — Sissy avisou. Ela continuava fotografando enquanto falava. — Acho que pode matar todos eles, se quiser.

Jack já terminou de fazê-los. E quando chover, eles serão levados pela água de qualquer maneira.

O garoto sabia que estava sendo alvo de uma brincadeira. Queria provar que ela blefava, mas os bonecos eram muitos. A tarefa de destruí-los parecia grandiosa demais.

— Quem faz essas coisas? — ele perguntou.

— Jack. — Sissy apontou para a casa. — Nós o ajudamos quando mamãe está trabalhando. Por que está chutando os bonecos?

— Porque são feios e esquisitos.

— Ah — ela concordou enquanto fotografava —, nós também pensamos a mesma coisa no início, mas Jack nos deixou ajudar. Depois de um tempo você aprende a gostar do feio e do esquisito.

— Não é o bastante. Eles deviam ser bonitos.

— Não deviam. A beleza não é o propósito desses bonecos.

— Foi isso que ele disse?

— Não. Sou eu quem está dizendo.

— Como se chamam?

— Eu sou Sissy. — Ela apontou para uma menina de ombros arredondados, cabelos longos e negros e temperamento explosivo. — Aquela é Sadie e a outra é SuAnn. Ela é a mais velha. — SuAnn era alta para seus 12 anos e logo seria uma linda moça de olhos escuros. Embora deixasse Sissy falar o tempo todo, era ela quem comandava o grupo. — Aquela é Snake. — Ela apontava para uma garotinha que segurava uma pedra em uma das mãos e um pau na outra. Carrancuda, ela se mantinha ao lado de um homem de barro muito baixinho e preto. — Ela é a caçula. E vocês?

— Eu sou Buck e ele é Charlie. — Charlie continuava chutando a perna de um homem de barro, sem se dar conta das recentes alianças formadas pelo irmão mais velho. — Nossos pais estão acampados mais abaixo, perto da margem do rio. Temos um mobile.

— O que é isso?

— Uma espécie de casa velha sobre rodas — explicou Charlie, como se de repente se acalmasse e desistisse de agredir os bonecos. — É feito de ti-ta-ne-o. — Parado ao lado do irmão, ele esperava ansioso por uma oportunidade de retomar a ação. A falta de atividade o entediava.

Snake protegia Oliver Oil, seu homem de barro favorito. Ele era excepcionalmente liso, com esferas cromadas e brilhantes no lugar dos olhos. A menina havia procurado o barro necessário, o salgueiro e os gravetos empregados na construção. Sua maciez resultava de uma técnica de impermeabilização dominada pela própria criança, uma fricção com meio litro de óleo para motor já usado, portanto mais viscoso, e uma camada de graxa para finalizar. Ele cheirava como o chão sujo de uma velha oficina. Snake não compartilhava da paixão de Jake por novidades. Ela defendia a permanência. Ninguém ia se meter com Oliver Oil; nem a chuva, nem Buck, nem Charlie. Silenciosa, ela segurava o pau e a pedra e encarava os meninos.

Buck a observava atento. Sob a franja pesada e os cabelos longos, tudo que ele podia ver eram os olhos furiosos e o queixo determinado. A menina devia ter uns cinco anos, calculou, mas parecia capaz de machucá-lo.

— Estamos em férias — ele explicou. — Não somos desocupados ou coisa parecida.

— Está dizendo que nós somos? — Sadie reagiu indignada.

— Não — Charlie respondeu, surpreso.

— Então, por que disse isso?

— Porque as pessoas costumam pensar que gente que mora em *trailers* é desocupada e... coisa pior.

— Nós moramos em um *trailer*. Vão nos chamar de quê?

— De nada.

— Ah.

Jack assistia ao drama que se desenrolava na margem do riacho, ou ao primeiro episódio, pelo menos. Quando teve certeza de que as irmãs poderiam lidar com a situação, ele voltou ao mapa de Becker e ao Billy the Kid. Que expectativas frustradas haviam causado a estranha fantasia do recepcionista?

Ele marcou o mapa em 30 quilômetros a partir da estrada e começou examinando os campos próximos em busca de alguma semelhança com o mapa de Becker. Nele havia uma estrada que seguia paralela a um sulco onde se lia "lado sul" e "*canyon* profundo". O lado norte do canal era escarpado e subia até um patamar. O mapa original continha um pequeno xis logo abaixo da beirada do patamar. Jack se surpreendeu com a marca. Os Mimbres não costumavam enfrentar os despenhadeiros.

— Você está aqui — sussurrou. — O tesouro está lá.

Jack estava 15 quilômetros além do Billy the Kid quando viu uma casa, ou melhor, um velho *trailer* amarelo e desbotado a alguns metros da estrada, entre as rochas e a vegetação. De acordo com o Serviço Florestal, a estrada o levaria para dentro de uma garganta que corria no sentido leste-oeste.

Ele presumiu que o *trailer* era a casa de metal de Becker. Perto dali, uma galinha ciscava a terra sob o veículo enferrujado.

Seguiu pela estrada através de um trecho arenoso até o leito seco de um rio próximo da entrada do *canyon*. Ali o caminho começava a desenhar um traçado sinuoso montanha acima através dos remanescentes de uma antiga operação madeireira. Plantas variadas e arbustos de todos os tipos cresciam entre as pedras. Quando ele chegou ao topo, a terra ao sul da estrada e à sua esquerda descia formando um amplo prado inclinado. À direita, a encosta despencava abruptamente e a garganta se estreitava.

O outro lado do *canyon*, ao norte, era composto por degraus. Fatias verticais de rocha dividiam a face do despenhadeiro em murais de pedras ali incrustadas.

De acordo com o mapa de Becker, o *canyon* devia ganhar largura significativa, mas não era isso que estava ocorrendo. Pelo contrário. Ele se tornava mais e mais estreito até transformar-se quase em um canal. Então, erguia-se de repente um paredão de rocha negra que forçava a estrada para a esquerda, para longe da margem do *canyon*. Jack parou e estudou o mapa; uma linha fina e trêmula paralela ao *canyon* representava a formação rochosa que desviava a estrada. Na metade da linha, Becker fizera três pequenas marcas diretamente através do *canyon* partindo do xis. Jack dirigiu por mais três quilômetros até encontrar um aglomerado distinto de três pedras pontiagudas com cerca de 45 centímetros de altura. Ele desceu do carro, pendurou a mochila nos ombros e começou a caminhar com cautela por cima do paredão de rocha negra até estar bem em cima do *canyon*. Noventa metros abaixo, o solo da garganta se alargava a partir de seu canal formando uma planície muito ampla. A dois quilômetros para o oeste ele se fechava novamente. A terra no fundo era quase tão seca e marrom quanto a da encosta, mas havia água suficiente sob o leito seco para manter o frescor de vários salgueiros. Do outro lado, bem na frente de onde ele estava, uma mesa rochosa partia da face do despenhadeiro. Se havia alguma abertura na parede sob o patamar, não podia vê-la de onde estava.

Ele começou a descer para o *canyon*. Um riacho seco desaparecia entre os salgueiros onde a garganta se estreitava para o leste. Depois de descer algumas dezenas de metros, começou a sentir que o ar ia se tornando mais e mais fresco. Mais dez metros e a vegetação era mais exuberante e espessa. Ele encontrou uma trilha de cervos e a seguiu para baixo, até o fundo do *canyon*. Por um momento, o aroma inesperado de pedra e terra úmida chamou sua atenção. Em seguida desapareceu. Jack continuou descendo pela trilha. Em algum lugar no meio dos arbustos mais altos, o riacho ressurgia e corria por entre as pedras quentes numa correnteza rasa, produzindo aquele odor sutil que evoca alegria quase maníaca em potros e crianças.

Jack chegou ao fundo do *canyon* e caminhou pelo leito seco por cerca de um quilômetro, até o local onde a correnteza emergia. Seguiu a água por uns dez metros, até que ela desapareceu perto de alguns salgueiros. Sua curiosidade o levou a uma piscina escondida. A água escorria para uma gruta profunda cavada na pedra. Durante o período da cheia a gruta ficava submersa, mas na seca ela canalizava a pouca água existente para a bacia de pedra. O resultado era um lago refrescante à sombra dos salgueiros. Até um simples fio de água o teria mantido cheio. O canal era um fenômeno estranho. Não saberia dizer se ele era um ato da natureza ou da intervenção humana.

Jack bateu duas pedras, uma contra a outra, e ouviu o eco soando através do *canyon*. Os escavadores Zuni que haviam trabalhado com ele no final da década de 1970 costumavam ouvir os ecos. Diziam que o som ajudava a aprimorar a visão. O eco ricocheteava e desaparecia para, em seguida, voltar e repetir o mesmo trajeto diversas vezes. Enquanto isso, ele estudava as paredes do despenhadeiro em busca de algum sinal de habitação. Os ecos haviam feito alguma diferença? Talvez fossem apenas uma diversão para os Zuni. Depois de vários minutos, julgou poder ver degraus e apoios entre algumas protuberâncias da parede. Era uma subida difícil para alguém que, como ele, tinha medo de altura.

Se as pessoas realmente haviam vivido em uma caverna escondida sob o patamar rochoso, tinham de carregar seus bebês, a comida, a água e os bens por algum tipo de caminho. Enquanto escalava os primeiros dois níveis da encosta, Jack se convenceu de que havia encontrado um antigo caminho. Vários pontos de apoio, invisíveis para quem estava lá embaixo, haviam sido forjados no tamanho exato para os dedos humanos. No início, ele olhava para os pés buscando apoio na rocha; depois, seguro desse apoio, estendia a mão para uma alça encravada na pedra. Enquanto subia, olhar para baixo ia se tornando mais e mais difícil. Seu coração batia acelerado. Cinco ou seis metros acima do chão, ele sentiu a primeira onda de vertigem e respirou fundo para acalmar-se. Já não se sentia tão fascinado com os Mimbres e suas cerâmicas esotéricas. Mas ali estava ele numa busca desesperada, agarrado à parede de um precipício, quase sem poder respirar, atraído pela imagem de uma treinadora de papagaios e seu gesto místico.

Subir foi mais fácil do que ele esperava. O caminho devia ter sido criado para mulheres e crianças, e embora Jack fosse forte e ágil, sentia o estômago embrulhado e os músculos rígidos. Apoiado em uma pedra, olhou para baixo. Um escorregão, um pedregulho que se soltasse, alguns grãos de areia no lugar errado, e acabaria seus dias como jantar para os pumas. Ele pressionou o rosto contra a rocha quente e fechou os olhos. Talvez os moradores das cavernas tivessem abandonado suas moradias afugentados por bandos de saqueadores. Até mesmo Becker, aparentemente gorducho e pesado, havia conseguido subir e descer. Jack pensou nos meninos Zuni, sempre tão corajosos e pretensiosos. Aquilo teria sido nada para eles.

Recusando-se a pensar na jornada de volta, ergueu a cabeça e continuou subindo. A mente se concentrava na imagem da treinadora de papagaios, enquanto pés e mãos buscavam os melhores apoios e iam escalando, escalando... De repente ele alcançou uma parede de pedra onde havia uma espécie de terraço natural. O terraço era um recuo de alguns metros a partir da parede e levava a uma passagem estreita e baixa. Ali estava a casa do despenhadeiro de Becker e o antigo lar da paixão de Jack.

A porta escavada na rocha era ampla o bastante para permitir a passagem de um adulto. Jack passou pela abertura e entrou na caverna, depois se sentou de costas para a entrada e esperou que os olhos se ajustassem à penumbra. Uma câmara se estendia até um corredor estreito à sua esquerda. Com exceção da porta, pouco havia sido feito para alterar a caverna natural. Do lado direito do aposento, argila havia sido usada para nivelar o piso. Um pequeno pilão para moer milho ocupava um canto próximo de uma depressão onde havia uma vasilha. Havia bastões em outro canto, perto de três grandes cestos. Um odor acre pairava no ar.

Ele retirou a lanterna da mochila e iluminou o ambiente. Em seu trecho mais alto, o teto alcançava dois metros a partir do chão. No lado oposto do cômodo, cinco grandes panelas, um machado de pedra e diversos utensílios feitos com ossos e pedras sugeriam que os moradores haviam partido apressados. Um dia estavam ali, no outro haviam ido embora.

Ele deslizou os dedos pela trama dos cestos. A beirada de um deles era tão gasta e desfiada que o fez imaginar que o utensílio podia ter sido criado anos antes da fuga para a caverna. Se haviam sido utilizados para estocar alimentos, todos os grãos haviam sido devorados há séculos. O fundo do cesto estava coberto por uma fina camada de grama e penas. Algo fizera dele seu ninho. Uma avaliação rápida, resquício de um velho vício, produziu um valor aproximado de dez a 20 mil dólares para cada um daqueles cestos.

Uma pequena bolsa de transporte ao lado da porta se desintegrara em torno de um punhado de conchas rosadas. Ele pegou algumas e levou-as para a luz. As conchas haviam sido retiradas do mar de Cortez, distante dali muitos dias de viagem por locais perigosos habitados por povos ainda mais perigosos. Arriscar a vida pela beleza era uma obsessão muito antiga. Em um tempo, relatos de ousadas aventuras teriam sido evocados pelas conchas rosadas, delicados talismãs de amor e poder. A luz iluminava os contornos mais vivos e a parte interna e transparente das conchas. Ele imaginou crianças Mimbres em pé diante da porta da caverna, banhadas pelos raios do sol de inverno, segurando as pequenas conchas nas mãos roliças, deixando o reflexo aquecer seus rostos.

Se Hans Becker havia deixado a cerâmica da treinadora de papagaios na caverna, não havia sido na câmara principal. Jack dirigiu a luz da lanterna para o extremo mais distante do aposento estreito. Os invernos ali teriam sido o mais puro tormento. Só um povo fugindo da morte escolheria aquele lugar para morar. Por motivos desconhecidos, esse grupo havia sido forçado a deixar suas casas e se mudar muitos quilômetros rio acima, para o interior de uma caverna, em busca de proteção. O frio que emanava do solo e das paredes devia ter penetrado em seus corpos, congelado pensamentos e sonhos.

Treze penas azuis e vermelhas pareciam brotar de pequenos buracos abertos na parede norte do cômodo. Penas de papagaio. Um único buraco estava sem penas. Jack imaginou se Hans Becker havia sido supersticioso. Teria ele sentido uma ponta de culpa ao retirar a pena da parede?

A altura da câmara ia diminuindo até que ela fosse pouco mais do que um túnel, que se encurvava para a direita, para o norte, para longe da parede do *canyon*, aprofundando-se na rocha. O piso era coberto por areia fina e poeira que exibiam as marcas das botas de Becker. Após uns 12 metros, o túnel se abria para uma câmara, inclinando-se para o alto à esquerda de maneira a formar um teto abobadado de rocha lisa com mais ou menos quatro metros de altura.

Ele passou a lanterna pelo piso de pedra. Era duro demais para servir de cemitério. No lado direito da câmara, existia uma pilha de areia e pedras. Contra a parede à esquerda de Jack havia mais alguns cestos de armazenamento e dois vasilhames de cerâmica rústica com cerca de 70 centímetros de altura para guardar grãos. O centro desses recipientes se estreitava formando uma boca bem pequena coberta por uma pedra plana. O gargalo fora envolvido com finas camadas de argila alisada.

Jack estendeu a mão para a tampa. Apesar de o pote não ter sido tocado há mais de mil anos, ele hesitou antes de levantar a pedra. Lá dentro, enrolado em uma espécie de renda composta por ossos finos e brancos, estava o esqueleto de uma serpente — seu cérebro eternamente vigilante equilibrado perto da borda do recipiente. Algo nas órbitas de seus olhos cintilaram. Jack devolveu a tampa ao seu local de origem.

Havia dejetos de ratos no fundo de um único cesto. As últimas pessoas a viverem ali haviam deixado para trás alguns grãos. Um dia todos haviam saído, talvez para irem trabalhar em seus campos, e nunca mais retornaram. Alguma coisa havia acontecido — uma emboscada, talvez até uma enchente —, e o que restava de seus grãos tornara-se propriedade de um rato e de sua prole.

Ele atravessou a câmera e inspecionou a pilha de argila arenosa e pedras. O foco da lanterna encontrou três vasilhas aninhadas na argila. Duas delas tinham 75 centímetros de diâmetro. A outra devia ter uns 120 centímetros. Ao se aproximar, ele conseguiu ver que todas tinham a parte interna pintada. Prendendo o fôlego, chegou mais perto até poder ver o interior dos recipientes. Aquelas eram as cerâmicas que Becker havia copiado.

Ao olhar para a treinadora de papagaios na vasilha maior, ela pareceu perder parte da nitidez e mover-se, assustando-o. “Ela dança em minha mente”, as palavras cortaram seus pensamentos. Quando virou a cabeça, presumiu estar sofrendo uma ilusão e estendeu a mão, tocando a treinadora de papagaios. Ela permaneceu imóvel.

Becker havia encontrado as vasilhas esquecidas ali na argila? A luz da lanterna iluminava o chão buscando novos tesouros, seguindo pelas paredes acima das cerâmicas. Uma fenda, começando na altura da cintura, ia se alargando rumo ao teto. Era evidente que, no passado, as rochas e a argila haviam selado a fenda. Estava diante de uma câmara funerária.

Vira outra muito parecida em uma casa de penhasco antes, mas havia sido uma Anasazi e em uma parede externa. Os Mimbres enterravam seus mortos sob os pisos de suas casas. Em uma caverna, a fenda fazia sentido.

Jack moveu a luz lentamente pela abertura, encantado com o que ia descobrindo. Um esqueleto era parcialmente exposto em meio à argila, as pernas flexionadas contra o peito numa posição fetal, as mãos sob o queixo. A mistura seca de areia e argila havia sido derramada em torno do corpo enquanto as pedras eram colocadas no lugar.

Depois de remover as pedras, Jack afastou cuidadosamente a mistura arenosa, revelando a frente do esqueleto.

Os ossos dos dedos agarravam um pequeno objeto semi-esférico. Ele se inclinou para olhar melhor. Estudou os dedos por um momento, depois se aproximou ainda mais e, com o polegar e o indicador, afastou os ossos para revelar o crânio de uma ave com um bico largo, um papagaio ou uma arara. Aquela devia ser a treinadora de papagaios.

Becker havia removido as duas cerâmicas menores da sepultura, deixando suas impressões na areia perto dos joelhos do esqueleto. A vasilha da treinadora de papagaios teria sido posta de cabeça para baixo sobre seu crânio, uma prática típica dos Mimbres. Havia uma interessante diferença entre essa sepultura e outras: era costumeiro que a cerâmica destinada a cobrir o crânio tivesse um buraco no fundo, mas essa vasilha estava inteira. Nunca visitara uma sepultura Mimbres na qual a cerâmica invertida não contivesse o "orifício da morte", como os arqueólogos chamavam as misteriosas fraturas. Ninguém sabia por que os buracos eram feitos. Muitos acreditavam que os Mimbres tentavam assim direcionar os espíritos de seus ancestrais para as nuvens.

A descoberta era única — uma sepultura Mimbres em uma casa de penhasco com uma imagem como um retrato pintada em uma vasilha sem buraco. Jack sentou-se e estudou a cerâmica da treinadora de papagaios aninhada na argila sob a fenda da sepultura. Becker não havia exagerado. De fato, a treinadora de papagaios era mais fluida e sensual do que no esboço do alemão. Ela era singular.

Uma das pernas era mantida ligeiramente à frente da outra, o pé erguido, o dedo apontando para baixo. Os quadris, impulsionados pela curvatura lateral, pareciam girar à medida que ele rodava a cerâmica. A longa saia de tiras flutuava atrás dela como a cauda de um cavalo. Ele analisou a posição das pernas e a linha do corpo da mulher. Havia um sentimento de expectativa em sua postura, e havia aquele gesto. O que era? Tinha a impressão de que o significado estava contido na própria cerâmica. Tinha de levá-la para casa. Ele racionalizou o impulso de ter, de roubar a vasilha, como se regras e estatutos não se aplicassem àquela treinadora de papagaios. Era evidente que um dia a devolveria à argila.

Jack levantou-se e desviou a luz da lanterna do esqueleto na câmara. Ela era silenciosa e sem vida, mas linda, como os ossos podem ser lindos. Houve um tempo em que havia dançado.

Ele deixou as duas cerâmicas menores em seus lugares perto do esqueleto, depois começou a devolver as pedras, selando a treinadora de papagaios em sua sepultura. Enquanto reconstruía a parede, empilhando rocha sobre rocha, pensava em como ela teria encontrado seu fim e em quem a enterrara na primeira vez.

Estava determinado a levar a cerâmica da treinadora de papagaios com ele, mas as conseqüências de ser pego eram sérias. Estava em terras do Serviço Florestal, o que transformava o ato de remover a cerâmica em crime federal. Talvez por isso Becker a tivesse deixado para trás. Além do mais, o professor jamais teria conseguido passar pela alfândega germânica com o objeto roubado. Assim que retirasse da vasilha da caverna e a escondesse em sua casa, as chances de que alguém fosse incomodá-lo seriam mínimas.

Precisava descer da caverna antes do anoitecer, mas queria explorá-la um pouco mais. Haveria outras câmaras, outros aposentos com aberturas para a plataforma, ou janelas para o vale lá embaixo? Aquele era o local onde ela havia vivido os últimos dias de sua vida. Queria levar aquela casa na memória. Deixando a cerâmica encostada na parede próxima da sepultura, continuou com a exploração.

Depois de uns dez metros, o piso da caverna começou a descrever uma descida lenta que ia se tornando mais íngreme até dar a impressão de despencar bruscamente para o mundo subterrâneo. O buraco engolia o feixe de luz da lanterna. A curvatura do solo era gradual e difícil de antecipar. Quase tarde demais, ele percebeu que não ousava seguir em frente. Estava equilibrado a um passo do limite, prestes a cair para a completa escuridão. Os dois pés permaneciam firmemente plantados na rocha dura, mas seu corpo se inclinava para trás como se visse uma serpente. Enquanto estava ali parado, ancorado no mesmo lugar, a luz da lanterna começou a perder força. Ele a desligou e começou a recuar centímetro por centímetro.

Da escuridão no fundo do misterioso precipício ecoou um murmúrio. O ruído ganhou intensidade, mudando de tom... do farfalhar de asas para os gritos de morcegos excitados e famintos. O vento provocado por suas asas aveludadas acariciava seu rosto enquanto eles passavam velozes, buscando a porta por onde sairiam em busca do jantar. Com os olhos fechados, Jack se sentia eufórico na escuridão e abençoado pelos morcegos.

Gostava da estranheza dos morcegos. Os Mimbres os haviam pintado em cerâmicas — criaturas de aparência demoníaca e feliz. Os Zuni contavam histórias sobre os morcegos. Alguns diziam que os animais eram maus. Coisas enfeitiçadas. Mas Came From Under A Stone havia lhe contado que

Morcego já havia sido um ser poderoso que levara o primeiro povo do primeiro mundo para o mundo do meio quando eles eram apenas pessoas de barro.

— Morcego nos deu olhos, e pele, e dentes e maneiras de fazer sexo. Seja sempre gentil com os morcegos.

Jack imaginou que mistérios os Mimbres consignavam às partes mais profundas da caverna onde habitavam centenas de morcegos. Teriam alguma vez se aventurado no interior daquele buraco negro, acreditando que por ali chegariam ao mundo mítico de sua criação? Acreditava que eles houvessem discutido a questão com freqüência e ardor.

A migração noturna dos morcegos para o exterior da caverna era um sinal de que o sol estava se pondo. Precisava descer o despenhadeiro antes do anoitecer. Cauteloso, pelo interior escuro de volta à câmara onde deixara a cerâmica, utilizando a luz fraca da lanterna para orientar-se com relação à parede do aposento. O que restava das pilhas foi utilizado para a localização da treinadora de papagaios. Por um breve momento, Jack considerou o risco de tirá-la dali sem danificá-la. Havia um espesso suéter de lã na mochila, e ele o utilizou para envolver a peça. Depois guardou a treinadora de papagaios na mochila, levantou-se e começou a tatear a parede em direção à saída. Ao longe, o brilho tênue do crepúsculo iluminava a câmara principal. Ele seguiu para a porta e saiu para o terraço de onde era possível ver o *canyon* retirado.

Se estivesse raciocinando com clareza, teria dormido no terraço e descido ao amanhecer, mas a conquista da treinadora de papagaios havia prejudicado sua capacidade de julgamento. Estava no auge da boa sorte, um tolo apaixonado, com um pé procurando por um apoio em meio à luz reduzida do fim do dia.

Em menos de dez minutos, a fria sobriedade da razão retornou, rapidamente substituída pela ansiedade, que logo deu lugar ao medo da queda. As pernas começavam a doer. Jack parou por um momento para descansar e olhar para o outro lado do *canyon*. Viu o que pensava ser uma pequena luz se movendo pela trilha de cervos. No começo ela viajava em linha reta, mas depois se dividia, tornava-se errática, dançando em torno de si mesma por um momento, retomando em seguida seu trajeto para o fundo do *canyon*. Em princípio julgou que alguém houvesse encontrado a caminhonete e estivesse procurando por ele, mas a luz não tinha a convicção de uma lanterna ou de outro equipamento parecido. Não havia um raio iluminando a trilha. A luz comportava-se como uma muriçoca luminosa seguindo um aroma qualquer. Quando ela desapareceu, Jack esperou, esperando vê-la novamente, mas ela não voltou a aparecer.

Seus músculos iam ficando rígidos com o ar frio. Depois de meia hora de esforço, estava se aproximando do fundo. O precipício agora era uma face lisa. Se escorregasse ali, não morreria, mas a treinadora de papagaios ficaria em pedaços, ou em cacos, como gostavam de dizer os arqueólogos. Atento aos pés e aos lugares onde eles buscavam apoio, pensou em quando pedaços se haviam transformado em cacos. E por quê? Cacos eram pequenos, desorganizados e escatológicos. Nada que alguém pudesse desejar tocar com as mãos.

Estava esgotado e só queria encontrar um apoio confiável o bastante para poder descansar. Encontrou uma pequena abertura na qual podia enfiar os dedos enquanto estudava o próximo movimento. Embora a luz houvesse desaparecido quase que por completo e tudo estivesse cercado por sombras, o terreno sólido parecia estar a poucos metros de distância. Seu pé encontrou algo firme. Talvez fosse sólido, não podia ter certeza. Ele se deixou escorregar uma fração de centímetro, testando a superfície com grande cautela, utilizando para isso as pontas dos dedos dos pés. Quantas outras vezes, perguntou a si mesmo, até que pisasse em uma pedra solta e se matasse?

Algo pontiagudo tocou seu dedo, depois pulou em seu braço. Ele girou no ar ao sentir uma espécie de corrente elétrica percorrendo todo o corpo. Os últimos metros, poucos, felizmente, foram percorridos pelo ar, porque Jack caiu e aterrissou de joelhos.

O cérebro recuperou clareza suficiente para perceber que havia sido picado por um escorpião. A picada de um escorpião podia ser venenosa, mas não o mataria diretamente, embora pudesse ficar desorientado e perder a direção do veículo, saindo da estrada. O vôo do carro de Becker a partir da margem do precipício passou por sua mente, e Jack recordou porque estava ali. Com a mão ilesa, tocou a mochila que levava nas costas. A cerâmica parecia estar inteira. Ele também parecia estar inteiro. Nenhuma fratura. Estava vivo, mas sentia o veneno percorrendo o corpo em ondas de dor.

Em 25 minutos ele escalou o lado oeste do *canyon*, dando um passo lento e cuidadoso de cada vez e utilizando a trilha dos cervos. Quando finalmente chegou à caminhonete, tinha a visão turva, a mão e o braço direitos inchados, com quase o dobro do tamanho normal, e a cabeça parecia estar dividida ao meio. Com muito cuidado, deixou a mochila no chão do lado do passageiro e começou a viagem para casa, dirigindo com a mão esquerda. Mudar de marcha exigia torções complexas do corpo para a direita, o que pressionava o braço latejante, e ainda tinha de manter o volante firme usando o antebraço esquerdo enquanto manipulava o câmbio com as pontas dos dedos. Em seguida agarrava a direção rapidamente, antes de sair da estrada. Era melhor permanecer em primeira até descer a montanha. Assim que alcançou o asfalto e as alucinações começaram, ele não conseguiu mais sair da segunda.

Pelo menos as sensações na mão e no braço o mantinham acordado. Com a mão sã, dirigia a caminhonete pela estrada que cortava uma extensa área de rochas e cactos. Por muito tempo, um pensamento seguiu o veículo como se flutuasse do lado de fora, tentando entrar pela janela aberta. O pensamento tinha alguma relação com a criação do espaço, ou da idéia de espaço. Depois de algum tempo ele penetrou pela janela e invadiu sua mente; a estrada havia inventado o espaço, e quando desaparecia no horizonte ela inventava o espaço através do tempo. Gostaria de saber se isso era original ou insignificante. De qualquer maneira, não era um pensamento seu. Havia entrado pela janela.

Com dificuldade, ele saiu da estrada principal e seguiu pela trilha de terra que serpenteava em direção ao rio e sua casa a 400 metros dali. Podia ver a casa pequena e distante ao luar. Depois de um tempo, ela começou a aparecer diante dos faróis, mas algo o incomodava. A casa permanecia do mesmo tamanho. A caminhonete se aproximava dela, mas a casa se mantinha estática e inalterada, como se estivesse dirigindo para uma fotografia.

Como a casa não aumentava de tamanho, temia passar por cima dela. Não sabia se poderia parar. Ele reduziu a velocidade, arranhando as marchas até chegar à primeira. Pouco antes de sua minúscula casa desaparecer sob as rodas da caminhonete, ele parou. Tudo era pequeno, menos a dor.

Sair do veículo levou algum tempo. Jack levava a treinadora de papagaios nos braços, bem protegida, e caminhava cauteloso para a pequena porta. Diante dela, estendeu a mão para girar a maçaneta segurando-a entre o indicador e o polegar. Então olhou para dentro. Tudo parecia normal. Ele apertou a cerâmica contra o peito e se abaixou, tornando-se tão pequeno quanto era possível, e escorregou pela porta.

Assim que entrou, ele constatou que tudo estava bem. Jack ergueu o corpo e moveu-se normalmente pela casa. A perspectiva mudou, como esperava que acontecesse. Aquela era sua casa verdadeira, não distorcida. Diante dele estava a sala de estar com dois sofás, uma poltrona, algumas cadeiras e uma pequena estante com um globo no alto, contra a parede a sua esquerda. A extremidade mais distante do grande tapete Navajo indicava o início da sala de jantar com sua mesa imponente. Ali podiam se sentar facilmente dez pessoas. Além da mesa, um aparador se apoiava contra a parede de tijolo aparente que separava a sala de jantar da cozinha. À direita da sala de jantar, um comprido corredor conectava uma teia de dormitórios que haviam sido acrescentados pelos antigos proprietários através de variados graus de carpintaria e artesanato.

Jack se manteve de costas para a porta. Não queria olhar para fora. Sua percepção do mundo havia sido prejudicada; havia também uma ligeira perturbação em seu pensamento. Tinha medo de olhar e ver uma gigantesca caminhonete Chevy 78 se debruçando sobre a construção, como se a casa e seu conteúdo, incluindo ele mesmo, fossem normais, mas o mundo lá fora se houvesse tornado grande e cheio demais. Melhor deixar o mundo exterior esperar até ter uma chance de medicar-se e dar uma olhada na cerâmica pela qual havia arriscado a integridade física e, talvez, também a mental.

DOIS

— Muito alto — disse Lucy. Estendendo a mão, puxou o telefone do hotel para perto do ouvido e bocejou ao dizer um longo e rouco: — Alô.

— Ainda está na cama? — Era Philip em Washington, e ele soava meio irritado.

— Bom dia para você também. — Ela se sentou procurando por um relógio. — São seis horas da manhã em Albuquerque. — Um raio de luz que vencia a barreira das cortinas traçava uma linha sobre o tapete verde, iluminando as paredes cor de pêssego. Bocejando, ela voltou a se deitar. — E eu cheguei tarde.

— Já está com duas horas de vantagem sobre mim.

— Vou voltar a dormir.

Philip estava animado e persistente.

— Posso lhe dizer duas coisas antes?

— Duas coisas.

— Lembra-se de Mickey McGregor, um estudante que cursou a graduação há uns quatro anos?

— O maluco magricela com a marca de nascença no lóbulo da orelha?

— Boa memória. Ele telefonou ontem à noite. Agora é o chefe do laboratório de ratos da O'Connell Biotechni em Berkeley. — Philip acelerou a velocidade e passou a falar cada vez mais depressa. — No dia 30 de junho, alguém enviou a um dos técnicos de seu laboratório um dedo humano para a determinação de uma data carbono. Era uma solicitação oficiosa, sem afiliação e leiga feita por um certo Jack Miller. O dedo tinha cerca de 15mil anos de idade. McGregor descobriu sobre a data e ficou intrigado, porque havia uma porção de carne no dedo e ele foi enviado numa embalagem de gelo seco, o que significa que foi preservado em uma geleira. Então ele fez um DNA com uma fornada do departamento. O DNA mostrou que o dedo não podia ser proveniente de uma migração norte-asiática-siberiana. No entanto, havia indicadores da Europa e do sudeste da Ásia presentes no material, sinais que não aparecem no DNA dos antigos siberianos.

— Philip?

— O que é?

— Por que está me dizendo isso agora?

Com um tom magoado, ele respondeu:

— Você costumava gostar quando eu a despertava de um sono profundo.

Ela riu.

— Isso era quando você telefonava para dizer que estava com saudades.

O tom tornou-se defensivo.

— Ainda sinto sua falta.

— E por isso está ligando às seis da manhã para falar sobre um dedo congelado?

— O dedo foi remetido de Silverado, Novo México. — Uma pausa deu relevância à declaração. — Isso fica apenas duas horas ao sul de Albuquerque. Pode descobrir tudo que for possível sobre Miller? O endereço é 7736 Zuma Canyon Road, Silverado. Se ele for esperto, vai lhe dizer de onde veio o dedo e livrar-se disso. O homem já violou várias leis estaduais e federais.

Lucy esfregou os olhos e fixou-os na faixa de luz que cortava o quarto. A rápida enxurrada de palavras de Philip começava a soar como um conjunto de frases completas.

— Creio que podemos presumir que ainda não há ninguém com credenciais envolvido nisso, mas temos de agir depressa. Conversei com Leonard na *GeoGraphic*. Teremos o financiamento disponível no primeiro dia da próxima semana. Ainda está acordada?

— Sim. — Ela chutou as cobertas para fora da cama. — E quanto ao técnico do laboratório e McGregor?

— McGregor não pode se dar ao luxo de revelar nada oficialmente. O que ele fez é ilegal. O técnico do laboratório está na mesma situação. Vai perder o emprego se falar, e McGregor nunca contou nada a ele sobre a realização do DNA. Jack Miller é nosso único problema no momento.

— Ele tem os resultados do laboratório?

— Não. McGregor os está retendo. Miller ainda não sabe de nada.

Lucy empurrou o corpo na direção do pé da cama, para o feixe de luz, deixando que ele deslizasse por seus tornozelos e pés.

— Philip, isso é incrível. É grandioso. Tem alguma idéia sobre a origem disso? Alasca ou Canadá?

— Não sei. Com sorte, será do Alasca. É o que eu quero que descubra.

Ela se sentou na beirada da cama, assentindo, pensando que nada disso seria fácil.

— Como poderá controlar o sítio?

— Tudo vai depender da localização. Passei a noite toda pesquisando as leis aplicáveis e os acordos tribais para as regiões onde existem geleiras. Espero que não seja o Canadá. Eles são difíceis de trabalhar.

— O país é deles. O que esperava? Eles gostam de fazer as próprias descobertas.

— ... malucos xenófobos.

— Vamos descobrir isso primeiro. Deixe para se preocupar com quem vai ter de lidar depois. Além do mais, deve ter alunos em metade das universidades de lá, certo?

— Sou mais fraco na Colúmbia Britânica, e eles estão trabalhando as geleiras ocidentais. Já tiraram muitas coisas de lá recentemente.

— O que quer que aconteça, a comoção será grande. — Ela se levantou para se espreguiçar, erguendo o corpo nas pontas dos pés. — Isso é tudo que você estava procurando.

— Eu sei que parece não ter importância — ele respondeu —, mas tem. É muito importante.

— Philip, você é uma lenda, ninguém pode tocá-lo.

— Você sabe o que eu quero dizer, Lucy.

Essa última busca pela arca perdida da arqueologia, a procura da mais antiga múmia do gelo na América do Norte, que continha o código de DNA dos primeiros americanos, parecia obsessiva e perversa para ela, mas a busca era dele. Seu entusiasmo era por Philip, não pela descoberta.

— Qual era a outra coisa que queria me dizer?

— Lembra-se de Ben Wang?

— O Grande Escritor?

— Sim. Em algum momento eu gostaria de acioná-lo para a redação de um artigo sobre o processo da descoberta e o período posterior a ela. Seria um grande troféu. Enfim, mencionei o nome dele porque Wang me telefonou. Ele está fazendo uma pesquisa para um artigo de denúncia na *Harper's* sobre os colecionadores que estão comprando artefatos repatriados pelas tribos.

Lucy riu.

— Perfeito. Os objetos vêm das tribos ou de indivíduos?

— Ele não disse, mas suspeito que seja de indivíduos. Wang vai estar em Albuquerque essa semana e, segundo me contou, vai tentar participar da conferência, o que significa que talvez o encontre. Ele vai tentar envolvê-la nesse pequeno escândalo ou interrogá-la sobre o efeito das políticas tribais no seu trabalho.

— Se não puder evitá-lo, serei a doce diplomata de sempre. Obrigada por me avisar.

— É claro.

— Eu telefono assim que descobrir alguma coisa sobre o Sr. Miller, está bem?

— Certo. Está preparada para a palestra?

— Já examinei o programa. Ficaria surpreso com a quantidade de diferentes grupos que se pode ofender.

— Culpa dos malditos pós-modernistas com suas inúmeras teorias sobre a relatividade da verdade. Eles deviam voltar para a sociologia, onde é seu lugar.

— Vou levar um programa para você. Não vai acreditar nisso.

— É o culto ao Ocidente. Boa sorte esta noite.

— Só um minuto. — Ela se aproximou do criado-mundo e pegou um bloco de papel e lápis. — Pode repetir o endereço de Miller? — As anotações continham alguns detalhes extras. — Telefone para mim amanhã. Amo você.

— Eu também. Até amanhã.

Ela estava sob o jato do chuveiro pensando em Philip, sua determinação, energia e curiosidade, e em como essas qualidades influenciaram o arco de sua carreira. Antes de conhecê-lo, ele já era uma lenda no campo por ter provado um antigo padrão de migração paleoindígena através de uma longa e complexa análise de certas ferramentas lascadas. O que vira e mais amara em Philip havia sido sua enorme generosidade intelectual. Diversas vezes um comentário casual sobre determinado aspecto do comportamento humano ou uma anomalia no registro arqueológico era escolhido por um aluno e transformado em monografia, em tese de doutorado, até mesmo em um livro inteiro. A facilidade com que ele dava idéias também o transformava em um professor inspirador cujas salas de aula eram sempre cheias.

Certa vez passara semanas pesquisando um texto sobre a dieta altamente glicêmica de agricultores, seu efeito nos tipos de personalidade e as resultantes organizações de guerra e comportamentos de tais grupos, tudo por causa de um comentário casual de Philip: "Os antigos agricultores limitados a uma dieta de cereal com pouca ou nenhuma gordura teriam sido um bando de bastardos."

Ele preenchia sua mente. Seu coração não tivera trabalho para seguir os pensamentos, especialmente depois de a esposa o ter abandonado. Quando o convidara para participar de sua banca de tese, ele declinara. A resposta a surpreendera. Sabia que ele gostava de seu trabalho. Sempre fora generoso, encorajador, sempre a apoiara e a levara para almoçar, testando idéias e ouvindo com cuidado tudo que ela dizia.

Assim, com toda a atenção que ele estivera investindo nela, por que recusara o pedido para participar de sua banca? Depois de um dia de depressão, Lucy o confrontara em seu escritório. O momento fora terrível. Ele estava obcecado por algo que escrevia. Por isso a deixara esperando na porta enquanto concluía um pensamento. Depois erguera os olhos, distraído e irritado. Ela o interrogara sobre por que havia recusado seu pedido.

— Bem, pensei que fosse óbvio.

— Para mim não é.

— Digamos que seria um conflito de interesses.

A corte sutil é sempre um desperdício com os ingênuos. Ela o encarara perplexa, até o óbvio tornar-se óbvio. O relacionamento ficara abaixo do nível do politicamente correto, e ela se formara antes de tornarem públicos seus afetos.

Ao tornar-se praticamente uma lenda, Philip pudera relaxar um pouco com relação às atividades acadêmicas, lecionando em diversas instituições e, ao mesmo tempo, cuidando de interesses próprios. O papel do grande mestre havia rendido prestígio e dinheiro, além de atrair uma pequena legião de universitários ansiosos para colaborar na redação de seus artigos.

Philip se sentira atraído por Lucy porque podia passar uma noite inteira em sua companhia sem sentir a garganta oprimida, uma reação física provocada por ansiedade e pânico e curada pela fuga repentina e desajeitada. Não queria entender as exigências emocionais que muitas mulheres faziam para que um compromisso progredisse sem tropeços. Sempre fugia.

Lucy era honesta, direta, e vivia imersa em idéias e teorias, mas era mais feliz quando estava no campo, suando e se deixando cobrir por uma fina camada de poeira de quartzo e bentonita. Não era a mulher dos sonhos de todos os homens, mas Philip queria uma parceira, alguém com quem pudesse pensar. Estava envelhecendo e perdera a tolerância com as coquetes, as falsas, as oportunistas, as instáveis de humor e outras mulheres de comportamento neurótico que provocavam a resposta do macho em fuga.

O único problema era sua obsessão pelas teorias arqueológicas relacionadas aos primeiros-maiores-mais antigos. Essa obsessão, que Lucy passara a chamar de AGP — Arqueologia do Grande Pênis —, a fascinara desde que era caloura. Reconhecia que ela a atraíra para Philip no início, mas, depois de alguns anos analisando essa mesma obsessão de perto, a busca se tornara muito vaga e abstrata para ela. Não o amava menos por suas grandes teorias. As piruetas e a complexidade de seu pensamento a entretinham, mas quando ficava perto dele por muito tempo acabava experimentando sempre uma certa incapacidade para concentrar-se.

Houve um momento definitivo para Lucy, quando ela escapou do domínio das idéias de Philip. No início do relacionamento, dera importante contribuição para suas teorias de migração sugerindo que as fotos do século XIX de homens da tribo Ainu de Hokido, Japão, mostravam longos traços cranianos similares aos dos modernos europeus. Ela havia brincado dizendo que eles pareciam imigrantes suecos. Os Ainu eram descendentes de uma cultura marítima e haviam habitado o Japão 40 mil anos antes de o país ser ocupado por sua atual população. Apesar de ter exercido influência significativa no pensamento de Philip, sua contribuição não fora citada no trabalho final. Lucy decidira que tudo havia sido apenas um simples esquecimento. Devia ter feito diferença para ela, mas não fizera, e esse havia sido seu ponto de transformação.

Profissionalmente, buscara maneiras mais sutis de revelar os segredos do passado. Em conjunção com seu campo de trabalho, começara também a examinar a fina rede do registro arqueológico, procurando arquivos não editados, notas não revisadas de caçadores, exploradores e antigos colegas. Enquanto lia, costumava acariciar ferramentas de pedra, segurando o peso frio nas mãos por horas seguidas. Nas histórias dos antigos nativos, procurava por temas que estivessem ocultos no relacionamento entre homens, animais e as forças controladoras da natureza. Estudava os motivos e as pequenas piadas nos padrões que aguardavam por alguém que os descobrisse nos tecidos e na cerâmica. Suas perguntas eram sempre uma variação de um mesmo tema. O que estavam pensando? Como conheciam o próprio mundo? Como viam a si mesmos?

Munida da bucha espumante, equilibrou-se sobre um pé e começou a esfregar o outro. Tinha arcos altos, bem-definidos, e dedos longos. Gostava do formato de seus pés. Possuía uma boa estrutura óssea.

Compreendia as obsessões AGP de Philip. Teorias reluzentes atraíam mais dinheiro e prestígio, as forças rudimentares em arqueologia. No tempo em que realizava trabalho de campo, a etapa mais difícil era sempre a de levantar fundos. Com as conexões de Philip, sua paixão e energia, tornara-se extremamente competente nesse aspecto da atividade. Muito competente. Gradualmente, encontrar financiamento foi se tornando seu trabalho, até substituir a alegria de mexer na poeira e especular sobre pensamentos antigos. Começara o Fundo de Preservação Arqueológica para dar a si mesma alguma independência do trabalho de Philip e proteger sítios sobre os quais os grandes homens como Philip passavam por cima em sua busca por validação. Os sítios que implementavam carreiras e atraíam a atenção da mídia eram alvos dos arqueólogos mais importantes e não precisavam dos cuidados da FPA.

O esforço de Lucy para proteger sítios importantes para a compreensão das interações do antigos humanos com seu ambiente exigia uma filantropia mais discriminadora. Durante os últimos dez anos, havia formado uma rede de indivíduos ricos com o bom senso necessário para captar a importância de proteger os projetos menos glamourosos, mais demorados e menos interessantes para a mídia.

A viagem a Albuquerque fazia parte de seu esforço contínuo para ampliar essa rede, identificar novos sítios e educar o público e os futuros doadores. Estivera viajando nos últimos três anos, discursando em escolas, dando entrevistas, participando de convenções nacionais e internacionais, visitando sítios que o fundo poderia adquirir para futura investigação. Antes de sua palestra na convenção, às duas da tarde, ainda precisava cuidar da correspondência, redigir uma resposta para um chat na Web e conceder uma entrevista ao *The Albuquerque Journal*. À noite aconteceria a recepção na casa de Sylvia Siskin, uma famosa colecionadora do sudoeste e patrona cultural.

Lucy era, mesmo em sua modesta opinião, um sucesso num campo violentamente competitivo. Deixar a academia e atuar em uma fundação privada permitia que fosse menos reservada e defensiva, liberando seu entusiasmo e sua generosidade. O fato de angariar fundos para outros arqueólogos temperava a inveja dos rivais e cativava grande número de ardentes devotos. Concentrando-se no que ela acreditava que devia ser feito, conseguira salvar o fundo dos burocratas e dos políticos. Prevalecera, não por meio de habilidade política ou ambição, mas por simples paixão.

Uma desvantagem de seu trabalho era que havia passado a ver as pessoas como degraus para atingir seus objetivos. Estava sempre estudando a multidão tentando identificar os ricos, as "gordas aves de caça", como Philip costumava dizer. Ao mesmo tempo, expunha-se aos apelos dos excêntricos, dos malandros, dos sonhadores e, quando estava com sorte, de um ocasional e competente sincero.

Lucy amava Philip, mas ele se tornara irritável e moroso. O campo de ação da arqueologia havia sido revirado nos últimos dez anos. Rapazes jovens e ágeis conectados à mídia reescreviam o registro arqueológico. O lendário trabalho de Philip sobre os pontos paleoindígenas de 12 mil anos de idade na Grande Bacia era apenas isso, lendário, e suas teorias de migração Ainu-americana estavam sendo desafiadas, de forma grosseira, ele sentia, particularmente por pessoas que promoviam as próprias teorias junto à imprensa popular. Muitas delas, na opinião de Philip, podiam ser acusadas de trabalho sujo e manipulação de dados.

Ele precisava de um evento, de acesso exclusivo a uma grandiosa nova descoberta que suportasse sua teoria de migração. Havia mais em jogo do que sua reputação. Uma grande doação para o Benning Center for American Archaeology cobriria salários e manteria seus escritórios, mas o trabalho de campo teria de encontrar o próprio financiamento. Uma grandiosa cobertura de imprensa atrairia muito capital.

Lucy acreditava que uma descoberta significativa daria vigor à vida de Philip e o abriria novamente, e faria o que pudesse para ajudá-lo. Encontrar o Sr. Miller era uma tarefa perfeita nesse sentido.

Ela vestiu um robe de algodão e secou os cabelos com uma toalha na varanda. Uma inversão mantinha a névoa sobre o vale, proporcionando uma manhã cinzenta. Ao norte, a margem do Sandias era visível, mas não o bonde. Depois de pedir o café da manhã no quarto, Lucy trabalhou na correspondência até ser interrompida pelo repórter do *Journal*.

O professor Marion Horowitz acomodou seu corpanzil no palanque e começou a enaltecer a carreira de Lucy, seus heróicos esforços para salvar os sítios arqueológicos dos saqueadores e seu compromisso com a educação do público sobre as questões arqueológicas.

— Ela é, de fato, uma das grandes heroínas da arqueologia — disse Horowitz como encerramento.

Lucy encolheu-se e forçou um sorriso pálido. Demais, pensou. Determinada, sim, mas não heróica, certamente. Estava pronta para levantar-se, mas a experiência sugeria que devia esperar. Horowitz ainda não havia terminado. Ele se apoiava no palanque com as duas mãos como se segurasse um objeto de afeição, e ainda falou por mais uns três minutos. O homem era roliço e rosado, um cacique que preferia golfe, comida e política departamental à arqueologia, outro sobrevivente. Pela postura e o ângulo de seu queixo, sabia que ele acreditava ser poderoso e grande, um homem importante que comandava uma organização que, em sua opinião, rivalizava com a Harvard's Peabody em complexidade e influência.

Lucy havia deixado de ouvir, pensando no que poderia dizer para cativar a audiência diante dela. O grupo era inusitadamente distinto. Reconhecia os tipos sérios dos departamentos localizados nas montanhas Rochosas, vários burocratas do estado e da reserva, um punhado de renegados profissionais, curadores de vários museus do sudoeste e alguns colecionadores. A sala também abrigava os agitadores locais que haviam sido tragados pelos próprios turbilhões. Eles tinham sempre aquela linguagem vaga e mistificadora e colocavam sua energia espiritual em novas descobertas.

Lucy conhecia os grandes jogadores e apreciava muitos deles, particularmente quando desistiam da farsa e simplesmente faziam piadas e contavam histórias, coisa que os arqueólogos faziam como ninguém. No entanto, sua paixão pelo trabalho ia sendo erodida aos poucos pelas pessoas a quem servia. A eterna inveja e as disputas baratas por domínios, status e autoridade começavam a afetá-la. As traiçoeiras e ocultas correntes de malícia que percorriam a academia desproviam de crédito o verdadeiro trabalho da arqueologia. O turbilhão fazia com que ela vivesse num estado intermediário de exasperação, furiosa, mas não o suficiente para abandonar tudo, apaixonada, mas não o bastante para ignorar a ganância grosseira dos colegas. Tudo isso ia corroendo os núcleos de propósito e significado que a inspiravam. Queria que cada discurso fosse o último.

Ela perdeu a última piada de Horowitz e o ouviu dizer:

— ... Dra. Lucy Perelli.

Durante os aplausos, ela ocupou o lugar no palanque, sorriu para a audiência e retribuiu o cumprimento silencioso de Horowitz com um simples aceno de cabeça.

— Obrigada, Marion. É bom estar novamente no sudoeste, apesar do frio. — Todos riram, porque a temperatura era de 30 graus do lado de fora. — A diversidade de interesses aqui representada dá um novo significado ao termo multiculturalismo. — Mais risadas, porém tensas. — Minha piada padrão para a abertura tem sido a seguinte: Qual é a diferença entre uma cerâmica Hopi e o relativismo pós-moderno? — Ela parou por um momento antes de fornecer a resposta. Várias pessoas, gente que já havia escutado a piada, se agitaram. Quando a sala ficou silenciosa novamente, ela disse: — A cerâmica Hopi ao menos retém a água. — Gargalhadas esparsas, alguns gemidos, diversas vaias. Da provocação aos pós-modernistas ela passou à necessidade de melhores incentivos fiscais para os acordos de conservação. Utilizava a versão resumida de seu discurso, abordando a necessidade de melhor emprego das leis de preservação arqueológica, da redução do comércio ilegal de antiguidades, de melhor proteção dos sítios contra o vandalismo e de programas de financiamento para o trabalho de campo. — Há vários anos fui testemunha em uma audiência de julgamento de três adolescentes que haviam praticado vandalismo contra um importante sítio perto de Cincinnati. Como parte do acordo de liberdade condicional dos garotos, o juiz exigiu que eles doassem oito horas semanais de um verão para o trabalho de levantamento topográfico do local em conjunto com arqueólogos da Universidade de Pittsburgh. A conexão que aqueles rapazes estabeleceram com o passado naquele verão os acompanhará para sempre. Hoje, dois deles estudam arqueologia na Universidade do Oregon e na Universidade da Califórnia, Santa Bárbara.

Ela examinou os rostos da audiência durante os aplausos. A resposta era tão previsível quanto sua história.

— As universidades que emprestam exagerado glamour às teorias abstratas à custa da pesquisa e do trabalho de campo não estão colaborando com o progresso da arqueologia. Não existem tantos empregos assim para quem pretende lecionar irrelevante teoria relativista. — Ela pôs os óculos e pegou uma folha de papel da bancada. — Como um caso ilustrativo, deixe-me ler para vocês um trecho de um dos mais extremos relativistas pós-modernos franceses. "Ultimamente, devemos perguntar a nós mesmos, a grande comunidade de filósofos, cientistas sociais, antropólogos e arqueólogos, se essa realidade que parecemos habitar cumpre a tarefa de apresentar-nos a verdade. Pitágoras entendia o homem como a medida de todas as coisas, o observador central de um mundo desprovido de essência cardinal. Stephen Hawking afirmou que o tempo do relógio é a ilusão e o tempo do sonho, a realidade. Na bacia amazônica e no sertão australiano, os povos nativos acreditam que o mundo real é meramente ilusório, e que o mundo dos sonhos é a verdadeira realidade. Quem somos nós para negar tais asserções?"

Lucy retirou os óculos, levantou a cabeça e sorriu das noções sonhadoras do autor.

— Imaginem por um momento a perspectiva do novo campo da Teoria do Sonho Arqueológico e seu possível currículo. Minha disciplina favorita seria a dos estudos dos estados alterados da meteorologia, pela qual aprenderíamos a confinar o clima inclemente a um universo paralelo.

O comentário provocou gargalhadas dos profissionais de trabalho de campo. Depois do dinheiro, o tempo era o grande problema dos que metiam as mãos na terra.

— Minha história sobre os rapazes que vandalizaram um precioso sítio arqueológico não tem a intenção de ser apenas um alegre relato sobre o sucesso de um pouco de disciplina. Ela também fala sobre a importância social do trabalho de campo e o reconhecimento do valor da preservação do contexto de nossas descobertas para as futuras gerações. De fato, esse trabalho nos ajuda a considerar o relacionamento que mantemos com nossa cultura, com outras culturas e com culturas passadas. Mais importante, ele nos ensina a respeitar, e ao aprendermos esse importante conceito, também aprendemos que devemos preservar o passado para o futuro. Obrigada.

Ao final dos aplausos, pessoas a cercaram para cumprimentá-la, fazer perguntas ou promover um projeto. Uma estudante universitária muito séria chamou a atenção de Lucy ao indagar sobre a possibilidade de candidatar-se a um emprego no FPA. Enquanto ela recitava seu breve currículo, Lucy notou um homem pequeno e delicado com cerca de 45 anos, vestido inteiramente de preto, com uma proposital barba por fazer e óculos escuros de sol de grife manobrando intocado por entre a multidão e caminhando para o palanque. Ele era seguido por uma ruiva atenta cujas roupas, uma saia verde e justa e uma malha preta, exibiam um corpo esculpido pela ginástica — o pacote básico da mulher de ação — e atado a peças de um equipamento de som. A mulher falava depressa com um belo rapaz que segurava uma câmera de vídeo e a apontava para o homem de negro que se preparava para cumprimentar Lucy. A ruiva ofereceu um breve sorriso introdutório e empurrou o microfone para a frente. Lucy manteve a calma e retribuiu o sorriso, analisando a mulher e o homem de preto. Este interrompeu uma pergunta da estudante universitária sobre um eventual emprego e estendeu a mão.

— O momento é perfeito, Dra. Perelli. Sou Henri Bashé, e estes são meus amigos e produtores de vídeo, Anita Parker e Billy Myrdal, que estão produzindo um documentário sobre Bashé na América. Gostaríamos de contar com sua participação em um pequeno segmento desse trabalho. Creio que poderíamos chamá-lo de *Passado de Quem Para o Futuro de Quem?* Gosta do título?

Lucy o encarou ligeiramente confusa. Conhecia o nome, mas o contexto era nebuloso.

— Desculpe, mas nós já nos conhecemos?

— Só em meus sonhos, Dra. Perelli. — Ele executou um gesto gracioso com o cigarro apagado que segurava na mão esquerda. Seu sotaque disfarçava um certo sarcasmo sob o verniz do flerte.

— Oh, Bashé! — Lucy exclamou, estendendo a mão. — É claro, Henri Bashé. — Diante dela estava o teórico francês que há pouco citara em seu discurso. Talvez pudesse encobrir o embaraço com uma piada. — Não o esperava aqui. — Ela esperou, ele sorriu, ela riu. — Que coincidência! É um prazer conhecê-lo. E não posso resistir: touché, Bashé!

— Sim, touché, como você diz. É muito bom conhecê-la. — O homem inclinou a cabeça e sorriu. — Sim. Nós nos conhecemos... ah, hmm... finalmente. De fato, considero-me extremamente relativo, mesmo para um francês.

— Oh, entendi — disse Anita. — Você é o relativista francês que ela citou há pouco. — Ela olhou para Billy. — Isso está registrado?

— Sim. Tudo gravado, meu bem.

Ninguém no grupo conhecia Henri ou percebia a estranheza do momento, embora a câmera, o sotaque e o traje indicassem tratar-se de alguém de destaque.

A interrupção surpreendeu a estudante universitária, cujos olhos pareciam transfixados pelas lentes da câmera. Os gestos agitados de Anita não conseguiam convencê-la a sair dali, o que deixava Billy entregue aos próprios recursos. Ele fechou o enquadramento da cena na formalidade constrangida de Lucy. Não era uma tomada que Anita pudesse utilizar, mas Billy produzia os próprios filmes curtos e sem mercado, roteiros repletos de obscuras referências culturais, com um tempo errático e idéias inquietantes. Quanto a quais tomadas seriam dele e quais pertenceriam a Anita, isso era decidido na edição, momento em que havia sempre uma abundância de gritos e palavrões.

Henri recuou.

— Por favor, perdoe nossa invasão, mas precisávamos registrar imagem tão sublime. Podemos conversar novamente mais tarde?

— Sim, é claro. Novamente, mais tarde. — Ela sorriu. — Outro dia, outra humilhação.

— Só uma? É uma criatura de sorte. — Henri apontou para o saguão. — Estaremos esperando no hall. *D'accord?* Tudo bem?

— *Oui, certainement.* — Ela riu, balançando a cabeça num gesto de incredulidade, e olhou para a estudante universitária. — Lembre-se sempre de quem você cita. Voltando à nossa conversa, está interessada em uma colocação na área administrativa ou gosta do trabalho de campo?

Quarenta minutos mais tarde, ela havia terminado de cumprimentar os últimos amigos, entusiastas da arqueologia, fanáticos, estudantes e um homem idoso e solitário que afirmava que um de seus ancestrais, um camponês judeu, fugira da Inquisição espanhola disfarçado de monge, instalara-se na América, construíra uma fortuna e tornara-se governador de território. Na América, ele dizia, tudo era possível.

Lucy deixou o Auditório Georgia O'Keeffe e dirigiu-se ao saguão. Vigas maciças sustentavam o teto elevado e os pesados lustres de ferro forjado. Tudo ali era muito ocidental e sólido. Estava em pé no meio do saguão, olhando para cima, fascinada com as enormes vigas, quando percebeu que eram falsas, apenas grandes caixas pintadas de forma a parecerem vigas, presas ao teto por ferrolhos. Os lustres, ela imaginava, deviam ser feitos de alumínio moldado. Algum dia, estudantes de arqueologia marcariam a posição precisa daqueles fragmentos de metal moldado, criando enormes bancos de dados.

Olhando em volta, tentou localizar Henri e as pessoas do vídeo. A dupla o filmava contra uma janela do outro lado do saguão. Seu rosto era iluminado por pequenas lâmpadas de halogênio instaladas em dois guarda-sóis prateados e emoldurado pela janela por onde se podia ver a brilhante grama verde lá fora. Um ruído baixo, persistente e constante reverberava pelo lobby. Henri usava o cigarro para enfatizar seus gestos, aspirando tragadas rápidas e soltando a fumaça em sopros curtos que correspondiam às pausas em seu discurso.

— ... Pela janela — ele estava dizendo —, vocês podem ver uma dúzia de nativos americanos, ah... batucando e cantando sob um toldo de lona. Eles protestam contra, hum... o que esteve ocorrendo hoje no interior do Posada

Duran Hotel, uma reunião de arqueólogos do oeste dos Estados Unidos. Os arqueólogos estão aqui para promover sua ocupação... para a mídia, os políticos e... eles mesmos. Sua ocupação não é meramente territorial — a tomada da terra e dos artefatos — mas é também a tomada de memórias. Seu objetivo não declarado, talvez inconsciente, é a completa e total absorção do indígena. Os arqueólogos fingem compartilhar a crença de que escavar, ah... o passado... é de grande valor e merece seu dinheiro e... sua atenção. Alguns arqueólogos até descrevem o que fazem como... ciência. Num primeiro olhar isso pode parecer absurdo, mas levando em consideração o que passa por ciência hoje... eles merecem o benefício de nossas dúvidas. Podemos ir agora... e conhecer o povo nativo americano que protesta contra os arqueólogos?

Billy deixou a câmera cair ao lado do corpo.

— Ficou bom — disse. — Um pouco sinistro com o contraste entre interior e exterior. A fumaça é ótima. Ele tem um discurso bem entrecortado... mas é, ah... ah... *très français*. Gostei.

— Henri, só para constar, você não deve fumar aqui dentro — disse Anita.

— Sinto muito. Eu não sabia. Há muitas regras na América... Ah, aí vem ela. — Henri comentou ao ver Billy erguer a câmera para registrar Lucy atravessando o saguão. — Você nos surpreendeu... tirando proveito de sua presença, como dizem, mas tudo pela diversão, sim... sem ressentimentos?

— É claro — Lucy disse sem dar importância aos fatos. — Eu comecei tudo isso ao transformá-lo em objeto de meu escárnio durante o discurso.

— Ah, vejo que está zangada.

— De jeito nenhum, Henri. — Ela sorriu com doçura, depois se virou para Billy e, empregando um tom açucarado, perguntou: — Será que se importaria muito de desligar essa coisa?

Henri riu. Anita murmurou alguma coisa para Billy. Ele encolheu os ombros e baixou a câmera. Era um rapaz de excelente aparência, tanto que lembrava aqueles modelos de comerciais de roupas íntimas, com lábios cheios e bem definidos e um queixo quadrado, nórdico. Cílios negros emolduravam seus brilhantes olhos azuis.

— Obrigada...

Henri riu.

— Você é tão, ah... austera, Dra. Perelli. Tem uma história de... como se diz... ah — ele apertou os lábios e ergueu os olhos num ângulo que sugeria malícia —, relações infelizes com o sexo oposto?

— Henri, por favor, me chame de Lucy. Agora que já nos insultamos, podemos abrir mão de certas formalidades.

— Tem um bom humor.

Billy o corrigiu.

— Quer dizer que ela tem um bom senso de humor.

Henri riu.

— Senso de humor é uma expressão tola.

Anita segurou a porta para Henri, Lucy e Billy, e o grupo trocou o frescor do salão pela luz e o calor do dia lá fora.

No jardim entre o Posada Duran Hotel e a rua, um grupo de demonstradores permanecia sentado em torno de um grande tambor sob uma ampla lona. Duas estacas sustentavam uma faixa com o slogan: SALVEM NOSSOS SÍTIOS SAGRADOS. DETENHAM A ARQUEOLOGIA. Apoiado contra uma árvore baixa e esguia havia um cartaz de papelão com a legenda: MORTE AOS ARQUEÓLOGOS.

Henri olhou para Lucy.

— Isso é real ou piada?

— Não sei. Devia perguntar a eles.

— Boa idéia — aprovou Anita.

Henri sorriu.

— Está sugerindo que eu me martirize pela arqueologia?

— Não pela arqueologia — respondeu Anita. — Pelo vídeo.

— Você e Lucy deviam ir — Henri sugeriu. — Billy e eu faríamos o vídeo. Se eles as matarem, teremos as provas do crime.

Anita segurou a mão dele.

— Venha, Henri. Você tem de conduzir a conversa.

— Sugiro que peçam permissão antes de ligarem a câmera — disse Lucy.

Um índio de cerca de 40 anos, com belos lábios grossos, olhos escuros e longos cabelos trançados e parcialmente cobertos por um boné de beisebol do Seattle Mariners permanecia sentado sobre um colchão de ar sob a tenda, protegido do sol. O colchão de ar se erguia nas laterais, criando um efeito que lembrava asas abertas. Suas longas tranças caíam para a frente dos ombros.

O índio notou várias pessoas, incluindo uma mulher branca e esguia com cabelos curtos e vermelhos, atravessando o gramado em sua direção. Ela puxava pela mão um homem vestindo calça e camisa negras. Estivera inspirando e expirando lentamente, prática que o deixava calmo e reflexivo. As pessoas que atravessavam o gramado não representavam um problema.

Podia ver que não estavam zangadas nem enlouquecidas — elas tinham uma câmera.

— Olá, meu nome é Anita — disse a ruiva. — Este é o professor Henri Bashé, da França, a Dra. Lucy Perelli e meu parceiro, Billy.

— Meu nome é Kills The Deer Burnum.

Todos se cumprimentaram. Lucy notou que o ar estava um pouco parado. Mais para o fundo da área coberta pela lona vários jovens batiam em um tambor tradicional e uivavam, compondo um som de inconfundível tristeza.

Kills The Deer apontou para Henri e perguntou:

— Seu nome é Ornery?

— Quase isso — disse Henri, acendendo mais um cigarro.

— Que nome mais estranho. Significa rabugento — Kills The Deer comentou como se falasse para si mesmo.

— É parecido com Henry — interferiu Anita. — Mas, em francês, pronuncia-se An-Ri.

— Exatamente. Podemos fazer algumas perguntas para o filme? — Henri quis saber.

— Estou aqui para responder perguntas. Que tipo de questões tem em mente? — indagou Kills The Deer.

Billy ergueu a câmera e focalizou-o.

— Pronto, Henri.

— Você realmente mata arqueólogos? — Henri disparou.

— Do que está falando? — Kills The Deer estava acostumado a fazer acusações absurdas, não a ser alvo delas.

Henri virou-se e apontou para o cartaz.

— Ali, embaixo da árvore, há uma placa que diz: MORTE AOS ARQUEÓLOGOS.

Kills The Deer esticou o pescoço para ver o cartaz.

— Aqueles garotos tontos devem ter feito isso. São arqueólogos?

— A Dra. Perelli é diretora do Fundo de Preservação da Arqueologia — respondeu Henri. — Eu sou mais um estudioso.

— É velho demais para estar estudando — Kills The Deer duvidou.

— Podemos ser eternos estudantes.

O índio assentiu pensativo.

— Minha mãe freqüenta as aulas na faculdade comunitária.

— Que tipo de aulas?

Kills The Deer fechou os olhos e expirou.

— Veio fazer perguntas sobre minha mãe?

— Prefere não falar dela? Muitas pessoas têm esse sentimento — concordou Henri. — Eu gostava de minha mãe. Na verdade, escrevi um livro sobre ela.

— Não tem importância — respondeu Kills The Deer, momentaneamente resignado. — Minha mãe está estudando para ser parteira. Ela já é parteira, mas quer obter a licença para que não possam prendê-la. Hoje em dia existem muitas licenças.

— Na França é muito pior — Henri contou.

— Como assim?

— Precisa de um certificado até para urinar.

Kills The Deer riu.

Anita tocou o ombro de Billy e, experiente, girou-o de forma a descrever um semicírculo. A lente da câmera focalizou um policial num brilhante colete amarelo atravessando o gramado na direção deles. Atrás do oficial, as janelas espelhadas dos edifícios refletiam o azul profundo do céu.

Kills The Deer possuía uma longa história com o policial, cujo nome era Mendez. O colete amarelo contra o reflexo do céu despertava na mente de Kills The Deer a lembrança de uma boneca kachina. Para muitos povos Pueblo, essas bonecas eram representações dos espíritos ancestrais mascarados que mediavam entre a terra e o céu para fazer chover. Às vezes, elas eram chamadas de pessoas nuvens ou dançarinas nuvens. Kills The Deer não era um grande crédulo das kachinas, mas elas eram um bom "meio de simbologia", o que elevava o apelo de suas pinturas kachinas no mercado New Age. Gostava da idéia de um policial kachina em um colete amarelo flutuando para o céu azul, emoldurado em concreto. Junte ao panorama uma nuvem crescente do tio Maxfield Parrish e o resultado seria formal e irônico, porém radiante e de significado mitológico. Em outras palavras, o cenário era um cartão-postal em potencial.

O policial aproximou-se de Billy e parou diante da câmera.

— Posso ver sua licença, senhor?

— Isso não vai ser possível, oficial.

— Por que não?

Billy virou a câmera para si mesmo.

— Não temos nenhuma licença. Não solicitamos licenças.

— Senhor — Mendez começou com um tom de quem vai pregar um sermão —, está em uma propriedade municipal. Para capturar imagens de propriedade municipal para fins lucrativos precisa ter licença. Solicito que pare de filmar até eu compreender a natureza e a intenção do seu trabalho.

Anita assumiu o comando, oferecendo sua resposta padrão para interrogatórios formais.

— Estamos produzindo um documentário para a televisão pública com patrocínio da FNH, NEA, da Fundação Lawrence e Lulu Merryman para Pesquisa Social, e apoio de telespectadores como você. Este cavalheiro é o Dr. Henri Bashé, o famoso teórico francês e narrador do programa.

— Bem, isso não soa muito interessante — opinou Mendez. — Acho que não precisam de licença.

— Seu apoio é muito apreciado — disse Billy.

— Biliiiiii — Anita murmurou.

Mendez encolheu os ombros. Depois olhou para Kills The Deer, que soprava um tubo conectado ao colchão de ar.

— O travesseiro tem um furo por onde o ar escapa lentamente — ele explicou. — Precisa ser inflado constantemente. — Ele soprou um pouco mais.

— Tenho a impressão de que poderia fazer essa coisa voar, Burnum. — Mendez olhou para a lona que os cobria. — Veio preparado.

— Só os cachorros loucos e os homens brancos se expõem ao sol do meio-dia — disse Kills The Deer. Ele começou a rir, o que o sacudiu para cima e para baixo no colchão.

Mendez olhou para o fundo da área coberta, para os rapazes que tocavam tambor na penumbra.

— Sinto cheiro de algo que não aprecio — comentou.

— Fe-fi-fo-fum — alguém cantou ao ritmo do tambor. — Olá, oficial Mendez.

— Você está em liberdade condicional, Jeremy. Não se meta em encrencas.

— Não estou fumando nada — a resposta soou baixa.

O oficial Mendez olhou para Kills The Deer. Ele parecia perplexo e irritado.

— Devia estar mantendo esses garotos longe de confusões.

— Robert, é exatamente isso que estou fazendo. Eles estão tocando um tambor. Duvido que exista maneira de se manter alguém mais afastado de encrencas.

— Não gosto nada disso.

— Se fosse a outro lugar, certamente se sentiria melhor. E nós também.

— Agora você disse uma grande verdade — o policial respondeu, virando-se para voltar para a rua.

— Sobre o que é esse filme? — Kills The Deer perguntou.

— Sobre a morte da arqueologia — explicou Henri.

— É sobre como definimos a cultura — disse Anita.

— É sobre teorias esotéricas francesas que ninguém entende — colaborou Billy.

— Um trabalho épico, como pode perceber — concluiu Lucy.

Henri levantou uma sobrancelha, Anita ignorou-a, Billy riu. Três diferentes filmes estavam sendo produzidos em suas cabeças. O corte final garantiria a matança.

Henri sorriu para Billy.

— Lembre-me de falar com você sobre os benefícios do respeito. — Depois ele caminhou para Kills The Deer e, marcando as frases com a fumaça do cigarro, disse: — Tenho um interesse especial por canibalismo.

Kills The Deer olhou para a lente da câmera, preenchendo o campo de visão de Billy com a expressão de um homem insultado a ponto de estar estupefato. Então, sem saber se devia reagir com fúria ou humor ao sujeito estranho de roupas negras, Kills The Deer continuou olhando para Billy e disse:

— É evidente que veio de algum outro planeta, Sr. Bashé. Só um alienígena viria até aqui e falaria com índios sobre canibalismo.

Henri reagiu com entusiasmo surpreendente.

— Todos nós temos canibais nos nossos armários. Então, para mim não é um grande problema essa questão de quem come quem, e também não deveria ser problema para as outras pessoas. Para ninguém. — Henri falava com tom leve e bom humor, fazendo gestos eloqüentes entre uma tragada e outra, segurando o cigarro entre o polegar e o dedo médio, orquestrando o próprio discurso. — Conhece o estudo de Christy e Jacqueline Turner que documenta a morte violenta, o desmembramento e o canibalismo no sudoeste pré-colombiano?

Kills The Deer balançou a cabeça com incredulidade, um gesto que Henri interpretou erroneamente como sendo a resposta perplexa de um índio que não conhecia o trabalho dos Turner. Com entusiasmo infantil, ele começou a explicar:

— Os autores descrevem um banquete que aconteceu em um recanto ao sudoeste do Colorado há cerca de 950 anos. Os comensais removiam as carnes dos ossos de suas vítimas como se lidassem com cervos ou outros animais de grande porte. Os ossos eram quebrados e fervidos, o que fazia com que as extremidades raspassem nas paredes do recipiente; os arqueólogos chamam tal prática de "polimento de recipiente". Uma frase maravilhosa. E, mais dramático,os comensais usavam os crânios das vítimas como chaleiras nas quais cozinhavam seus cérebros, um tributo à culinária minimalista.

Kills The Deer olhou para os outros em busca de sinais de um conluio. Foi com alívio que ele notou os olhos arregalados e espantados de Anita e Lucy. Billy manipulava sua câmera, considerando a possibilidade de Henri ter cozido o próprio cérebro.

— No entanto — Henri retomou a palavra, finalmente percebendo que havia pisado em terreno indevido —, meu trabalho é de natureza completamente diferente, estando absolutamente desligado dos aspectos físicos da ingestão. Estou estudando a absorção e o consumo do canibalismo cultural — a maneira pela qual uma cultura absorve a outra —, e costumes praticados no ato do consumo, como o sorriso, o aperto de mão, a oferta de água com açúcar colorido. Não tive a intenção de ser rude nem de insultá-lo ou a seus ancestrais de uma ou outra maneira.

— Não sei ao certo se quero entender — disse Kills The Deer. — Mas demonstre um pouco de reverência e respeito. É sua passagem para relacionar-se com os índios. Caso contrário... — Ele passou o indicador pela própria garganta.

— *Absolument* — Henri respondeu apressado expirando fumaça.

— Você é um homem de sorte. Julgamos os franceses... indigestos — Kills The Deer riu. Todos relaxaram um pouco. — Então, veio até aqui para me perguntar alguma coisa, ou só estava interessado em saber sobre minha mãe?

— Não. — Anita interferiu antes que Henri tivesse a chance de criar mais uma confusão. — Gostaríamos de uma definição sobre o que quer dizer com indígena.

— Indígena? Não quer que eu fale sobre como meus ancestrais se devoravam entre si?

— De início, gostaríamos de uma definição do termo indígena.

— Índios primeiro, canibais depois. Bem, os índios são o meu povo. Eu sou um índio. Essa é toda definição de que preciso.

— Cerca de 20 por cento da população americana afirma ter sangue indígena nas veias. Um índio é qualquer pessoa que se declare índia?

— Devia ir perguntar a elas.

— Aos 20 por cento?

— Sim. Elas forneceriam muitas informações que você poderia utilizar em seu banco de datas.

— Quer dizer banco de dados — corrigiu Anita.

— Vocês índios e nós franceses temos muito em comum — Henri interferiu. — Estamos sempre mergulhados em datas.

Kills The Deer riu.

— Vocês também? Devíamos conversar qualquer dia.

— Como ficou essa tomada, Billy? — Anita perguntou.

— Boa. — Ele mantinha o olho fixo na câmera.

Kills The Deer sorria.

— Não quer saber sobre minha mãe?

Anita apertou o cotovelo de Billy, um sinal para que ele fechasse o enquadramento em Kills The Deer.

— Quer impedir que os arqueólogos continuem escavando suas terras? — ela indagou.

— Sou um artista. Uso muitas imagens que eles escavam. Muitos de nós ganhamos algum dinheiro com a arqueologia, de uma forma ou de outra. — Por dentro ele começava a sentir certa mistura de indignação, orgulho, raiva, superioridade e uma pitada de culpa e remorso, emoções que não podia articular. Sentia os lábios espessos e rígidos. O rosto enrugado formou uma expressão séria. — A verdadeira questão é que os índios estão sempre sendo enganados pelos brancos. Nem todos os indígenas se importam com sítios sagrados. O que desejamos é ter o controle sobre nossas vidas. Assim podemos tornar importante e polêmico tudo que quisermos. Se temos de ser duros para conquistarmos um pouco de respeito, seremos duros. — Ele riu. — A persuasão gentil não tem dado bons resultados até agora.

— O que faz de um índio um índio? — Anita quis saber.

— Hoje, esta é uma questão legal. Sou um índio desde que as leis afirmem tal coisa. Mas não quero mais falar sobre ser índio. Agora vamos cantar. Se quiser filmar aqueles rapazes batucando, talvez deva dar a eles alguns dólares. O LTD 73 de Jeremy engole gasolina como uma garota branca... esqueça.

Anita respirou fundo. Lucy emitiu um som de desgosto.

— E, agora, quem está sendo racista? — Ela tocou a mão de Anita. — Setenta e três foi um ano muito bom, Anita.

A outra girou os olhos.

— Sim, foi o ano em que eu nasci. Dinheiro para o combustível, é? Claro. É o mínimo que podemos fazer.

Billy colocou-se atrás do grupo de rapazes e garotos e ajoelhou-se. Ele focalizou o tambor e as baquetas contra a silhueta de Kills The Deer. Ia registrando tomadas de rostos jovens, inexpressivos, e depois se aproximou um pouco mais de um tambor, gravando-o em câmera lenta, capturando as vibrações do material bem esticado como uma cortina ondulante de luz.

— Não precisamos de muitas dessas imagens, Billy — Anita sussurrou. Ela o deixou registrando a beleza e voltou a Kills The Deer.

— Cinqüenta dólares para os seus garotos?

— Obrigado. Isso deve servir para alimentá-los com hambúrgueres e mandá-los de volta à reserva.

— Estarão fazendo alguma demonstração na recepção de Sylvia Siskin hoje à noite? — ela indagou.

— Quem será recepcionado?

— Os arqueólogos.

— Não planejamos nada. Normalmente, a noite de sábado acontece na reserva. Os garotos vão fazer as coisas de que gostam.

— Que coisas?

— Não me pergunte, porque não vou dizer. No pueblo eles dizem que os jovens governam, os velhos babam. Mas eu não me importaria de ir à sua festa. — Afinal, sabia que qualquer recepção estaria repleta de pessoas brancas e ricas que poderiam comprar arte. — Trata-se de uma ocasião limitada a convidados?

Anita imaginou a possibilidade de registrar em vídeo a presença de Kills The Deer em uma sala cheia de arqueólogos.

— Essas coisas não têm importância. São apenas arqueólogos. A reunião começa às seis e meia. Sabe onde fica a casa?

— Estarei lá — ele respondeu com seu tom neutro e direto.

— Vá como está.

— Como estou é bom.

— Contaremos com você. — Ela se virou e acenou para Billy. — Quando quiser, cara.

Os tambores haviam mudado seu ritmo do cântico nostálgico e choroso para uma frase abafada que Henri não conseguia entender.

— O que eles estão dizendo? — perguntou a Lucy. — É inglês?

— Frum time n men oreal? Não tenho certeza. O som parece britânico.

Enquanto eles se afastavam de volta ao Posada Duran, a frase era repetida no ritmo do tambor, “Frum time n men oreal, Frum time n men oreal, Frum time n men oreal”.

TRÊS

A casa de Sylvia Siskin era uma mansão de tijolos aparentes totalmente remodelada com uma criada, uma cozinheira e um serviçal que atuava como mordomo, motorista e segurança. A casa ficava perto da via férrea, à sombra do Sandias, sob a névoa de Albuquerque. Na década de 1920, um minimalista italiano, ansioso pela beleza e pela magia do sudoeste, construíra a casa original bem acima da estrada e do rio que seguia ao norte para Santa Fé. O local, ponto alto de uma árdua escalada de oito quilômetros a partir do sinuoso rio, fora escolhido em parte para evitar a procissão de hedonistas atraídos para a planície elevada de Taos pela cabala e os pensamentos-livres de Mabel Dodge e D. H. Lawrence.

Câmeras de vídeo varriam o terreno, a estrada para a casa e as ravinas que conduziam gambás, serpentes, coiotes e outros visitantes de Sandias para o quintal de Sylvia. No passado, burros selvagens e cervos vagavam por entre os cactos banhados pelo luar, enquanto pumas esperavam nas sombras.

Uma cerca de ferro forjado com dois metros e meio de altura definia os 20 acres de terreno em torno da casa. Sensores na estrada alertavam os empregados para qualquer presença com mais de 20 quilos, incluindo cachorros grandes e gordos e crianças desobedientes.

Anita e Billy chegaram cedo com Henri, resgatado de uma mistura de álcool e reflexão no bar do hotel. Um cavalheiro esguio, um chicano com pouco mais de 30 anos, caminhava para o portão.

— Boa noite. Meu nome é Morales. A Sra. Siskin disse que vocês viriam cedo. Ela os está esperando.

— Olá, sou Anita Parker. — Ela continuou falando enquanto andava, porém não olhou para trás. — Henri Bashé, Billy Myrdal.

— Podem deixar o veículo ao lado da casa por enquanto. Permitem que eu os ajude a descarregar o equipamento?

— Oh, obrigado, mas não há muito que descarregar. Billy pode cuidar de tudo sozinho. Há um cavalheiro nativo americano conosco, o Sr. Kills The Deer Burnum. Ele virá mais tarde, mas seu nome não está na lista de convidados. Acha que pode haver algum problema?

— De maneira nenhuma. Conheço o homem. Um amigo meu tem um dos quadros que ele pintou.

— É mesmo? Que tipo de quadro? — perguntou Anita, intrigada com a possibilidade de Kills The Deer possuir algum grau de fama.

— É uma kachina. É diferente.

— Oh — exclamou Henri. — Diferente em que sentido?

— É feito sobre o fogo.

— Nunca ouvi falar em kachinas de fogo — comentou Anita.

— Não é realmente uma kachina de fogo — explicou Morales. — É mais uma kachina sobre o fogo. Ouvi dizer que é simbólico. — Seu generoso bigode encurvou-se nas pontas compondo um sorriso doce e angelical. — Aproveitem a festa. — Ele fez um gesto indicando que deviam entrar. — A criada da Sra. Sylvia, Inez, mostrará onde podem deixar o equipamento.

Anita e Billy recolheram o material de trabalho e seguiram pela alameda de pedregulhos até a porta principal na frente da casa. Henri ia atrás deles e desfrutava de um calor aconchegante proporcionado pelo maravilhoso vinho tinto do hotel. As espessas paredes da casa tinham pelo menos cinco metros de altura. As extremidades das pesadas vigas do teto, entalhadas por uma elite de artesãos mexicanos empobrecidos, projetavam-se além das paredes em cerca de meio metro.

Inez abriu a porta antes que eles pudessem bater.

— Por favor, entrem — ela disse, esticando um braço e apontando para uma sala além do saguão à direita da entrada. Billy virou-se ao passar por ela, atraído, como muitos outros, pela estranha beleza de seu legado hispânico-maia. Seus olhos eram grandes e escuros, os cabelos eram longos e negros, e o nariz possuía um formato ligeiramente arredondado. Ela se mantinha extremamente ereta, talvez para compensar a reduzida estatura.

— Podem deixar seu equipamento naquela sala até que ele seja necessário.

Billy foi se livrando das bolsas contendo câmeras, luzes e tripés, arranjando cuidadosamente os volumes sobre uma imensa mesa de carvalho sob uma pintura brilhantemente iluminada de um índio. Ele retirou a câmera digital de sua embalagem e começou a tirar fotos da sala, detendo-se brevemente no índio, tirando fotos de distâncias variadas da boca aberta e escura que sugeria um grito.

— Billy, como espera que eu use isso?

— Eu posso usar.

— Isso vai nos custar tempo de edição.

— Meu bem, nós concordamos com isso.

— Concordamos sobre você desperdiçar meu tempo com essa bobagem?

Billy olhava para o índio no quadro.

— Querida, já trabalhou com muitos cinegrafistas, não é?

Anita notou a presença de Inez, esperando atenciosa na porta, atenta às necessidades e às instruções dos gringos. Por um breve instante, viu um lampejo de sua personalidade arrogante refletida nos olhos escuros e serenos da governanta. Ela se virou e olhou para Billy.

— Podemos conversar sobre isso mais tarde? — sussurrou.

— Se você insiste, certamente.

Ela respirou fundo.

— Muito bem.

Billy estava perdido em seu visor, olhando para o teto. Era como se cada viga da casa, de todos os ângulos imagináveis, convergissem para aquela sala. Não havia duas vigas repetindo um ângulo, como se um grupo de bêbados houvesse passado a noite espetando palitos em torno de uma fogueira de acampamento, e mesmo assim as vigas se encaixavam com precisão. Era impossível enfiar uma folha de papel de seda entre elas. Não havia aparato arquitetônico para realizar tal demonstração. Um impressionante nível de habilidade tinha dado às vigas padrões inexistentes na natureza, como se um bruxo chicano houvesse manipulado uma varinha mágica cortante e afiada diante de uma velha árvore.

— Billy — Anita murmurou —, por favor.

Seus olhos deixaram o teto, passaram pela elaborada cruz de Caravaca sobre o batente da porta e caíram sobre o rosto doce e paciente de Inez. Ela sorriu, não para a câmera, mas porque Billy havia descoberto as vigas. Silenciosa, olhou para cima, para as magníficas vigas, e depois se virou.

O sorriso da criada intrigava Billy. Ele olhou novamente para o teto, depois para Henri, que fez com a mão um gesto suave e muito típico dos franceses, uma declaração de inocência fingida. Henri notara o olhar aberto da criada, seus olhos brilhantes e lindos, seus ombros alinhados, enfim, vira quando ela olhara para Billy com todo seu ser. Partidas radicais eram uma questão misteriosa. Henri estudou a intersecção no teto. Talvez fosse apenas uma conquista do artesanato.

Anita olhou para Billy e apontou para a mesa.

— Seria mais delicado se deixássemos a câmera até sermos formalmente apresentados a Sylvia Siskin. — Ela passou pela criada para o meio do saguão e esperou. Billy e Henri a seguiram, depois se viraram a tempo de ver Inez trancando a porta da sala e guardando a chave no bolso.

— Agora é hora de conhecer a señora Sylvia — ela proclamou. — Venham comigo, por favor.

Embora Inez e Sylvia ocupassem o mesmo espaço, elas existiam em planos espirituais diferentes. Inez via a empregadora em detalhes, conseqüência da precaução. Podia lembrar cada gesto de Sylvia, e com freqüência, conforme acreditava, imagens dos pensamentos de sua patroa. O tempo e o serviço haviam tornado Sylvia previsível, mas ela ainda deixava Inez profundamente confusa. A única coisa que compartilhavam era o ar que respiravam.

Inez via Sylvia como uma beleza branca que envelhecia, alguém cujo propósito e significado estavam ocultos sob a rotina de sua vida. Inez gostaria de transmitir apenas um aspecto de sua vida a sua senhora; ela orava para que a señora Sylvia um dia percebesse como eram sagradas as antiguidades de que se cercava, objetos um dia utilizados por outros em veneração a Deus.

Inez conduziu Henri, Anita e Billy a uma espaçosa câmara perto do saguão que se abria em várias direções da casa. Um corredor de teto alto com alcovas ocupadas por santos e recortadas nos espessos tijolos levava do centro da câmara a uma varanda revestida por ladrilhos. Fragmentos de luz penetravam pela treliça coberta por trepadeiras. Inez os levou a um aglomerado de pesadas cadeiras de madeira onde podiam sentar e olhar para o alto, para os tons de púrpura e rosa espalhados pelo Sandias.

Billy já registrava uma cena na mente, enquadrando a entrevista entre Henri e Sylvia no limite da luz dançante, contra as montanhas púrpura e rosa. Quando editasse a imagem, seu impulso seria implementar as cores. Para Billy, o belo era suspeito. Preferia alterar os tons da natureza até adquirirem um fervor selvagem, uma forma de vingança contra o ameno. Também descobrira que, se implementasse todas as nuances de uma cena, mexendo com o contraste e a saturação das cores, Anita gostava mais da imagem. Era sempre necessário um pouco dessa ação de alterar e mexer para superar o obstáculo representado pela mesa dela.

Inez foi buscar bebidas para todos. Billy uniu as mãos de forma a imitar o formato de uma caixa e fingiu girar a câmera de forma a enquadrar as belas montanhas. Pensava na luz, no enquadramento e na cor, no poder e no prestígio, e nos ricos. Billy tinha a aparência de um típico rapaz do sudoeste, sempre de jeans justo e camisas bem cortadas, mas, no fundo, germinavam em sua alma as sementes da subversão.

Inez retornou com uma bandeja de prata contendo os drinques e elaborados canapés. Henri andava pela varanda bebendo champanhe. Anita permanecia sentada em uma das cadeiras de madeira saboreando um refrigerante diet.

Em uma de suas passagens, Henri pegou a lata vazia e olhou para ela.

— Sabe qual é o ingrediente secreto dessa bebida?

— Ah, então os refrigerantes têm um segredo? — interferiu Billy. — Conte-nos.

— Aí vem ela — disse Anita, levantando-se.

Todos viram a mulher elegante e de cabelos grisalhos que percorria o corredor, navegava pela luz tênue, aproximava-se deles e estendia a mão. Ela sorriu e disse numa voz clara e cheia:

— Sou Sylvia. Você deve ser Anita. Sejam bem-vindos à minha casa. Por favor, sentem-se.

Sylvia gostava do poder e era atraída por ele, mas preferia dizer "influência" em vez de poder. Poder era muito direto, óbvio e grosseiro. Não havia graça no termo.

Anita estava ansiosa para colocar uma câmera nas mãos de Billy antes que Sylvia começasse a falar com Henri e antes da chegada dos outros convidados, mas estava transfixada. Sylvia era o que Anita queria ser. Sylvia era tudo que a mãe de Anita, uma batista de pés-de-barro do Texas, alguém que havia criado sete filhos e limpado quartos de motel em East Lubbock, não era. Anita tomou a mão da mulher e fitou-a nos olhos.

Sylvia entendia o efeito que podia exercer em mulheres mais jovens. A longa pausa e o olhar faminto e interessado da visitante não eram nenhuma novidade. Sylvia virou-se, observando com um olhar as roupas, a postura, o cigarro e o sorriso cômico de Henri.

— E você seria monsieur Henri Bashé?

— Seria? Sim, e pretendo continuar sendo no futuro. Como vai, madame Siskin? Obrigado por nos ter convidado a apreciar sua famosa coleção.

— Por favor, me chame de Sylvia, Henri.

Anita apontou para Billy.

— Este é meu cinegrafista, Billy Myrdal, Sra. Siskin... Sylvia. Ele é meu parceiro no projeto.

No projeto ficou registrado na mente de Billy. A moldura temporal o assustou. Ele ofereceu a Sylvia um sorriso pálido e um piscar de olhos involuntário e reflexivo.

Inez se mantinha afastada, os olhos fixos em Billy, que lamentava a ausência da câmera e as tomadas que estava perdendo.

— Como expliquei ao telefone — dizia Anita —, nosso projeto tenta definir culturas, e por isso estamos muito interessados em sua coleção e na história por trás dela. Também gostaríamos de filmar todas as suas conversas com Henri, que é nosso principal humanista e narrador.

— Humanista é uma profissão? O que faz um humanista?

— Trata-se de uma exigência da FNH para financiamentos — explicou Anita. — É necessário ter qualificações...

— Bem, querida — Sylvia virou-se e sorriu para Billy —, você e o Sr. Myrdal podem filmar o que quiserem. Se for necessário fazer imagens de alguma peça da coleção fora de sua caixa, prefiro que seja outro dia. Tomei a liberdade de reservar um especialista do Maxwell Museum para amanhã de manhã, quando haverá a remoção de todas as peças que desejarem filmar.

— Seria maravilhoso.

— Imaginei que essa seria sua preferência, já que meus convidados devem chegar a qualquer momento.

— Sim, é claro. Muito obrigada. Se não se incomodar, gostaria que Billy registrasse seu encontro com o Sr. Bashé sob essa linda parreira.

Sylvia voltou-se para Inez e deu instruções para que ela ajudasse Billy a pegar o equipamento. Inez sorriu e assentiu com gentileza para Billy, como se estivesse recebendo um prêmio. Anita percebeu o gesto e olhou para Billy. Ele nem se dava conta de nada, e já se dirigia ao corredor, avesso à idéia de perder mais tempo. Inez virou-se quando ele passou, surpresa por alguém ousar correr na casa de sua senhora. Ela olhou novamente para Sylvia, que assentiu, liberando-a para perseguir Billy. Inez mal conseguia conter-se quando caminhou com seus passos delicados através do corredor de luz etérea.

Anita viu Inez se apressar para alcançar Billy. A inocência da criada a aborrecia.

— Anita, já conheceu a Dra. Perelli? — Sylvia perguntou, desviando sua atenção. — Creio que ela deu uma palestra hoje à tarde.

Anita encarou a anfitriã. As maneiras serenas de Sylvia e sua expressão bem-humorada eram calorosas e envolventes. Anita queria ser essa mulher plena — completa e competente.

— Sim — disse —, nós a filmamos com Henri depois da palestra. Temos intenção de entrevistá-la esta noite durante a festa. Ela é bem famosa, não?

— Bem, ela controla muito dinheiro, e estou me referindo a quantias grandiosas em termos de arqueologia. Hoje em dia, só isso já é motivo para ser famosa. É claro, seu relacionamento com Philip Sachs acrescenta um certo encanto... um dos grandes romances da arqueologia — um campo eminentemente romântico, como sem dúvida já percebeu.

— Henri contou-me histórias, basicamente sobre os franceses no Egito.

Henri fez uma careta.

— Sim, nada é tão romântico quanto o sexo na câmera fria de Ramsés. No entanto — ele continuou, movendo as mãos enquanto falava —, entendo que o sudoeste é igualmente romântico. Homens e mulheres numa luta comum contra todo aquele clima. A busca compartilhada de... ah... cacos, como vocês dizem.

— É tão francês, monsieur Bashé — comentou Sylvia, acomodando-se em uma cadeira.

— *Naturellement*, madame.

Anita não queria que eles conversassem longe da câmera. Por isso mudou de posição na cadeira e começou a negociar com Sylvia.

— Depois de ser apresentada a Henri diante das câmeras, poderia nos levar para uma rápida turnê, de forma que passemos pelas coleções enquanto conversamos? Depois gostaríamos de registrar a chegada de alguns convidados e o momento em que os apresentar a Henri. Assim poderemos cortar para as entrevistas mais tarde.

— Mas eu não conheço todo mundo, querida.

— Oh, isso não importa. Podemos encenar as apresentações. Se alguma delas ficar estranha ou forçada, poderemos cortá-la mais tarde ou repetir a gravação.

— É claro — disse Sylvia, tocando levemente o peito. — Vamos evitar a estranheza.

Anita parou brevemente ao ouvir o comentário, sem saber como devia reagir. Depois riu.

Um pouco alto, na opinião de Henri. Estranho, até. Ele ficou em silêncio. Percebeu que esperava pela câmera. Por que desperdiçar palavras? Ele bebeu o champanhe e sorriu para o Sandias.

— Temos uma pequena capela que é realmente única — sugeriu Sylvia. — Talvez queiram começar por lá.

A antena de Henri captou a sugestão.

— Na casa... há uma capela particular?

— Bem, é um pouco estranho, mas faz parte da coleção, para ser exata. Coleciono objetos católicos, como crucifixos, virgens, santos, algumas relíquias.

— Relíquias? É mesmo? — indagou Henri. — Partes do corpo dos santos?

Com a pureza de uma freira, ela respondeu:

— Nada autenticado.

Anita estava se contorcendo num nó de nervosismo enquanto esperava o retorno de Billy. Finalmente, ela se sentou no braço da poltrona de Henri.

— Relíquias — ele dizia — são um ramo interessante dos negócios.

— Houve um tempo em que esse foi um negócio interessante e bastante considerável — a anfitriã respondeu. — O comércio de réplicas falsas era enorme; séculos de lascas de ossos, vesículas biliares, dedos dos pés, articulações das mãos, lascas da cruz e pedaços de unhas envoltos em tecido e preservados em delicadas e pequeninas caixas de prata, oferecidos a todos os condes, duques, cardeais e até sacerdotes de vilarejo que necessitassem de um cartão de visitas.

— Ah, sim. O pequeno passo da admiração e do respeito aos presentes e ao reconhecimento.

— Impossível determinar a autenticidade de qualquer uma dessas pessoas. — Só o brilho delicado em seus olhos e o sorriso significativo sugeriam que Sylvia podia ter ignorado ocasionalmente os impedimentos éticos do comércio de antiguidades.

Anita finalmente interrompeu, suplicando:

— Podemos esperar até a câmera chegar aqui? Desejo realmente gravar tudo que conversarem.

Sylvia fez uma pausa, sorriu para Henri, depois olhou para Anita.

— Na verdade — anunciou —, preciso ir verificar algumas coisas. Não vou demorar.

Anita viu Sylvia atravessar a varanda coberta por folhas. Imaginou-se percorrendo o corredor, passando pelas alcovas com os santos.

Henri observou Anita se debruçando com evidente inveja para a graciosa anfitriã, ou, ele suspeitava, inclinando-se desesperadamente para longe de si mesma. Estava começando a entender que, para Anita, produzir filmes era algo que estava no caminho de ser um produtor cinematográfico.

Ela fora buscá-lo no aeroporto de Albuquerque um dia antes, apenas. Havia sido o primeiro encontro, e pouco tempo fora dedicado aos detalhes e às especificidades da conferência ou às cenas que faria com Sylvia. Durante o ano anterior, haviam trocado e-mails. Erros de comunicações, mal-entendidos e a espera por financiamento os colocara em uma situação de tensão.

O cansaço de Henri depois da longa viagem, uma exaustão intensificada por todo o álcool que havia consumido desde o Charles de Gaulle até o JFK e do JFK até o Albuquerque International, culminou por deixá-lo esgotado. Sua voz soava um pouco distante, mas a mente girava com a costumeira mistura de associações culturais vagamente conectadas e jogos de palavras, sintomas de estresse neurológico que significavam cultura em certos círculos intelectuais.

No ano anterior, Billy havia gravado uma entrevista com Henri para o Canal 4 britânico, transformando-a em uma série de sete clips de 15 segundos cada, e mostrara esse material a Anita. Havia sido o bastante para perceberem que, se mantivessem a câmera em monsieur Bashé por tempo suficiente e eles teriam um filme. Henri só falhava no quesito edição, mas Billy estava ali para suprir essa falta.

Anita levantou-se da cadeira de Henri, cruzou os braços e balançou o corpo para a frente e para trás. Billy estava demorando demais. A cadela o encurralara. Normalmente, ele era um cinegrafista mais do que responsável, sempre pronto e ágil. Rápido a ponto de ser irritante. A silhueta de Sylvia surgiu no final do corredor. Ela já estava voltando, e não havia nem sinal de Billy. Anita virou-se e olhou para Henri como se quisesse calá-lo.

— Nenhuma palavra — ele disse. — Entendido.

Anita tentou respirar fundo e olhou para cima, para a mistura de recortes e cores que, de início, havia sido registrada como uma mancha cor de malva digna de um pesadelo. Ou não havia visto a montanha, ou esquecera que ela estava ali. Ela se sentou e esperou. A seda branca escorregando pelas pernas de Sylvia anunciou seu retorno.

— Tudo pronto? — ela perguntou. Olhou para trás, para o corredor, como se estivesse conjurando Billy a aparecer. O ruído suave das solas do tênis sobre os ladrilhos o precedeu. Ele corria, homem e equipamento num vôo frenético, e de repente entrou na varanda e parou diante de Anita, entregando o microfone e recuando altivo, pronto para começar a rodar.

— Depressa — disse, no mesmo instante em que Inez apareceu em meio à luz pálida e levou um dedo à própria orelha.

— Tão rápido? — indagou Sylvia. — Pensei que tivéssemos mais tempo. — Ela olhou com doçura, quase tímida, para a produtora de vídeos com cabelos vermelhos e espetados. — Bem, amanhã de manhã, talvez. Nossos convidados estão chegando, e preciso ir recebê-los. Queriam que eu apresentasse Henri?

— Por favor — disse Anita. O nó de tensão na nuca fazia sua cabeça doer.

Eles percorreram o corredor, e Sylvia começou apresentando os santos desbotados acomodados em suas alcovas. Billy passou por ela buscando um ângulo na diagonal.

— Aquele é Bobby — ela anunciou com charme e cuidado ligeiramente exagerados, alternando o olhar para Henri, para os santos e para a câmera. — Aquele é Joey e este é Jack. — Ela fez uma breve pausa. — Meu favorito, Teddy.

Kills The Deer chegou sozinho. Os rapazes haviam voltado à reserva para desfrutar da noite de sábado patrocinada por Anita. Era um engano chegar sozinho. Sabia disso. Não existia nenhuma maneira de preparar-se para os brancos ricos. A experiência sempre o sufocava.

Estivera nessa mesma casa uma vez antes, à noite e na cerca dos fundos, no final de um outono. Ele e os dois irmãos mais novos caminhavam pela margem do riacho no fundo da casa carregando um cervo que haviam caçado naquela tarde. A lembrança do evento ainda era muito clara em sua mente. Pararam sob o foco de luz perto da cerca de ferro e examinaram a enorme casa com seus grandes pilares. O caminhão ficara a cerca de 400 metros dali. Sentia-se cansado, e precisava urinar. Ele deixara o cervo no chão, e os três urinaram no frio ferro forjado vendo o vapor cintilante se erguer para a claridade das luzes de segurança.

Ao aproximar-se da porta da frente da mansão de Sylvia, Kills The Deer notou as câmeras de vídeo instaladas em diversos pontos. Devia haver um vídeo dele e dos irmãos olhando para suas produções fumegantes. Imaginou se ela teria assistido à cena, e se a resolução era boa. Depois de tantos anos, já deviam ter transformado o material para a tecnologia digital, todo o episódio, o cervo caçado ilegalmente, o momento em que depositaram o animal ainda quente no chão, o instante em que desabotoaram as calças, os três urinando no ferro frio, tudo gravado e registrado em DVD. Era uma performance, realmente. Kills The Deer gostaria de pôr as mãos nessa fita. Conhecia alguém que tinha uma das kachinas, alguém que era amigo do sujeito da segurança. Mas qual kachina? Talvez fosse a do motorista de caminhão. Não, essa fora levada para a Saltos Transport em El Paso. Bem, acabaria lembrando. Kills The Deer animou-se um pouco. Tinha um projeto. Tinha negócios a fazer nesta casa.

Ao passar pela porta, a cabeça tomada por imagens do vídeo de segurança, ele viu a câmera de vídeo, aquela mulher ruiva numa posição meio inclinada, o sorriso cômico de Henri e Sylvia com a mão estendida.

— Boa noite, Sr. Burnum.

Seria uma piada? Estava sonhando?

— Quero que conheça Henri Bashé. Henri, Kills The Deer Burnum é um dos artistas mais imaginativos do Novo México, famoso por sua série de kachinas surreais. — Ele apertou a mão de Henri como se nunca houvessem se encontrado antes.

Henri sorria quando disse:

— Soube que é um homem que... ah, como vocês dizem, ah... tem um gosto bom.

— Creio que está querendo dizer que ele é um homem de bom gosto — Sylvia o corrigiu.

— Sr. Ornery Bashé — disse Kills The Deer. — Houve um Bashé que comeu a própria mãe. Por acaso é esse Bashé?

Henri encarou-o por um momento, depois respondeu com tom neutro:

— Você teria sido a diversão de minha mãe, Sr. Kills The Deer. — Ele olhou para um ponto além do índio e apontou para um grande cômodo à esquerda. — Talvez conversemos mais tarde? Podemos buscar uma, ah... exploração da casa.

Kills The Deer virou-se e olhou para a lente de Billy. Ele assentiu. Havia a mulher ruiva abaixada perto da câmera, grudada ao cotovelo de Billy. Onde estava a outra? Aquela com a bela voz... Lucy? Como era possível, ele pensou, que Sylvia o conhecesse e soubesse sobre as kachinas? Sua reputação havia escalado os degraus do vale ou ela o vira na fita de segurança e o investigara? Olhou para trás, mas a mulher já havia assumido aquele olhar de anfitriã. Se o vira na fita, não diria nada, não em meio àquele grupo.

Nesse momento ele viu Inez, segurando alguma coisa junto da orelha, aproximar-se de Sylvia e murmurar:

— Dr. Perry Clark.

É claro, o sujeito da segurança havia telefonado e anunciado o artista índio para a criada. Sylvia provavelmente não tinha idéia de quem ele era.

Devia ter voltado para a reserva, mas queria vender algumas pinturas. Esta noite precisava estabelecer conexões mais do que precisava escapar para ser um índio. Mas a reserva o chamava. Lá ele podia ser invisível. Não tinha de ser um índio. O que fazia de alguém um índio eram as pessoas brancas. Sem os brancos, não há índios. Na reserva, era possível simplesmente estar lá.

Mas isso era uma mentira. A reserva o pressionava, empurrava para baixo. Como acontecia com muitas coisas realmente importantes, as palavras não podiam descrever o sentimento — apenas imagens passavam flutuando por sua mente —, rostos embriagados, garotos agressivos ligados a gangues, bebês moribundos, mulheres cansadas e os homens perambulando.

E escondidos em blocos isolados de edifícios com ar-condicionado estavam os burocratas, os piedosos, os índios renascidos trabalhando em projetos especiais, os inchados homens do conselho ocupados com eles mesmos. Kills The Deer acreditava que os problemas da reserva eram causados por esses seres perdidos, desesperados por saber quem eram. Em sua tentativa de forjar uma identidade, os desesperados exerciam muita pressão. Criavam confusão, lixo tóxico e barulho excessivo, importando o mundo branco para o território indígena.

Para escapar, Kills The Deer pintava seus quadros, fazia amor com a esposa e fazia longas e solitárias viagens pelo deserto.

Ele passou pela ampla porta dupla para a sala principal, esperando por outros convidados, analisando todas as coisas. Um cavalheiro magro e intenso, muito controlador, mas decente, de preto até o pescoço, surgiu repentinamente a seu lado, perguntando se ele gostaria de uma taça de champanhe.

— Sim. Obrigado. — Kills The Deer sentia-se constrangido. Olhou para cima, para o teto e para as grandes vigas. Um chicano musculoso numa camisa preta de gola alta surgiu com uma delicada taça de champanhe sobre uma pequena bandeja de prata. Por um momento, Kills The Deer foi absorvido pela frágil beleza do copo. Devia aceitar a bandeja com a taça? O garçom, notando a confusão do índio, ergueu a taça com uma das mãos enquanto sustentava a pequena bandeja com a outra. Ele assentiu com sutileza como se quisesse dizer que entendia. Kills The Deer teve uma visão de si mesmo tentando arrancar a bandeja daquela mão enorme. Ele sorriu, aceitou o copo etéreo e sorveu a bebida de um só gole. O garçom não havia se movido.

— Nada mal — disse Kills The Deer. — Qual é a safra?

— Trata-se de um Joseph Montebello 1975. Aceita mais uma taça?

— Seria ótimo. Obrigado.

O garçom estendeu a bandeja, e Kills The Deer depositou a taça vazia nela.

A sala era larga e alta, um santuário de pureza branca. Longas janelas horizontais, instaladas sob as antigas vigas, serviam para permitir a entrada da luz, não para proporcionar uma vista memorável. Ao longo da parede à direita várias mesas exibiam artefatos da coleção de Sylvia, incluindo cerâmica pintada, figuras esculpidas em madeira e pedra, uma variedade de pontas de lança de pedra paleoindígena denominadas pontos Clovis, objetos misteriosos de idolatria ou morte com dez, 11 mil anos de vida. Seguranças bem-vestidos permaneciam atentos e prontos para impedir que os convidados tocassem nas obras. A maior preocupação, maior até do que o temor de um eventual roubo, era que os convidados guardassem para si seus dedos tóxicos e seus cigarros acesos, que a arte não fosse derrubada por bêbados e que ninguém a fotografasse, por favor.

No final da sala, no extremo oposto à porta dupla, havia três mesas cobertas por imaculado linho branco, todas sustentando bandejas e pratos com comida. Vários garçons aguardavam sorrindo por aqueles que se aproximavam.

Lucy chegou com um grupo de acadêmicos em uma van do hotel. Ela passou pelo ritual dos cumprimentos, recebeu beijos delicados de Henri, um sorriso de Billy, que permanecia atrás da câmera, e um aceno breve de Anita, que se mantinha abaixada como se preparasse um golpe. Sylvia estendeu a mão e disse com sinceridade:

— Já ouvi muitos comentários a seu respeito, Dra. Perelli. Fico feliz por ter vindo.

— Obrigada — respondeu Lucy. — Aprecio a oportunidade de conhecê-la e ver sua coleção. — Lucy estava sempre interessada nos artefatos da riqueza. Objetos e coleções eram indicadores do que cada representante dessa riqueza, ou pelo menos aqueles que não se deixavam dominar pela cultura popular, julgava interessante e determinante. Suas coleções de coisas realmente importantes diferiam de forma significativa daquelas encontradas nos museus, lugares que tinham de atrair a gente da arte, particularmente no sudoeste. Embora os acessórios de Sylvia, sua casa e as maneiras cuidadosas implicassem em propriedade, Lucy suspeitava de uma certa classe desviante cultivada sob o verniz de graças sociais, algo que não era incomum entre os extremamente ricos.

— Já conhece Kills The Deer Burnum? — perguntou Sylvia. — Ele é um dos nossos artistas integrantes do povo nativo americano. Imagino que deva encontrá-lo no salão principal. — Ela apontou para a porta dupla que levava à ala leste.

— De fato, eu o conheci hoje à tarde.

— Assim que terminar aqui, levarei o Sr. Bashé e seus amigos produtores de vídeo para conhecerem a capela. Espero que nos acompanhe.

Lucy agradeceu o convite e foi procurar por Kills The Deer, que estava em pé na enorme sala, bebendo champanhe. Ele a viu entrar, depois virou o pescoço tentando localizar o homem de músculos desenvolvidos. Mas ele não estava em parte alguma. Em seu lugar, o intenso comandante apareceu do nada.

— Gostaria de beber alguma coisa? — ele perguntou.

— Obrigada. Para ser bem sincera, gostaria de um copo de água, se não se importar.

— Evian, Spirit Springs ou Perrier?

— Que tal a água da torneira?

— Tem muito arsênico.

— Mesmo assim, acho que vou ficar com ela — Lucy anunciou, pensando que o homem estava fazendo uma piada.

— É bom vê-la novamente — disse Kills The Deer. — Espero não ter sido muito rude antes. Nem sempre sou tão engraçadinho.

— Na verdade, foi muito divertido.

— Então é isso? Divertido?

— O que esperava? Medo?

— Podemos tentar reverência.

Lucy riu.

— Sinto muito.

— Bem, eu *sou* um artista. Não podemos nos dar ao luxo de sermos virtuosos por muito tempo. Isso causa prejuízos à nossa posição no mercado.

O Sr. Músculos atravessou o salão com o copo de água de Lucy sobre a pequena bandeja. Kills The Deer observou atento quando ela pegou o copo. Nem uma breve pausa. Ela sorveu um gole e sorriu.

— Como está a água? — Kills The Deer perguntou.

— Peculiar. — Lucy entregou o copo a um garçom que passava por eles e pediu champanhe.

— O champanhe aqui é muito bom — disse Kills The Deer. — Corresponde perfeitamente à descrição de peculiar. Os grandes chefes na reserva importam "água mineral natural" canadense para os refrigeradores da Agência. É a bebida favorita deles, depois de Bub Beer e Big Rez Cola.

Alguns convidados passaram por eles, estudaram a situação e seguiram em frente, para a comida servida no fundo da sala.

— Henri disse que você dirige um fundo para a arqueologia.

— Sim. Existem alguns sítios importantes para a cultura e o ambiente, embora não sejam materiais interessantes para as páginas dos jornais. Tentamos identificar os mais relevantes e angariar fundos para protegê-los para estudos futuros. Que tipo de arte você faz?

— Eu pinto.

— O que pinta?

— Nesse momento sou bom nas kachinas. Em alguns pueblos elas são consideradas ancestrais que se tornaram pessoas das nuvens. Os cultos kachinas costumavam controlar tudo. Um lugar para cada coisa e cada coisa em seu lugar. É um pouco sufocante, na minha opinião. Mas as kachinas são repletas de simbolismo, de acordo com os seguidores da New Age que compram a maior parte dos objetos "nativo-americanos" atualmente. Por isso pinto kachinas.

— Que tipo?

— Já fiz um caminhoneiro kachina, um pião kachina, um ciclista cabeludo kachina, uma Virgem Maria kachina, uma prostituta kachina e um papa João Paulo II kachina.

— Parece sacrílego.

— Sim, herdei isso dos índios neotradicionais. Alguns caras pensam que calçamento é sacrílego.

— É.

— Não se beber bastante desse champanhe. Pode ir a qualquer lugar e ainda estar com Deus.

— Tem um estilo particular?

— Expressionismo abstrato, surrealismo, mas com uma história. Conhece?

— Não realmente.

— Bem, é como se John Steinbeck fumasse muitos Bill Burroughs.

— Estou começando a ter uma idéia. O que fazia antes de pintar?

— Para falar a verdade, pensei em ser arqueólogo. Quando estava na escola, passei um verão trabalhando em uma escavação Mimbres para a universidade.

— E imagino que não tenha terminado bem.

— Eu não gostava de fazer registros, e era um pouco avançado demais para o meu próprio bem.

— Como assim?

— Eu era um espertinho ambicioso. Algumas daquelas cerâmicas que estavam retirando na escavação valiam de dez a 15 mil dólares para os japoneses e australianos, e isso na época em que dez mil significavam muito dinheiro. Havia um sujeito, não muito mais velho do que eu, que ajudava na escavação. Ele queria entrar no ramo de antiguidades, e era uma espécie de negociante em treinamento. Tudo que era retirado do nosso sítio ia para a universidade, mas aquele rapaz comprou para si mesmo algumas outras peças de coleções familiares locais e dos conhecidos caçadores de cerâmica que tinham como hobby o trabalho nas ruínas ao longo do Rio Mimbres. Assim, quando voltei à reserva no final do verão, perguntei à minha avó Louise se ela seria capaz de fazer uma cerâmica com desenhos Mimbres e dar a ela uma aparência envelhecida. Ela era uma boa ceramista. Queria que ela produzisse uma peça que pudesse enganar aquele comerciante.

— E ela fez?

— Sim. Ficou muito boa. Encontrei uma fotografia de uma cerâmica que apreciei muito em um jornal de arqueologia de 1930. Ela copiou o estilo, mas mudou um pouco o desenho. O original tinha duas tartarugas. Ela fez três e acrescentou uma serpente compondo um raio em torno da borda. Ela chamou a peça de Tigela das Tartarugas Corredoras. Gostaria de tê-la guardado. Enfim, o homem comprou a peça. Pagou 450 dólares. Dei metade à minha avó e usei o resto para pagar meu primeiro ano da faculdade.

— Deve ter sido um trabalho muito convincente.

— Foi, no início. Mas, depois, o comerciante passou a conhecer melhor a cerâmica Mimbres. Ele me encontrou na escola e quis saber quem havia produzido aquela peça. Não queria o dinheiro de volta, e não estava zangado. Ele disse que a peça valia o que havia pago por ela. Só queria conhecer a pessoa que a produzira.

— E você disse a ele?

— Não no início. Mas minha avó garantiu que não havia problema algum, que ele nunca poderia provar nada, e talvez ela até pudesse vender outra cerâmica ao homem. Ninguém jamais pagara tanto por uma de suas peças antes. Então eu o levei até a casa dela. Os dois tornaram-se amigos. Ele vendeu muitas peças produzidas por minha avó ao longo dos anos.

— Ela ainda está viva?

— Sim. Não enxerga e não faz uma cerâmica há dez anos, mas está viva.

— Ela fez mais alguma peça falsa?

— Eu não devia ter lhe contato essa história, não é?

— Gosto de uma boa falsificação. Podemos argumentar que elas ajudam a arqueologia séria. São tantas peças boas com documentação falsa que o preço dos objetos reais acaba caindo. Assim, a motivação para garimpar ruínas provavelmente deixa de ser o que teria sido sem as falsificações. Imagino que tenha contribuído para diluir o mercado.

Ele encolheu os ombros.

— Deve ter ouvido falar de Jack Miller.

Kills The Deer sobressaltou-se. Ele a encarou, procurando por algum sinal de que tudo era apenas uma brincadeira. Depois de beber o resto do champanhe, tentou soar indiferente.

— Como conhece Jack?

— Você o conhece?

— Conheci... no passado. — Kills The Deer hesitou. — Todos no ramo conhecem Jack. — Por que ela queria saber sobre alguém que estava fora do negócio há 15 anos? — Acho que já bebi demais — disse, buscando uma saída. — Vim aqui com a intenção de fazer contatos para as minhas pinturas, não para falar de um velho amigo. Estou um pouco confuso. Acho melhor desaparecer por um tempo.

Lucy sabia que havia encontrado uma mina de ouro.

— Comeu alguma coisa hoje? — ela indagou.

— Isso ajudaria, não é? — Apreciava a mudança de assunto. — Talvez experimente um pouco daquela comida bonitinha que deixaram ali. Bem — ele estendeu a mão —, foi bom conhecê-la. Talvez nos encontremos novamente.

— Na verdade — ela respondeu, demonstrando uma facilidade de alguém acostumada a fazer tudo à sua maneira —, estava mesmo pensando em comer alguma coisa. Podemos nos servir, pegar um pouco de água mineral e encontrar um lugar onde se possa sentar e conversar. Falar é uma boa maneira de metabolizar rapidamente o álcool. Vai clarear seus pensamentos, e eu gostaria de saber mais sobre Jack Miller.

Havia sido manipulado. Era o champanhe. Isso foi o que ele disse a si mesmo. Kills The Deer sorriu da idéia de que falar poderia clarear alguma coisa. Falar confundia seus pensamentos. Estava com fome. Essa mulher, de quem ele estava gostando, não tinha um olhar de quem criava problemas. Talvez quisesse um ex-caçador de cerâmica para ajudá-la a encontrar alguns prospectos favoráveis a sua fundação. Prospectos podiam ser terrenos ou patrocinadores, em seu caso. Jack seria uma boa aposta para as duas possibilidades. Kills The Deer examinou o crescente grupo de convidados em busca de prospectos para si mesmo. Eram poucos os que pareciam ter dinheiro. Sua melhor esperança, é claro, era Sylvia, e não faria contato com ela sem a ajuda de Lucy.

— Jack tem uma casa na periferia de Silverado. É uma espécie de labirinto, cômodos acrescentados a cômodos, cômodos e mais cômodos. É mais ou menos como um povoado num certo sentido. Acho que um grupo de mexicanos começou a construir a casa há mais ou menos um século. Jack acrescentou água encanada e eletricidade.

Ela o pegou pelo braço e guiou através dos grupos para a mesa onde a comida era servida. Gostava de segurar o braço de um homem. Houve um tempo em que tal gesto simbolizava a fragilidade das mulheres, mas esse hábito adquirira um novo uso, e agora era um jeito socialmente aceitável de uma mulher fazer contato, promover intimidade, sem prejudicar o controle a distância que a formalidade proporcionava. Kills The Deer possuía braços fortes. O que aqueles braços faziam para se tornarem tão fortes, e que tipo de mulheres haviam abraçado?

Vários convidados os interceptaram para cumprimentar Lucy, apresentar um amigo ou parabenizá-la pelo discurso. Um deles disse ter ouvido que o famoso escritor Ben Wang estava a caminho dali para entrevistá-la. O comentário fez Kills The Deer pensar que seu discurso havia sido brilhante. Ele se deu conta de que as pessoas estavam especulando sobre quem era ele para ser acompanhado por tão inteligente, bem-sucedida e bela mulher. Certamente o teriam ignorado se soubessem que era apenas uma ferramenta para ela saber mais sobre outro homem, e que suportava a situação a fim de que Lucy o apresentasse a Sylvia. O conjunto de circunstâncias o deixava um pouco tonto. Apesar da familiaridade com que o tratara na entrada, Sylvia só o reconheceria como aquele índio que urinou em sua cerca de ferro, se o reconhecesse.

Ele retirou um par de óculos escuros do bolso da camisa e colocou-o. Enquanto manobravam pela multidão, ele levava na mente uma imagem de uma criança carente mantida sob o controle férreo de uma mãe autoritária negociando o oceano humano.

Kills The Deer serviu-se de algumas formas diretas e nada ambíguas de proteína e várias fatias de um pequeno filão de pão preto. Os exóticos ocultos, embrulhados e envoltos em incontáveis cores, camadas e sabores eram intimidantes. Comida delicada, moldada por dedos experientes, implicava em regras obscuras e comportamento antinatural.

Lucy apontou para uma substância estranha e enegrecida.

— Talvez goste disso.

— Acho que não.

— Por que não? Precisa experimentar para saber.

— Comidas de aparência complexa me assustam.

Ele a seguiu por uma porta estreita que levava a uma varanda fresca e ao sol radiante. Lucy encontrou um banco meio escondido dos outros convidados, e eles se sentaram para comer com os pratos sobre as pernas. Antes de abordar o assunto Jack Miller, ela esperou que a comida afetasse o humor do índio. E quando isso aconteceu, ela foi muito direta.

— Jack Miller era o negociante que comprava a cerâmica falsa produzida por sua avó?

Kills The Deer ficou surpreso com a objetividade daquela mulher, mas riu.

— Sim. Ele me procurou para dizer que havia algo de estranho com a cerâmica das tartarugas. Pensei que talvez ela houvesse rachado. Perguntei o que ele queria dizer, e ele me respondeu com uma indagação. Quem havia feito aquela cerâmica?

— Como ele soube que era uma falsificação?

— Quando se interessou pela cerâmica Mimbres, havia tantas peças falsas no mercado que não havia um meio de saber quais eram as verdadeiras, a menos que se pudesse descobrir de qual escavação a peça havia sido retirada. Jack passou muito tempo estudando desenhos provenientes de escavações documentadas, até ter uma boa visão de como os Mimbres atuavam. Ele desenvolveu uma espécie de sexto sentido com relação a esse povo. Com exceção da cerâmica das tartarugas feita por minha avó, a única vez em que o enganei foi com o trabalho de um garotinho de Acoma. O menino pintou um homem e um cão. Eram pequenos ou estavam distantes. Depois, mais perto, ele pintou um homem em uma árvore. A árvore se inclinava acompanhando o formato da tigela, de forma que a impressão era de que o homem cairia ou a árvore se quebraria.

— Ele chegou a descobrir que a peça era falsa?

— Eu contei quando ele e minha avó tornaram-se amigos. Jack riu e disse que devia conhecer o garoto, e que o poria para trabalhar produzindo falsas cerâmicas de crianças Mimbres.

— Ele estava falando sério?

— Não, mas uma noite, quando conversávamos na cozinha de minha avó, Jack brincou sobre as coisas estranhas que os federais financiavam. Ele apostava que os índios poderiam obter um financiamento do governo e uma licença para produzir cerâmicas falsas. Meus irmãos e alguns outros índios decidiram que devíamos tentar. Não tínhamos nada a perder. Solicitamos uma licença para abrir a Real Replicas, o nome da nossa companhia. Tínhamos papéis timbrados e cartões de visita. Começamos a produzir a cerâmica, mas o grande problema era a distribuição. Demos ao sujeito que nos concedeu o empréstimo um punhado das nossas melhores peças. Eles esqueceram tudo. Teria dado certo, se soubéssemos alguma coisa sobre marketing e distribuição.

— Miller participou desse esquema?

— Não. Algumas outras pessoas ficaram ressentidas com ele, justamente porque não nos ajudou.

— Ele vendeu as cerâmicas de sua avó.

— Sim. Mas não negociou as falsificações. Jack vendia as criações de minha avó. As peças tinham o nome dela gravado. Ele ajudou a transformá-la em uma grande artista. Alguns ceramistas desistiram de fazer falsificações, porque podiam ganhar mais vendendo arte. Além do mais, ninguém é preso por ser artista, normalmente. Quando conheci minha esposa, ela me aconselhou a tomar algumas aulas para ser um artista. Foi um bom conselho. Não tive de ir para a cadeia por um bom tempo.

Lucy não perguntou se ele havia de fato estado preso e por quê. Kills The Deer começou a se levantar.

— Gostaria de ouvir mais sobre sua história. Espero que não esteja indo embora.

— Não. Só vou buscar mais comida. Quer alguma coisa?

— Não, obrigada.

O sorriso largo distendeu os lábios grossos contra os dentes brancos do índio. Lucy podia ver a própria silhueta refletida pelas lentes escuras de seus óculos. Os óculos faziam com que ele parecesse distante, o que realmente era. Um homem distante. Gostava dele assim. Talvez ele fosse apenas diferente das outras pessoas em sua vida, embora conhecesse o tipo, um pouco trapaceiro, mas não o bastante para ter importância, porque seu senso de ironia o impedia de ser um bom mentiroso, e um pouco intolerante para ter sucesso no mundo normal. Ela decidiu que o melhor para ele seria atrair o interesse de Sylvia.

Kills The Deer voltou com uma grande variedade de canapés e colocou o prato entre eles.

— Achei que devia experimentar um pouco dessa comida de ocupar os dedos. — Ele se serviu de um escalope enrolado em fatias de bacon e colocou-o na boca. — Tenho um pedido a fazer.

— O que é?

— Pode falar com Sylvia a meu respeito? A ajuda dela seria valiosa para mim.

— É claro. No entanto, seria bom se eu pudesse ver um pouco do seu trabalho. Trouxe alguma coisa?

Ele se esticou para conseguir inserir a mão no bolso da calça jeans e tirou dele uma tira de slides.

— Só isto aqui.

Lucy ergueu o negativo para o sol. Ali estavam dez cintilantes e nítidas imagens de kachinas dançando, pedalando uma bicicleta, olhando para um espelho, beijando-se atrás de um arbusto espinhoso, fazendo sexo numa cama de argila rachada e flutuando como astronautas no espaço. Várias delas usavam óculos de sol que refletiam outras imagens pequeninas demais para serem vistas nos slides.

— Quantas dessas compõem a série? — ela perguntou.

— Doze. Acho que vou fazer mais três. Depois pretendo fazer uma série de coatimundi como tipos executivos e vendedores — coatimundi vendendo objetos, mas ainda não tenho um tema. Preciso de um tema.

— Coatimundi? São como kachinas?

— São animais. Nunca vi um. Acho que não chegam até aqui, tão ao norte. Algumas pessoas dizem que eles nem existem, que são um animal mítico. Ouvi dizer que são parentes dos quatis, mas muito maiores, com longos focinhos e pequeninas orelhas. — Kills The Deer estava sentado, inclinado para a frente, e usava as mãos para descrever o animal. — Suas garras são como as de um pequeno urso negro, e eles têm caudas como as dos leões da montanha, quase tão longas quanto seus corpos, e podem carregá-las enroladas sobre as costas. São noturnos e muito ariscos.

— Parecem realmente mitológicos.

— Os Mimbres os pintavam com freqüência, normalmente sorrindo, com muitos dentes pontiagudos. Imagina-se que eles vivem no solo. Criaturas que vivem no solo possuem uma conexão natural com o mundo subterrâneo de onde vieram as primeiras pessoas. Os antigos arqueólogos não sabiam sobre os coatimundi. Pensavam que os Mimbres os inventassem com partes de ursos, coiotes e leões.

— Os Mimbres podem ter pensado que o coatimundi era de fato uma criatura feita de muitos animais?

Ele tirou os óculos, fitou-a, depois voltou o olhar para as montanhas avermelhadas. Nunca havia pensado nisso. Se o coatimundi era para os Mimbres um tipo de criatura formada a partir de um pouco de tudo, isso explicava porque ela era retratada sempre sorrindo e exibindo seus dentes pontudos: a vida é uma piada que morde. Um coatimundi feito de muitas criaturas teria sido um malandro, poderoso e mágico. Certamente, as imagens das cerâmicas falavam dessa possibilidade. Kills The Deer pôs os óculos escuros e olhou novamente para Lucy. Estava um pouco incomodado por ela ter pensado nisso, enquanto ele nunca considerara essa hipótese. Mas ele sorriu. Ela era o tipo de mulher capaz de ter tais pensamentos. Era coatimundi. Muitas coisas em uma. Pensar era uma coisa feminina.

Lucy esperava que o sorriso indicasse que ele não estava aborrecido.

— Então, o que aconteceu com Jack Miller? Ele ainda negocia antiguidades?

— Ele reuniu uma impressionante coleção Mimbres ao longo dos anos. Também representou vários ceramistas dos pueblos. Muitos de seus objetos iam para museus e ricos estrangeiros. Jack tornou-se um dos mais bem-sucedidos comerciantes do sudoeste. Há cerca de 15 anos ele vendeu tudo e partiu.

— Não são muitas as pessoas que se afastam do sucesso. — Ela bebeu mais champanhe e pensou em Jack Miller. Ele tinha uma religião? Os federais se haviam aproximado demais? Estava desconfiada, porém fascinada. — Por que ele era tão bem-sucedido?

— Estava aqui no momento certo, e tinha um dom... Ele era capaz de olhar para uma ruína e decidir onde devia escavar. Era como se os Mimbres houvessem penetrado em sua mente de alguma maneira.

— Mas o que fez dele um bom comerciante?

— Ele contava grandes histórias. Cantava para conseguir o jantar. Era convidado para todos aqueles jantares de gente rica. Ele era como um aventureiro... um pouco exótico e estranho, sabe?

— Ele viajava muito?

— Sim. Por todo o mundo.

— Ainda viaja, ou ficou mais caseiro depois de desistir dos negócios?

— Ele tem uma casa no Alasca. Jack passa algum tempo por lá na primavera, para ver os ursos, e volta no outono, para pescar. No mais, ele costuma ficar em casa. Está procurando por ele?

— Gostaria de conhecê-lo. Ele recebe pessoas, ou também se tornou um ermitão?

Jack saberia como lidar com ela. Talvez até gostasse dela.

— Ele tem telefone. E o número está na lista.

— O que ele faz agora?

— Eu o vi em maio, e ele estava construindo homens de barro na beira do rio. Parece que tem feito isso nos últimos cinco ou seis anos. Ele pode ser um homem estranho.

— Que singular.

Kills The Deer riu.

— Você vai ver.

Lucy retirou o celular da bolsa e abriu o aparelho.

— Jack ou John?

— Jack, sem inicial.

Ao conseguir contato com o serviço de informações, ela solicitou o número de Jack Miller em Silverado, Novo México. E se uma mulher atendesse ao chamado?

— Ele mora sozinho?

— Agora mora. Já foi casado, mas eles seguiram caminhos distintos quando Jack desistiu dos negócios. Ela tem uma galeria em Seattle. — Como se expressasse um pensamento tardio, Kills The Deer acrescentou: — Mas ele aprecia as mulheres.

Lucy pressionou mais botões em seu aparelho celular. Kills The Deer estendeu a mão pedindo o telefone e disse:

— Deixe-me apresentá-la.

Lucy entregou o celular. Ele assentiu e agradeceu. E ficou ouvindo o telefone tocar do outro lado da linha.

QUATRO

Jack começou a se sentir seguro, embora necessitasse automedicar-se, usar alguma coisa que o fizesse suar e expelir o veneno de seu corpo, mas antes precisava olhar para a cerâmica. Com cuidado, tirou a treinadora de papagaios da mochila, livrou-a da camada protetora criada com o suéter e colocou-a sobre a espessa mesa de madeira da sala de jantar. A vasilha estava apoiada contra uma pilha de livros, de forma que se mantinha na posição correta. O rosto dela estava oculto sob a pele de veado, e ele se surpreendeu olhando através da fresta da máscara na intenção de vislumbrar seu olho. A expectativa era ridícula. Depois de livrar-se dela, ele considerou o dilema mais imediato, neutralizar o progressivo avanço da picada.

O braço direito pulsava, e a pele do lado de seu rosto parecia prestes a explodir. Ingerir alguma proteína e suar para expelir o veneno era o que devia fazer. Na cozinha, bebeu vários copos de água e engoliu cinco comprimidos de ibuprofen. Quebrou sete ovos, separou as gemas, misturou tempero e pimenta nas claras, e bebeu a mistura. Depois cortou um limão e chupou-o. Comeu vários jalapeños diretamente do frasco. Ainda chupando o limão, foi para o quarto, retirou um edredom do armário e enrolou-se nele. Retornou à cozinha, comeu mais jalapeños, cortou outro limão, temperou-o com Tabasco, pegou uma garrafa de uísque no armário que servia de bar e voltou para a sala de jantar com passos arrastados. Essa era a versão de Jack da medicina homeopática — muita tintura.

Ele estudou a cerâmica, deslizando os dedos pelo desenho, testando a imagem, batendo contra a borda para descobrir como havia sido queimada, tentando sentir o caminho das mãos que haviam misturado, moldado e pintado aquele recipiente mil anos atrás. O ceramista havia usado o truque Mimbres de ampliar espaço pintando parte da imagem na curva interna da vasilha, o que criava o efeito sutil de fazer a treinadora de papagaios parecer mover-se, até dançar, particularmente se o observador houvesse sido vítima de uma picada venenosa capaz de alterar estados mentais. Ela não havia dançado antes? Não conseguia lembrar.

Ao longe, numa distância do outro mundo, ouvia o telefone tocar. Talvez Becker estivesse ligando para explicar que ela havia dançado também para ele, Jack começava a suar. Ele se sentou — enrolado e úmido — olhando para a dançarina, chupando o limão, inclinando a cabeça ligeiramente, seguindo seus movimentos para a frente e para trás, para a frente e para trás. Ela estava dançando. Dançava para ele. Mal podia ouvir o toque do telefone, que parecia ainda mais distante. Os toques se misturaram num zumbido longínquo.

Ele se inclinou para a frente, apoiando-se na mesa com a mão sã. Queria dar uma olhada em seus olhos, mas não havia nada além da escuridão, um vácuo de mil anos. Pensou ter detectado um brilho suave através das frestas na máscara, como se os olhos houvessem piscado. Olhos escuros. Estava vendo olhos? Então ela devia vê-lo.

Sentia os lábios queimando por conta dos jalapeños e do uísque. Estavam inchados. Seu rosto inteiro estava inchado, os olhos tão edematosos que mal podia enxergar. Sem dúvida, a porção branca dos olhos devia estar vermelha. O suor jorrava de seus poros.

O que estava vendo? Seria tão horrível para ela quanto se sentia? Seus intensos olhos escuros trouxeram o zumbido distante para mais perto, como se ele brotasse de trás do pontiagudo bico da máscara. Ele ouviu.

O zumbido começou a fragmentar-se, primeiro como um ruído estático de folhas ao vento, depois soando e desaparecendo, indo e vindo, como pequenas ondas rolando e se quebrando na fina areia, sons distintos, abafados. Sons que eram como palavras formando uma cadeia. Um colar de palavras. Ela estava falando, falando com ele. Ela sussurrava.

— Conheço você. É o Larva-branca. O recém-nascido.

— Como sabe falar em inglês? — ele indagou.

Podia ver os olhos estreitos por trás das fendas na máscara. Ele a havia desapontado.

— Não é o Larva-branca. Nunca vi outro como você, um homem sendo devorado por um inseto grande e feio.

Ele percebeu que o edredom conferia a seu corpo um aspecto distendido, embrionário, uma criatura tão bizarra quanto algumas que ele mesmo vira em cerâmicas Mimbres.

— Qual é o problema? — ela perguntou. — Está morrendo? Que condição é essa em que se encontra?

Estava começando a flutuar. Sim, estava morrendo. Ela saberia. O fantasma dos mimbreños revelava seu destino. Só conseguia pensar em dizer o que já tinha dito:

— Como sabe falar em inglês?

— Melhor perguntar como você é capaz de entender o significado das minhas palavras

— Está bem. Como posso entendê-la?

— Não se incomoda por eu ser um espírito-fantasma que fala, mas está surpreso por eu falar com suas palavras? Devia estar olhando dentro de seu próprio crânio para encontrar respostas.

— Está me dizendo que converso com minha alucinação?

— Acha que sou sua alucinação? Não é que eu fale suas palavras, mas você ouve suas palavras quando eu falo. Não sou alucinação de ninguém. Especialmente sua.

Ele bebeu um gole de uísque. A bebida queimava. O suor começava a escorrer por sua testa para dentro de seus olhos. Sentia a pulsação nos lábios. Ela era muito confiante.

— Bem — resmungou —, alucinação ou não, você está morta há uns mil anos. — Assim que as palavras brotaram de sua boca inchada, pensou que devia corrigir-se, mas ela era muito rápida.

— Um moribundo preso por um inseto gigante está me dizendo que morri há mais de mil anos? Por que acho difícil acreditar nisso?

— Vi seu esqueleto. Está enterrado na parede de uma caverna sobre o rio. A cerâmica na qual está agora foi encontrada sobre seu crânio. Quem a enterrou não abriu um buraco em sua cerâmica.

— Eu sei. Por isso meu espírito nunca conseguiu escapar para as nuvens. Em vez disso, estou presa nessa cerâmica, mas não percebi que já fazia tanto tempo.

— Seu espírito está preso na cerâmica?

— Exatamente. Presa em uma cerâmica. E agora você me trouxe para cá. Onde, exatamente, é aqui?

— Se estivesse andando seria...

— Se eu estivesse andando, ao contrário de estar... voando, talvez? — Ela parecia impaciente. — Ou, no seu caso, rastejando?

A cada instante ela soava menos como uma alucinação. A respiração de Jack era rasa, e tudo se tornava nebuloso. Ele a viu deslizar um pé por cima da borda da vasilha e experimentar a superfície da mesa com a ponta do dedo. O espírito podia estar preso no interior da cerâmica, mas algumas partes dela podiam se mover.

Quando emergia, ela havia assumido um suave tom de dourado-avermelhado. Movendo-se por ali, ia testando o ar e a madeira. O negro de seus olhos tornou-se castanho-escuro e a máscara de pele de veado exibia uma textura cremosa, delicada. Quando ela depositou o papagaio e afagou sua cabeça, suas penas tornaram-se vermelhas escarlates e azuis néons. Ele estava perto dos pés dela, saltitando e sacudindo as asas.

Ela era agitada, Jack pensou; e estivera presa em uma vasilha por mil anos, encolhida e com frio.

Por outro lado, tudo isso estava saindo de sua cabeça, não? Ele olhou para o corpo pequenino e nebuloso. Ela parecia estar trotando por ali. Relaxando, sem dúvida. Livrando-se das dores.

Talvez fosse mais do que uma reação à picada misteriosa. Podia estar simplesmente perdendo o juízo.

Ela se movia conforme havia imaginado que fosse. Até a atitude superior estava de acordo com suas expectativas. Há mil anos ela havia sido assim, porém maior. Dançara e se apresentara. Embora fosse uma mulher jovem, existira poder em seu clã. Ele procurou pelo brilho de um olho. Nada.

O que eu esperava? Depois de o veneno deixar meu corpo pelos poros, ela retornará à vasilha, e nunca mais a verei.

— Estamos a cerca de três dias de caminhada ao sul de onde você foi enterrada — disse.

Ela estivera analisando atentamente o ambiente que a cercava.

— Você tem uma bela casa, cheia de muitos objetos misteriosos e maravilhosos que nunca vi antes. O que é aquilo e para que serve? — perguntou ela, apontando para a estante de livros com o globo no topo.

Ele se levantou, caminhou com dificuldade até a estante, escolheu um título apropriado e voltou para sentar-se com o globo e o livro.

— Isto é um livro. — Ele o deixou diante dela, aberto, e começou a virar as páginas. — As coisas pequenas são letras, que unidas da maneira correta formam palavras, que unidas da maneira correta formam uma sentença.

Reúna um número suficiente de sentenças e poderá causar todo tipo de dano. É possível olhar para essas palavras e entender seu significado. O nome disso é leitura. Cerca de um quarto da população é capaz de ler.

— Espantoso.

— Mas a maioria não sabe ler. — Falar parecia esclarecer os pensamentos, mas a visão ainda continuava turva.

Ela estendeu a mão para impedi-lo de virar a página.

— Que imagem é aquela? — indagou, apontando para um homem alto e elegante montando sobre um cavalo muito grande e olhando para baixo, para um homem do tamanho de um chimpanzé.

— Este livro conta a história fictícia de um homem chamado Gulliver e de sua viagem pelo mundo. — Ele apontou para o globo e o fez girar. Ela saltou para trás. — Um lugar visitado por Gulliver foi Brobdingnag, uma terra de gigantes que o consideravam um divertido brinquedo.

Do alto de seus 18 centímetros ela o encarou.

— Bem, deixe-me diverti-lo. — E começou a crescer até ter mais ou menos um metro e meio e continuar sobre a mesa, olhando para ele, porém para baixo. Devia ter o tamanho que possuía quando a cerâmica fora pintada, o que, em sua época, havia sido uma estatura considerável. Ela se abaixou e estudou o globo.

— Esse é o mundo de Gulliver?

— Na verdade, é um pequeno modelo do mundo real. Nós o chamamos de planeta e ele gira em torno do sol com vários outros planetas. — Jack olhou para o globo nebuloso. Finalmente encontrou os Estados Unidos e apontou para o sudoeste, tentando mostrar o Novo México, mas indicando Scottsdale, Arizona. — Estamos por aqui.

Ela olhou para todas as linhas e rabiscos. Nada ali se relacionava a sua experiência.

— Está brincando?

— Não. O mundo tem essa aparência.

— Bem, deixe-me dizer-lhe algo, homem Larva, seu mundo é muito diferente do meu. — Ela estudou o restante da sala por um momento, depois olhou para ele. — É incomum que um homem com uma casa grande e muitas coisas deva morrer sem seu povo à sua volta. Que terrível evento o conduziu a esse lamentável fim?

Estava encantado com sua graça e energia. Ele pensou: Que jovem única e talentosa habita meu cérebro.

— Que coisas terríveis o trouxeram a esse lamentável fim? — ela repetiu.

— Não é o fim — respondeu. Por que devia incomodar-se em defender-se? Ela era apenas uma ilusão, mas sabia que, freqüentemente, o que apreciava nas mulheres era ilusório, e aprendera coisas com elas que jamais teria aprendido sozinho. Ele explicou a condição em que se encontrava: — Apenas fui picado por alguma coisa, talvez um escorpião. Mas estou bem... com exceção da dor na cabeça, do inchaço no braço e no rosto, da dificuldade para enxergar... disso, e de estar falando com uma mulher mascarada que mora em um compartimento secreto do meu cérebro. — Mesmo no estado em que estava, sabia ter penetrado em território estranho.

Ela olhou para baixo, diretamente para seu olho são, e sussurrou com tom suave:

— Acho que não.

O tom sereno, o tamanho, sua pele bronzeada e os seios nus o afetaram. Ela era tão adorável que esqueceu que falava com ele mesmo. Talvez o humor o ajudasse.

— Você jamais acreditaria que é a ilusão vivendo na cabeça de um homem. — A dor transformou o sorriso em uma careta.

Ela enxergava através dele.

— Entendi — disse. — Ou a picada me libertou para vagar livremente por seu cérebro, ou sou um fantasma, com destino e vontade próprios, sobre o qual você não tem controle. Vai ter de fazer um teste. Se eu for um fantasma, terá de acreditar neles. Mas, se você estiver certo e eu for uma manifestação vagando por sua mente, então terá um problema sério para resolver.

Pelo menos tinha senso de humor, embora sombrio. Para uma alucinação em tamanho natural, pensou, até que não era mal. Estava começando a se sentir mole, como um cubo de manteiga aquecida. O veneno percorria seu corpo. Era preciso grande esforço para manter aberto o olho bom. Havia manchas escuras no revestimento de gesso do teto por conta da última chuva, meses atrás. Precisava reparar o telhado depressa.

Ocorreu-lhe que ela não podia ler seus pensamentos. Certamente, era incapaz de ler os dela. A barreira dos pensamentos conscientes os separava, mas podia contar que essa barreira se sustentaria por muito tempo? Ela conseguiria pular para o seu lado e assumir o controle? Quanto mais a estabelecesse como uma entidade distinta, menos ela necessitaria penetrar nessa ilusão que ele chamava de si mesmo.

— Deduzi — ele arriscou com um tom pensativo e respeitoso, como se estivesse conversando no bar de um hotel —, pela pintura na cerâmica, que você é uma treinadora de papagaios.

Ela olhou para o papagaio a seus pés. A ave podia bater as asas, mas não podia voar. Ela se abaixou para pegá-lo e colocá-lo em seu pulso.

— Sim, eu treinei papagaios, mas essa não é minha história. — Segurando o pássaro perto de seu rosto, deixou que ele bicasse a máscara com delicadeza. — Este é Elu — apresentou. O papagaio virou-se para Jack e sacudiu as penas. — Eu era importante no clã do papagaio. Meu trabalho consistia em atrair nuvens de chuva para o vale. Quando morri, meu espírito devia ter ido para o céu, mas foi absorvido pela cerâmica. Agora ele não poderia escapar nem mesmo por um buraco aberto no fundo da vasilha.

— Vai me pedir para quebrar a tigela, não é?

— É o que deve fazer, porque assim meu espírito será libertado para o céu, e eu dançarei e cantarei, caindo com a chuva. Serei como a chuva e escorrerei pelo solo, de onde o velho rio me levará ao meu povo, e então voltarei a este mundo como uma pessoa plena. É isso que deve ocorrer, mas não no meu caso. — Ela o encarou através das frestas da máscara. — Ainda não, pelo menos.

— Por que as pessoas que a enterraram não abriram um furo em sua cerâmica?

— Nos últimos anos, os clãs da serpente e do papagaio viveram na caverna para se esconderem das gangues canibais enviadas do norte pelo chefe das casas redondas. Sentíamos fome e frio. Muitos adoeceram. Todos os outros se mudaram. Fomos os últimos. Um dia, muitos dos que viviam em nossa caverna saíram para cuidar das plantações e nunca mais voltaram. Uma gangue os dizimou. Restamos apenas dois de nós, eu e a irmã mais velha de minha mãe, Ellee-bae. Eu estava muito doente e sabia que morreria em breve, e ela me ajudou a ocupar o local que o povo havia preparado para o meu funeral. Depois deu a mim e a Elu, meu papagaio, o chá amargo. Tudo parou de doer. Senti-me feliz e aquecida, e adormeci.

— E por que ela não fez o furo no fundo da sua cerâmica?

— Ela me amava, e estava muito solitária. Queria que meu espírito permanecesse por perto até que ela também estivesse às portas da morte. Quando esse momento chegou, ela devia estar longe ou muito fraca. Encontrou seus ossos?

— Só os seus. A irmã mais velha de sua mãe... Elle-bae, ela fez sua cerâmica?

— Sim. Era sua favorita, e ela me amava muito. Talvez demais. Por isso estou aqui. Desde então até agora. Muito tempo. Esta é minha história.

— Apenas o final dela. Aposto que há muito mais.

— Você é astuto. Quer me manter por perto porque está morrendo sozinho como minha tia. Você vai morrer, e eu ainda estarei presa em minha cerâmica.

— Para ser franco, gosto de tê-la por perto, mas não estou morrendo... perdendo a sanidade mental, talvez, mas não acredito que vou morrer.

Ela se debruçou sobre a extremidade mais distante da mesa, de onde podia ver o corredor.

— Você tem uma casa grande, elegante. Muitos cômodos para todas as suas mulheres. Mas elas partiram, e agora está sozinho, exceto por mim e por aquele pequenino gato, que, incidentalmente, tem me observado desde que cheguei aqui. Se sou apenas parte da sua loucura, seu gato sofre da mesma aflição.

Jack virou-se para olhar o gato no sofá da sala de estar. Ele não era pequenino, e parecia estar dormindo ou indiferente aos eventos que se passavam à mesa da sala de jantar.

— Houve um tempo em que muitas pessoas habitaram essa casa — disse Jack —, mas isso foi há muito tempo.

— Perdeu toda a sua gente para as gangues canibais, não é?

— Não temos esse tipo de gangue por aqui, mas não tenho prestado muita atenção ultimamente.

— Perdeu sua esposa, não foi?

— Perdi? Não, apenas seguimos em direções diferentes, mais nada. Ela foi para o norte, eu fui para o sul. Há cerca de 15 anos, eu me mudei para cá de Albuquerque.

— Onde fica Albuquerque?

— Vários dias de caminhada a norte e a leste daqui.

— O povo da casa redonda ainda tem gangues de canibais?

— Não. E eles não vivem mais em casas redondas, embora seus descendentes ainda estejam por aí. Eles se separaram e espalharam por toda a região no mesmo tempo em que os Mimbres desapareceram.

— Quem foram os Mimbres?

— Você... sua tribo. Há 300 anos, mas pessoas que moravam perto daqui deram ao rio que corta esse vale o nome de Mimbres. Quando as ruínas de suas casas foram encontradas perto do rio, vocês foram chamados de mimbreños, nome que significa "povo salgueiro".

— Muito estranho.

— O que é estranho?

— Meu nome é Willow. Significa salgueiro.

— O meu é Jack.

— Jack? O que significa?

— Apenas Jack.

Ela não estava satisfeita com sua resposta. Olhou para baixo, para o papagaio, o rosto inclinado para o ombro num gesto de proteção, como se ele a houvesse insultado. O gesto o perturbou. Ela se comportava como se a estivesse tratando mal, com desrespeito. E colocava-se de um jeito sutil e poderoso.

Embora fosse apenas um produto de sua imaginação, ela era um produto de difícil manutenção e cheia de vontades. Sentia-se nebuloso. Ela se tornara sólida e escultural em comparação. Teria preferido um fantasma, uma entidade discreta que só o solicitasse para quebrar a cerâmica. Ela que fosse a bendita pessoa das nuvens, se era essa sua vontade. Ele só poderia ficar molhado.

Ele abriu o olho. Willow aproximou-se e sussurrou em seu ouvido. Ela o encarava através da máscara de pele de veado, o bico pontiagudo quase tocando seu rosto.

— Volte, Jack. Preciso de você. Não pode morrer. Preciso de você para quebrar a cerâmica e libertar meu espírito.

Por um momento, julgou poder ouvi-la respirar. Por que haveria de querer quebrar a cerâmica? Não havia nada parecido no mundo. Fechou o olho, mantendo a cabeça na mesa. Ela poderia ir embora assim que o veneno fosse eliminado de seu organismo. E se ficasse? Supondo que ele não quebrasse a tigela? Ela ficaria furiosa. Permaneceria por ali, por perto, se eu a quebrasse? Ter uma aparição feminina por perto podia ser mais simples do que a coisa verdadeira.

CINCO

Kills The Deer desistiu e devolveu o telefone a Lucy.

— Ele não está.

— Acha que está por perto? Odiaria dirigir até lá e descobrir que ele não se encontra na região.

— Ele deve estar por perto. Tentarei falar com ele hoje à noite e ligarei para você. Posada Duran?

— Sim. Obrigada.

— Ele não está mais no ramo.

— Foi o que você disse.

— Mas acha que ele pode lhe dizer onde encontrar algo que está procurando, certo?

— Sim. — Ela se mostrava reservada, esperando que Kills The Deer não fizesse mais perguntas.

— Ele não precisa do seu dinheiro, o que significa que não vai poder comprá-lo.

— Eu não pretendia comprá-lo.

— Não pode esperar que alguém como Jack fale muito. Os federais já o castigaram muito.

— Ele chegou a ser acusado formalmente?

— Não. Sua idéia de certo e errado nem sempre coincidia com o que o governo tinha em mente, mas ele era cuidadoso.

— Ele vendia para Sylvia?

— Provavelmente. Vai ter de perguntar a ela. Ela pode conhecer outro lado dele. — Havia uma história de pesar em sua voz. Havia se deixado impressionar pela habilidade de Jack de relacionar-se bem com todos, do efervescente cônsul britânico às mulheres idosas no pueblo. — Ele possuía compradores na Inglaterra, na Austrália e no Japão, mas não falava muito sobre eles. — A voz de Kills The Deer perdeu força. Sentia-se desanimado. Estava trocando uma amizade por uma apresentação, um contato com uma mulher branca e rica, na esperança de ganhar algum dinheiro. E ainda havia o embaraço adicional de, no cumprimento da tarefa, perceber quão pouco conhecia seu amigo.

Kills The Deer começava a divagar.

— Vamos procurar Sylvia — sugeriu Lucy. — Ela provavelmente aproveitaria um intervalo para fugir dos malucos e acadêmicos.

— Como consegue diferenciá-los?

— Os malucos falam depressa e cobrem você de saliva. Normalmente, têm um terrível mau hálito. Os acadêmicos, via de regra, têm apenas o mau-hálito.

Kills The Deer lembrou que não tomava banho há vários dias. Seu hálito também devia estar malcheiroso, levando em conta que o estômago sofria os efeitos da comida, do champanhe e da conversa. Nessa altura, tudo que queria era ir para casa.

— Acho que já devia estar indo embora. Obrigado de qualquer maneira. Se não tiver notícias minhas, e se encontrar Jack primeiro, diga a ele que pedi para telefonar. Certo?

— Certo... — Lucy estava um pouco frustrada. Queria mesmo apresentá-lo a Sylvia, ser útil de alguma maneira. — Muito obrigada. Aprecio o que fez por mim. Falarei com Sylvia sobre suas pinturas. — Ele já se afastava. Mesmo assim, assentiu, virou-se e desapareceu pela porta que levava ao salão.

Lucy pensou em Kills The Deer passando por entre os convidados. Não se sentia bem por deixá-lo sozinho. Ela o alcançou logo depois da porta. O homem parecia um pouco assustado com todo o barulho e tantas pessoas. Tocando seu ombro, chamou a atenção do índio.

— Vou pedir a Sylvia para sermos levados para conhecer sua coleção. Será uma maneira indolor de conhecê-la.

Kills The Deer sorriu. Indolor, sim. Ela entendia. Era uma boa pessoa. Ele assentiu. Lembrando como a mulher gostava de braços, ofereceu o dele. Moveram-se por entre a multidão, seguindo para o extremo oposto da sala, onde um pequeno grupo se reunira em torno de Sylvia, Henri e Anita. Billy estava fora, trocando a fita, as baterias ou as luzes.

Sylvia havia interrompido sua conversa com Henri para esperar pela volta de Billy. Em vez de falar sobre o assunto que tratava anteriormente, ela explicava a Henri as complexidades de um coquetel americano e os diversos tipos que a ele compareciam.

Henri estudou a multidão, apontou vários indivíduos e perguntou quem eram e o que faziam. Viu um casal jovem, moderadamente sexy, que parecia ter atraído uma mulher também jovem e desleixada para uma conversa séria. Ele fez um gesto longo, apontando para eles com o cigarro.

— Quem são?

— Os dois de negro que não são garçons? — Ela olhou para o traje de Henri.

— Sim, aqueles.

— São os mais recentes de muitas espécies de angariadores de fundo para a causa ambientalista.

— Espécies? Eles estão em extinção?

Sylvia riu.

— Não, não esse tipo. Eles reinventam a si mesmos regularmente.

Anita estava furiosa com a ausência prolongada de Billy. Batendo no ombro de Henri, sussurrou alguma coisa em seu ouvido e marchou para as largas portas duplas.

Uma mulher que havia esperado pacientemente por uma oportunidade de aproximar-se de Sylvia ocupou o espaço deixado por Anita. Ela inclinou a cabeça quase raspada. Braços longos e brancos com cotovelos protuberantes brotavam do robe vermelho sangue.

— Por favor, permita-me apresentar-me, Srta. Siskin. Meu nome é Alamanda Frangipani. Faço parte de um grupo ambientalista progressivo e gostaríamos de sua opinião sobre...

— Adoraria contribuir. — Sylvia olhou para os braços delgados e pálidos da mulher. — Tem um cartão?

— Oh, obrigada, Srta. Siskin. Um braço comprido surgiu entre eles, os dedos magros e ossudos sustentando um cartão. Nele estava escrito:

RECUPERAÇÃO AVIÁRIA E PLUMAGEM
EXÓTICA DIA DE SOL BUDISTA
Nós reciclamos aquilo que não se recupera.

ALAMANDA FRANGIPANI, diretora executiva.
4400 Nine Gate Road, Sausalito, CA.
www.diadesol.org

Sylvia olhou do cartão para o contraste entre os longos braços brancos de Alamanda e o robe vermelho e subiu até sua cabeça raspada.

— E o que está fazendo no Novo México, Srta. Frangipani?

— Viemos comprar terra. Nosso sonho é construir grupos de condomínios ambientalmente sensíveis perto de San Domingo Pueblo.

Ela sorria, esperando ansiosa, como se Sylvia pudesse lhe fazer uma doação ali mesmo.

No centro do salão, Inez havia recolhido cuidadosamente a saia em torno dos joelhos e se ajoelhara. Billy estava deitado de costas, olhando através da lente da câmera. Ela sorriu para ele, depois ergueu o rosto para o teto. O tom calmo e seguro de sua voz refletia os muitos meses nos quais havia contemplado a história escondida nos ângulos das vigas e nos giros e ondulações da madeira.

— Não há cruz na primeira estação. No desenho, bem ali — ela apontava para um padrão escuro na longa viga que partia da espessa parede externa —, é possível ver o sumo sacerdote condenando Jesus. O sacerdote pergunta se ele é Cristo, filho do Abençoado, e Jesus diz: "Eu sou." Então, todos os sacerdotes o condenam à morte por blasfêmia contra Deus.

Billy estudou o padrão escuro, procurando o sumo sacerdote e a imagem de Jesus. Inez estava quieta, esperando que ele descobrisse a imagem sozinho. Depois de um tempo, ela apontou para um ponto ligeiramente à esquerda, para o perfil de um homem usando um capacete.

— E aquele é Pilatos. Ele está dizendo aos sacerdotes: "Devo crucificar seu rei?" E eles respondem: "Não temos outro rei além de César."

— Sim — sussurrou Billy. — Eu vejo Pilatos. Ele é nítido e escuro na madeira. E Jesus é vago, abaixo e à direita, e agora vejo os sacerdotes enfileirados. É óbvio. E fascinante... — Quase disse Inez, mas conteve-se a tempo. Ela parecia devota demais para ser chamada pelo nome.

— E ali... — ela continuou em voz baixa, apontando com a mão delicada.

Billy concentrou-se na direção apontada pela mão, depois estudou as vigas sólidas em busca de um rosto fantasmagórico nos desenhos. Ele prendeu o fôlego e acionou o zoom para uma tomada mais próxima. Depois de gravar aquele rosto por vários segundos, deixou a câmera de lado e olhou para a imagem cuja história Inez relatava.

— Ao longo do caminho para o Gólgota, Jesus passou perto de uma mulher chamada Verônica, e ela usou o próprio véu para enxugar o suor de Seu rosto. O que está vendo na madeira é quase idêntico à imagem que existe até hoje no véu de Verônica.

Para Inez, o interesse de Billy em sua visão das imagens ocultas entre as vigas o incluía no círculo de seus desejos. Ela continha o impulso de tocar seu rosto erguido e beijar os lábios perfeitos. Em vez disso, olhava para ele e sorria.

Uma atração como a que os insetos experimentam por lâmpadas impelia Billy para a radiante paixão da mulher por seu Salvador. Sua alma subia ao alto. Por um momento, Billy se sentiu suspenso em bem-aventurança, removido da pedra fria para o olhar amoroso.

E a escuridão desceu envolta em vermelho.

— Que diabo está fazendo? — Anita perguntou. Ela se inclinava sobre Billy. — Estamos produzindo um filme, Billy. Não temos tempo para suas aventuras com a Criada Feliz.

Inez levantou-se de um salto e correu para fora da sala. Billy olhou para o rosto zangado de Anita.

— Qual é o problema, Pêssego? — indagou. — Ela só estava me mostrando as Estações da Cruz.

— Estava se apaixonando, idiota. E devia estar trabalhando.

— Sim, tem razão, é claro.

— Tenho razão porque devia estar trabalhando ou tenho razão porque estava se apaixonando?

— As duas coisas. Acho.

— Você acha? Que diabo significa isso?

— Bem, foi espiritual de um jeito surreal. Jesus fazia parte da cena, definitivamente. Foi muito poderoso e... cheio de paz.

— E quanto a nós? E o filme?

— Está tudo bem. Nada vai mudar. É como um dos seus quentes lampejos espirituais.

— Ela é só uma criança, seu bastardo. — Anita parou e fitou-o nos olhos. — Está feliz com isso, não é?

— Sim.

Ele mal a ouviu sussurrar:

— Oh, Billy.

O amor de Anita por ele estaria à altura de qualquer coisa que Inez pudesse oferecer, mas seus desejos ardentes envolviam-lhe o coração de maneiras tão complexas que nem ela mesma podia entendê-las; pensar em Billy e na criada apaixonada enroscados sob os olhos angustiados do Cristo crucificado causava certo ímpeto. Ela se abaixou, segurou a mão de Billy e puxou-o para que se levantasse.

— Vamos trabalhar, caubói.

Anita segurava o microfone para Henri. O ambiente estava superado, e a decadência era o foco. Billy se mantinha perto do francês com a lente aberta para abranger o cenário de comilões, beberrões, sedutores, defensores do meio ambiente e habituais malucos. Henri, distorcido pela curvatura de ângulo mais aberto, concluía uma explicação.

— Futilidade e absurdo são expressões da decadência. Quando não encontramos mais propósito e significado naquilo que fazemos, caímos na decadência das indulgências baratas, reforçando o absurdo de nossas vidas com casas grandiosas, carros grandiosos, ostentações grandiosas. — A cada "grandioso" seus gestos tornavam-se mais e mais largos. — Só podemos alcançar nossos sonhos catárticos quando nossos grandes estádios de esporte sangrento e selvagem transformarem-se em catedrais para execução pública.

Uma mulher afro-americana alta num elegante vestido de crepe aproximou-se de Henri. Seu ventre volumoso pressionava o tecido, distendendo-o a ponto de torná-lo liso e brilhante. Ela sorriu e segurou seu braço, puxando-o até quase encostar a boca em sua orelha. A sensualidade do toque, o crepe esticado e o hálito quente em sua orelha o surpreenderam momentaneamente. Ela sussurrou. Henri assentiu. Obediente, afastou-se da efígie maia valiosíssima na qual estivera apoiado enquanto gesticulava de forma exuberante.

Sylvia sorriu para a mulher que se afastou em meio aos convidados.

— Quem era aquela mulher? — perguntou Henri.

— Não a conheço — disse Sylvia. — Ela é da segurança. Da companhia de seguros.

— *Excusez-moi.*

— Então, qual é seu jogo, Henri? — Lucy indagou, fazendo uso da linguagem vazia de Henri.

— Meu jogo?

— Sim. Que esporte selvagem e sangrento costuma acompanhar?

— Tênis. Nele, por estar sozinho, sua derrota é absoluta. No tênis, tanto o sangue quanto o cérebro são lambuzados na argila dura. E qual, como vê disse, é o seu jogo?

— Sendo uma mulher tipicamente americana, tenho de apreciar o futebol.

— Mas, e quanto ao beisebol, *o* esporte americano?

— Henri, eles distribuem ingressos aos arbustos para esconder os assentos vazios.

— É verdade que os atletas profissionais utilizam hormônio de gado para aumentar a força física? — quis saber Sylvia.

— Jogadores falsos para uma platéia falsa? — disparou Henri. — Boa simetria. Tanto o observado quanto o observador são falsificados.

— Henri e eu compartilhamos uma... fascinação — contou Sylvia. Antes, estávamos discutindo o enorme mercado das relíquias falsas, um assunto de grande interesse para mim. — Com graça e delicadeza, ela se dedicou a repetir um de seus relatos para festas e jantares, um conto cujo propósito era atormentar os corretos e virtuosos. — Nos idos de 1780, Jukulu the Water, um comerciante mulato caribenho, chegou do sul vendendo relíquias. Ele tinha uma pequena carroça puxada por uma africana negra como ébano, e ela previa a sorte para os índios numa linguagem rude que Jukulu traduzia. Para os ingênuos sacerdotes do vilarejo, ele vendia preciosas lascas de ossos dos pés e das mãos de santos. Elas eram acondicionadas em caixas de prata com as imagens dos santos gravadas. Alguns suspeitavam de que Jukulu e a mulher de ébano encontravam os pequeninos ossos nas covas rasas na periferia dos vilarejos. E se era realmente assim, os sacerdotes veneravam sem saber os ossos daqueles mesmos pagãos pecadores que, meses ou anos antes, haviam resgatado das garras de Satã.

— Ah, a superstição se apega à embolorada fé.

— Talvez, monsieur Bashé. Mas a verdade, seja ela moderna ou primitiva, também pode se apegar às ilusões enclausuradas nos implementos da fé.

Tanta reverência fez Henri sorrir.

— Tem relicários?

— Três, na verdade. Gostaria de vê-los?

— Se gostaria? Eu ficaria encantado.

Sylvia sorriu com benevolência para a câmera.

— Vamos começar nossa turnê pela capela. Acho que vai gostar dela.

Henri a acompanhou, e eles se dirigiram para a porta larga que conduzia à câmara central. Lucy, Anita, Billy e Kills The Deer iam logo atrás deles.

Um dos criados surgiu ao lado do grupo oferecendo vinho, tortas de siri, salmão fresco, crème fraîche, pão e torradas.

Sylvia virou à esquerda para a câmara e caminhou sob um telhado de vidro coberto por videiras, por um corredor de tijolos brancos até a capela. Billy adiantou-se de forma a filmar a entrada do grupo, depois se afastou para o lado, para fora da porta, filmando a passagem de cada um deles, girando a câmera até a lente capturar a imagem de uma escultura de mais ou menos meio metro envolta em um manto de cetim vermelho e instalada sobre um pedestal de mármore preto. O teto arqueado ampliava o som. Cada palavra pronunciada tinha uma reverberação que intensificava a pompa, fortalecia a emoção e embelezava o neurótico. Anita mantinha o microfone suspenso por um extensor, tentando ficar acima da lente de Billy, mas perto de quem falava. O extensor movia-se de um lado para o outro em sincronismo com os movimentos da câmera.

A resplandecente estatueta virou-se para o outro lado, para o altar, e em intervalos regulares de alguns segundos ela emitia um estalo, depois estremecia. O estranho movimento provocava uma sensação familiar em Henri, como o despertar do medo diante da idéia da ira de Deus, seguindo por um arrepio erótico. A virada repentina, o tremor e o odor do mármore úmido flutuavam para o interior de sua mente e lembravam a igreja de sua infância. Por um instante, um raio de luz penetrou pela elevada e adornada janela de sua memória e dissolveu-se nas sombras da pedra fria.

Henri olhava para uma réplica de madeira da Virgem pintada com uma fina camada de cal. Ela usava um suntuoso robe vermelho bordado com pequeninas rosas feitas com contas de vidro verde. Ele se moveu como se a escultura o estivesse atraindo.

A peça funcionava sobre um pequeno disco motorizado idealizado para girar lentamente, permitindo que o olhar sagrado recaísse sobre toda a capela, mas o mecanismo estava com defeito. Em vez da rotação graciosa, a máquina dava à Virgem o solavanco e o tremor.

— Está quebrada.

— Evidentemente, Henri. — Sylvia contornou a estátua, olhando para Henri de forma a aferir o efeito da Virgem. — Não é encantador? O tremor divino?

— Sim... divino — ele concordou, virando-se para escapar da câmera.

Mas Sylvia ainda não havia desistido.

— É mais um espasmo, realmente... um espasmo encontrado.

— Não entendo — ele disse. — Como assim, encontrado?

— Como é a arte encontrada. Simplesmente nos deparamos com ela, monsieur Bashé. Não fui convencida antecipadamente pela intervenção consciente do artista.

Henri começou a suspeitar de que a resposta de Sylvia tinha um toque dele mesmo.

— E o que vê nesse espasmo que é tão encantador? — indagou.

— Talvez considere isso abstrato, mas como encontramos seu espasmo, também ela encontrou êxtase no toque de Deus. Para mim, isso tem um doce apelo.

A Virgem estalou e estremeceu. Sylvia se mostrou sóbria e pensativa por um momento.

— E quando a viu tremer... o que... pensou?

Ele fez uma pausa, depois encolheu os ombros.

— Que ela estava tendo um orgasmo. Sabe como é, o prazer.

— Orgasmo? Do nada?

— Por favor, Sylvia, nunca é, como você diz, do nada. — Ele acenou com a mão e o cigarro na direção da Virgem ruidosa. — Um orgasmo é sempre antecipado, dado seu texto, medo, ansiedade, fotos indecentes, estatísticos, contos lúgubres, análises, mensuração, trajetória, acessórios pornográficos, enfim, uma cruzada de grandes expectativas. A mente é pródiga de orgasmos, temperada para um constante estado de prontidão. Como com todas as formas de êxtase, a cultura é seu contexto. O êxtase não está escrito numa lousa vazia.

Sylvia olhou para Henri por um momento. Via um divertido porém desequilibrado ginasta verbal. Ela se voltou para Anita e perguntou:

— Você o entende?

— Só momentaneamente. Nunca dura muito.

Sylvia conduziu o pequeno grupo para o fundo da capela. Ali, entronadas em uma redoma de vidro à prova de balas encaixadas na espessa parede do santuário estavam as três caixas de prata, dez centímetros quadrados de área, seladas por uma linha de prata. O conteúdo, as relíquias propriamente ditas, podiam ser vagamente visualizadas através de um grosso e espesso quadrado protetor de vidro facetado e pintado de vermelho no topo de cada caixa. A Virgem continuava estalando e estremecendo atrás deles enquanto todos se reuniam para ver as relíquias.

Henri riu, soprou fumaça na Virgem e virou-se para examinar as caixas de prata através do vidro blindado.

— Você não parece dar muita importância a tudo isso, Sylvia.

— Lidar com os objetos do catolicismo não inibe a fé ou o humor, monsieur Bashé. Ora, eu gostaria de poder diverti-lo. Deixe-me levá-lo para conhecer a sala de controle da coleção, cortesia da Hanford Insurance Company.

Sylvia os conduziu pelo corredor para uma estreita porta de metal. Ela tocou o código de segurança, a porta deslizou sobre trilhos, todos entraram, e a porta se fechou atrás deles. A pequena sala continha 24 monitores de vídeo e um grande painel de controle com monitor próprio. Um operador podia ligar qualquer câmera ao painel de controle e aumentar girar, rodar e ampliar à vontade. Cada peça da coleção era vista aleatoriamente ao longo do dia, e o exterior da casa ficava sob constante vigilância.

Sylvia carregava um grande peso, não por ser paranóica, mas por ser proprietária de um tesouro oculto de notável valor, os inúmeros artefatos pré-colombianos. As precauções com a segurança minimizavam os prêmios do seguro. Nunca uma de suas peças havia sido roubada. Nenhuma. Os longos dedos das tribos indígenas e dos governos estrangeiros eram a verdadeira ameaça. Sua companhia de seguros lamentava, mas as apólices não cobriam repatriação. Boa parte da coleção de Sylvia havia sido obtida de maneira escusa pelo tio e pelo avô, que saqueavam templos mexicanos e central-americanos nas décadas de 1940 e 50. Eles também violaram túmulos na área dos Quatro Cantos até que, inesperadamente, o avião em que sobrevoavam a região se chocou contra uma casa de penhasco Anasazi no final dos anos 1960.

Por vários anos, inspetores da Alfândega dos Estados Unidos iam ao palácio de tijolos aparentes de Sylvia armados com mandados, procurando por uma peça de um antigo templo ou uma efígie sagrada do túmulo do ancestral de alguém. Ela havia perdido uma causa legal tentando salvar uma linda ave entalhada em jade sobre a qual, em sua opinião, os reclamantes não tinham direito. Vencera outra disputa legal por uma máscara de ouro com olhos de esmeralda. Os embates judiciais haviam ensinado a cautela aos dois lados. O governo desistira de fazer reclamações desprovidas de mérito, e ela aprendera a entregar o que eles pediam sem muita discussão. No geral, perdera 7.300 mil dólares em valores de mercado, mas a questão nunca fora o dinheiro. Era a perda de seus belos objetos que a enfureciam. Fotografias dos objetos reclamados eram espalhadas por toda a área de exibição com cartazes que diziam repatriado por esse e aquele, e a data. Na opinião de Sylvia, até as tribos locais iam se tornando mais razoáveis. Pelo menos pararam de tentar repatriar cerâmicas de sua coleção especial de réplicas falsas.

Ela apontou no monitor para uma ravina estreita atrás da casa.

— Foi por ali que Kirk Douglas, no papel de um caubói muito estúpido, conduziu seu cavalo para fugir de Walter Matthau, o xerife filósofo em *Sua última façanha*. O caubói escapa, só para ser atropelado por um caminhão carregado de vasos sanitários dirigido por Carroll O'Connor.

Quando Sylvia começou a descrever o filme, Kills The Deer estava absorvido na imagem da ravina e da cerca em primeiro plano, a mesma ravina que ele e os irmãos haviam atravessado com o cervo no outono passado. Estava certo de que Sylvia não se dava ao trabalho de assistir às fitas. Ela jamais saberia que ele havia urinado em sua cerca. A vida era uma densa rede de conexões perdidas. Kills The Deer sorriu. Já tinha seu tema, o coatimundi da coincidência perdida, as inúmeras coisas, embaladas no espaço e no tempo, que na vida real, diferentemente dos filmes, nunca se encontram de fato.

Sylvia dava aos convidados um breve resumo de *Sua última façanha*.

— A história retrata um homem teimoso e terrivelmente estúpido que, contra todas as possibilidades, escapa, só para ser vitimado por uma síncope aparentemente aleatória. O que significa, suponho, que não podemos derrotar Deus em seu próprio jogo.

— É claro que vencemos Deus em seu jogo, porque... — Henri deu uma rápida tragada no cigarro e olhou para a tela com a Virgem trêmula — porque criamos deuses menos diabólicos que nós mesmos.

— E isso significa...?

— Nós os colocamos no pedestal, mas equipamos o pedestal de forma a controlarmos o giro... ou o tremor, nesse caso.

— Não está fazendo sentido.

— Estou expressando uma idéia. — Henri riu. — Eu devia fazer sentido?

— Esperava um pouco de racionalidade.

— Os franceses não têm racionalidade. Temos um racionalizador, uma espécie de conversor analítico.

— Creio que o seu está temporariamente fora de serviço — ela brincou.

Kills The Deer interrompeu a conversa.

— A câmera pode focalizar mais perto da cerca? — ele quis saber.

— Sim, basta clicar no zoom e apontar para o ponto da tela que deseja aumentar.

— Mantém as fitas de todos os monitores?

— Usamos outro tipo de equipamento, algo diferente de fitas. A gravação só ocorre quando os sensores captam algum movimento.

— Então, tem registrados e guardados todos os movimentos ocorridos nessa ravina desde...?

— A companhia mantém as imagens por um ano. A menos que haja algo incomum, é claro.

— Como o quê?

— Ladrões, presumo.

— Ou alguém urinando na cerca dos fundos? Deve acontecer com freqüência.

— Bem, isso depende da espécie em questão. Se for rara ou estiver em extinção...

Henri apontou para si mesmo.

— Eu me enquadraria.

— Como uma espécie rara ou em extinção?

— *Certainement*. Que sou raro é óbvio. Também, minhas... excursões para compreender a lógica da cultura parecem pôr em risco minha saúde.

Sylvia aceitou uma taça de champanhe de uma pequena bandeja, sorveu um gole, sorriu.

— A cultura não é compreensível, Henri. Ela é algo que outras pessoas dizem que você deve fazer, pensar e ser, sem sua compreensão.

Henri bocejou. Estava mergulhando na exaustão provocada pela diferença de fusos horários, mas ainda tinha uma última salva de tiros para os humanos em grandes grupos.

— A cultura é a doença da vaca louca que atinge a alma, constantemente devorando, deixando uma esponja seca e porosa para enxugar as últimas tolices pré-digeridas. — Ele coçou os olhos e piscou para a anfitriã.

— Henri, você está exausto. — Sylvia soou indulgente, pois entendia a necessidade de separar um homem de suas palavras. — Devemos continuar nossa discussão amanhã, quando Anita e Billy vierem para gravar tudo.

Ele assentiu.

— É claro, eu ficaria, ah... encantado. E obrigado por ser uma anfitriã tão maravilhosa e atenciosa. — Com os olhos semicerrados, ele enfiou a mão no bolso da calça para pegar um bloco de anotações de capa vermelha e uma caneta muito antiga, depois escreveu com cuidado: "Espasmo Encontrado, Êxtase Encontrado." Então ergueu a cabeça e viu Lucy sorrindo para ele. Não tinha nenhuma idéia do que significava aquele sorriso, mas um sorriso era um sorriso. — O que vai fazer amanhã, Lucy? Espero que nos dê a honra de sua presença?

— Eu tinha intenção de alugar um carro e dirigir até Silverado, ver se consigo encontrar um cavalheiro e conversar com ele sobre uma nova descoberta. Mas podemos tomar café antes de eu ir.

Ela estava deixando uma abertura.

— Devia permitir que nós a levássemos até Silverado — Henri insistiu, sabendo que Lucy seria uma boa presença em seu filme.

Anita e Billy trocaram um olhar silencioso. Os dois sabiam que precisavam manter Lucy por perto. Ela parecia ser capaz de lidar com sua delicada, difícil e possivelmente perigosa celebridade. As trocas verbais poderiam ser gravadas durante todo o caminho até Silverado. Seria uma excelente âncora para o vídeo.

— Terminaremos de filmar a coleção da Sra. Siskin antes do almoço — Anita insistiu.

— Eu realmente...

— Por favor, aceite — suplicou Henri. Estava muito cansado, doce e encantador.

— Bem... está bem — Lucy concordou. Teria sido rude recusar.

SEIS

Estava clareando lá fora. Jack havia adormecido com o lado esquerdo do rosto sobre a mesa. O olho direito estava fechado pelo inchaço e a mão direita, picada, repousava sobre suas pernas, rígida e repulsiva. Ele abriu o olho são para verificar se havia estado sonhando. Aparentemente, não. Ela continuava agachada na ponta da mesa, as tiras da saia caindo além da beirada. E o observava.

— Pensei que estivesse morto. — Ela soava mais do que simplesmente preocupada, como se há muito tempo não se importasse com ninguém. — Pode se mover?

Sua língua perdera a vida durante a noite, e ele detectou na boca o gosto de piche para vedar telhados.

Ela inclinou a cabeça em sentido paralelo à dele.

— Pode falar? — A resposta foi um movimento de cabeça indicando que não. — Então eu falo. Estive pensando. Estamos na estação da seca, certo? — Ele assentiu. — Eu posso ser a última dançarina das nuvens. Se quebrar minha cerâmica sob um céu sem nuvens, posso desaparecer no ar. No tempo de meu povo, os dançarinos se reuniam no céu esperando que as nuvens pesadas aparecessem. Então, os dançarinos dançavam, sacudindo as nuvens e gritando para fazer cair a chuva. Os dançarinos das nuvens caíam na terra em forma de chuva e garoa, ensopando o solo, até o fundo do primeiro mundo, depois retornavam à vida como pessoas plenas. Quero ter certeza de que existem grandes nuvens antes de você me libertar. Não quero ser a última dançarina das nuvens num céu vazio.

Ele levantou a cabeça, só um pouco, depois sentou-se devagar. Uma luz rosa e acinzentada penetrava pela pele de seu olho inchado e latejante.

Estava surpreso por perceber que, apesar de viver em sua cabeça, ela soava lógica, mesmo estando ele atordoado. Quieto, esperou que a dor perdesse a intensidade.

Ela estava determinada a provar seu ponto de vista.

— Quem haveria de querer que seu espírito evaporasse para o céu sem nuvens, que nunca mais retornasse com a chuva para encharcar a terra, que nunca mais voltasse para renascer mais uma vez no mundo dos que vivem e morrem? Eu ficaria vagando, flutuando na porção mais alta do céu, perdida e solitária para sempre. Seria o fim da morte.

Por mais poético que fosse, ele nunca havia utilizado a palavra *solitário* em sua vida. Uma coisa era ter uma provocante e mascarada treinadora de papagaios vivendo em sua mente, e outra era permitir que ela saísse por aí pronunciando frases como *solitária para sempre*. A idéia do fantasma ganhava apelo, pois enquanto fosse um agente externo, ela poderia ser tão solitária quanto desejasse. Seria muito fácil verificar sua afirmação. Podia quebrar a cerâmica e ver se ela ia embora. Mas o que isso comprovaria? Podia terminar com um punhado de cacos, enquanto ela simplesmente se encolheria em seu cérebro e ficaria lá, até a próxima vez em que se sentisse pronta para emergir. Surpresa.

Estava tão preocupado com a reação à picada que decidiu procurar um médico. Ficar em pé era a primeira providência. Foi preciso algum tempo, e o esforço provocou gemidos e alguns palavrões. Cambaleando, contornou a mesa apoiando-se na mão boa, até recuperar coordenação suficiente para chegar à porta. De lá ele se virou e olhou para a treinadora de papagaios.

— Vou procurar um médico — avisou. — Devo demorar algumas horas.

— Leve-me com você, Jack. Não quero ficar sozinha em sua casa grande.

— Não posso deixá-la assim, posso? — Ele se esforçou para alcançar uma fruteira sobre uma cristaleira, selecionou cinco laranjas passadas e voltou para perto da mesa. Willow saltou para dentro da fruteira assim que ele a ofereceu.

— Pelo menos não preciso ficar falando para convencê-la a entrar. — Ele deixou a fruteira no centro da mesa e colocou novamente as laranjas dentro dela. — Ninguém vai pensar em procurar uma valiosa cerâmica Mimbres sob um punhado de laranjas murchas.

Normalmente, não tinha motivos para ser cauteloso, mas muitas pessoas na área reconheciam cerâmicas Mimbres, e as portas não tinham trancas.

Qualquer um poderia entrar. De vez em quando, alguém via os homens de barro da estrada e se aproximava para investigá-los.

— Não se deixe capturar pelos canibais — ela gritou sob as laranjas.

— Sou duro demais para servir de carne para os canibais. Eles me cuspiriam. — O calor de sua gargalhada o fez sorrir, apesar da dor.

A caminhonete estava a 50 metros da casa. Estranho, mas favorável, porque assim poderia sair sem ter de usar a ré. Estava limitado à primeira, porque tinha o corpo rígido e dolorido demais para mudar as marchas com a mão esquerda. Assim que chegou ao fim da via onde ficava sua casa, ele seguiu para o norte e percorreu os dois quilômetros montanha acima até o *trailer* de As Irmãs. Ele estava estacionado perto de um poste de energia elétrica a 20 metros da estrada.

Um velho rancheiro de Wyoming chegara àquela região vários invernos atrás, e viera acompanhado por uma mexicana que ele dizia ser sua governanta. Ele havia instalado o *trailer* e cavado um poço. Todos os invernos eles voltavam. Um dia, ele tinha dito algo que deveria ter calado. Ela cometera diversos atos de desrespeito contra o corpo do sujeito e partira. Quando Jack a levara até Silverado para pegar o ônibus, ouvira a história ser contada num rápido dialeto índio-hispânico. "Velho porco fedorento" era uma expressão repetida com muita freqüência, bem como "chutado à merda". Depois de colocá-la no ônibus para El Paso, ele retornara para ver em que estado se encontrava o velho, mas o rancheiro e seu *trailer* haviam desaparecido, para nunca mais voltar.

Vários meses atrás, As Irmãs e a mãe delas, Marguerite, descobriram o poço perto do poste de energia elétrica e ali instalaram seu *trailer*. Era um belo e antigo Air Stream. Um dos maiores construídos na década de 1970.

Jack não havia conhecido a mãe das meninas, mas sabia algumas coisas que suas filhas contavam. Nascida no Texas, tinha mãe e avó em Brownsville. Jack deduzira que a mulher nunca se importara muito com os homens. Ou era descuidada com relação ao sexo ou adorava ter filhos. SuAnn vira um retrato do pai, uma fotografia que chegara pelo correio enquanto a mãe dela estava no trabalho. Depois disso, Marguerite havia adquirido uma caixa postal em Silverado. E nunca, nunca falava sobre os pais das meninas. Snake desenvolvera a idéia de que havia sido concebida sem mácula.

— Como o menino Jesus — ela dissera com fria convicção.

As garotas aceitavam a vida como ela era. Sim, mais tarde as conseqüências seriam terríveis. Como ela havia conseguido sustentar todas aquelas crianças era algo que Jack jamais compreenderia. Pelo que diziam As Irmãs, ela deixara o Texas como muitas outras pessoas, depressa e furiosa.

O Cadillac El Dorado 78 de Marguerite, que bebia boa parte do dinheiro das gorjetas fazendo quatro quilômetros com um litro de gasolina, estava estacionado ao lado do Air Stream. Aquele havia sido o carro mais barato que ela conseguira encontrar e com um motor potente suficiente para rebocar sua reluzente casa pelas montanhas. O El Dorado tinha placas vencidas do Texas.

As Irmãs saíram batendo a porta. Em vez de correr para a caminhonete, ficaram paradas ao lado do carro, observando atentas. Snake acenou.

Marguerite surgiu na porta e estudou a situação por um momento. Ela estava um pouco acima do peso, mas pernas fortes garantiam um andar bem equilibrado e alguma agilidade, o que a tornava sexy à maneira das garotas de Brownsville, no Texas.

Havia algo de errado com o homem da caminhonete. Ela reconheceu o automóvel do vizinho. Ao aproximar-se, olhou para o rosto inchado. Ele não havia se banhado e cheirava a uísque.

— Deve ser o Sr. Miller. Meu nome é Marguerite. O que aconteceu?

— Fui picado por alguma coisa. Não estou conseguindo dirigir muito bem. Importa-se de me levar até a cidade?

Marguerite virou-se e olhou para sua prole. As quatro correram para casa. Ela olhou novamente para Jack.

— O que foi aquilo?

Era óbvio que as meninas não haviam falado com a mãe sobre ele. Por cinco dias na semana, foram até sua casa para ajudá-lo a construir os homens de barro e nunca haviam dito uma única palavra à mãe.

Jack tentou sorrir. O que conseguiu foi provocar uma careta torta.

— Elas estiveram me ajudando com um trabalho na margem do rio perto de minha casa.

— Trabalho? Que tipo de trabalho podem fazer aqueles bebês?

— Bem, eu andei construindo homens de barro. Elas me ajudaram muito.

— Homens de barro? O que faz com homens de barro? Vende?

— Creio que vai ter de ir até lá e ver com seus próprios olhos.

— Elas nunca me contaram. — A mulher olhou por cima de um ombro. As quatro meninas estavam reunidas na porta, esperando pela explosão da mãe. — E não têm autorização para saírem daqui. Elas sabem disso. — Suas filhas desciam o rio e ficavam na companhia de um homem que ela não conhecia. Não podia nem imaginar o que ele tinha em mente, não sabia nada sobre ele. Queria gritar com o homem na caminhonete, gritar com as filhas, mas, acima de tudo, sentia-se culpada e furiosa. Era bem provável que esse sujeito lhe houvesse prestado um favor. As meninas criavam menos problemas do que haviam provocado em anos, o que significava que algo devia estar certo. Pensar nisso só aprofundou sua culpa.

Lágrimas ardiam em seus olhos, mas Marguerite não era o tipo de mulher que demonstrava sua raiva. Ela pigarreou e tossiu.

— Bem, isso explica por que estão sempre cobertas de lodo. — Por um momento ficou tão perturbada que chegou a esquecer o que o levara até ali. — Posso levá-lo, mas terá de voltar sozinho, ou esperar até mais tarde, quando eu terminar meu plantão.

— Eu posso voltar, obrigado. Quer ir no meu carro, ou no seu?

Gostava da idéia de economizar gasolina. Teria de ir devolver a caminhonete na manhã seguinte, mas, a julgar por sua aparência, ele não ia mesmo precisar do veículo no futuro próximo.

— Vamos na sua caminhonete. Preciso ir buscar minhas coisas... Volto já.

As meninas correram para perto do Cadillac e ficaram ali, prontas para fugir.

— O que ele disse? — perguntou Snake, a corajosa.

— Disse que pretende fazer graxa para machado com todas vocês. Alguma coisa muito ruim vai acontecer se não começarem a me ouvir, meninas. Até agora têm tido sorte.

— É mesmo? — provocou Sadie.

— Tem sorte por não estar num navio de escravas brancas a caminho de Marrocos.

Snake gostou do som da palavra e começou a cantar:

— Marrocos, Marrocos, vamos para Marrocos, Marrocos. Porque somos más, muito más.

Em sua mente, ela imaginava uma ilha seca e estéril coberta por muitas pedras.

— Que diabo pensa que está fazendo?

— Estou cantando uma canção, mãe.

Marguerite comprimiu os lábios e balançou a cabeça. Em seguida, ela desapareceu no interior do Air Stream. Um momento depois saiu com suas coisas num saco de papel. A prole a cercou para o ritual; Marguerite ajoelhou-se, e todas a abraçaram ao mesmo tempo. Cada uma delas a beijou nos lábios e disse:

— Você é a melhor, mamãe.

Snake acrescentou:

— E venha direto para casa depois do trabalho.

Jack mancou até o outro lado da caminhonete, pensando que elas deviam assistir a muitas partidas de futebol universitário. Estava um pouco apreensivo com as meninas. Imaginara que elas contavam à mãe tudo que faziam durante o dia, mas devia ter verificado.

Marguerite entrou no automóvel, manobrou a caminhonete e percorreu pelo menos três quilômetros de estrada antes de falar:

— Estava mesmo pensando em ir procurá-lo, Sr. Miller. Alugo aquele terreno de um certo Robert T. Larson em Laramie. Há cerca de um mês, um homem apareceu para medir o terreno e disse que Larson não era o proprietário do lote, porque você é o legítimo dono. Então telefonei para Larson. Ele disse que alugava a terra de você e a sublocava para mim. Isso é verdade?

Jack estava olhando pela janela, contemplando a vida dura de Marguerite e apreciando a paisagem. Gostava de ser o carona. O motorista sempre perde muito do cenário por ter de manter os olhos fixos na estrada. Não queria pensar em Larson, em propriedades ou em Marguerite e seus problemas.

Ela teve de repetir a pergunta:

— Isso é verdade?

— Não. Não é verdade. Larson era um posseiro. Ele a enganou. Deve estar tentando recuperar o dinheiro que investiu cavando aquele poço. Ele poderia ter alugado o poço para você, mas isso teria sido muito complicado, e talvez você se recusasse a pagar o preço pedido. Por isso ele aluga a terra. Vai ter de resolver isso com ele.

— Vai me deixar ficar sem pagar o aluguel?

— Pode ficar. Não me incomodo. Suas filhas são ótimas. E elas podem descer o rio. Gosto da companhia das meninas.

— Obrigada. Não tem sido fácil. — De repente ela ficou irritada. Era como se estivesse negociando as filhas pelo aluguel. — O que exatamente vocês fazem juntos?

— Já disse. Construímos homens de barro.

— Você deve ser maluco. Não tem nada melhor para fazer?

— Bem, acho que isso depende do ponto de vista. Não faço muito pelo Produto Interno Bruto, e em algumas regiões isso seria o suficiente para tornar-me um maluco, como você mesma disse.

Seus olhos estavam apertados, atentos.

— Vive sozinho, não é?

— Sim. Isso é um problema?

— O que acha? Não sei nada sobre você. Pode ser um pervertido. Existe gente muito estranha vivendo por aí.

Mesmo no estado lamentável em que estava, podia perceber que a mulher era emocionalmente marginal. Tinha de ter calma com ela, mas também não podia permitir que ela o dominasse.

— Primeiro — começou —, peço que me desculpe por não ter ido procurá-la e pedir permissão para as garotas irem à minha casa, mas imaginei que elas houvessem contado sobre as visitas e que você não se incomodava com isso. SuAnn é muito esperta. Ela cuida muito bem das outras. E supondo que eu seja mesmo um maluco, como você colocou, por que ia querer provocar um pervertido perturbado em sua própria caminhonete no meio do nada?

— Como se você representasse uma ameaça... no estado em que está.

Sem se virar, ele disse:

— Pode ir ver o que estivemos fazendo, se quiser. Pode ir amanhã.

— Obrigada, mas preciso trabalhar para viver.

O tom de voz indicava que era melhor não insistir. Jack continuou olhando para a paisagem. Devia ser bem perto das 11 horas. Não conseguia entender como podia ser tão tarde. A temperatura começava a subir. Por volta das três, teriam mais ou menos 40 graus. Com exceção de alguns corvos, todo o resto permanecia escondido durante o dia. À noite, a terra ganhava vida com o som de todo tipo de criaturas. Durante o dia, tudo que se via eram vacas e caubóis, e assim mesmo eram poucos. Ele ficou aliviado quando chegaram na cidade. Precisava muito de analgésico.

Na clínica, Jack demorou um pouco para descer da caminhonete. Ficou em pé na calçada por um momento, sem se barbear, com o olho fechado pelo inchaço e segurando um braço com o outro.

— Irei buscar a caminhonete em um ou dois dias. Obrigado por ter me trazido até aqui. — Enquanto subia a rampa da clínica, desejou poder evitar Marguerite no futuro, mas isso, provavelmente, implicaria em nunca mais ver as meninas. Acostumara-se a tê-las por perto todos os dias, chamando seu nome assim que o viam, brincando com alegria no riacho. Gostava de tê-las por perto, correndo entre os homens de barro, brincando de esconder, fazendo comentários rápidos e surpreendentes sobre o que era "horrivelmente mau" ou "deliciosamente bom", formulando perguntas sobre os adultos, sobre as pessoas cruéis, sobre por que algumas pessoas, como Marguerite, que trabalhava o tempo todo, não tinham dinheiro, enquanto outras, que nem trabalhavam, tinham muito dinheiro. E se Marguerite simplesmente decidisse entrar no *trailer* e partir, evidentemente sua maior ameaça, elas poderiam ficar com ele? Perguntas de criança.

Todas tinham seus gestos. Quando o observavam ou ouviam suas histórias, SuAnn e Sissy tinham o hábito de permanecer apoiadas sobre uma perna com o pé livre enroscado atrás do joelho, Sadie estava sempre saltitando, ou cavando um buraco na terra com o dedo do pé, ou balançando o pé, e Snake ficava em pé e quieta, com os braços cruzados e a testa franzida, imersa em pensamentos profundos.

Ele havia contado a elas sobre as primeiras pessoas que se instalaram no vale: judeus portugueses que fingiram ser católicos para enganar a Inquisição espanhola. Eles escaparam para a Nova Espanha e lá descobriram que a Inquisição também havia atravessado o Atlântico. Viveram católicos, morreram católicos, foram enterrados católicos. Seus túmulos, no entanto, tinham sempre uma estrela-de-davi escondida, algumas vezes entalhada em um lírio, outras, pendendo sobre a cabeça de um anjo. Contara também sobre os imigrantes irlandeses que levaram suas guerras católico-protestantes para a América e o sudoeste, e que o mais famoso pistoleiro irlandês havia sido um menino, uma criança quase da mesma idade de SuAnn, chamado Billy the Kid.

Ele empurrou a porta da clínica e foi recebido por uma onda de ar frio. Lá dentro havia um daqueles sujeitos que Marguerite tinha em mente esperando para ser atendido. Quando a vez de Jack chegou, ele se divertia pensando em algumas das pessoas mais excêntricas que viviam na área, mas o pensamento ficou esquecido diante do espanto causado por seu reflexo no vidro da divisória. "Dinheiro, Jack Miller, nenhum, picada de inseto", foram suas primeiras respostas para a solidária latina do outro lado da divisória.

Depois de passar uma ou duas horas deitado em uma fria mesa de metal, depois de ter a pressão sangüínea e a temperatura medidas, e depois de um período indeterminado ouvindo sons abafados e frases desconexas que vinham dos corredores, a porta se abriu e um homem alto, roliço e rosado com uma barba branca, pouco menos de 60 anos, de avental branco, identificou-se como o enfermeiro responsável por aquele setor. Ele cumprimentou Jack com um rápido movimento de cabeça e perguntou qual era o problema.

Jack olhou para o enfermeiro responsável, para o rosto rosado com sua barba branca, para o avental branco contra as paredes brancas. Por um momento não conseguiu dizer nada. Olhou em volta procurando pela treinadora de papagaios, mas ela não estava à vista, para seu alívio. Ele se sentou. Oh, sim... dor. A dor era real. Olhando nos olhos do enfermeiro responsável, respondeu apenas:

— Preciso de drogas.

— E que drogas seriam essas?

— Algum analgésico potente e alguma coisa para reduzir esse inchaço. Pode ter sido um escorpião. Estava escuro. Não vi nada.

— Tudo isso por causa de um escorpião? Duvido. Isso não parece nada normal.

— Muitas coisas têm sido anormais. Pode me dar alguma coisa?

— Você parece ser o tipo de homem que tem um limiar de dor bastante elevado.

— Bem, é evidente que pareço ser muito mais másculo do que realmente sou. Pode me dar alguma coisa, por favor? Talvez cobrir todo meu corpo com compressas de morfina?

O enfermeiro responsável ergueu uma sobrancelha, sorriu de maneira afetada, escreveu uma prescrição legível para antiinflamatório e Percocet 3, e acrescentou à receita algumas amostras para o início do tratamento.

Jack deixou a clínica sentindo-se mais ágil e animado. A morfina e seus derivados, agora lembrava, eram poderosas ferramentas emocionais.

Na esquina de Lizard Diner, ele virou e continuou caminhando pela calçada quebrada, passando pelos painéis de madeira que camuflavam um grande buraco que havia sido um estabelecimento comercial antes de ser destruído por um incêndio 12 anos atrás. A madeira servia para impedir que crianças, bêbados e idosos caíssem e processassem a prefeitura. A madeira estava coberta por grafites, mas, no estado em que ele se encontrava, sentia apenas um leve espanto diante do anúncio artístico criado com tinta cor-de-rosa para alguma coisa chamada Cannibal Soup; não sabia que esse era o codinome de uma gangue local de motociclistas.

SETE

Henri estava deitado sobre uma pilha de revistas em sua cama no Posada Duran. Finalmente conseguira adormecer, com o auxílio de um anti-histamínico, três comprimidos para dormir comprados com prescrição médica e algumas doses de vodca. Embora houvesse perdido a capacidade de pedir ao funcionário do hotel para não transferir suas chamadas telefônicas para o quarto, tivera a presença de espírito de desligar o aparelho. Também conseguira pendurar aquela coisa plástica que diz Não Perturbe virada para o lado certo.Todas as invasões a sua consciência foram impedidas até às 11h45, quando Anita bateu na porta.

— Henri, você está aí? É quase hora de fechar a conta no hotel. Henri...? Você está bem?

Henri se virou na cama e sentou-se.

— Estou indo, estou indo. Já vou, querida Anita, estou quase chegando na porta. Estou abrindo a porta. Bom dia. — Havia conseguido despir a calça e a camisa antes de cair na cama, e por isso estava parado na porta usando apenas um short em vez de cueca, com os braços estendidos, bem descansado e eufórico. — Anita, você está linda. Que manhã maravilhosa. Como vai? Entre. Vou chamar o serviço de quarto. Quer leite? Pão quente? Preciso de um café múltiplo. Acha que posso conseguir bananas e abacaxi?

Ela analisou o quarto.

— De onde vieram todas essas revistas?

— Eu as estive coletando... minha pesquisa. Comprei todas no Shop&Go, dois quarteirões abaixo à direita. Existem Shop&Gos espalhados por toda a América. Tenho um mapa de suas localizações. Existe um em Silverado, inclusive... está pronta para Silverado?

— Henri, que diabo aconteceu com você?

— Estamos a caminho de Silverado... lembra-se de Bing Crosby? Toda aquela cantoria ao volante?

— Faça a barba e se vista. Já estivemos na casa de Sylvia Siskin e filmamos a coleção. Tentamos telefonar, mas você não atendia. Ela perguntou por você. Acho que ficou ofendida. Devia ter estado lá. Enfim, agora temos de deixar o hotel, ou teremos de pagar por mais um dia de estada.

— Anita, não tem problema. Vou ligar para a recepção e estender nossa estadia por mais uma hora. — Ele a convidou a entrar com um gesto de mão e dirigiu-se ao telefone. — Deve haver alguma coisa errada aqui... não ouço nenhum barulho. Não faz mal. Vou me vestir para descer até a recepção e prolongar nossa estadia. — Ele se sentou perto da janela, acendeu um cigarro e tragou profundamente a fumaça. — Na França é difícil prolongar uma diária, mas na América, onde ninguém tem tempo... é possível estender a permanência. Haveria um tremendo mercado para o tempo estendido... pense nas possibilidades. — Agora ele estava em pé, olhando em volta e procurando por suas roupas. — As pessoas poderiam comprar tempo em diferentes direções. — Ele encontrou os sapatos e os exibiu triunfante. — Todos iriam e viriam em ritmos diferentes... todos ao mesmo tempo.

— Tome uma ducha. Vou cuidar do prolongamento da estadia e providenciar um café. — Com isso ela saiu.

Henri registrou seus bons temas no pequeno bloco de capa vermelha, depois ficou sob o jato do chuveiro até Anita voltar com o café.

Lucy, Anita e Billy tomaram café cedo. Lucy retornara ao quarto para dar alguns telefonemas e verificar o e-mail enquanto Anita e Billy iam à casa de Sylvia para filmar a coleção. Haviam combinado que partiriam às 11, e Lucy estava pronta quando Billy foi chamá-la.

— Como foi a gravação?

— Tediosa. O sujeito que Sylvia contratou no museu não nos ajudou em nada, e Inez ficou escondida. Sem você e Henri por perto, esse trabalho é muito lento.

Enquanto esperavam na van por Anita e Henri, Billy exibiu imagens transferidas na noite anterior a fim de demonstrar seu programa de edição.

— Eu o chamo de Buda. Ele tem uma grande memória e responde a comandos de voz. Às vezes esqueço que não é humano.

— Suponho que isso seria um problema se passasse todos os dias e noites com ele.

— Bem, eu tenho Anita. Não conheço teste de realidade melhor — Billy opinou com um sorriso divertido.

Lucy ergueu uma sobrancelha.

— Não deve ser um pós-modernista. Eles não precisam de testes de realidade.

— Ontem à noite, na casa de Sylvia, ouvi algumas pessoas relacionadas a museus reclamando sobre os pós-mo. Eles se referiam aos pós-modernistas?

— Sim.

— Eles mencionaram a coleção Sinatra do professor Tweed. Sabe do que se trata?

— Bem, isso envolve algumas coisas distintas. Uma delas é a lei. Qualquer coisa com 50 anos ou mais pode qualificar-se para restauração e preservação. Então, Tweed começou a reunir a coleção de objetos relacionados a Sinatra. Creio que deve ser uma ironia, mas, hoje em dia, nunca se sabe.

— Temos de ir até lá. Poderíamos entrevistar Tweed e Henri, gravar os bonecos Sinatra, depois intercalar as imagens com outras de Sylvia, Henri e a Virgem trêmula.

— Não vai conseguir muito com Tweed. Ele sofreu um derrame.

— Não pode falar?

— Pode, mas ficou confuso. O que causou um dilema acadêmico. A idéia pós-modernista de que não há uma verdade, mas múltiplos pontos de vista, somente, e de que o valor de tudo é questionável, torna a confusão de Tweed tão legítima quanto era antes sua certeza.

— Está brincando?

Lucy riu.

— Isso não importa, não é?

— Certo. Sem testes de realidade. Onde fica Henri em tudo isso? Não consigo entender onde ele entra nesse panorama.

— Henri é cheio de contradições. Ele divaga e se perde. E é isso que mais aprecio nele. Ele é mais um renegado pós-modernista. Às vezes, é um hiper-relativista, e eles nem sabem ao certo se existem mesmo. Seu pensamento é quase sempre uma resposta neurológica a um excesso de café, muitos cigarros, falta de sono e muita vodca. Na verdade, esse é o componente fisiológico de muitas teorias francesas.

Quando Anita chegou com Henri eram 12h45. Billy e Lucy estavam editando as imagens das Estações da Cruz de Inez. Anita sentou-se ao volante, virou-se e viu Billy imerso nas vigas de Inez. Ela mordeu o lábio inferior. Primeiro um Henri hipercinético, agora isso. Virando-se para a frente, ela ligou o motor.

— Conseguiu encontrar o tal sujeito em Silverado? — perguntou a Lucy.

— Oh... sim — Lucy respondeu. Estava distraída com uma tomada em close da mão de Inez. Os tons, a plenitude, a simplicidade e a sensualidade lembravam uma pintura de Caravaggio. — Isso é lindo... Kills The Deer o encontrou hoje de manhã e acertou tudo. Vou telefonar para ele quando chegarmos lá.

— Excelente — disse Anita, enquanto manobrava para ingressar no tráfego. Ela percorreu quatro quarteirões costurando entre os outros veículos, entrou na contramão em uma rua estreita e parou em um posto de gasolina. — Vamos abastecer aqui — anunciou com tom seco. Henri e Lucy estavam confusos, mas Billy saiu do carro para encher o tanque de combustível, verificar o óleo e a água e chutar os pneus. Anita consultava o mapa enquanto Billy lavava os vidros. — Onde diabos estamos? — ela gritou.

Ele se aproximou e debruçou na janela para inspecionar o mapa.

— Estamos aqui — disse, traçando uma linha com a ponta do dedo. — Vamos seguir por esta rua até aqui, depois pela estrada para o sul.

— Seria mais rápido seguirmos por aqui.

Ele a beijou na orelha e sussurrou:

— Outra contramão. Fui prevenido sobre ir contra o fluxo do trânsito, e prometo não olhar para as Estações da Cruz até terminarmos o trabalho com Bashé e o FNH. Tudo bem, Pêssego?

Ela respirou fundo.

— Tudo bem. Você é o navegador. Venha na frente comigo. Quero que Lucy e Henri conversem, certo?

— É claro. Vou operar a câmera a partir do meu laptop. — Planejou a viagem pela rota mais difícil que conseguiu encontrar. Primeiro iriam para o oeste, passariam pelo cassino indígena e por Acoma Pueblo, depois para o sul, pelas elevadas planícies do deserto, seguindo por um atalho obscuro para Pie Town, de onde fariam a conexão com uma estreita via pavimentada que atravessava o estado do Texas até o Arizona, e, então, pouco antes da fronteira, seguiriam para o sul, descendo 60 quilômetros através de várias mudanças de cor, clima e vegetação até o vale de Silverado.

— Devíamos levar Henri aos verdadeiros índios — disse Billy —, depois seguiríamos por uma estrada secundária para o sul até alcançarmos outra estrada pavimentada. — Ele entregou o mapa a Lucy. — Importa-se de apresentar esse trecho da nossa viagem a Buda e nossos espectadores, Dra. Perelli? Divirta-se, por favor.

Lucy pegou o mapa e estudou a rota proposta. Seria um longo dia. Ela dobrou o mapa para mostrar metade do estado que iam atravessar e o colocou diante da lente da câmera montada atrás do assento do motorista. Tivera uma boa noite de sono, contava com um humor moderadamente bom e sentia-se pronta para o projeto Henri. Ela sorriu para todos e para a câmera.

— Este é o mapa de nossa atual jornada. — Com o indicador, traçou a rota marcada por Billy. — Devido a complicações alheias ao nosso controle, estamos deixando Albuquerque no início da tarde, com uma temperatura atual de quase 35 graus. Seguimos na direção oeste por um território que, segundo alguns estudiosos, testemunhou algumas das mais brutais formas de tratamento do ser humano jamais registradas. — No mapa, ela apontou Chaco Canyon e seus limites ou subúrbios, bem como vários pueblos e desfiladeiros na região dos Quatro Cantos. — Outros pintaram uma imagem mais romântica composta por gentis e ingênuos plantadores de milho, vivendo em paz e harmonia por mais de mil anos. Essa teoria sugere que o milho contém um elixir espiritual que os laboratórios farmacêuticos ainda não comercializam, um fator X secreto que neutraliza as zonas de guerra no cérebro humano.

Anita deixou o mapa de lado, olhou novamente para a câmera e continuou falando:

— Ao longo do programa, abordaremos a questão sobre como e por que os humanos modernos escolhem perseguir uma à outra narrativa. Essas preferências estão relacionadas com os avanços tecnológicos da investigação arqueológica ou são apenas manifestações físicas das maneiras sociais prevalecentes no momento? — Houve uma breve pausa. — Tudo bem? Bom o bastante para o humanismo?

Todos riram e aplaudiram.

— Muito bem, Perelli. — Anita encontrara outra estrela que demonstrava ter facilidade para falar às câmeras. O pessoal do FNH não aprovaria o discurso de Lucy. A sátira não era tolerada pela aristocracia escolástica. Felizmente para Anita, Billy era um mago da edição, um *extraordinaire* especialista na arte de apagar e cortar imagens e falas.

No longo trecho ascendente além do vale do rio Grande e da névoa de Albuquerque, Henri notou um sinal: BEBIDAS DRIVE THRU.

— Espere, pare, pare. — Ele acenou com entusiasmo. — Bebidas Drive Thru. Devemos todos beber drive thru. A América é linda. Preciso tirar uma fotografia — Henri gritou. — Volte, Anita. Por favor, volte.

Ela concordou, parou o carro no acostamento de pedregulhos, recuou cerca de 60 metros e parou bem na frente da porta principal.

Um homem de aparência mediterrânea e cerca de 50 anos, usando camisa branca de mangas curtas e suspensórios pretos, aproximou-se da porta para investigar a comoção. Um bom cochilo havia sido interrompido pelo som de um veículo derrapando nos pedregulhos. Ele parecia um pouco aborrecido quando olhou para Henri pela janela de trás da van.

Henri acenou, depois desceu do automóvel.

— Desculpe se levantamos poeira. Nós corremos muito. Diga-me, onde se pode utilizar o drive thru?

Com um acento italiano bem acentuado, o homem respondeu:

— Lamento, mas não há mais drive thru. A nova lei proíbe. Ainda não consegui retirar a placa. Vai ter de entrar.

Henri não se deixou abater.

— Para a posteridade, por nossos filhos e os filhos de nossos filhos, para preservar o passado para o futuro, gostaria de tirar fotos dessa fugaz frase americana. Por favor, deixe-nos fazer o drive thru.

O homem não conseguiu conter um sorriso. Havia visto muitas coisas, mas nunca um Bashé. Acenando, indicou que eles deviam contornar a loja e voltou para dentro dela. Anita manobrou o carro e dirigiu a van até a janela do drive thru do lado de Henri, por onde ele poderia fazer o pedido. Esticando o pescoço, Henri esperou que o proprietário aparecesse, estudando tudo que havia para ser visto, obviamente desapontado.

— É só uma janela com grades.

A janela se abriu, revelando um rostos sorridente e cabelos escuros e ondulados.

— O que vai ser, francês?

Henri olhou para cima, para os lados e para o homem. Com voz ofendida, respondeu:

— Não há nenhum drive-thru... só uma janela.

— Eu menti. E daí? As pessoas queriam a bebida, não um lava-rápido. O que tem em mente?

— Gostaria de tirar uma foto da sua janela.

— Aberta ou fechada?

— Uma de cada, por favor. Vou comprar vodca.

Anita pisava no breque enquanto Henri descia com sua câmera de bolso. Billy o seguiu com a câmera digital, recuando um pouco para obter uma tomada geral do prédio branco, do céu azul do meio do dia e do pequeno e magro Henri vestido inteiramente de negro e olhando para o homem moreno atrás das grades da janela, sob a placa desbotada que anunciava BEBIDAS DRIVE THRU. Seria uma cena para um vídeo de curta-metragem que Billy chamava *Momentos americanos*. O italiano fechou a janela. Henri tirou mais uma fotografia, depois se virou e caminhou para Billy.

— Devia ser Bebidas Drive By. — Ele retornou para perto da janela, que estava sendo aberta, e fez seu pedido. Depois de pagar pelas duas garrafas de vodca, Henri perguntou: — Por que não chamou a loja de Bebidas Drive By?

Com um olhar inexpressivo e vago, o proprietário resmungou:

— Porque... teria de vender doses.

— Ah, sim, sujeito engraçado. Adeus, então. E obrigado, também.

— É claro. Adeus, francês.

Na van, Henri pegou o bloco de capa vermelha e escreveu: "Bebidas Drive Thru, Doses Drive By, Albuquerque, Novo México."

Saíram da estrada principal para o estacionamento do cassino Sky City. Todos desceram do automóvel para esticar as pernas e olhar para o espectro de uma gigantesca casa de diversões no meio do nada, com suas luzes cintilantes e luminosos de néon desbotados pelo sol abrasador. O cassino era um oásis. Sugeria alívio. Prometia uma via de escape para o calor do forno de 40 graus que era o mundo da reserva, e ainda oferecia pratos de comida e a possibilidade de ganhar ridículas quantias em dinheiro. Henri trocou 60 dólares em notas por moedas e conseguiu perder 58 tão depressa que foi como se os houvesse jogado no lixo. Ele desistiu, guardando duas moedas como souvenir, e acompanhou Anita num lanche de hambúrgueres e batatas fritas. Lucy ficou para trás.

— Podem pedir o mesmo para mim, por favor? Não vou demorar.

Anita pegou um folheto da mesa e o leu enquanto esperava pela comida.

— Isso é loucura — disse. — Essas pessoas afirmam ter o direito, como nações separadas, de solicitar assistência militar de governos estrangeiros. Quem acreditaria nessa bobagem?

— Eles me levaram 58 dólares. Agora querem conquistar a América?

Anita entregou o papel.

— Leia isto.

Henri leu rapidamente o texto e assentiu:

— Acoma pode bombardear os pueblos Hopi e explodir as bases aéreas Navajo.

Lucy retornou com 15 dólares na mão.

— Aposta empatada — anunciou. — Faz frio aqui, não? Onde está Billy?

— Nas máquinas, aquecendo-se com adrenalina — respondeu Anita.

Henri mostrou o folheto a Anita.

— Eles já me roubaram 58 dólares. Agora isso.

Anita leu o texto enquanto colocava catchup no hambúrguer.

— Devia vender para eles aqueles belos jatos Mirage e recuperar seus 58 dólares.

— Mirage — Henri repetiu —, descreve o... como vocês dizem... pacote completo.

Lucy assentiu. Ela comia o hambúrguer e observava o cassino: bolas espelhadas penduradas no teto, música barata, máquinas emperradas, garotas brancas e pálidas usando tamancos de salto e saias justas de plástico, mastigando suas gomas, homens fascinados com tais imagens.

O frio e o vinho do oeste rural começavam a afetar Henri.

— Anita, acho que gostaria de ver a verdadeira Acoma.

— Não tenho de recuperar seus 58 dólares?

— Vou esperar lá fora, no sol.

— Não vou demorar. — Ela se dirigiu ao caixa, trocou 20 dólares por moedas e atacou a máquina mais próxima. Ali conseguiu ganhar 89 dólares. Sirenes soaram e luzes piscaram celebrando a riqueza recém-adquirida de Anita. Henri escapou quando o cantor meloso começou a entoar *High Hopes*, imitando o gemido rouco de Willie Nelson sobre as pesarosas dificuldades dos caubóis. Mais uma vez, Henri se viu diante da grande questão americana: seria ironia ou má programação?

Ele saiu para o radiante sol de Acoma, um fugitivo do mundo da diversão. Lucy o encontrou apoiado em um muro de concreto, expondo-se ao calor como um lagarto.

Eles atravessaram pelo túnel sob a estrada e seguiram as placas que apontavam Acoma. Assim que ultrapassaram a galeria de arte e a longa massa cinzenta formada pelos edifícios térreos do governo, tomaram a direção sul. A terra tomou lugar e tudo se transformou.

Partículas de poeira vermelha se erguiam formando rodamoinhos, dançando por sobre as artemísias, para depois morrerem. O azul-esverdeado das artemísias era intercalado pelo negro das rochas e pelo vermelho da terra. Os olhos de Henri vagavam de um lado para o outro procurando pelos rodamoinhos. Não os via desde que era apenas um menino no campo. A caminho de casa depois do culto na igreja, sempre seu momento mais impressionável, um deles surgia da estrada para persegui-lo. Também era vermelho e transparente. O diabo que aparecia para pegá-lo. Ele gritava e agarrava a mão da mãe, que ria.

— Henri, é só o vento e a poeira.

Ele desviava os olhos dos dela e estudava os próprios sapatos.

— Qual é o problema, doce Henri?

— Sou tolo por pensar que o diabo veio para me pegar.

— Não se incomode com o diabo. Ele só pode pregar peças nos meninos pequenos.

Anita entrou em um estacionamento identificado por uma placa onde se lia VISTA CÊNICA, uma área no topo de um penhasco sobre uma ampla planície que se estendia por quilômetros para o sul do patamar Acoma. O recuo permitia que turistas descessem de seus carros, caminhassem até a beirada e olhassem para a planície onde, por 200 anos, o povo de Acoma criara gado e carneiros.

Anita estacionou entre móbiles idênticos, um de Louisiana, outro de Minnesota. Índios em caminhonetes estacionadas próximas de mesas de jogos de carteado cobertas por cerâmicas e artesanato com contas ocupavam três lados do quadrilátero. Rochas sustentavam a mercadoria mais leve e as mantinham em seus lugares, apesar do vento. Turistas, usualmente pálidos, de vários tamanhos, formas e idades, caminhavam de uma mesa para outra examinando os produtos. Os índios ficavam em suas caminhonetes protegidos contra o vento. Os veículos com ar-condicionado tinham as janelas fechadas.

Lucy e a equipe desceram da van e percorreram a trilha formada pelas mesas. Henri parou diante de uma delas para examinar pequenas peças de cerâmica, animais em miniatura e vasilhas adornadas por minúsculos desenhos. Uma mulher bonita, delicada e roliça abriu a porta de sua caminhonete azul e desceu para enfrentar o vento. O veículo estava estacionado muito perto da beirada do precipício. Perto o bastante para deixar Henri nervoso.

— Foram feitas por meu filho — a mulher anunciou com voz suave, doce. — Ele só tem quatro anos, mas quer ajudar.

— Onde ele está? — perguntou Henri, esticando o pescoço para enxergar a caminhonete.

— Ficou com a avó, fazendo mais vasilhas para eu vender.

— Por que está aqui, em vez de ficar lá? — Ele apontou para o sul, para a plataforma Acoma.

— Não somos Acoma. Eles não nos deixam acampar lá. E também não permitem que estacionemos os carros na área lá embaixo. — Ela se virou e olhou para Acoma. Seu tom era neutro, sem pesar ou ressentimento. — Temos uma bela vista. — As palavras eram diretas e simples.

Ele pensou estar diante da mais bela mulher que já vira. Sua voz era doce e sábia. Seu sorriso o fascinava. Ele ficou ali parado, olhando-a nos olhos.

— Posso comprar tudo?

— Você não é americano.

— Sou francês. Estas pessoas — Henri apontou para todos que o acompanhavam — integram minha equipe de filmagem. — Esperava que ela ficasse impressionada.

— Você pode comprar tudo. Quando não houver mais nada para vender, eu poderei ir para casa. — Ela começou a envolver cada pequenina peça de cerâmica em toalhas de papel que ia retirando de uma grande caixa marcada com as palavras Super Absorvente e deixada na carroceria da caminhonete. Notou que Henri observava seu companheiro dentro do veículo, e que o homem ignorava a existência de Henri. Ele estava sentado atrás do volante, fumando e olhando para Acoma.

Ela era infeliz? Henri não saberia dizer. O que pensava de seu distante companheiro? As circunstâncias pareciam ser tristes, mas ela parecia aceitar as coisas como eram. Henri sentia vontade de convidá-la a sair dali em sua companhia, a segui-lo em sua viagem. Em vez disso, perguntou:

— Quanto é? — O vento levava suas palavras para Acoma.

— O quê?

Ele ergueu a voz.

— Quanta custa?

A mulher assentiu e, cuidadosamente, foi somando o valor dos itens em uma calculadora portátil. Depois de alguns instantes ela sorriu com doçura e disse:

— Cinqüenta e oito dólares.

Teria ouvido bem? Ele repetiu o valor. Ela moveu a cabeça em sentido afirmativo e virou a calculadora para exibir os números. O brilho do sol o impedia de vê-los, no entanto. Henri contou 60 dólares e entregou o dinheiro à mulher.

Ela devolveu dois dólares.

— Obrigada. — Rápida, dobrou a mesa portátil e guardou-a na caminhonete. — Agora posso ir para casa e assistir aos meus programas.

— Quais... a que programas você assiste?

— Gosto de novelas e entrevistas com escritores. Sintonizamos os canais via satélite. — Ela acenou e entrou na caminhonete. Seu parceiro continuava olhando para a plataforma distante. Ela cruzou as mãos e esperou até que ele a notasse.

Henri caminhou para a van, inclinando-se contra o vento, pensando nos motivos que tornavam aquela mulher tão interessante aos seus olhos. O vento o tornava impaciente e irritável. Foi com alegria que viu os outros retornando.

Quando todos retomaram a viagem para a planície, cada um foi revelando seus tesouros, passando-os de mão em mão. Anita havia comprado um grosso bracelete turquesa, Billy comprou para ela um colar de contas. O tesouro de Lucy era um prato negro de 20 centímetros com a imagem de Kokopelli, o flautista corcunda, entalhada em sua superfície. As pequeninas figuras de Henri provocaram comentários impressionados.

Lucy segurou um pequeno urso.

— Se encontrasse isto aqui em uma loja em Albuquerque, certamente seria uma peça de extremo mau gosto. Mas quando há uma história, tudo muda. Gosto dela, Henri. Por que a comprou?

— Apaixonei-me pela mulher.

Todos pensaram que ele estivesse brincando e riram. Pela primeira vez, Henri não tinha nada a dizer e limitou-se a olhar para o urso na mão de Lucy.

— É difícil saber por que compramos uma peça até que a temos por perto por algum tempo — ela comentou. — Às vezes, compro alguma coisa porque sinto piedade da pessoa que está vendendo, depois, quando chego em casa e olho realmente para o objeto, descubro que ele tem um valor próprio. No mínimo, ele me fará lembrar que estive em um lugar diferente, com pessoas que gostei de conhecer.

Henri parecia incomodado.

— Faz isso com pessoas que vendem coisas nas ruas de Washington?

— Não. Lá os vendedores só oferecem tralha para turistas e outras bobagens baratas.

Henri pensou se os índios consideravam a cerâmica que produziam uma tralha para turistas ou bobagens baratas. Sempre se lembraria daquela doce mulher arredondada. Como ela se sairia em Paris? Teria um estande na Marché aux Puces. As pessoas a julgariam tibetana. Ela se sentiria perdida. Henri olhou para o pequeno urso de argila.

Billy o estava enquadrando para filmar.

— Seu pequeno urso o cativou, Henri.

— Não. Eu estava, ah... hmm, pensando se há alguma maneira de ver os índios que não seja racista?

— O que está dizendo, Henri? — Anita perguntou. Ela tinha um propósito, ou um projeto, pelo menos, e essa falta de foco a estava deixando nervosa.

— Os brancos desejam, ah... aniquilar ou consumir os índios. Uma dessas alternativas é, como vocês dizem, racismo radical, a outra é suave, mas ambas são racistas.

— Consumi-los?

— Sim. Faça-o viver no passado e ele se torna nosso índio... o produto comercial. Ou o aniquilamos, aceitamos o indivíduo e ignoramos o fato de ele ser diferente. Mas isso também é racista, porque a diferença o define como índio.

Por hábito, Lucy desafiou seu pessimismo:

— Não pode aceitar tanto a pessoa quanto a diferença?

— Então estaria dizendo que a diferença não faz diferença.

— E se o índio diz que sua diferença é apenas superficial, não podemos ficar unidos em nossa humanidade e aceitá-lo sem sermos racistas?

— Ah, o ideal liberal-humanista. Mas se ele detém o racismo afirmando que sua condição indígena é apenas superficial, ele é o, hmmm... co-conspirador em sua absorção.

— E ele desaparece?

— Exatamente. A definição fundamental do índio. O desaparecido, deletado, descontinuado, o... o homem cancelado. Nossa incapacidade de definir o índio é, como vocês dizem, uma moeda de racismo liberal-humanista, a eliminação da diferença. A outra moeda, claro, é o multiculturalismo.

Lucy sorriu diante da lógica sem costuras.

— Seu argumento é como o uroboros, Henri, a serpente circular que consome a si mesma começando pela cauda. Não se pode definir aquilo que não existe. Ponto.

Ele riu.

— É bom, o uroboros era o símbolo da unidade para os alquimistas.

Anita imaginou se poderia usar a peça. Mais tarde tentaria analisá-la. Não conseguia decidir se o argumento de Henri se impusera, ou se Lucy o havia negado.

Seguiam para o sul na direção do grande estacionamento além de Acoma, também conhecida como Sky City nas brochuras de turismo, onde embarcariam em um ônibus para o topo da plataforma. Henri olhou para trás, para o local de onde se podia desfrutar da VISTA CÊNICA. A caminhonete azul ainda estava estacionada perigosamente perto da beirada do precipício. Ele imaginou a mulher, sentada quieta com suas mãos cruzadas, esperando por seu homem distante. Ainda podia ouvir sua voz macia. Se ao menos pudesse ser absorvido por ela.

Quando pararam no estacionamento, notaram outro grupo de indígenas com mesas e caminhonetes. O prateado ônibus de turismo, fonte inesgotável de colunas de fumaça de diesel e gás carbônico lançadas para o alto de Sky City, era o último do dia. Veículos de passeio não eram permitidos na subida que levava ao pequeno e antigo pueblo.

Lucy e a equipe ficaram reunidos olhando para os índios que, lutando contra o vento no estacionamento, começavam a reunir suas coisas para irem para casa. Henri imaginou se antigas intrigas políticas ou a simples falta de espaço haviam banido aquelas pessoas do pueblo lá em cima.

Um edifício com ar-condicionado localizado bem no meio do terreno vendia cachorros-quentes, salsichas recheadas, várias formas de água açucarada, sorvetes, ingressos para Acoma, licenças para tirar fotos na reserva e filmes. Todos compraram picolés e voltaram para o vento e para o calor.

— Adoro o calor — contou Henri. — Vou me mudar para cá e virar índio.

— Vai desaparecer, sabe? — argumentou Lucy.

— Essa, querida Lucy, é a idéia. Eles me absorvem. Eu desapareço.

— Acho que os índios pararam de aceitar inscrições há muitos anos.

Henri animou-se.

— É isso.

— Isso o quê?

— A solução. Os índios reabrem as inscrições. Pessoas brancas com a "crise de identidade", ou a maioria de nós, tornam-se indígenas, adquirem muita identidade, e os índios obtêm...

— Dinheiro e muitas risadas — Lucy completou.

Estava ficando quente demais para todos, menos para Henri. Ele se mantinha ao lado da porta da van, lambendo seu picolé e procurando a caminhonete azul a distância. Assim que voltaram à estrada, ele descobriu que havia derramado sorvete em sua camisa preta e dedicou vários quilômetros à tentativa de remover a praga de si mesmo. Em vez de voltar pelo caminho que haviam percorrido, Anita decidiu tomar a rota para o noroeste, impedindo Henri de salvar a doce e arredondada mulher indígena de seu parceiro distante, levá-la para Paris e instalá-la em um estande no Marché aux Puces. Tudo bem, ele pensou. Sua esposa teria objetado. Ter uma amante nativa americana não teria sido o problema. Nina era uma mulher francesa. Mas ela teria se oposto à decisão de remover a mulher de seu povo e jogá-la em um ambiente estranho e cruel. Nina era uma mulher maravilhosa. Nina. Sim, é claro. A mulher na plataforma era sua própria esposa. Era a sabedoria de Nina, sua paciência e suas curvas suaves que vira na bela mulher indígena.

Para seguir para o sul, para Silverado, tinham de percorrer uma rota circular para o norte e depois prosseguir para o oeste através de uma impressionante paisagem de massas de lava endurecida na vegetação crescida. Em um trecho entre dois canais de lava eles depararam com vários cavalos inertes e famintos, animais tão fracos que pareciam ter morrido em pé. Billy pensou se eles poderiam mesmo estar mortos. Ele não resistiu ao impulso de fotografá-los. Anita parou, atendendo ao pedido do cinegrafista, mas só porque pretendia ganhar pontos de barganha para usar mais tarde. Billy desceu devagar, mantendo distância. Se os cavalos tivessem vida suficiente para se moverem, não queria afugentá-los. Esperava vê-los cair a qualquer momento, mortos e secos como múmias. A pele estava tão esticada em torno do cavalo mais próximo que se abria em fissuras.

Billy aproximou-se cauteloso. Talvez fossem esculturas, uma forma de arte chocante típica do sudoeste. O cavalo mais próximo tentou recuar, mas tropeçou e sentou-se repentinamente. O animal o encarou com seus olhos brancos como o leite. Billy sentiu forte compaixão, forte desejo de afagar o cavalo, ajoelhar-se no chão e amparar sua cabeça enquanto ele morria. Mas estava do outro lado da câmera, o que mantinha afastados o mundo e a morte. Era um bom lugar para estar. Vivia em um mundo de operações fotográficas. Concluiu a tomada com um close das cataratas leitosas voltadas em sua direção.

Anita e Lucy observavam tudo da van, horrorizadas pela visão de uma dúzia de cavalos que, de tão próximos da morte, estavam além da salvação.

Lucy sentia-se enojada e frustrada por não poder fazer nada. Estava habituada a fazer as coisas funcionarem.

As observações de Henri eram quase sempre mais distantes do que aquelas de pessoas normais, como se o trabalho de sua vida consistisse em testemunhar assassinatos em massa em outro planeta através de um telescópio orbital. Henri tentava manter em mente que vivia em uma esfera com calor humano, mas perdia o foco com grande facilidade. Ele era uma forma radical de Billy.

Billy entrou no automóvel, sério e silencioso, ligou a câmera no Buda, descarregou as imagens, depois as assistiu em seu laptop.

Anita ligou o motor.

— Podemos sair daqui agora?

Billy assentiu, mas manteve os olhos na tela.

— Seus cavalos estão sofrendo um caso extremo de auto-absorção — brincou Henri.

Lucy girou os olhos.

— Henri, por que é tão pouco misericordioso? Vê cavalos morrendo? Vê pessoas morrendo? Você é pior do que os ladrões de cerâmica. No final, vai desconstruir toda a vida.

Henri abriu uma fresta da janela para que a fumaça de seu cigarro fosse levada para longe de seus companheiros, um ato singular de compaixão consciente.

— A cultura sempre reduziu o indivíduo a nada. O que restou para ser desconstruído? Pequenos fragmentos... os cacos. — Ele acendeu outro cigarro na ponta do anterior, que jogou para fora pela fresta da janela. — Em última análise, é trabalho da cultura matar o indivíduo.

Anita o encarou.

— Henri, você está me deixando com dor de cabeça.

O atalho para Pie Town os levou por uma estrada longa, acidentada e sinuosa que sacudia a van em várias direções ao mesmo tempo. Preocupado com Buda, Billy suplicou:

— Acalme seus circuitos, Pêssego.

A estrada prosseguia por vários quilômetros de profundas e múltiplas raízes entre as quais caminhões e carros estavam sempre abrindo novas estradas ao longo das antigas raízes no período das chuvas. De tempos em tempos, rochas substituíam a terra e a estrada tornava-se lisa como se fosse pavimentada. A terra foi se tornando plana, interminável e sem vida.

— Somos as últimas pessoas na Terra — Henri disse, olhando pela fresta da janela. — Até os urubus desistiram.

Uma hora mais tarde Anita viu a placa, ou um poste com um cartaz pregado nele. Quando se aproximaram, ela reduziu a velocidade. O sinal anunciava PIE TOWN — OITO QUILÔMETROS. Era uma mentira. Pie Town ficava a dez quilômetros.

Entraram na cidade pelo lado norte, que parecia estar deserto. As janelas eram cinzentas, as placas estavam tortas, as vitrinas estavam vazias, a pintura das paredes descascara de forma a exibir a madeira seca e apodrecida.

— O que aconteceu? — perguntou Henri. — As pessoas foram embora e deixaram uma cidade fantasma americana... incrível.

Anita entrou numa rua lateral buscando sinais de vida. Talvez o calor e o vento mantivessem os habitantes dentro de suas casas. Havia carros, aparentemente funcionando. Isso dava alguma esperança.

— Cachorro — exclamou Billy, apontando para um labrador preto dormindo ou morto ao lado de uma casa dilapidada de tijolos aparentes. — Corvo. — Então um pouco mais alto, com a excitação de um explorador perdido. — Gato! Gato na janela!

O lado oeste da cidade era povoado por pequenas casas-*trailer* e automóveis de muitas décadas, velhos saídos do nordeste para escapar do frio e que, destituídos demais, nunca mais voltaram para lá. A mente arqueológica de Lucy, ansiosa para ver sob a superfície de todas as coisas, imaginou habitantes dessecados cercados por artefatos da década de 1950.

—Tente o lado leste — sugeriu Billy. — Não seria correto não haver tortas em Pie Town, a Cidade das Tortas.

Anita acatou a sugestão e dirigiu para o leste por um quarteirão e meio, até descobrir o Pete's Café. Era o único estabelecimento que havia permanecido aberto depois do desastre que destruíra a cidade. Anita estacionou a van na frente dele, e todos entraram no café como se fossem turistas castigados pela estrada.

O Pete's Café era o local onde aqueles que ainda não haviam sido mumificados iam reafirmar a existência da cidade e deles mesmos. O café era parcialmente subsidiado pelo Serviço Postal Americano. O principal varejo para a única indústria evidente da cidade — capachos com flores e vegetação local prensadas entre lâminas de plástico transparente — localizava-se no varal de ferro logo além da porta da entrada.

Lucy e Anita sentaram-se na frente de Billy e Henri em uma mesa próxima da janela. Otimistas quanto à possibilidade de vida, foram automaticamente atraídos pelo posto de observação. Lucy pediu sopa — ervilhas e carne de porco — para a jovem e animada garçonete com seios empinados. Os outros pediram café e torta. Henri pediu seu café em um copo descartável.

— Quer o café para viagem?

— Viagem é copo de papel?

— Certo, café para viagem. Quer com a vaca?

— Vaca? Não creio que precise de uma vaca.

— Tudo bem, café para viagem, prenda a vaca.

Uma mulher alegre e grisalha com seus 70 anos entrou no local acompanhada por um cavalheiro pouco mais velho e ligeiramente desfigurado, com um leve defeito no quadril. Os dois eram seguidos por um jovem magro e de aparência fantasmagórica. Eles compraram alguma coisa no balcão e saíram poucos minutos depois. Não pareciam apressados. Tinham tempo, mas também dispunham de melhores locais para empregá-lo do que na companhia de forasteiros. Os habitantes de Pie Town eram pensionistas, renegados, desajustados, velhos escapando de Fargo, San Francisco e Seattle, solitários procurando por uma desculpa para a própria solidão. Pie Town era povoada por fugitivos. Sem dúvida, ali alguns fugitivos de prisões nacionais também conseguiam encontrar uma casa quente e pequena para chamar de lar.

Quando o café foi servido, Henri acrescentou um sachê de café desidratado que sempre levava com ele para implementar a dosagem de cafeína e intensificar o sabor na falta de um bom expresso. Ele examinou o copo de papel, tomando o cuidado de verificar os detalhes do desenho e da fabricação. Segurou-o com cuidado, colocou os lábios contra o papel para sentir a textura, como um verdadeiro connoisseur de copos de papel. Notou que os outros o olhavam.

— O copo feito de papel é o único recipiente digno do café. Não os temos na França. Sua textura é perfeita contra os lábios. E eles abraçam o sabor do café. São objetos de perfeição e beleza, e não temos de lavá-los.

Lucy encarou-o por cima da borda de uma xícara de porcelana branca.

— Interessante. Eu acho que eles prejudicam o sabor.

— Tenho soluço quando bebo café em copos de papel — contou Anita.

— Verdade? Está brincando, não está? — indagou Henri.

— Eu nunca brincaria com você, Henri.

A garçonete trouxe a conta, colocou-a na frente de Henri e ficou parada por um instante olhando para Billy.

Anita pigarreou e disse:

— Será que pode se mexer e trazer mais café para todos?

A jovem corou e foi atender ao pedido.

— Não precisava ferir os sentimentos dela — disse Billy.

Anita pegou a conta.

— Esta cidade é tão pequena, que ninguém se dá ao trabalho de ficar ofendido. Eles apenas esperam a próxima vez.

— O que quer dizer com isso?

— Esqueça.

— Afinal, qual é o problema com você, meu bem?

Henri inclinou-se e sussurrou:

— A garçonete está muito interessada em você. — Ele encolheu os ombros e saiu para fumar.

Estava em pé na varanda da frente do estabelecimento quando uma caminhonete Ford 150 vermelha e desbotada saiu da estrada e parou bem perto do café. Havia um holofote do lado do motorista. Dois homens desceram do veículo. Um deles caminhava levemente inclinado, era magro e rígido como um arame, mas mancava. O outro, talvez um irmão mais novo, com seus 50 anos, era baixinho, esquelético e tinha jeito de maluco. Henri podia notar que alguma coisa não se encaixava no olhar penetrante do mais velho e em como sua mandíbula superdesenvolvida se projetava para a frente, como se a cabeça e a mandíbula pertencessem a crânios distintos. O magricela estava sempre olhando para o outro, à espera de sinais e indicações. Quando o mais velho passou por Henri, sem notar sua existência, o mais jovem assentiu rapidamente sem olhar em sua direção.

Henri virou-se e os viu entrar no café. O grandalhão olhou para trás e viu Henri espiando. Não gostava de ser observado. Sentia-se tolo. Odiava essa sensação. Seguiram em frente para o balcão, notando a presença de Lucy, Anita e Billy. As mulheres pareciam ser ricas e arrogantes. Billy era um garoto bonito. O jeans justo fazia com que parecesse um peão nunca antes contratado.

Sentaram-se junto do balcão, e a garçonete apressada entregou os cardápios.

— Boa tarde, Lars. Olá, Jacob. Não os vejo há algumas semanas.

Lars, o durão, assentiu.

— Não é sempre que passamos por aqui.

— Não posso culpá-los por isso. Eu mesma estou pensando em partir. Preciso de uma cidade com um pouco mais a oferecer, sabem?

— El Paso?

— É muito grande. Estava pensando em tentar a vida em Truth ou Consequences.

— Essas cidades estão ficando cheias de benditos aposentados. Eu não iria para nenhuma delas. Além do mais, eles já têm um farto suprimento de velhos durões matando os desgraçados por lá. — Lars emitiu um grunhido que assustou a garçonete, mas quando Jacob riu, ela o imitou.

A gargalhada rouca do irmão fez com que Jacob se sentisse mais livre. Ele começou a conversar com a garçonete, dizendo a ela que iam reconstruir a ponte que havia sido destruída pela enchente do último outono, mas que talvez esperassem até o final desse outono, caso houvesse outra enchente que pudesse arrastar a nova ponte, caso a construíssem, mas haviam passado o ano todo sem uma ponte, o que indicava que talvez nem precisassem de uma.

Lars olhou para os seios da garçonete.

— Cale a boca, Jacob.

A jovem sobressaltou-se e correu para a cozinha.

— Lars, não devia se aborrecer comigo.

— Em nome de Deus, Jacob, fique quieto só para variar.

— Você não é meu chefe, Lars.

— Tenho dolorosa consciência desse fato.

Billy levantou-se e caminhou até o balcão.

— Olá. Ah, eu estava imaginando se existe algum atalho para o sul, ou se temos de seguir pela estrada na direção oeste.

Lars virou-se e olhou no olho de Billy. Anos de ódio haviam plantado uma tensão constante em sua mandíbula e tornado seu olhar frio e escuro. Os olhos revelavam algo profundo e assustador, como o desejo de matar.

Infelizmente, Billy também tinha fibra, teimosia e uma dose moderada de vaidade. Ele olhou para os olhos negros de Lars e disse, empregando toda a frieza que podia manter:

— Os velhos fedorentos estão mais estúpidos e feios este ano. Parece que teremos neve mais cedo.

Era o tipo de ofensa com a qual se podia escapar ileso de territórios mais civilizados como Idaho e Montana, mas não dali. O velho urubu maldoso e o menino bonito se encaravam.

Anita sabia que não se devia falar com um texano rústico daquela maneira. E suspeitava que os daquele lado do inferno eram igualmente perigosos. Em uma pequena cidade do sudoeste, se sua vítima fosse um espertinho e um forasteiro, havia razões de sobra para se esperar um confronto.

— Biliiiiii! — Ela já se movia para a porta. — Estamos partindo. — E saiu, esperando que o campo de força criado por seus movimentos o arrastasse para fora.

Lucy podia sentir o forte magnetismo, mas ficou para ver como a situação ia se desenvolver.

A mandíbula de Lars tornou-se ainda mais rígida, sinal de que ele estava prestes a fazer um movimento. Jacob aproximou-se de Billy sem chamar atenção, desferindo três violentos golpes contra seus rins que o levaram ao chão. Billy já estava derrotado.

Os irmãos esperaram um instante, apenas o suficiente para respirar e encontrar o ponto de equilíbrio perfeito, e então começaram a chutar. Costelas, cabeça, estômago, o que estivesse exposto era atingido pelas botas. Billy, quase inconsciente, tinha a incômoda sensação de estar a um passo da morte.

— Pare, agora! — Anita gritou da porta. Ela segurava um 38 especial apontado para Lars, que se virou no exato instante em que Lucy o atingiu na testa com uma pesada garrafa de catchup.

A explosão de molho e cacos de vidro cobriu os dois homens, o chão e a garçonete que espiava da porta da cozinha, fazendo-a emitir vários gritos agudos e repentinos. Jacob cobriu os ouvidos com as mãos, ou por estar incomodado com os gritos, ou por antecipar o tiro que julgava certo.

Lars havia caído sobre Billy. Nenhum dos dois se movia. Anita caminhou para eles, segurando a arma com as duas mãos, apontando-a para Jacob e repetindo:

— Não se mova, não se mova, não se mova.

Lucy estava paralisada, ainda segurando o gargalo quebrado da garrafa de catchup. Jacob queria ajudar o irmão, mas estava vencido, imobilizado, meio encolhido esperando que Anita puxasse o gatilho.

— Afaste-se, Lucy. Tenho uma péssima pontaria.

A cozinha estava quieta. A garçonete, incapaz de respirar e gritar ao mesmo tempo, havia desmaiado. Anita olhou nos olhos de Jacob por cima do cano do 38 apontado para ele.

Jacob suspeitava de que ela ia atirar. Mesmo assim, conseguiu sorrir com grande timidez e encolher os ombros magros. Em outras circunstâncias, esse teria sido um gesto de grande perigo.

Anita estava amedrontada. Havia algo de assustador num homem que sorri diante do cano de uma arma. Tinha medo de desviar os olhos dos dele. Havia várias razões para atirar, mas uma bastante forte para não fazê-lo. Ela começou a gritar ordens:

— No chão. Agora. De costas. Braços na frente. Estendido. Vire-se. — Ela parou. A voz perdeu intensidade. Um maldito demônio texano estava falando.

— Não se mova — disse o demônio.

Por um momento ninguém se moveu.

— Billy? — Anita sussurrou. Julgava ter visto a mão dele tremer. Ele começou a se livrar do peso de Lars, que havia recuperado parte da consciência, suficiente para reconhecer a dor e começar a gemer, um som alegre para os ouvidos de Anita, considerando todos os fatores.

Billy rastejou para longe de seu atacante e foi se arrastando até o balcão. Ele segurava um dos lados do corpo enquanto o sangue jorrava de seu nariz.

— Você está bem, Billy?

Ele assentiu, fraco. Lucy fez Billy deitar-se sobre o balcão e cobriu seu nariz com uma toalha molhada para estancar o sangramento. Certa de que ele ia ficar bem, olhou para Lars.

— Preciso de cobertura, Anita. Quero ver se esmaguei o crânio desse homem. — Munida de mais uma toalha, ela limpou o catchup do rosto de Lars para analisar a extensão do dano. Conseguira acertá-lo bem em cima do nariz. O sangue corria por seu rosto, e ele tinha um corte profundo e feio no lado direito da face, mas o crânio parecia estar intacto. Qualquer prejuízo teria atingido seus já prejudicados lobos frontais. — Um pouco de esparadrapo e algumas aspirinas e logo ele será novamente a mesma horrível criatura de antes.

Então ela foi até a cozinha para examinar a garçonete. A jovem estava debruçada sobre a pia, chorando, esfregando as manchas de catchup de sua blusa.

— Você está bem, querida?

— Esta é minha única blusa razoável. É de algodão. Como se pode remover manchas de catchup do algodão? — Ela estava muito perturbada. — Oh, sabia que não devia vesti-la para vir trabalhar.

— Água fervente vai tirar essa mancha imediatamente. Água oxigenada é excelente para manchas de sangue, mas precisa usá-la no máximo uma hora depois de a mancha ter sido causada. — Lucy segurou as mãos da garota e bateu nelas com carinho maternal. — Bem, agora estamos indo. Aqui estão 100 dólares. Compre outra blusa.

— Oh, eu... Puxa, você é demais! Obrigada. Aqueles sujeitos sempre me assustaram, sabe?

— Menina esperta. Tire o resto do dia de folga. Se eu fosse você, sairia da cidade.

— Vou sair daqui assim que tiver um pouco de água fervida.

— A blusa pode esperar. Faça um favor a si mesma e saia agora.

Henri esperou até que a comoção terminasse, e só então entrou no restaurante. Lars estava encolhido, segurando a cabeça, e Jacob estava deitado no chão conforme a ordem que recebera, estendido, os dedos da mão tão afastados dos dedos dos pés quanto era possível. Billy continuava deitado sobre o balcão, segurando a lateral do corpo. Henri sorriu para Anita.

— Você parece tê-los, como vocês dizem, presos pelos rabos.

— É pela cauda, Henri.

— Cauda e rabo... São a mesma coisa, certo?

— Não. Ajude-me aqui. Encontre alguma coisa com a qual possamos amarrar esses sujeitos.

A garçonete encontrou um rolo de fita adesiva, e Henri e Anita imobilizaram as mãos e os pés de Lars e de Jacob. Anita olhou para Billy, que sentia fortes dores.

— Você é um maldito idiota, Billy — ela gritou. — Sabe de que tamanho é a encrenca em que podemos estar metidos?

— Nós estamos encrencados? Os bastardos tentaram me matar!

Lars encarou Anita e murmurou:

— Vamos encontrar vocês.

Anita sustentou o olhar ameaçador com coragem, depois se virou para Billy.

— Estaríamos menos encrencados se eles o tivessem matado.

— Sabe de uma coisa, Anita? Um Billy morto seria um problema. Quem faria o filme? Quem o editaria? O que aconteceria com *Bashé na América*? Você teria problemas sérios com a FNH. Precisa pensar em si mesma, minha querida. Talento como o de Billy não é fácil de encontrar.

Anita sentou-se, deixou a arma sobre a mesa por medo de acertar um tiro em alguém acidentalmente e olhou para Henri. Nesse momento, ele parecia hilário. Ela começou a rir até as lágrimas lavarem seu rosto.

— Você é um cara muito engraçado, Henri.

Billy não via o humor da situação.

— O que vamos fazer com estes dois?

— Vamos deixá-los aqui por enquanto — Anita respondeu. — Vamos sair e pensar nisso. — Ela pegou o 38 e seguiu para a porta. Lucy e Henri ajudaram Billy a sair. Anita caminhava de um lado para o outro perto da van quando a garçonete também saiu, trancou a porta e correu para seu velho e enferrujado Toyota. Ela acenou para os últimos clientes que atendera em Pie Town.

— Adeus a todos. Obrigada pela gorjeta.

Anita parou de andar e olhou para os companheiros de viagem.

— Vou dizer o que eu penso. Esses sujeitos devem ter uma péssima reputação. Eles são malucos, cruéis e encrenqueiros, e devem causar muitos problemas. É provável que não queiram ir à polícia para registrar uma queixa contra nós. E se formos registrar uma queixa contra eles, teremos de dar explicações sobre o 38. Quando se soltarem, ou forem soltos, eles não poderão mais nos alcançar. É uma solução razoável, não acham? Alguém? É razoável, ou não?

Lucy já estava funcionando no piloto automático.

— Não estou aclimatado ao Oeste Selvagem — disse Henri.

Billy encolheu-se, respirou devagar e disse a Anita para esvaziar os pneus da caminhonete, colocar um pedaço de fita adesiva na ponta da vela de ignição e colocá-la de volta no lugar.

— Isso vai fazer com que eles demorem algum tempo para chegar à estrada, e depois o motor vai funcionar com dificuldade até que eles pensem em examiná-lo, um ou dois meses mais tarde.

— Boa idéia — Anita aprovou. — Só um detalhe... Não quero dirigir. Vou estabelecer uma boa amizade com aquela enorme garrafa de vodca de Henri.

Todos entraram na van e Lucy assumiu o volante. Henri seguia no banco do passageiro, e Anita se acomodou no assento do console. Billy sorveu vários goles de uma das garrafas de Henri e encolheu-se no piso da van. Os outros tomaram um ou dois goles.

Henri cantarolava:

— Estamos a caminho de Mandalay — enquanto se encolhia para manter-se atento ao espelho lateral. Ele lia a inscrição "Objetos no espelho podem estar mais próximos do que parecem estar" dezenas de vezes, mas não havia nem sinal de Lars e Jacob. Tudo estava quieto em Pie Town. — Por que a caminhonete deles tem uma luz ao lado do pára-brisas?

— É um holofote — disse Anita. — No Texas, nós usamos luz forte para caçar veados à noite. Trata-se de uma atividade considerada predatória.

— Deve ser muito quente.

— Quente? Por quê?

— Bem, se é predatória... O predador caça para comer. E para comer a carne, vocês precisam cozinhá-la. Vocês caçam e cozinham, certo?

Anita riu. Quando recuperou o fôlego, explicou:

— Henri, esse tipo de caça é ilegal, por isso é considerada predatória.

Ele abriu a janela e soprou a fumaça para fora pela fresta.

— Alguma espécie animal afirma seu domínio sobre outra espécie e vai embora?

Lucy ainda sentia o coração disparado, operando no modo fugir ou lutar.

— Espere aí! Está dizendo que devíamos ter matado Lars e Jacob em nome de alguma justificação darwiniana lunática para a ganância e a loucura? Não somos animais, por Deus!

— Querida Lucy, todas as emoções têm fundamento e base na biologia. Se não, então onde estamos? Flutuando por aí, libertos de nossas amarras naturais? Não podemos inventar tudo enquanto vamos caminhando. Nosso problema não é a loucura e a ganância, mas o fato de sermos loucos e gananciosos em um mundo criado por nossa loucura e por nossa ganância. Então, faz sentido aprendermos de que somos feitos de forma a podermos descobrir como sobreviver em um mundo que alimenta nossos instintos.

Do piso da van, Billy sussurrou:

— Ela, definitivamente... tem razão em um ponto, Henri. A garrafa... de catchup... na testa de Lars... foi muito menos brutal... do que o 38 de Anita... disparando contra seu rosto.

OITO

Billy pediu a Anita para levá-lo a um médico em Silverado. Para isso, foi necessária uma visita à sala de emergência de um hospital local. A médica, uma paquistanesa com dentes perfeitos e um inglês preciso, examinou-o atentamente.

A dor nas costelas e no estômago consumia sua atenção, embora as grandes botas de Lars houvessem atingido a parte superior de seu nariz, causando uma pequena fratura e escurecendo-lhe os olhos.

Anita sentia vontade de abraçá-lo, mas temia causar dor onde quer que o tocasse.

— Precisamos de uma radiografia das costelas, doutora.

— Esqueça, Pêssego. Já vou ficar bem.

Anita o ignorou.

— Há algum sinal de concussão?

— Só preciso de alguns comprimidos, e então poderemos ir embora daqui, está bem? Relaxe, meu bem.

Mas Billy simpatizou com a médica, que era pequena de corpo, possuía um grande coração e uma maleta cheia de remédios para dor. Ela o preveniu sobre não tomar o Percocet até o efeito da injeção de Demerol passar, e também informou que o álcool intensificaria o efeito das drogas. A sutileza de sua linguagem o fez sorrir. Sim, radiografias. Por que não?

Além da fratura no nariz, não havia mais nada quebrado. A médica providenciou ataduras para as costelas e outra menor para o nariz e o aconselhou a restringir seus movimentos por alguns dias.

Depois da consulta no hospital, eles atravessaram o centro da cidade em busca de comida.

— Ali na frente — disse Henri. — Chez Jose's. Comida franco-mexicana. Temos, como vocês americanos dizem, toda sorte.

Depois do jantar encontraram um velho hotel, o Priscilla na P. Street, que atravessava toda a cidade de ravina a ravina. O P. era de Priscilla, a filha de um antigo minerador que havia delimitado uma longa faixa de terreno através do fundo de cada ravina motivado pela teoria de que uma fortuna em prata jazia escondida no leito arenoso de cada uma delas, uma tese que nunca se concretizou. O Priscilla Hotel era considerado um milagre por não ter sido incendiado. Boa parte da cidade fora destruída pelo fogo, e mais de uma vez. Isso fazia do Priscilla o mais antigo prédio de madeira em Silverado.

Henri considerava esse trecho da história da Câmara de Comércio particularmente inquietante.

— A estrutura é, como vocês dizem, muito antiga? A qualquer momento pode entrar em combustão espontânea. — O fato de ele beber, consumir remédios para dormir e fumar na cama aumentava consideravelmente as chances de um evento dessa natureza.

Quando entraram no Priscilla, um estranho pressentimento o dominou.

— Essa umidade é o cheiro dos antigos mortos, Lucy.

— Eu sei, mas ele está em cada porção de ar que respiramos.

— Cada porção de ar que respiramos? Isso soa como um presságio. — Ele pegou o livro vermelho e escreveu "Cada porção de ar que respiramos." Depois olhou para a frase e sorriu. Ela dizia muito. Estava encantado.

Lucy o observava. Então, envolvida por seu entusiasmo, ela passou um braço em torno de seus ombros e afagou-o. Henri ergueu a cabeça, surpreso, mas ela já se havia virado para o balcão de recepção.

— Tem alguma instalação onde eu possa ferver um pouco de água? — perguntou. — Derrubei catchup no meu vestido.

Foram instalados nos últimos três quartos vagos, dois deles lado a lado, e o terceiro no final do corredor. Lucy escolheu o quarto mais afastado dos outros. Todos os dormitórios tinham as janelas voltadas para a P. Street e ficavam no segundo andar.

Lucy contemplou a rua de sua janela, tentando calcular quantas toneladas de areia o pai de Priscilla havia removido antes de se dar conta de que cometera um erro, e quantas outras toneladas ele ainda havia retirado antes de desistir.

Anita comprou uma garrafa de uísque no bar do hotel e levou-a para o quarto com a intenção de dividi-la com Billy, que havia mergulhado num sono profundo e satisfeito. Ele estava nu, exceto pela bandagem nas costelas e pela exótica máscara azulada que se estendia de um olho ao outro passando por cima do nariz, um efeito assombroso intensificado pela tira branca de esparadrapo que cobria a porção superior do nariz e as duas metades superiores da face. Ela o viu respirar e deixou o uísque escorregar por sua garganta. As janelas estavam abertas, e o ar morno do deserto empurrava as cortinas para dentro, fazendo o tecido flutuar e dançar sob os raios do sol poente que banhavam o corpo nu de Billy.

Um dia ainda morreriam por causa dele. Esse era o medo de Anita. Ou isso, ou ele provocaria uma encrenca tão grande que nunca mais teriam um bom trabalho. Anita ainda o queria. Queria fazer amor com ele. E gostava de vê-lo com a câmera nas mãos, totalmente esquecido de si mesmo, absorvido no mundo filtrado pelas lentes.

Os olhos negros e inchados, o nariz coberto por esparadrapo, as costelas imobilizadas e seu estado induzido pelos medicamentos o tornavam vulnerável como não era comum ocorrer. Ela acariciou seu membro, mas o Demerol e o uísque haviam desconectado essa parte de seu corpo da área do cérebro que operava as válvulas e os encanamentos essenciais. Seu mecanismo não estava funcionando.

Anita desistiu e decidiu ir ver se Henri queria companhia para beber. Além do mais, tinham algumas coisas a discutir. Levando o copo e o uísque, caminhou na ponta dos pés até a porta do quarto de Henri. Bateu levemente na porta. Nada. Colou o ouvido nela e ouviu, depois bateu mais uma vez.

A voz cautelosa de Henri respondeu:

— Alô?

— Sou eu, Anita. Precisamos conversar.

— Depois, por favor. Preciso dormir um pouco.

— Henri, abra esta maldita porta, por favor?

Houve um estalido metálico e um clique e Henri, sua silhueta recortada contra a luz da janela, revelou-se. Ele hesitou na soleira por um momento, depois, resignado, abriu a porta para deixá-la entrar.

As mesmas cortinas também dançavam ao vento naquele dormitório. Havia velhas fotos no vidro que refletiam a luz e a renda dançante. A cama era coberta por uma colcha de chenille idêntica àquela sobre a qual seu amante jazia num contentamento semiconsciente. Ela se virou para olhar para Henri. A luz amena criava a impressão de que ele estivera chorando.

Seu corpo estava coberto apenas por uma cueca samba-canção e uma camiseta. Esse era um Henri muito diferente de todos aqueles que vira nos últimos dias.

— Você está bem?

— Bem? Pelo amor de Deus, quem está completamente bem? O que isso significa?

— Esqueça que eu perguntei. Devo ir embora?

— Não, não. Por favor, fique. Peço desculpas. Sente-se. — Ele apontou para as cortinas. — Como vai Billy? Os remédios surtiram efeito?

— Os medicamentos e um pouco de uísque. Ele não sente dor. Neste momento, está praticamente a um passo do coma.

— A um passo do coma? — Ele pegou o bloco que deixara aos pés da cama e anotou a expressão. Depois deixou o bloco no mesmo lugar, mas em nenhum momento pensou em vestir a calça.

— Ele está sorrindo — contou Anita —, mas não tem nenhuma sensibilidade da cintura para baixo.

— Ah, seus pés... estão em coma. A um passo do coma. Ele não consegue ficar em pé. É isso?

— Não só apenas os pés.

— Aha.

— Um problema raro para Billy — ela comentou, tentando encerrar a conversa.

— A disfunção peniana propicia uma indústria bilionária. Publicidade, exposição pública, drogas, médicos, terapeutas e programas de televisão inteiramente dedicados a... como dizer, problemas de membros flácidos.

— Não quero ouvir isso. — Ela se serviu de uma dose e deixou a garrafa sobre a mesa de canto.

— Sim. Vou me juntar a você. — Henri encheu o copo com parte de seu minguante suprimento de vodca. — Vamos beber.

Sentada numa cadeira de vime pintada de branco, ela flexionou uma perna e colocou-a sobre o assento.

— Não sei o que fazer com Billy. Ele ainda vai nos meter numa péssima situação. Além de não ter medo de nada, ele fala demais. Estar perto do você o deixou ainda mais eufórico do que de costume. Antes havia momentos de tranqüilidade, pelo menos.

— Sim. Ele provocou uma terrível cena. Foi uma cena péssima. Ele é intenso, mas também é... mágico. Vê o que os outros não enxergam. Ele vai longe demais... talvez. Para Billy, tudo tem significado e relação. Ele é capaz de fazer um filme a partir de imagens aleatórias... e tudo se relaciona com tudo. Ele só precisa encontrar os fios e tecê-los. No final, a história aparece.

— O problema é que ninguém consegue entendê-la.

— Com você, acontece o oposto. Já tem uma história em mente, e vai a campo buscar imagens para fazer essa história. Mas ele encontra a história nas imagens, nos fragmentos e nas peças do mundo. Tudo é interligado.

— E esse é o problema. Nesse mundo interligado dele, onde eu me encaixo?

— Oh, querida. Estou sem uma idéia. Pensei que fosse o contrário. Não vi muito espaço em sua vida para ele. Isso é verdade?

— Preciso ganhar a vida. Escrevo os roteiros, cuido da documentação, vou às malditas festas para os burocratas da mídia, faço publicidade, vou às reuniões, às conferências. Ele é só a droga do responsável pelo equipamento. Vive perdido nessa coisa e em seus zilhões de imagens e tomadas de imagens. Ninguém vê o que ele está fazendo.

— Vocês formam a dupla perfeita. Você quer ser produtora de filmes, mas fazer os filmes não lhe interessa. Ele quer fazer os filmes, mas não está interessado em ser produtor de filmes.

— Isso foi cruel, Henri. E não é verdade. Quero fazer um tipo de filme diferente.

— Quer o filme que produz dinheiro. Eu quero que você faça o filme que produz dinheiro, porque assim poderei encontrar um editor americano para os meus livros. Mas Billy não se preocupa com isso. Ele a ama, e por isso a está ajudando a fazer o filme. Devia deixar que ele também fizesse sua arte.

— Estou começando a odiar arte.

— Ele odeia FNH.

— Ele vai partir. E, então, o que farei? — Henri pegou a garrafa e completou a dose no copo de Anita. — Sem ele estarei ferrada, e também estou ferrada com ele.

— Bem, pelo menos está sendo ferrada. — Os dois riram, sacudiram os copos e derrubaram bebida no chão. — Devíamos chamar a Dra. Perelli. Ela teve um péssimo dia de catchup.

Descalço e de cueca, Henri atravessou o corredor na ponta dos pés até o quarto de Lucy e, seguido por Anita, bateu na porta sem fazer alarde.

— Só um minuto. — Eles esperaram, e logo a porta se abriu e Lucy espiou por uma fresta. — Estou nua e falando ao telefone. O que está acontecendo?

— Uma análise do efeito da bebida barata na psique humana sob os 40 graus centígrados do quarto 227 — Henri sussurrou. — Venha como estiver.

— Já estou indo. — Lucy fechou a porta, esticou-se sobre os lençóis brancos e pegou o fone sobre o travesseiro. — Pronto. Meus confederados no crime vieram apontar o mau caminho.

— Livre-se dessas malditas pessoas. Elas vão matá-la.

— Philip, por favor, se acalme. Agradeço sua preocupação, mas não precisa se preocupar. Com exceção de quando tive de atacar o sujeito com a garrafa de catchup, tudo foi muito divertido. Você ia adorar essa gente. Anita é uma sexy ruiva texana com coxas de aluna de aeróbica. Billy é... bem, Billy é um caubói anarquista. E Henri é um cara maluco, um francês que fuma como uma chaminé e sobrevive de cafeína, álcool e pílulas para dormir. Ele tem uma nova teoria a cada 30 minutos. Dele, você provavelmente não gostaria. Ele é um hiper-relativista, mas uma alma generosa.

— Não tenho nenhum amor em especial por almas generosas. A maioria delas não tem cérebro. — Ele exalou o ar num sopro curto e ruidoso. — Tudo isso soa cansativo. Estou surpreso por ser tão fácil de divertir.

— Bem, talvez eu me sinta tolerante, uma vez que tirei a roupa e estou aqui deitada sobre lençóis brancos, vendo o vento brincar com as cortinas. É exatamente seu tipo de coisa, exceto por estar quente demais para fazer amor.

— Nunca é quente demais para fazer amor.

Houve uma longa pausa, o que significava que, ou ele estava fantasiando sobre a cena que ela descrevera, ou deixara o telefone para ir ver alguma outra coisa.

— Philip? Volte... de onde quer que esteja.

— Já encontrou Jack qual-é-o-nome-dele?

— Oh, ele. Está morando aqui, e estava em casa esta manhã, mas não conversei com ele. Ontem à noite conheci um amigo dele, um índio chamado Kills The Deer, e foi esse índio que conseguiu localizá-lo esta manhã. Kills The Deer diz que Miller não soava muito coerente. Talvez esteja doente.

— Ou de ressaca.

— De qualquer maneira, vou telefonar para ele hoje à noite e perguntar se podemos nos encontrar amanhã.

— Por que não vai vê-lo hoje à noite? Assim poderia voltar para Albuquerque amanhã cedo e chegar ao Reagan amanhã às dez da noite.

— Em primeiro lugar, a locadora de automóveis do outro lado da rua só abre amanhã de manhã. Em segundo lugar, tive um dia muito movimentado.

Nunca havia tentado esmagar a cabeça de um homem com uma garrafa de catchup antes. Além do mais, existem algumas perspectivas para a fundação por aqui. Sylvia disse que nessa primavera houve um incêndio aos pés das colinas ao norte de Silverado. Vários milhares de acres queimados, alguns em terras particulares. Quero sobrevoar a região perto das áreas mais baixas em busca de ruínas e conversar com os donos das terras.

— Quando pretende fazer isso?

— Se houver um avião disponível, irei amanhã à tarde. E tentarei encontrar Miller pela manhã.

Philip estava processando as informações em silêncio.

— Bem... vou passar a maior parte do dia em reuniões. Acho melhor telefonar no final da tarde.

— Está desapontado porque não conversei com Miller ou porque não vou embora amanhã?

— Pelos dois... acho.

— Ah, vamos, fique feliz por mim. Salvei a vida de um homem, não me deixei matar. E ainda tenho uma chance de encontrar alguns sítios realmente interessantes nos próximos dias. Além do mais, vou descobrir de onde veio aquele seu maldito dedo. Torça por mim, Philip. Um urra para Lucy! Vamos, Lucy, vamos!

— Eu amo você. — Ele estava rindo.

— Também amo você, Philip. Tudo vai ficar bem, não se preocupe. Tentarei telefonar antes das 11, no horário daí.

Ela se deitou de costas, abriu os braços e olhou para as longas hélices do ventilador de teto. Elas giravam lentamente, ineficientes contra o vento quente que soprava do deserto. Lucy fechou os olhos e deixou a mente divagar pelas linhas que limitavam a área onde o fogo queimara toda a vegetação, revelando pálidos traços de antigas moradias mimbres. O vento do deserto a elevava sobre as montanhas e acima dos *canyons*. Burros selvagens, assustados com sua sombra, olharam para cima tentando vê-la contra o sol.

Suas asas foram cortadas pela voz de Anita na porta.

— Você está bem? Não ouvi sua voz falando ao telefone. Já faz quase uma hora...

— Desculpe, Anita. Eu adormeci. Só preciso fazer mais uma ligação e irei encontrá-los. Dez minutos, está bem?

Lucy ouviu a decepção na resposta afirmativa de Anita. De repente compreendia que ela devia estar preocupada com a possibilidade de perder Billy

Ela o amava ou precisava dele? Lucy decidiu que não estaria por perto por tempo suficiente para testemunhar o andamento do melodrama do casal.

Ela discou o número de Jack e esperou, ouvindo e contando vários toques. Estava quase desligando quando uma voz masculina e áspera atendeu.

— Alô. Jack Miller?

— Sim, sou eu.

— Sou Lucy Perelli, arqueóloga. Creio que Kills The Deer Burnum telefonou para você informando que eu pretendia procurá-lo para conversar.

— Oh, sim. Em que tipo de encrenca ele está metido?

— Nenhuma que eu saiba. Seria muito incômodo se eu fosse até sua casa amanhã?

— Eu... ah, companhia é algo de que realmente não preciso no momento. Estou sofrendo uma reação extrema a... a uma picada de inseto. Qual é o assunto que quer tratar comigo?

— São vários. Para começar, estou interessada em um dedo congelado.

— Lamento desapontá-la, mas não sou nenhum especialista em dedos congelados. Já tentou procurar alguém mais ao norte?

— Fui informada de que um certo Jack Miller, residente em 7736 Zuma Canyon Road, Silverado, Novo México, enviou um dedo embalado em gelo seco a um técnico de laboratório na O'Connell Biotechnics em Berkeley, Califórnia, no dia 30 de junho deste ano. Foi solicitado um teste para estabelecimento de datas, mas o pedido não foi oficial. Gostaria de saber qual é a idade do dedo, Sr. Miller?

— É da polícia federal, Srta. Perelli?

— Não. Trabalho para uma fundação que protege sítios arqueológicos em todo o território americano. Não tenho desejo nem intenção de envolver os federais nisso. Tenho outras informações sobre o dedo nas quais talvez esteja interessado, e gostaria de saber onde o encontrou. É isso.

— Seu interesse é puramente científico?

Lucy riu.

— Não estou interessada em seu valor de mercado nem em nenhuma outra atividade ilegal, se é o que está perguntando.

— Como posso saber que está dizendo a verdade?

— Não pode, mas isso não significa que não podemos conversar.

— Lógica espantosa. Sem dúvida, sabe como me encontrar.

— Kills The Deer me deu o endereço.

— Aqui vai um conselho: Nunca confie em um homem que lhe dá o endereço da minha casa. Amanhã, às dez e meia?

— Dez e meia. Obrigada.

— Telefone antes de vir, por favor. Tenho estado um pouco perturbado.

— Como quiser. Estarei preparada para qualquer coisa. Até logo.

Aquele maldito dedo. Berndt Bernowski, parceiro de pescaria de Jack, o havia mandado de Juneau. Ou melhor, a esposa dele fizera a remessa, na verdade.

Há anos, Berndt mostrara a Jack uma caverna de gelo que ele havia encontrado em uma das geleiras suspensas num vale cercado por altas montanhas ao norte de Juneau. A caverna possuía uma segunda abertura que aspirava ar, acelerando o derretimento durante o verão. Berndt ficara obcecado por uma forma escura que podia ser vista ao fundo, na parede externa da caverna de gelo, quando o sol estava atrás dela. Ele queria começar a cavar. Jack queria esperar.

— Então, vá em frente e cave — Jack tinha dito. — Deve ser uma rocha. O que mais poderia ser?

— Pode ser um homem. Ele teria de ter milhares de anos.

— Certo. Digamos que é isso que se move em nossa direção a... o quê? Quinze, 20 centímetros por ano? Suponha que cavemos a geleira agora. Descobriremos em cinco dias o que descobriríamos em 20 anos. E daí? O governo virá, os arqueólogos, virão, os repórteres, virão, as câmeras virão. Será um zoológico. Eles até nos excluirão dessa história. Então virá o helicóptero, erguerá o corpo e levará o nosso homem de gelo para um freezer na Universidade de Washington. Você vai ler sobre isso no *The Juneau Tribune*. E então estará acabado. Não haverá essa coisa misteriosa se movendo em sua direção através do gelo, não haverá mais esse mistério para ocupá-lo nos próximos 20 anos. Você o encontrou, Berndt. Pode fazer o que quiser. Mas cavar o gelo e chegar ao homem congelado não vai proporcionar nenhuma alegria, nem felicidade, nem qualquer outra coisa que esteja procurando.

— É?

— É. Quero vir aqui com você todos os anos nas próximas duas décadas e olhar para o gelo imaginando o que é aquilo. Se isso é o que você diz ser, podemos deixar que o gelo se quebre e que ele caia no mar. Sem câmeras, sem arqueólogos.

Berndt cedeu, embora relutante, sabendo que a geleira levaria uma eternidade para derreter. Todos os anos faziam uma viagem até lá para olhar para o gelo, especulando que mistério havia dentro dele. O objeto foi se movendo lentamente na direção deles por 12 anos, até que tiveram certeza de que era mesmo um homem deitado de lado. O fato de haver uma forma humana presa no gelo dominou a imaginação dos dois amigos. Passavam noites acordados especulando sobre sua origem, estudando mapas e lendo artigos sobre antigas migrações. Ainda haveria muitos anos de gelo entre eles e o homem de gelo.

No meio de junho, Jack recebera uma carta de Berndt contando que ele havia sofrido um infarto. Seu amigo temia ter saúde para apenas mais duas viagens à geleira. Ele pretendia cavar o gelo e extrair uma amostra do homem congelado de forma que pudessem descobrir quantos anos ele tinha. Para isso, ele queria a opinião de Jack.

Jack telefonara para Bernt.

— Como vai o coração?

— Ei, Miller. Não fique velho. É um horror.

— Tão ruim assim?

— Não. Preciso diminuir um pouco o ritmo, fazer uma dieta e tomar todos aqueles malditos remédios. Mas vou ficar bem. Gosto da minha médica. Ela é generosa e linda.

— E ela o autorizou a subir naquela geleira?

— Ainda não discuti o assunto com ela.

— Posso imaginar por quê. Se ela disser que pode ir, então eu concordo. O homem de gelo é seu. Lembre-se de levar um pouco de gelo seco. Quando voltar, telefone para mim e eu lhe darei um nome e um endereço em Berkeley. Mande o material numa remessa noturna. Vou ter de tomar algumas providências. Isso tudo tem de ser oficioso. Ninguém pode saber sobre isso além de você, de mim e do técnico do laboratório. Não quero meter o sujeito em encrencas. O mesmo vale para você. O que está fazendo não é exatamente legal. Entendeu?

— Certo, Jack.

— Mande lembranças para Yolanda.

Duas semanas depois Jack recebera o dedo embalado em gelo seco e acompanhado por uma carta da esposa de Berndt. Ela contava que o marido havia sofrido uma série de pequenos derrames.

"Eu o manterei informado sobre seu estado. A caixa (fechada) estava no freezer com seu nome nela. Perguntei a Berndt sobre ela. Ele disse que eu devia mandá-la para você. E me pediu para não olhar. Eu não olhei. Juro. Lembranças, Yolanda."

Jack telefonara para Yolanda.

— Que história é essa de pequenos derrames?

— Não se preocupe, Jack. Berndt está bem. No momento, está esquecendo as coisas, mas a médica garante que ele vai melhorar. Aqui entre nós, acho que ele teve esses derrames só para poder vê-la mais vezes. Eu o manterei informado, está bem? Desculpe, Jack, mas preciso ir ver o que Berndt quer. Até logo.

Jack estabelecera contato com o técnico de laboratório, um rapaz que era filho de uma família mexicana que trabalhara para ele anos atrás, e arranjou para que ele estabelecesse a idade do dedo.

— Certamente — Carlos respondera. — Faço esse tipo de coisa o tempo todo. Meu chefe não se incomoda, desde que eu faça meu trabalho por aqui. Posso vir num final de semana. Vou levar algum tempo para concluir os testes, mas pode mandá-lo.

— Só peço que tome cuidado, Carlos.

— Fique tranqüilo, Jack. Fique tranqüilo.

Lucy estava deitada na cama pensando em sua conversa com Jack. Talvez houvesse agido com muita agressividade. Tinha de admitir que gostava da imagem que Kills The Deer pintara dele. Combinava com a voz. O que ele teria pensado se soubesse que ela estava nua?

NOVE

Jack dormia na cadeira ao lado da pesada mesa espanhola onde a treinadora de papagaios se mantinha posicionada na vasilha, que estava apoiada contra alguns livros. Por uma hora, havia tentado conjurá-la fora da tigela, atento ao menor movimento, movendo a cabeça de um lado para o outro até que suas pálpebras se cerraram e ele apoiou a cabeça na mesa.

Ele bocejou e alongou o pescoço e os ombros. Uma pontada de dor na região atingida pela picada o conduziu à plena consciência. Quando olhou novamente para a tigela, ela estava cuidando do papagaio. Era fascinante. Então ela parou. E recomeçou. E parou. Estava brincando com ele.

— Acorde, Jack. Passei a noite toda velando seu sono. Você está horrível. Nenhuma mulher vai querer você nesse estado.

— Estou tão mal assim?

— Bem, não tão mal quanto ontem.

Hesitante, ele tocou a lateral do próprio rosto... não tão mal quanto ontem.

— Café — anunciou, como se houvesse estado procurando por alguma coisa e de repente a encontrasse. — Vai esperar por mim enquanto preparo um pouco de café?

— Esperar é o que eu faço. Não se apresse. Tenho até a estação das chuvas.

— Volto já. — Ele foi para a cozinha mancando.

Podia ouvir sua voz suave e lírica da cozinha, mesmo com todo o barulho provocado pelo moedor de café.

— Fico feliz por saber que está melhorando, Jack. Dançarei para você quando estiver preparado para uma excitação mínima.

Ela não precisava gritar. A voz, é claro, estava dentro de sua cabeça. Podia ficar surdo e ainda a ouviria. Quando desligou o moedor de café, delicadas batidas na porta ecoaram no interior da casa.

Elas o assustaram. Devia esconder a treinadora de papagaios? Não. Pelo que podia perceber, ela estava bem escondida dentro de sua cabeça. Tinha de considerar que estava inchado e feio, mas isso não importava. Melhor assim. Inchado e feio era perfeito. Talvez pudesse assustar um pouco a arqueóloga.

Ele abriu a porta, mas só uma fresta. Lá estava Lucy com cabelos curtos e negros, apresentando-se pronta para o trabalho de campo numa camisa masculina de algodão branco com as mangas dobradas, short cáqui e botas de caminhada. Ela carregava uma bolsa de alça muito comprida que atravessava seu peito por entre os seios. O conjunto fazia com que ela parecesse sexy e no comando ao mesmo tempo. Jack olhou para a alça, para os seios, e pensou que as mulheres enviavam os abençoados sinais, mas que, por outro lado, os homens os recebiam mesmo quando não estavam sendo enviados.

— Pensei que ia telefonar.

— Não quis correr o risco de você se negar a me receber.

Miller parecia um lixo tóxico. Lucy olhou para o olho inchado e para o rosto distorcido, sujo e barbudo. Em que Philip a metera dessa vez?

Atrás dela, Jack podia ver um carro alugado que lembrava um gigantesco tênis. Houve uma longa pausa antes de ele dizer:

— Estou alucinando. Já tomou o seu?

— Tomei o meu o quê?

— Café. Desculpe. Queria dizer, quero dizer, vou tomar café. Gostaria de um pouco de café? Cristo. Você realmente devia ter telefonado.

— Bem, acertei em não ligar, não?

Ele abriu a porta.

— Eu me teria... entre... negado a recebê-la, mas agora já está aqui, e devo tratá-la de acordo com as regras da boa educação.

— O que significa que não vai me ignorar.

— Café? Ou quer ir direto ao dedo? De quanto tempo de cadeia estamos falando aqui?

— Está levando essa conversa na direção errada. Sempre se preocupa com a possibilidade de ser preso.

— Hoje em dia não me preocupo mais. Mudei de vida.

— Você parece péssimo. Sente-se bem?

— Vou sobreviver. Obrigado por perguntar. É só uma reação exagerada à picada de alguma coisa.

Ele a conduziu à sala de estar e notou que ela estudava o ambiente. Era atenta, mas seu trabalho consistia mesmo em observar.

Ela se conteve, ou pelo menos tentou. Havia muitos objetos estranhos, desconhecidos, e tais coisas podiam oferecer uma janela para a compreensão de uma determinada pessoa, mas que janela era essa? Uma Madona rosa e púrpura, um Cristo negro ou um Santo Agostinho verde e amarelo, a mão branca de Fátima, o esqueleto de uma carpa?

Ela parou perto de uma pequena bolsa de remédios que fora criada para conter um talismã. Jack pegou a bolsa, endurecida pelos anos, e girou-a de forma a fazer uma bela ponta de arpão Clovis cair em sua mão aberta. A ponta tinha pouco menos de sete centímetros de comprimento, um centímetro de largura e meio centímetro de espessura. Os Clovis a utilizavam para caçar mamutes e bisões gigantes na América do Norte, dez ou 12 mil anos atrás. Ela o encarou esperando por uma resposta.

— Eu o encontrei em um esconderijo mimbres dentro de uma caverna. Um velho homem Navajo contou que a peça era feita pelos deuses. Fico me perguntando o que os Mimbres pensavam.

Ela estudou a perfeição da ponta e imaginou que tipo de poder ela conferia ao Mimbres que a encontrara. O próximo objeto a detê-la foi um pequeno cavalo, ou meio cavalo, com cerca de 12 centímetros de comprimento, sem as patas traseiras e as orelhas. Com a aprovação de Jack, ela o examinou mais de perto. O cavalo havia sido feito por uma criança que enrolara grosseiramente porções de argila para as patas, o corpo, o pescoço e a cabeça, e os unira. As pequenas digitais ainda eram visíveis. A mãe da criança devia ter feito as duas pequeninas e perfeitas vasilhas de cerâmica pressionadas nas laterais do cavalo. As vasilhas, que representavam cestos de vime, haviam quebrado. Tudo que restava delas eram as impressões arredondadas e lisas nos dois lados do corpo do animal. A criança rabiscara uma crina e um tufo de pêlos sobre a testa e desenhara uma boca que se encurvava sutilmente nos cantos compondo um sorriso sublime, o que fez Lucy sorrir.

— De onde veio isto?

— Eu o desenterrei em um banco de areia ao longo do Colorado há cerca de 20 anos. A cabeça e as patas dianteiras se sobressaíam da terra, como se quisessem mergulhar no rio.

Ela estudou o restante da sala até notar a vasilha da treinadora de papagaios.

— Isto saiu de uma escavação local?

— Sim, é Mimbres, porém incomum. Muito incomum.

Lucy caminhou até a mesa, debruçou-se e estudou a peça de cerâmica por vários minutos.

— Eram eles que enterravam seus mortos numa posição fetal sob o piso da casa.

— Sim, no passado era assim.

— Parece bizarro. Muitas tribos temiam as almas dos mortos.

— O que pode estar relacionado de alguma forma ao fato de alguns agricultores começarem a enterrar seus mortos sob a casa. Isso afugentaria grupos hostis temerosos de espíritos. Depois de algumas décadas, esse procedimento passou a ser considerado honroso, pois demonstrava respeito aos ancestrais.

Ela estudou a cerâmica da treinadora mais uma vez, olhando-a com muito cuidado.

— Os Mimbres enterravam seus mortos com uma vasilha virada sobre a cabeça.

— Uh-huh. Disse que queria café?

— Oh, sim. Obrigada. Puro, por favor.

Enquanto ele ia à cozinha preparar o café, Lucy dedicou toda sua atenção à treinadora de papagaios. Não era uma especialista no imaginário Mimbres, mas o desenho tinha um forte apelo, um encanto que residia na postura do corpo. Quando Jack voltou equilibrando cuidadosamente uma xícara sobre um pires, Lucy levantou os olhos.

— O pintor deve ter amado muito essa moça.

Ouvi-la expressar seu pensamento sobre a modelo e o autor da obra era assustador. A xícara escorregou do pires, caiu, quebrou-se, e os cacos se esparramaram desde a porta da cozinha até a sala de estar. Ele se limitou a encará-la.

— Você está bem? Pode dizer alguma coisa?

— Ah... Derrubei sua xícara?

— Quer se sentar, por favor?

— Estou bem. De verdade. Deixe-me limpar isso aqui e preparar outro café para você.

Ela se abaixou e começou a recolher os fragmentos da xícara. Para sua surpresa, era uma fina xícara de porcelana, ou havia sido, com um delicado desenho de rosas claras entrelaçadas.

— Oh, era linda. Sinto muito.

— Existem muitas xícaras, e os cacos nunca são suficientes. Quebrar a louça de barro é um negócio sério. É nosso dever com o futuro da arqueologia. Muitos cacos proporcionam dissertações de doutorado e boas oportunidades de emprego.

Ela estava de joelhos, preocupada em recolher todos os fragmentos de porcelana, quando notou que a calça de Jack estava rasgada e manchada de sangue.

— Você está todo sujo de sangue. O que andou fazendo?

— Se eu lhe contasse, provavelmente teria de ir preso.

— É mesmo?

— Sou um homem terrível. O homem cujo dedo tanto interessa para você testemunharia o que digo.

— E o que teria feito com seu homem sem dedo?

— Eu o deixei em seu palácio glacial. O dedo era a parte mais fácil de alcançar, e não havia necessidade de desenterrá-lo por completo. Teríamos de removê-lo e acondicioná-lo em um freezer industrial em algum lugar, o que teria provocado certa estranheza.

— Sabe se ele é mesmo um homem?

— Sempre presumi que fosse... um efeito óbvio do meu chauvinismo.

Ela se levantou, segurando os cacos em uma das mãos.

— Bem, é um homem e vai provocar grandes mudanças em muitas teorias arqueológicas, produzir infinitas dissertações de doutorado e proporcionar diversas oportunidades de emprego por muitos e muitos anos.

Lucy encarou-o esperando por uma reação.

Jack sentou-se.

— Você fez o teste de DNA?

— Não pessoalmente. O chefe do laboratório de ratos na O'Connell tomou o dedo de seu amigo, fez o teste de DNA e confirmou-o duas vezes. Ele é muito competente. E já tem alguns dados. Quer saber quais são?

— Conte-me.

— Seu homem do gelo não é siberiano, é anterior a Clovis, e carrega marcas de DNA que o relaciona a antigos europeus. Ele tem mais ou menos 15 mil anos de idade.

— Essa história sobre ele ser europeu poderia causar certa comoção. Como ele acabou congelado em uma geleira 500 metros acima do nível do mar?

— Não faço a menor idéia. Não vai me dizer onde o encontrou?

Jack evitou os olhos da visitante e estudou os desenhos escuros criados pelo café no piso de sua casa.

— Você tem o dedo?

— Não. Duvido que voltemos a vê-lo. Ninguém vai admitir que o tem ou que o viu algum dia. Mas o que você poderia querer com ele, afinal?

— Eu nunca o quis. Posso preparar outra xícara de café para você?

— É claro. — Ela olhou para os cacos em suas mãos. — O que devo fazer com isto?

— Aqui. — Jack levantou-se, mancou até a cozinha e apontou para um cesto ao lado do refrigerador.

Ela encontrou uma sacola plástica de supermercado, colocou os cacos dentro dela e só então a jogou no cesto. Havia uma vasilha com água para o gato perto da geladeira. Três tartarugas adornavam o fundo e uma serpente circundava toda a extensão da borda interna.

— É uma bela cerâmica Mimbres — ela comentou.

— É só uma réplica.

— Feita por Louise Burnum?

— Esteve investigando...

Ela sorriu e encolheu os ombros, depois voltou ao local onde ele havia derrubado o café, enxugou todo o líquido e enxaguou o pano que havia utilizado.

Jack mediu o pó de café para a pequena máquina de expresso.

— Essa parte sobre Louise está correta, mas seu sobrenome não era Burnum. A avó materna de Kills The Deer criou essa vasilha. — Ele despejou um quarto de xícara de água, acionou o interruptor e esperou.

Lucy tentava antecipar qual seria a resposta do homem à sua pergunta sobre a localização do homem de gelo. Passara anos tentando deter tipos como ele. Agora tinha de lidar com um deles.

— Então, você tem o que nós queremos — disse. — E parece que não quer mais o que todos nós desejamos, já que não há nada que possa fazer com isso a não ser meter-se em problemas ainda maiores do que os que já tem.

— Duvido que esteja metido em algum problema. Estou no Novo México, o dedo está em Limbo, Califórnia, e o corpo continua em uma geleira ao sul de Juneau. Você jamais poderia encontrar o homem do gelo sem que eu a levasse até ele ou localizasse a caverna em um mapa de satélite. — A máquina de café começou a sibilar.

— Então o homem do gelo está no Alasca?

— Sim. Em algum lugar no meio de nove mil metros quadrados de gelo. — Ele entregou a xícara e começou a preparar outra para si mesmo.

— Obrigada. — Lucy olhou para a janela da cozinha e através dela, para o riacho e para os homens de barro. Lembrava-se de ter ouvido Kills The Deer mencioná-los ao comentar que Jack era um homem estranho. Ver os homens de barro fez com que ela se tornasse ainda mais cautelosa com Jack. Ia perguntar sobre as figuras quando ele a distraiu.

— Quantos outros arqueólogos vão querer participar disso? — perguntou. — Talvez eu deva promover um leilão na Internet.

— Ponha seu homem na Internet, e terá sobreviventes arianos oferecendo relíquias nazistas e um suprimento de três anos de feijão e arroz.

— Princeton me daria um doutorado.

— Sem dúvida.

— Essas coisas sempre vêm com uma maldição, sabe? Sempre causam muito pesar. A Universidade de Washington vai estar se debruçando sobre o caso antes que você consiga terminar de tirar o homem do gelo. Cinco diferentes tribos o reclamarão como sendo um ancestral e você vai acabar enterrada até o pescoço em processos. Deixe-o no gelo. Mais cedo ou mais tarde ele vai cair no oceano, e nós não teremos de ler essa história no *The New York Times* pelos próximos dez anos.

— Ciência, Jack.

— A ciência vem em quarto ou quinto lugar. Descobertas como essa são grandiosas. Significam dinheiro e status. Mas você não parece ser o tipo que se interessa por status e dinheiro. Ajoelhou-se para recolher os cacos de uma xícara. Não foi você quem a quebrou, mas, mesmo assim, disse que sentia muito. Não está interessada no homem do gelo. Quem quer ser o grande astro no centro desse palco?

— Você é muito astuto. Mas ele já é um astro e já tem seu próprio palco.

— Seu marido? Seu chefe?

— Nenhum dos dois.

— De qualquer maneira, ele está faminto por mais um grande espetáculo, o que significa que não tem brilhado há algum tempo. Está perdendo terreno para as celebridades mais jovens?

— Bem, vou deixar que discuta esse assunto com ele. Seu nome é Philip Sachs.

— E por que eu ajudaria Philip Sachs?

— Bem, qual é seu plano?

— Não tenho um plano. — A máquina sibilou. Ele pegou a xícara com café e apontou para a sala de estar.

Lucy seguiu na frente, falando por cima do ombro.

— Vai simplesmente permitir que a mais importante descoberta arqueológica da América do Norte caia no mar?

— Por que não? Os índios teriam feito o mesmo.

— Os índios não têm de opinar. O homem não era índio.

— Mais uma razão para eles desejarem vê-lo desaparecer no mar.

Jack olhou para a treinadora de papagaios, certo de que ela acompanhava toda a discussão, depois se sentou à mesa diante de Lucy.

— Então, por que eu deveria entregar esse sujeito para a melhoria da carreira de um estranho?

— O Dr. Sachs é diretor de Estudos sobre os Primeiros Americanos do Centro Benning para a Arqueologia Americana. Ele é um gênio. Dedicou sua vida à arqueologia. É um grande professor e influenciou toda uma geração de arqueólogos.

— Ele certamente tem uma devota em você.

— Ele não é um mascate acadêmico barato.

— Realmente? Se é tão importante e sério, por que a mandou aqui para fazer seu trabalho sujo? Se é tão importante assim, por que ele não veio pessoalmente?

— Eu estava participando de uma conferência em Albuquerque. Pareceu lógico que eu viesse até aqui e conversasse diretamente com você.

— Por que ele não entrou em contato com os federais e com a Fundação da Herança do Alasca e contou a eles sobre o dedo?

— Você não é ingênuo. Conhece a importância de ser o primeiro a anunciar uma grande descoberta. — Miller parecia não querer tirar proveito disso, ou estava apenas tentando valorizar seu preço. — Despachou o dedo pelo correio do Novo México. Existem penalidades severas para quem deixa de reportar restos humanos. Se os federais entrarem nessa história, você vai ter alguns outros problemas bem sérios. No mínimo, desrespeitou três leis estaduais e duas federais.

— Penalidades severas? Isso é apropriado.

— Não está tratando o assunto com seriedade.

Jack coçou o braço.

— Talvez não. De qualquer maneira, não vou me deixar intimidar. Estive observando o homem do gelo por 12 anos. Gostei de observá-lo, não vou ganhar um único centavo com isso, e não me importo com publicidade.

Nem fui eu que tirei o dedo de lá. Só mandei o material para o laboratório para fazer um favor a um amigo. Se soubesse o que poderia acontecer, teria dito para ele fazer a remessa pessoalmente. O que quer que eu tenha feito de ilegal, perderá a importância quando comparado às histórias que contarei ao *The New York Times* e ao *National Enquirer*, caso seu professor instigue os federais contra mim. A mídia o fará parecer o idiota que é, e ele poderá dar adeus ao que resta de sua carreira.

Lucy estava rangendo os dentes quando ele terminou de falar.

— Desculpe-me. Não quis dar a impressão de o estar ameaçando.

— Não acredito nisso nem por um momento, mas posso aceitar seu pedido de desculpas. Está tentando ganhar a vida como todo mundo.

— É mais do que ganhar a vida, são as nossas vidas. Muitos de nós faríamos o mesmo sem esperar nenhum pagamento.

— Sorte sua. Muitas pessoas não têm a oportunidade de fazer o que gostam. Devia aceitar uma redução de salário como uma questão de princípio.

— Não há nenhuma forma de obter sua cooperação nisso, não é?

— Minhas relações com os arqueólogos têm sido sujas e brutais. Assim, imagino que possa entender minha falta de entusiasmo. — A treinadora de papagaios virou a cabeça ligeiramente para fitá-lo. Ele olhou para as manchas deixadas pelo café no piso, lembrou-se da xícara escorregando do pires e do que Lucy tinha dito sobre o pintor amar muito aquela garota.

Olhou para a mulher que queria o homem do gelo.

— Por outro lado... — Jack fez uma breve pausa, olhando para o café na xícara. — Eventos recentes mudaram esse estado de coisas. Nos últimos 12 anos, um amigo e eu estivemos verificando uma sombra escura congelada no fundo de uma parede de uma caverna de gelo localizada numa geleira em processo de derretimento. Conforme o gelo derreteu, tornou-se óbvio que a figura era humana. Meu amigo cavou vários centímetros de gelo até chegar ao dedo que me foi enviado com o pedido de um atestado de idade. Eu teria preferido que tudo isso permanecesse como um mistério para mim até o fim da vida. Mas agora tenho de pensar que tudo será exposto e investigado, tenho de pensar nos processos legais, nas intermináveis audiências, nos advogados e nos políticos gananciosos. Quem, em seu juízo perfeito — ele parou para considerar seu atual estado mental —, ia querer tal coisa?

— Podemos protegê-lo.

— Um atestado assinado por seu Dr. Sachs não protegeria um rato de laboratório, muito menos um ladrão de cerâmica.

— Podemos pensar nisso por um ou dois dias antes de você tomar sua decisão?

Era bom descobrir que ela era capaz de recuar e dar aos dois uma chance de reconsiderar as conseqüências. Apesar de tudo que fora dito, a mulher parecia calma e composta. Ela era uma impressionante mistura de alemão e alguma outra coisa, talvez irlandês. Estivera tão ocupado com ele mesmo e com a situação, que não se dera ao trabalho de vê-la como qualquer outra coisa além de uma ameaça ou um aborrecimento. Em quase qualquer outra circunstância, julgaria a mulher atraente e desejaria conhecê-la melhor. Sua abordagem da treinadora de papagaios a tornava ainda mais intrigante. A forma e a textura de sua boca chamaram sua atenção. A sensação o despertou. Ele sorriu.

— Eu telefono quando o veneno for eliminado do meu corpo. Talvez seja um pouco menos hostil.

— Cheguei num mau momento, e fui persistente. É que a descoberta seria muito importante para Philip... em diversos sentidos. — Não sabia se agia bem mencionando o nome de Philip novamente, mas precisava colocar as coisas em seus devidos lugares, pelo menos para si mesma. Era uma maneira de dizer que estava agindo pelo bem de alguém que era importante em sua vida, e que podia estar interessada nele como ele se interessava por ela, mas que isso não os levaria a lugar nenhum.

Gestos graciosos e palavras de cortesia a levaram para fora da casa sem que a trégua estabelecida fosse rompida. Ele a viu afastar-se dirigindo seu carro e, só então, voltou para a sala e para o café que nem chegara a tocar.

Enquanto Jack bebia, a treinadora de papagaios emergiu da vasilha e cresceu até atingir seu tamanho normal. Ela se sentou na mesa, puxando as pernas flexionadas para perto do queixo. Era possível ver seus olhos castanho-escuros sob a máscara.

— O que está bebendo, Jack?

— Café. Não creio que tenha experimentado café.

— Eu o vi com aquela mulher. Gostou dela, e ela gostou de você, embora esteja feio. — Ela esticou os braços, depois se levantou e empurrou os pés descalços na direção dele. — Vai se apaixonar por ela.

Era ousada e um pouco intimidadora. Ele tentou agir com indiferença.

— O que você sabe sobre o amor? — Devia ter pensado antes de desafiá-la.

— Fui apaixonada por todos os homens, mas isso era um segredo. Fingia não vê-lo. — Ela se virou de costas para Jack, balançando delicadamente as tiras de tecido com que se vestia, e olhou por cima de um ombro —, mas não perdia nada. — Ela saltou da mesa e sentou-se ao lado dele. — Por não poder ter um amante, eu amava cada um deles.

— Era virgem?

Houve um lampejo sob a máscara quando ela girou os olhos.

— Sim, eu era virgem. Isso significava mais milho para o vilarejo. Quando tive idade suficiente para ter um homem, as donzelas do milho surgiram em meus sonhos. Elas me disseram que era o desejo de uma mulher do clã dos papagaios por homens que fazia o milho crescer. — A treinadora levantou-se enquanto falava, mantendo-se ereta e reta e olhando para ele. — Uma mulher papagaio cheia de anseios vai encantar as nuvens e reuni-las nas montanhas. No final do verão, as donzelas do milho puseram o flautista nos meus sonhos. — A lembrança do flautista a excitou. Ela começou a se virar lentamente, girando e girando. — Sua música me encheu de desejo. Eu acordei desejando todos os homens do vilarejo. Ardi por vários dias. Minha paixão reuniu as nuvens até o céu tornar-se denso e pesado com a chuva ansiando pela terra. — Ela falava depressa, envolvida com suas lembranças. — Os espíritos de nossos ancestrais eram libertados pelos buracos em suas cerâmicas fúnebres quando morriam. Eles ficavam sentados no céu entre as montanhas e esperavam. Quando as nuvens chegavam, os ancestrais dançavam nelas, provocando o relâmpago, e gritavam uns para os outros, criando o trovão. — Ela continuou girando, pronunciando uma torrente de palavras. — Então, a chuva chegava. Primeiro como pequenas gostas que caíam sobre o campo, despertando o ar, atraindo as pessoas para fora de suas casas. Nós respirávamos o novo ar e o levávamos para dentro de nossos cérebros ressequidos pelo verão, e nós gritávamos, dançávamos e girávamos. — Ela rodava tão depressa que se transformou num borrão, e emitia um grito lúgubre. O papagaio começou a agitar as asas, pulando no ar, tentando imitar os gritos de sua senhora.

Ela caiu, um movimento bem dramático, na opinião de Jack, sobre a mesa. O papagaio aproximou-se saltitando e roçou a cabeça contra a máscara. Ela se sentou e escorregou até bem perto de Jack, as pernas penduradas além da beirada da mesa, uma das mãos afagando o papagaio.

— Algumas famílias não faziam o buraco nas cerâmicas fúnebres. Essas famílias só libertariam seus ancestrais quando houvesse necessidade premente. Se as nuvens fossem teimosas e retivessem a chuva, um sacerdote ia procurar essas famílias. Ele dizia que havia chegado o momento de libertar os espíritos de seus ancestrais. Então, através de um sinal do sacerdote para os garotos sobre o telhado mais alto, e deles para as mulheres lá embaixo, as vasilhas eram quebradas e os ancestrais eram libertos para subirem ao céu todos de uma vez, para dançarem relâmpagos e gritarem trovões.

Os olhos de Jack estudaram o corpo feminino desde a máscara até as pernas, que balançavam no ar, passando pelos seios e pelo ventre.

— Quer dizer que os ancestrais tornavam-se mais poderosos se as vasilhas demoravam a serem quebradas?

— Alguns afirmavam que sim.

— E você está esperando há mil anos?

Seu riso profundo e rouco era tão divertido quanto ameaçador.

Ele também riu.

— Deus nos proteja. Por que uma mulher do clã dos papagaios era escolhida para seduzir as nuvens?

— Os papagaios retiram suas penas do arco-íris, e papagaios sabem falar. Por honrarmos e respeitarmos os papagaios, por dizermos coisas doces a eles e alimentá-los com guloseimas, os papagaios falavam com as nuvens por nós. Eles diziam: Aquelas são grandes pessoas, muito boas e generosas. Devia chover para fazer o milho deles crescer.

— Desculpe-me por ser lento, mas por que precisava do papagaio se podia seduzir as nuvens?

— Não é fácil conseguir a chuva. Às vezes, é necessária alguma ajuda... como contar com os papagaios e soltar os ancestrais.

— E para você, quando chovia... como era? Também dançava e gritava?

— Para mim era diferente. Quando respirei pela primeira vez a chuva próxima, um formigamento em meu útero começou a ganhar força devagar. Quando as gotas caíram, a sensação se espalhou por mim como uma serpente se enroscando e dominando todo o meu corpo, jogando-me de um lado para o outro, até que o formigamento atravessou minha pele e se derramou no solo com a chuva. Meu fogo se extinguiu, e eu fiquei leve como uma pena de arco-íris. Então, esperei por outro ano, até as donzelas do milho trazerem novamente o flautista para tornar meus sonhos suculentos.

— Era uma virgem orgástica.

— Mesmo assim era virgem.

— Bem informada, no entanto — ele a provocou.

Ela sabia que conseguira atrair sua atenção. Afinal, ele era um homem.

— Eu ajudava a trazer a chuva. O milho crescia. Meu povo comia e tinha mais bebês. E, sim, eu adorava ser "bem informada". Aquilo me preenchia e lembrava que eu tinha um propósito até chegar o momento de realizá-lo novamente.

Então, ela parou de balançar as pernas e encarou-o através da máscara. Sua voz havia perdido a exuberância.

— Mas, no final, tudo que tentamos para fazer cair a chuva falhou. Tudo falhou.

— Teve um sucesso maior do que jamais poderia imaginar.

— Isso é surpreendente. Pensei que tivéssemos todos acabados. Julgávamos viver no fim da vida. Houve um longo período com pouca chuva. Para o norte, os plantadores mais pobres estavam morrendo. Eles não tinham córregos para irrigar suas plantações e dependiam da chuva ainda mais do que nós. — As palavras de Willow pareciam transformar todo seu corpo. Ela se levantou e começou a contar sua história com muitos gestos e extraordinária fluência.

Jack a viu definhar.

— Após muitas mortes, eles começaram a procurar meios de fazer chover outra vez. O chefe desse grupo usava uma máscara horrível. Ele era muito alto. — Para demonstrar a estatura do chefe, ela esticou o corpo até atingir um metro e oitenta e seu rosto transformar-se numa máscara escura e disforme de pêlos e sangue seco. — Ele disse que seus homens precisavam construir mais tronos e estradas para passeios e rituais, coisas que eles já possuíam em número muito superior ao que era necessário. A maior parte do povo acreditava nele, ou não sabia o que mais podia fazer, e eles começaram a construir e cavar e limpar e realizar coisas grandiosas em honra desse homem, que afirmava ser seu deus.

Willow retomou a forma normal e inclinou a cabeça para o lado.

— Havia ainda menos comida que antes. Algumas pessoas começaram a questionar se ele era mesmo um deus. Havia rumores de que ele comia e defecava como todos os outros, mas ele era diferente das outras pessoas. Tinha pele mais clara, era muito alto e sabia como construir grandes coisas, mas não sabia como fazer chover.

"Alguns integrantes do povo do norte, que viviam em pueblos mais afastados, a oeste desse deus alto, chegaram ao nosso vale para aprender sobre nossos cinco clãs e sobre como eles atraíam a chuva, faziam as regras, mantinham a paz entre nós e detinham os homens que desejavam muito poder.

"Esses rebeldes do norte juraram guardar segredo. Cada clã recebeu algumas dessas pessoas e ensinou a elas quais eram suas responsabilidades, quais eram seus animais, e de que maneiras os clãs podiam trabalhar juntos. Então, os nortistas voltaram para casa e fundaram clãs em seus próprios pueblos. Alguns até enterravam seus mortos em suas casas.

"O que dissemos a eles causou muitos problemas. Alguns pueblos se afastaram do chefe alto e de sua gente. Seu ódio se voltou contra aqueles que o abandonaram como um deus. Ele enviou gangues de canibais para dizimar vilarejos inteiros, e mandou uma gangue para nos aterrorizar. Fomos prevenidos sobre a chegada desses homens, e nos mudamos do nosso vilarejo para a entrada do mundo do meio. Mas os homens do norte nos encontraram. — Willow sentou-se sobre a mesa, puxou as pernas para cima e olhou para Jack. — Eles comeram um de nossos jovens no campo sob o penhasco. Não éramos guerreiros, e assistir àquela cena nos encheu de terror. — Ela ficou quieta por um instante. Quando retomou a narrativa, havia um tom ressentido em sua voz. — Mas nós os enganamos e os levamos à morte.

"Mesmo depois de nos termos livrado deles, tivemos mais um ano de seca. Tudo estava chegando ao fim. Queríamos saber se havia um jeito de mudar o que estava acontecendo, e então pensamos em descer ao primeiro mundo e interrogar nossos ancestrais. As bisavós e os avôs, que haviam contado as histórias sobre os seres sem forma, disseram que havia três mundos: o primeiro deles é o mundo do começo e da morte, de onde todas as pessoas emergem e para onde vão depois de morrerem e tornarem-se espíritos nuvens e choverem na terra novamente. O segundo mundo é uma passagem longa e escura, onde separou os seres sem forma se tornam pessoas-animais. No segundo mundo, coatimundi, o animal de muitas partes, separou as pessoas dos animais e as conduziu ao terceiro mundo de luz, chuva e coisas que crescem. Lá ele as ensinou a viver. No início foi muito brilhante, e todos ficaram cegos pela luz. Coatimundi fez todas as pessoas darem as mãos, e os animais segurarem as caudas dos outros animais entre os dentes, depois os conduziu de objeto em objeto explicando o terceiro mundo e como ele funcionava. É claro, alguns animais perderam contato com seus vizinhos."

— O que aconteceu com eles?

— Colidiram com as coisas. Por isso têm narizes achatados. — Sua risada ecoou pelo corredor e para dentro de todos os cômodos, enchendo a casa de vida.

"Quando seus olhos começaram a funcionar, as pessoas puderam ver a cúpula do céu que repousa sobre a terra como uma vasilha invertida. Todos fazem essa viagem entre o primeiro e o terceiro mundo muitas vezes. — Ela parou por um momento e, sorrindo, acrescentou. — Menos eu."

Jack reconheceu a visão de mundo de Willow como uma versão primitiva daquelas conhecidas por muitos índios Pueblo modernos. Ela só não tinha o benefício da manipulação pelo tempo e pelo catolicismo. O que o intrigava na cosmologia de Willow era que não havia um mundo celestial. O céu era uma vasilha que imitava o céu do mundo inferior. Os dois eram separados por uma espessa camada de terra e rochas. As palavras de Willow eram simétricas, e os padrões de vida e morte eram tão cíclicos quanto a própria natureza.

— No tempo em que as coisas estavam ruins — ela dizia —, descemos ao segundo mundo e procuramos por dias, pensando que poderíamos ver nossos ancestrais e aprender com eles como mudar aquela situação.

— A passagem que leva ao segundo mundo começa como uma inclinação acentuada logo depois do ponto em que você foi enterrada?

— Sim. Mas o segundo mundo é basicamente túneis e grandes cômodos cavernosos. Um cômodo tinha vida. Podíamos ouvir sua respiração, e ele nos observava com mil olhos. Em outro lugar vimos Coatimundi pintado em uma parede por povos muito antigos. Mais adiante encontramos a entrada para o primeiro mundo. Ficava sob um lago que brilhava a partir do céu do mundo subterrâneo. Mas nós decidimos não entrar no primeiro mundo.

— Por quê?

— Sentimos medo. Quando os ancestrais morrem e retornam ao primeiro mundo, perdem sua forma novamente? Eles tinham olhos com os quais pudessem nos reconhecer? Podiam pensar que éramos inimigos, e então nos matariam. E mesmo que não nos matassem, entrar no primeiro mundo perturbaria o equilíbrio entre a vida e a morte? É claro que não pensamos nessas coisas até encontrarmos a entrada. Como não tínhamos respostas, voltamos.

— Como chegaram ao segundo mundo?

— Durante vários dias tecemos uma corda de casca de salgueiro até ela alcançar a escuridão bem longe de nós. Um rapaz do clã da serpente desceu primeiro. Alguns outros, inclusive eu, decidiram descer. Vi os corpos apodrecidos dos nortistas iluminados pelas tochas. Fiquei muito contente e orgulhosa, porque criei o plano para enganá-los.

— E como funcionou esse seu plano?

— Havíamos cavado pequenos buracos na parede da caverna para exibir nossas penas mágicas de papagaio, e os nortistas as descobriram quando chegaram procurando comida. Eles também acharam uma vasilha de sopa que fazíamos com sementes de cactos. A sopa fazia sua cabeça ficar um pouco confusa e maleável. Bebíamos um pouco à noite para nos livrarmos da fome. Mas os homens do norte beberam demais. — Ela riu e imitou os homens cambaleando. — As penas de papagaio brilham depois de se beber esse cacto. Quanto mais bebemos, mais elas brilham, até que pudemos ver uma poderosa magia cintilando em suas pontas. Os nortistas ficaram enlouquecidos. Onde encontraram essas maravilhosas penas? Era o que eles perguntavam. Seus olhos brilhavam. Eles riam e mostravam os dentes. Sabíamos que eles nos comeriam.

"Mostrei a eles a passagem que descia ao segundo mundo. Disse que nossas penas vinham de uma mulher cega que criava seus papagaios lá embaixo. Eles se aproximaram da descida com suas tochas e olharam para a escuridão lá embaixo. E perguntaram como conseguíamos descer. Disse a eles que cada homem devia agarrar o pulso de outro homem, formando uma longa fila, de forma que os de trás pudessem impedir que os da frente caíssem. Então, minha tia cantou uma canção de lamento, dizendo a eles que aquilo protegeria a descida para o segundo mundo, desde que cantassem o mais alto que pudessem. Acenei com um punhado de penas brilhantes bem na frente de seus rostos enquanto eles praticavam a canção."

Willow emitiu um gemido agudo que soava como um coro de coiotes bêbados. Seus braços balançavam no ar, conduzindo a fila de cantores.

— O cactos e o cântico os deixou estáticos. Nós os posicionamos numa longa fila e os levamos até a passagem, com cada homem segurando a mão daquele que estava logo atrás dele. Então, a descida se tornou muito inclinada, e a pedra era lisa, escorregadia e cheirava a óleo de peixe.

Willow estendeu o braço, agarrando mãos imaginárias enquanto seus pés escorregavam para a frente, ultrapassando a beirada da mesa até ela balançar precariamente no limite para o vazio.

— O líder escorregou, rolando para baixo com sua tocha — Com a mão livre, ela tentava apagar um fogo imaginário acima de sua cabeça. —, queimando o segundo homem, cujos gritos de dor se perderam no cântico de lamento dos outros. O segundo homem tentou se soltar, mas o primeiro o agarrava com a força do medo, puxando-o para baixo, e esse segundo homem agarrava o seguinte com a mesma força, e assim por diante, até que todos foram levados para o segundo mundo gritando e cantando.

Willow caiu num emaranhado de membros. Ela parecia ter gerado vários pares extras no momento em que aterrissou. Sua cabeça mascarada emergiu da confusão.

Jack estava desanimado e um pouco nervoso, mas emitiu uma crítica favorável à performance.

— Você tem um estilo distinto e extravagante. Transformador, até.

Willow ignorou-o e continuou:

— Alguns no final da fila conseguiram se soltar, mas nós nos aproximamos deles com longas varas e os empurramos, e eles caíram na escuridão. Seus gritos foram altos e longos e ecoaram através das inúmeras passagens para o segundo mundo. — Ela reassumiu as antigas proporções e o número correto de membros e sentou-se na beirada da mesa, balançando as pernas. — Foi um dia perfeito.

— Lúgubre, mas engenhoso. Quantos morreram?

— Acho que 20, talvez mais. Salvamos um deles para uma lição.

— Odeio perguntar.

Ela se inclinou na direção de Jack.

— Os três irmãos do jovem devorado pelos canibais levaram esse sobrevivente para a casa deles ao norte. Os quatro caminharam por sete dias atravessando as montanhas, viajando até verem uma grande casa redonda com muitos andares. A casa era branca e brilhava à luz do amanhecer. O cativo estava em seu lar. Ele se deu conta de que os outros pretendiam libertá-lo, e isso o fez muito feliz.

— E então...?

— Eles apontaram para a grande casa do outro lado do vale e ele moveu a cabeça em sentido afirmativo, e sorriu. Uma estrada larga levava até a casa. Eles apontaram para a estrada, assentiram, sorriram e demonstraram que ele deveria caminhar de costas pelo meio daquela estrada tão larga até a grandiosa residência. Depois de se certificaram de que ele os havia entendido, deram ao homem vários goles da sopa de cactos para impedir que ele desmaiasse, enfiaram grama em sua boca para sufocar seus gritos, cortaram e removeram cuidadosamente a pele de sua cabeça, viraram-na pelo avesso e a costuraram de trás para a frente, deixando pequenos buracos em forma de olhos para que ele enxergasse e outro, pelo qual ele respiraria.

"Depois de deixarem o homem repousar, deram a ele varas como bengalas e o ajudaram a praticar a técnica de andar de costas. Caminharam com ele até estarem perto da casa de pedras brancas. Tudo era quieto. Não havia ninguém por ali. Eles continuaram andando para a casa. O único som era o dos pássaros e os gemidos do homem virado ao contrário. Ninguém estava cozinhando ainda, e os únicos odores eram aqueles provocados pelo orvalho da manhã nas artemísias. Quando chegaram a uma vala rasa, os irmãos correram para dentro dela e se esconderam. Embora o homem virado ao contrário estivesse ficando mais fraco, continuava andando. Talvez acreditasse que seu povo poderia salvá-lo. Mas ninguém apareceu, e os irmãos começaram a gritar como corujas. Mesmo assim, ninguém aparecia na porta da casa redonda.

"Então, um nortista baixo e magro surgiu de trás da casa. Ele olhou para o homem virado ao contrário por algum tempo, sem acreditar no que estava vendo, e depois começou a gritar. Pessoas se aproximaram correndo e pararam na estrada, observando o homem que se aproximava caminhando de costas e com a pele da cabeça virada pelo avesso. Estavam todos tão quietos que podiam ouvir o som de seus gemidos e o rangido da bengala contra o solo. Eles olhavam para suas pernas trêmulas e para as nádegas nuas, pelos rios de sangue que brotavam do apertado colar em seu pescoço e escorriam pelas costas. O homem, cujo rosto havia sido jovem e belo, agora tinha uma tira de pele como nariz. Seus olhos eram buracos vazios e brancos. A boca estava repuxada para trás pela costura e compunha uma caricatura de sorriso distorcido e estreito. As pessoas não o reconheciam. Como ele não tinha roupas, não compreendiam que o homem era um deles. Tenho certeza de que imaginaram estar vendo um demônio.

"Os irmãos só sabiam que os homens do norte estavam amedrontados porque os viram recuando na medida em que o homem ao avesso se aproximava deles, tateando o caminho com a bengala. O chefe alto apareceu na porta e caminhou para o sol radiante. Ele usava uma imponente máscara pintada com camadas de sangue seco, barro e pêlos. Havia buracos para os olhos, o nariz e a boca. Por alguns momentos ele ficou parado com a cabeça erguida para o céu, exibindo as palmas das mãos para o sol. Depois de muito tempo, baixou a cabeça. Do alto da escada branca, ele viu o homem ao avesso caminhar em sua direção. Tudo era silêncio, exceto pelos gemidos e pela bengala. Então, o homem muito alto compreendeu: aquele que se aproximava era um deles. Através do buraco em sua máscara, os irmãos o viram sorrir. Ele admirava aquela horrenda estratégia.

"Seu sorriso era aterrorizante, porque os dentes não eram os de um humano, mas tinham as pontas afiadas como os dentes de um felino, dentes apropriados para rasgar a carne crua. Aquele homem-felino era um verdadeiro demônio, alguém que comandava as pessoas com seu terror.

"Os irmãos ficaram escondidos até o anoitecer, e então voltaram para casa. Depois disso passamos a ter ainda mais medo dos homens do norte."

Jack não estava mais pensando: Que garota encantadora vivia em seu cérebro.

— Dizem que devemos escolher nossos demônios com cuidado.

Willow ignorou a possibilidade de ele estar falando sobre seus próprios demônios.

— Felizmente, os homens do norte tinham problemas maiores que nós.

— Você me deu muito em que pensar. Volto daqui a pouco.

Ele se levantou e saiu para o calor da manhã. Onde, no profundo poço de sua inconsciência, a história de Willow se materializara? Há anos, ele suspeitara que os Mimbres haviam desenvolvido uma forma primitiva de kachina, e durante um século os arqueólogos haviam escrito sobre os canibais Chaco. Mas muitos detalhes na história eram desconhecidos.

Depois de caminhar um pouco por entre os homens de barro, ele começou a relaxar. O braço já não estava mais rígido e o rosto readquirira as familiares sensações de antes. Ele voltou para casa e olhou-se no espelho do banheiro. Fez a barba, tomou banho e vestiu roupas limpas. Preparou ovos e torradas, alimentos que comeu na cozinha.

Depois de lavar os pratos, voltou à sala de estar e devolveu as laranjas secas à vasilha de Willow.

— Vou ficar fora pelo resto do dia. Preciso pegar a caminhonete e ir até a cidade. — Só estava compartilhando seus planos por uma questão de boas maneiras.

Ela ergueu a voz para ser ouvida pelo homem que já se afastava.

— Tenha um bom dia — desejou com uma risada suave e debochada.

DEZ

Ele subiu pela trilha que levava à estrada de terra sem mancar. A rigidez no braço e o inchaço nos olhos haviam desaparecido. Podia piscar. Piscar era importante forma de comunicação com as crianças. Não piscava para um adulto há anos. Havia algo de errado com os adultos.

Dessa vez todas As Irmãs responderam ao aceno de Jack, evidência de que Marguerite havia mudado de idéia. Ela mantinha a cabeça escondida sob o capô aberto de seu Caddy. Com exceção de Snake, As Irmãs estavam sentadas dentro do carro. Snake estava em pé na carroceria, segurando seu gato com um braço enquanto apontava o céu com o outro. Não havia estrelas, mas ela parecia estar dando ao animal uma aula de astronomia.

Caddilacs, Lincolns e LTDs com idade entre 15 e 25 anos haviam sido os carros escolhidos pelos marginais do sudoeste, mas essa fase passara. Era possível percorrer milhares de quilômetros com um Toyota. Esses veículos marcavam os terrenos e as estradas das altas planícies do deserto, suprimindo valores de propriedade e, portanto, salvando a terra através da destruição do paisagismo.

No Oeste, a perversidade dos velhos automóveis era a principal razão de mulheres de certa idade e razoáveis economias ainda se incomodarem com homens e casamento.

— O carro não funciona — Marguerite disse a Jack, estudando os mistérios dos fios sob a tampa do motor. Ela o encarou, sorriu e gritou para as meninas: — Vão buscar um pouco de soda cáustica e um martelo. Agora... por favor. — Todas desceram do automóvel e correram para o *trailer*. Snake, que havia desistido do gato, permaneceu na carroceria olhando para o céu.

— Você não gostaria de trocar aquela caminhonete por este Caddy, gostaria? É um clássico.

— A caminhonete também é. — Ele refletiu por um momento, considerando as conseqüências do que estava por sugerir. — Pode usá-la sempre que precisar.

— Cuidado com o que oferece — Marguerite riu. — Carros velhos e mulheres desesperadas são imprevisíveis.

Jack pensou se mulheres desesperadas atraíam carros velhos.

— Bem, a caminhonete está à disposição, sem segundas intenções. — Era uma mentira.

E ela percebia o truque.

— Tudo bem, eu andei fazendo algumas perguntas por aí. Você tem uma reputação e tanto, mas ela não inclui acusações de abusos contra crianças. Compreendo que tenha me prestado um favor.

— Fico feliz por ter tirado algum proveito disso. Quando quiser ir ver os homens de barro...

— Já vi mais crianças de barro do que gostaria de ver. Mas talvez... — Seu confessionário a induzira a falar, e ela olhou para o motor até as meninas retornarem com o martelo e a soda cáustica. Marguerite cuspiu nos terminais da bateria, despejou a soda cáustica sobre eles e observou as bolhas e a efervescência com grande satisfação. Depois desferiu duas marteladas leves sobre os terminais.

— Vamos ver — disse. — Agora tente ligar o motor, SuAnn. — SuAnn entrou no carro e girou a chave na ignição. Os oito enormes cilindros do Cadillac gemeram, tossiram, mas o motor começou a funcionar. Marguerite sorriu. Sucesso... até a próxima vez. — Homens e carros são mais problemáticos do que uma perereca no vaso sanitário.

Jack sorriu.

— Já ouvi dizer que mulheres amarguradas e máquinas emperradas podem enlouquecer um homem saudável.

— Acho que nunca conheci um homem que não tivesse experimentado anteriormente um dos dois.

— Bem, é bom que tenhamos tirado isso do caminho. Só vim buscar minha caminhonete e agradecer por ter me levado à cidade ontem. Tenho de voltar lá para buscar alguns comprimidos que esqueci de comprar.

Súplicas emergiram do veículo.

— Podemos ir, mãe? Por favor?

— Sim, por favor. Não vamos criar problemas — garantiu Sadie.

— Jack não vai se incomodar. Vai, Jack? — quis saber Sissy.

Snake ainda olhava para o céu.

Marguerite olhou para Jack como se perguntasse sua opinião.

— Vocês podem vir comigo, mas não na carroceria. Vão ter de viajar espremidas na cabine. Você vem ou fica, Snake?

Ela saltou do carro da mãe e respondeu séria:

— Eu vou.

Assim que todos se acomodaram na cabine da caminhonete e iniciaram a viagem, Sissy quis saber:

— Quem era aquela bela mulher em sua casa hoje de manhã?

— Ela é sua namorada? — perguntou SuAnn.

— Você nunca nos contou que tinha uma namorada — comentou Saddie.

— Ela é p-r-o-b-l-e-m-a — Jack respondeu, soletrando.

— Isso forma problema — concluiu Snake.

— Como sabe o que formam as letras?

— Porque nós somos sempre p-r-o-b-l-e-m-a-s.

— Por que a mulher é problema? — quis saber Sissy.

— Ela faz muitas perguntas.

— Mas é muito bonita. Que tipo de perguntas ela faz?

— Você não captou a idéia, não é?

— Quer dizer que não entendemos que não devíamos fazer tantas perguntas?

— Esta é uma idéia.

— Se não fizermos perguntas, vamos crescer estúpidas. Não quer que isso aconteça, quer?

— Afinal, como sabem sobre a mulher? Estavam me espionando?

— Não. Fomos até sua casa para contar que mamãe permitiu que continuássemos ajudando com os homens de barro. Vimos vocês pela porta dos fundos.

— Estávamos espionando — confessou Snake.

— Não estávamos. Cale a boca, Snake.

— O que ela disse para fazer você derrubar o café? — Sadie indagou. — Ela disse que está apaixonada por você, não é? — As meninas começaram a rir.

— Ela disse que eu sou feio demais para ser amado.

— Você não é tão feio — opinou SuAnn.

Sadie girou os olhos.

— Ela não quis dizer o que disse. Está apenas brincando.

— Sim, Jack, estamos brincando com você. Ela acha você delicioso.

— De onde tiraram isso?

Sissy, a analítica, ponderou:

— Ela recolheu todos aqueles perigosos cacos da xícara que você derrubou e os colocou numa sacola para que não se cortasse, e depois jogou tudo no lixo por você.

— Vocês são um problema, meninas.

Snake, que estava sentada no colo de SuAnn ao lado de Jack, manteve os olhos na estrada e disse:

— Nós já dissemos isso antes.

— Podemos mudar de assunto? — Era mais uma exigência do que um pedido, em parte porque ele acreditava que As Irmãs podiam estar certas sobre Lucy, e em parte porque já ouvira a mesma coisa antes de Willow. E quanto a Willow? Elas o haviam visto conversando sozinho? Quando começariam a interrogá-lo sobre esse estranho comportamento?

Ninguém disse nada por quase um quilômetro. Todas olhavam para os cactos, para a paisagem e para uma ou outra vaca. Finalmente, Sissy rompeu o silêncio.

— Snake passa o tempo todo olhando para o céu. É muito estranho.

— O que há lá em cima, Snake? — Jack quis saber.

— Aves.

— Não é verdade — acusou Sadie. — Você está mentindo.

— Eu vejo aves. Muitas aves.

— Besteira.

Jack interrompeu a discussão.

— Eu apreciaria se não fosse tão ríspida, Srta. Sadie.

— Tudo bem, mas ela não vê aves.

— Como sabe?

— Bem, se elas estivessem lá, eu também as veria.

— Fale-me sobre as aves, Snake.

— Só consigo vê-las quando estão bem em cima de mim e o céu está completamente azul. Não sei o que fazem lá em cima. Às vezes, voam em grandes círculos. Às vezes, fazem acrobacias. São pequenas, porque estão muito longe, no alto.

Snake raramente falava. Quando o fazia, era apenas uma palavra ou duas. Ele a encarou rapidamente. Sentada no colo de SuAnn, ela estava quase na mesma altura de seus olhos, mas ainda olhava para a estrada.

— Snake está sempre dizendo essas coisas — disse Sadie. — E pode falar qualquer coisa sem ser censurada porque é a menor.

— Talvez ela possa enxergar melhor do que todos nós. Os índios e os antigos navegadores eram capazes de ver coisas que nós não vemos. Não seja tão segura de si mesma. Está entendendo?

— Prove.

Jack reduziu a velocidade e saiu da estrada.

— Muito bem, todas para fora.

Elas arregalaram os olhos.

— Está zangado conosco? — perguntou Sissy.

— Não. Não. Está tudo bem. Vamos apenas dar uma olhada nas aves de Snake. — Ele abriu o porta-luvas e pegou um par de binóculos.

— Jesus. Pensei que ia nos fazer andar.

— Sim, não devia nos assustar desse jeito — concordou Sadie. — Somos apenas criancinhas.

— Não pensei que se assustassem tão facilmente. — Ele mantinha os binóculos baixos, mas olhava para o céu. — Muito bem, Snake, está vendo os pássaros?

Ela se apoiou na caminhonete, levantou a cabeça e protegeu os olhos com as mãos. Jack e as outras esperaram. Snake estudou o céu por alguns minutos.

— Bem, olhos de águia — provocou Sadie —, onde estão suas malditas aves?

— Elas se foram. Às vezes elas se afastam, quando olhamos para elas.

Jack estudou o céu com os binóculos por algum tempo, depois protegeu as lentes com as tampas.

— As aves se foram. Lamento.

— Elas nunca apareceram — resmungou Sadie.

O resto da viagem até a cidade foi feito em silêncio. As meninas mais velhas estavam quietas porque sentiam que Jack tomara o partido de Snake, e estavam fartas dela. A caçula estava sempre vendo coisas, e as importunava com sua insistência, embora acreditasse estar apenas relatando fatos. Em grande parte, elas se ressentiam por perceberem que a pequenina era independente e obstinada. Agia como se pudesse tudo. Ao mesmo tempo, queriam ser como ela, poder tudo, mas isso era difícil de conseguir.

Jack parou no estacionamento na frente de uma loja de variedades no final da rua onde ficava o Priscilla Hotel. Quando todos desceram da caminhonete, Sadie o segurou pelo braço e apontou:

— Lá está sua namorada, Jack. Ela está saindo do hotel com um grupo de pessoas.

— Ela não é minha namorada. Acabei de conhecê-la, e não foi um encontro particularmente amigável.

— O que significa isso, amigável?

— Amistoso. O que não foi.

— Você não disse o nome dela.

— Lucy Perelli. Dra. Perelli, provavelmente.

— Quem são as pessoas que estão com ela?

Jack balançou a cabeça.

— Não são daqui. — E entrou na loja. As Irmãs ficaram do lado de fora, observando Lucy e as pessoas que não eram dali. As meninas começaram a caminhar para o hotel, fingindo olhar primeiro a vitrine de uma loja de livros usados, depois a de uma loja de antiguidades que já havia sido fechada. Sadie olhava para eles com aparente desconfiança.

— Gostaria de saber o que desejam aqui.

— A ruiva e o Sr. Calça Jeans Apertada roubaram aquele banco em Winslow — Sissy sussurrou. — O magrelo de preto é o chefe.

— O que a Dra. Perelli estaria fazendo com pessoas desse tipo?

— Ela é uma doutora, o que significa que é rica. Talvez eles tenham seqüestrado seu bebezinho e exigido um resgate. Eles estão negociando.

— Você disse que eles roubavam bancos.

— O nome disso é diversificação.

— Que seja — disse Sadie. — Mas a ruiva não é nenhuma dama.

— Calem suas bocas — SuAnn exigiu em voz alta, o que atraiu a atenção dos ladrões de banco e seqüestradores.

— Agora estamos encrencadas — cochichou Snake.

Todas correram para a loja de variedades no mesmo instante em que Jack saía dela.

— O que está acontecendo, mocinhas?

— Nada.

Ele olhou para o hotel e viu Lucy e os outros três olhando em sua direção. Lucy acenou. Jack acenou de volta. Lucy disse alguma coisa aos outros, e todos começaram a caminhar para Jack e para as meninas. Jack gemeu baixinho. As meninas respiraram fundo e esperaram.

— Olá, Jack. Quero que conheça Henri Bashé, Anita Parker e Billy Myrdal, que estão produzindo um documentário em vídeo sobre monsieur Bashé, um famoso teórico social francês. Este é Jack Miller, o homem sobre quem Kills The Deer falou comigo, uma das razões de eu ter vindo a Silverado. — Lucy olhou para As Irmãs e sorriu. — São suas?

Ele moveu a cabeça para o grupo em geral.

— É um prazer conhecê-los. Esta é minha equipe. SuAnn, Sissy, Sadie e Snake. Elas trabalham em troca de sanduíches.

As meninas recuaram. SuAnn olhava nos olhos de todos e os cumprimentava com movimentos de cabeça, Sissy e Sadie mantinham as cabeças baixas e murmuravam pálidos "Olás". Snake olhava para o céu e não dizia nada.

Anita foi objetiva, como sempre.

— O que faz, Sr. Miller?

— Tão pouco que vocês não notariam.

Anita não desistia com facilidade. Ela olhou para As Irmãs.

— Então vocês formam a equipe do Sr. Miller. E o que fazem?

Houve uma longa pausa antes de Sissy responder:

— Estamos fazendo uma turma de homens de barro. Eles vão desaparecer quando chover.

A declaração não fazia sentido para Henri, mas ele estava fascinado. O homem parecia ser rude. Ou sofrera uma séria queda ou estivera metido numa briga. As crianças eram pobres. Suas roupas eram rasgadas ou malcuidadas. Várias delas tinham manchas, esgarçados, cerzidos ou nódoas deixadas pelo barro seco. Henri ainda não havia visto de perto americanos como aqueles.

Anita tinha dois pontos a considerar com relação a Jack. O primeiro era que Lucy tinha negócios com ele. Isso o tornava especial. O segundo era que o homem não temia uma briga. Anita, obviamente, possuía uma falha de personalidade. Ela se aproximou dele e parou tão perto que teve de levantar a cabeça para encará-lo. Sua cabeça estava inclinada num ângulo quase semelhante ao da cabeça de Snake.

— Nosso vídeo está muito relacionado ao conceito da desconstrução. Esse é um dos principais interesses de Henri. Podemos entrevistá-lo?

— Não, obrigado.

— Somos patrocinados pelo Fundo Nacional para Humanidades. Qualquer pessoa que conheça o trabalho de Henri se sentirá honrada por participar de um filme com ele. Devia ao menos nos deixar explicar nosso projeto. Tenho certeza de que mudaria de idéia. É um trabalho realmente importante.

— Podia entrevistar Snake, aqui. Ela é uma especialista em padrões de vôo de migratórios alados.

Anita olhou para Snake, que ainda mantinha os olhos voltados para o alto. As meninas eram pobres, algo que ela podia compreender bem, mas não conseguia interpretar Jack. Ele parecia impermeável à importância do FNH, ou de ter sua imagem gravada em vídeo e associada à de uma pessoa famosa. A indiferença fazia dele um desafio.

Billy os queria todos em sua lente. Nunca vira nada parecido com As Irmãs. Todas eram desconfiadas, tímidas e retraídas. O homem era musculoso e bronzeado. Suas grandes mãos mostravam os efeitos do trabalho duro.

Jack sorriu, acenou e começou a caminhar para a caminhonete. As meninas correram atrás dele. Todos entraram na cabine e partiram antes que Anita pudesse encontrar um cartão na bolsa ou anotar seu e-mail.

— Diversificação, ladrões de banco e seqüestradores... Pois sim — resmungou SuAnn.

Jack não se deu ao trabalho de perguntar o que isso significava. Seus pensamentos giravam em torno de Lucy e de seus companheiros cinegrafistas. Os olhos do rapaz eram negros e azuis, e ele segurava a lateral do corpo como se tivesse uma costela trincada. A ruiva havia escapado de um circuito de rodeios em algum local do Texas e o francês magrelo com roupas negras e uma palidez etílica estava desabando em câmara lenta. Interessante. E havia Lucy. Queria saber mais sobre sua história.

— Quando voltarmos, vamos construir homens de barro, Jack? — perguntou Sadie.

— Antes precisamos comer. O que querem almoçar?

— Sanduíches de manteiga de amendoim e geléia de morango.

— Sim, sanduíches de manteiga de amendoim e geléia de morango. E leite — Sissy exigiu.

— Só geléia — escolheu Sadie.

— Combina com você, Sadie. Estúpido como convém aos estúpidos.

— Estou muito, muito cheia disso.

— Então pare de me chamar de estúpida, menina-morcego. Porque não sou estúpida, e você sabe disso. Jack, é verdade que as bruxas são resultado de anjos caídos que fazem aquilo com mulheres humanas?

— Fazem o que com mulheres humanas?

— Você sabe.

— Não estou entendendo essa ligação entre anjos e humanos. É tudo muito confuso.

O fascínio de Sissy pelas possibilidades de procriação entre anjos caídos e mulheres humanas desapareceu completamente quando eles passaram por nove Harleys prateadas pilotadas por um grupo de índios-chicanos de aparência irritável com desenhos Anazi tatuados nos braços e rostos.

— Soup, soup — gritou Sadie. — Cannibal Soup.

— Como sabe sobre eles? — perguntou Jack. Tinha uma incômoda lembrança de ter visto o nome deles em néon. — Eles formam uma banda?

— São motociclistas. Mamãe tem um amigo que faz parte do grupo. E eles comem no restaurante onde ela trabalha.

— Parecem formar um agradável grupo de rapazes.

— Sim. Eles dão coisas a mamãe.

Philip começou a olhar para o telefone com ansiedade, esperando pela ligação de Lucy. Ela já devia ter voltado. Eram 11h45 em Washington, 9h45 em Silverado. Philip gostava de agir de acordo com o planejado. Passara a vida criando situações e ambientes que podia controlar. Evitara as universidades tanto quanto fora possível e evitara completamente as políticas acadêmicas. Lecionara, sim, mas sempre entrara e saíra. Ter tanta influência o mimara. Estava habituado a ser importante, mas sua celebridade começava a perder o brilho. O jornal *The New York Times* já não telefonava mais pedindo sua opinião. Não recentemente. Eles procuravam aqueles bastardos no Smithsoniano e em Peabody.

Passara o dia percorrendo Washington e fazendo ligações telefônicas através das quais preparara o terreno para um grande evento, criando seletivamente uma comoção que desabrocharia em publicidade e dinheiro. Era profissionalmente discreto, e nunca se expunha em excesso. Sugeria mudanças de paradigma, mas sustentava suas afirmações, atenuando sua saída com sorrisos tímidos e gestos contidos, resguardados. Philip nunca emitia alarmes falsos, e por isso as pessoas sempre davam ouvidos a suas provocações. Sabia como jogar quando dispunha de boas cartas, ou, nesse caso, de um bom dedo. Infelizmente, a chave para o dedo estava em poder de Jack Miller, a quem Philip atribuía características bem desfavoráveis em sua imaginação. O homem devia ser um bêbado incoerente. Estava preocupado com Lucy. O que havia solicitado que ela fizesse era, provavelmente, um pouco arriscado, mas precisava entrar em ação. Um jovem arqueólogo ouvira rumores sobre uma nova descoberta em uma geleira e, por alguma razão, presumira que Philip estava envolvido. O homem o procurara no escritório, depois em casa, mas não o encontrara. A verdade era que Philip tinha um identificador de chamadas. O que viria em seguida? Investidas de Bakersfield? Era hora de assumir alguns riscos.

O envolvimento de Lucy com os malucos o estava deixando ansioso por várias razões. Eles poderiam machucá-la, o que seria terrível, e ainda acabaria interferindo em seu esforço para descobrir a origem do dedo. Ela chegara ao extremo de quebrar uma garrafa de catchup na cabeça de um valentão. Philip tateou a própria testa. Como ela tivera coragem de quebrar uma garrafa na testa de um homem? Não estava certo de poder fazer o mesmo, mas alguém sabe do que é capaz até ser obrigado a agir? Sabia que estava disposto a assumir alguns riscos importantes para encontrar o homem de gelo de Miller. Caso contrário, acabaria como os outros quase-mortos, usando tons pastel e freqüentando um clube de golfe. Não teria de se esconder em um buraco, porque estava sendo empurrado para ele.

Ele se encolheu quando o telefone tocou, e esperou com o fone próximo do ouvido e esperou até o final da mensagem eletrônica, quando a voz dela soou.

— Oi, Philip. Sou eu.

— Pensei que ia telefonar mais cedo.

— Desculpe. Acabei de chegar de uma expedição aérea àquela região incendiada de que Sylvia me falou. Decolei perto do final da tarde, porque o sol poente melhora a visibilidade do relevo. Tive sorte. Encontrei um excelente piloto local cuja aeronave era equipada para tirar fotos. Ele voa freqüentemente para o Serviço Florestal, e por isso conhece todos os *canyons* e correntezas. Foi difícil, porque o calor está insuportável. Mas eu não comi, o que me ajudou a não devolver os biscoitos. Já é alguma coisa. Ele disse que os caras do Serviço Florestal estão vasculhando aquela região há décadas. Deve ser uma prática comum. Lembra-se daquele sujeito do Colorado? Ele tinha uma enorme coleção Anasazi.

— Ele não era uma espécie de oficial que tinha acesso a tudo? Acho que retirava as peças da montanha usando um helicóptero.

— Exatamente. Jeff voou para ele. Enfim, encontramos quatro sítios, casas em forma de tocas situadas em território particular que não foram saqueadas. Peguei os mapas antes de decolar, e localizei cada sítio. Usei seis rolos de filme. Posso dar alguns telefonemas, talvez amanhã de manhã, e arranjar uma reunião para amanhã ou depois com os proprietários. Muito bom para um trabalho noturno, não acha?

Ele ficou quieto por um momento. Depois, incapaz de conter-se, disparou:

— E Miller?

Houve uma longa pausa enquanto Lucy aterrissava de sua atribulada aventura, superava o insulto do tratamento indiferente e lembrava que Philip estava desesperado.

— Desculpe — ele disse. — É que...

— Tudo bem, Philip. Eu entendo.

— Um cretino ouviu rumores sobre uma descoberta em uma geleira e relacionou meu nome ao dado. Houve um vazamento em Berkeley. Tenho de agir o mais depressa possível. Alguém mais já esteve procurando por Miller?

— Não. Pela maneira como ele falou comigo, tenho certeza de que não, ou eu saberia. Creio que podemos ter esperanças. — Ela resumiu a história que ouvira de Jack com todos os detalhes que conseguiu lembrar. — Vou encontrá-lo amanhã. Duvido que consiga obter dele um mapa nesse próximo encontro, mas acho que ele vai fazer aquilo que desejamos. Ele é esperto, não precisa de dinheiro, e gosta da vida que tem. Entregar-nos um mapa e se livrar de nós é a melhor maneira de manter sua versão de sanidade. Ele não é o tipo de homem que precisa ou quer se expor aos olhos do mundo.

— E eu posso instigar Ben Wang e a mídia para assediá-lo.

— Isso é cruel, Philip. Sei que está só brincando, mas não queremos Miller zangado conosco. Ele poderia nos causar grande prejuízo.

— É claro. Não me interessa desafiar o Sr. Miller. Não disse nada sobre ter encontrado Ben na festa de Siskin.

— Ele foi o centro de todas as atenções, mas não apareceu. Salva novamente.

— Bem, lamento ter sido tão egoísta. Imagino que tenha tido um dia extraordinário. É que há mais de 30 anos não consigo me entusiasmar com o contorno de uma casa de penhasco.

— Bem, mas eu me entusiasmo, docinho, por isso dane-se e tenha uma boa noite — ela disse com tom doce.

Philip riu.

— Queria que estivesse aqui.

ONZE

O Joaquin-Jimenez não era realmente um rio, exceto pelo olhar diferenciado de quem assim o desejava tratar. Era apenas um córrego que desaparecia no leito da correnteza de tempos em tempos e de espaço em espaço.

No início da manhã Lucy estacionou o carro perto do lado mais baixo da casa e caminhou na direção do córrego. O que viu era tão inesperado quanto encantador, não só pelo espantoso número de figuras, como pelo trabalho e a dedicação envolvidos, a variedade de estilos e formas, a beleza e a característica quase cadavérica dos personagens reveladas pelo ângulo da luz, suas sombras se estendendo para o riacho como se estivessem chegando em grupo para um mergulho matinal. Havia notado algumas daquelas figuras pela janela da cozinha no dia anterior, mas não imaginara que fizessem parte de uma colônia de tamanho considerável.

Jack interrompeu seus pensamentos curiosos da porta da cozinha.

— Bom dia, Dra. Perelli. Quer um café?

Ela acenou.

— Sim, obrigada — e voltou a analisar as figuras ainda em construção.

Finos galhos de salgueiro eram utilizados como armação para o barro. As junções ainda visíveis eram amarradas com tiras de casca de salgueiro para sustentar os membros nos ângulos desejados pelo escultor. O segredo, ela notava, eram essas amarras de casca de salgueiro, que retorciam e mantinham as figuras com sutileza, criando posturas, gestos e até uma ilusão de movimento. Ela estava se abaixando, estudando as amarras de salgueiro nos tornozelos e joelhos de uma figura que parecia correr quando ouviu a voz dele bem próxima. Pelo tom hesitante, era de se supor que ele tivesse estado tão absorvido em suas formas quanto ela estivera pelos homens de barro.

— Aqui está seu, ah, café. — Soava quase como uma pergunta.

Ela ergueu o corpo, virou-se e aceitou a xícara de porcelana azul-clara. Era evidente que ele estivera entretido com seu traseiro. Lucy bebeu o café, divertindo-se com a falta de sutileza do sujeito. Talvez ele estivesse se recuperando de um longo período de privação.

— O que acontece quando chove? — ela indagou, apontando para os homens de barro.

Jack se sentiu aliviado por não escapar do constrangimento que havia considerado iminente.

— Eles se desfazem.

— Já fez isso antes? E deixou a chuva destruir tudo?

— Sim. Os bonecos são inspirados no relato de um índio sobre o primeiro povo ter sido feito de barro. Dei a cada um deles uma história pela qual poderiam ser lembrados.

— São lindos. Desta vez precisa preservá-los.

— Então não poderei vê-los derreter. A desintegração é a melhor parte. No início é lenta: eles mudam de cor, depois pequenos canais se formam e o barro derretido vai escorrendo por eles. Gradualmente, as armações de salgueiro reaparecem e ficam expostas. Então é o fim.

— O que é o fim? Todos desmoronam?

— Tente novamente. Você é a arqueóloga.

Ela tentou imaginar o que poderia representar um final em um campo de homens de barro em processo de desintegração. Seus olhos encontraram as amarras de casca de salgueiro nas articulações da figura que ela havia analisado pouco antes. Lucy sorriu.

— O salgueiro molhado escorrega e as articulações são soltas. Eles explodem?

Jack riu.

— Se eu acertar na montagem, tudo acontece como uma espécie de dança muito lenta. Eles se desmancham, e há homens de barro por todas as partes.

— Está falando sério.

— A entropia é muito desvalorizada. Eu nunca entendo nada até que o objeto a ser compreendido começa a se desfazer.

— Podia fotografá-los. Podia fazer um livro com as imagens do seu trabalho. Nunca vi nada parecido com isso, Jack. As pessoas deviam ver suas esculturas. São extraordinárias.

— Sim. Fotografias de homens de barro derretendo na chuva. Há um grande mercado para isso. Eu podia ficar rico. Sempre sonhei que um dia escreveria o grande tratado americano explicando a importância do barro para os burocratas da arte e para os estilistas. Vou começar amanhã. Não, amanhã é dia de fazer compras.

Ela riu.

— Você, certamente, vive em outro mundo, mas e daí? É um saqueador.

— Então, sou um sociopata? — ele perguntou, enterrando o dedo do pé descalço na argila macia.

— Não, não. Eu não quis dizer nada disso.

Ele se virou e olhou para os homens de barro.

Lucy tentou descobrir se o havia aborrecido.

— Sinto muito. Não tive a intenção de insultá-lo. Os antropólogos e os sociólogos também são intrusos.

— O trabalho deles é entender a cultura. O meu, era roubar os artefatos que a compõem. Fui um criminoso. — Ele se lembrou de Willow e encolheu os ombros. — Sou um criminoso... outra vocação cuja definição está sempre mudando. O que fiz durante alguns anos não foi considerado ilegal durante a maior parte da história. Arqueólogos e diretores de museus têm saqueado ruínas por séculos. — Ele a encarou. — E o fato de operarem dentro da lei não significa que não sejam criminosos. Os índios ainda pensam que os arqueólogos são um bando de ladrões e saqueadores de túmulos.

— Muitas coisas mudaram nesse panorama. Com exceção de alguns casos considerados anormais, mantemos bom relacionamento com a maioria das tribos.

— Só porque arqueólogos desempregados descobriram que podiam ganhar a vida vendendo seu trabalho para as tribos, justificando as solicitações dos nativos por água, carvão e gás. O que implica em fingir não ver qualquer evidência de violência pré-histórica ou qualquer outra coisa sobre as quais os índios não queiram ouvir falar, como um dedo congelado.

— Alguns arqueólogos contratados fazem um trabalho mais importante do que o de muitos acadêmicos. E muitas dessas solicitações dos nativos são justificadas. Quanto a fingir não ver algumas coisas... o que esperava? Muitos deles trabalham para as tribos porque sabem que os índios têm sido enganados sistematicamente por vários séculos. Alguns arqueólogos acreditam na existência de assuntos mais importantes do que a preciosa, elusiva e eternamente mutante verdade.

Ele se virou e fitou-a sob a luz inclinada. E sorriu.

— Alguns de meus melhores amigos são arqueólogos.

— Depositamos a culpa de tudo de ruim que acontece nos saqueadores, comerciantes e colecionadores.

— Conheceu Sylvia Siskin, não é?

— Sim. Bela coleção. Suponho que tenha feito negócios com a Sra. Sylvia.

— Algumas vezes. Vendi a maior parte da coleção Meso-americana que pertencia ao pai dela antes de os responsáveis pela repatriação chutarem a porta. Também vendi para ela várias vasilhas Mimbres muito singulares. Temos uma longa história.

— E você, por acaso, auxiliou Sylvia Siskin na aquisição de seus relicários?

— Mundo cheio de coincidências, não? Estaño Obrero fez várias peças como aquelas para mim. Ele sugeriu que fossem vendidas fechadas. Assim, pouparíamos tempo e não teríamos de saquear sepulturas. Inventei a história sobre Jukulu the Water. Foi uma combinação vencedora.

— Ela sabe que as peças são falsas?

— No meu mundo, falso é só mais uma palavra para designar relicário. Mas sempre vendi oferecendo uma garantia de devolução do dinheiro.

— Está evitando minha pergunta?

— Ela me fez levá-los de volta para Estaño a fim de instalar as pequenas janelas de cristal. Depois disso, ele passou a colocar pequenas janelas em todos os relicários. Sylvia tem um grande toque. Ela também acrescentou a negra africana que previa a sorte e puxava a carroça de Jukulu.

— Estaño produziu muitos relicários?

— Está interessada em adquirir um?

— É claro que sim. Coleciono todos os tipos de réplicas. Minhas falsificações Clovis são tão belas quanto as suas peças verdadeiras.

— E eu pensando que fosse uma santa. Quando saí do ramo, perdi contato com Estaño. Sylvia tem a única peça existente nos Estados Unidos.

— O que aconteceu com as outras?

— Uma foi para um pequeno museu em Cambridge. Trinta e uma foram para a Itália para serem revendidas na Europa e na Rússia, e dez foram para um comprador muito sigiloso no Japão. Normalmente, enganamos os museus. Ou, pelo menos, eles fingem ser enganados. Mas as galerias e os comerciantes contestam a autenticidade para fazer baixar o preço. Superada essa etapa da transação e estabelecido o preço, mesmo que seja aquele exigido pelo vendedor, eles perguntam se é possível reproduzir itens similares a um preço mais baixo para serem comprados em grande quantidade. Ou seja, no final eles sempre saem lucrando. Isso economiza tempo, porque não é necessário procurar por compradores, mas saturam o mercado. Trabalhar com réplicas toma muito tempo. Na verdade poucas pessoas ganham dinheiro com isso. Muitos só insistem pelo prazer de enganar os esnobes.

— Gosta de enganar esnobes?

— No início eu gostava muito. Depois de um tempo, tudo se resumia a fazer os tolos de bobos. É necessário odiá-los para manter a farsa.

— Então, por que insistiu nisso?

— Porque compreendi alguns truques, conheci pessoas muito ricas e, por acaso, também encontrei alguns canalhas muito úteis, e todos eles me permitiram ganhar rios de dinheiro. Mas a maioria das peças que eu negociava era verdadeira. Apenas 15 por cento do que se vende pode ser falso. É preciso conquistar confiança, como deve saber. Seu corretor atesta a autenticidade dos itens para serem revendidos, mas você entrega uma réplica.

— Mas você parou com tudo, até com o comércio dos objetos legítimos.

— A vida passou a ter um sentimento estranho, horrível. Atribuir um valor a tudo estava me envenenando. Outros agem assim e, bem... seguem em frente. Mas não eu. Era como se meu sangue estivesse saindo de meu corpo, cedendo espaço para o ar frio.

Lucy estava um pouco incrédula.

— E você simplesmente desistiu?

— Sim.

— Sylvia Siskin deve ter sentido sua falta.

Ele deu um sorriso pálido.

— Bem, eu a ajudei a construir uma fortuna.

— Com grande sacrifício pessoal, sem dúvida.

— Era o meu negócio. Não somos diferentes nisso.

— A arqueologia é mais do que um negócio para mim. Estou sempre revirando as cinzas só para tentar entender que cola mantinha unidas as culturas e por que ela perdeu seu poder de adesão.

— Sempre pensei nisso como um transe hipnótico.

Lucy assentiu.

— Com vários elevadores de disposição espiritual e moral para reforçar a ilusão de coesão.

— Qual é a cola dos tempos atuais?

— Consumo. Viver a boa vida. É isso que nos mantém hipnotizados.

— O que quer que mantenha essa coesão ilusória, desde que não mate muitas pessoas de uma só vez, tenho de aceitar e acatar, como todos os outros.

— Há uma equação interessante... uma boa vida é igual x números de mortes. *The Times* devia publicar uma contagem diária.

Ela bebeu um gole do café e estudou um dos mais grotescos homens de barro.

— Queria interrogá-lo sobre dois fora-da-lei que encontramos em Pie Town, sujeitos chamados Lars e Jacob. Eles são desta região?

— Eles são os famosos irmãos Magrelo e Rato, respectivamente. Fazem parte do território. Nos últimos tempos, parecem estar particularmente descontrolados. Enganos monumentais com relação à deposição de lixo de mineração custou a eles uma operação mineradora que pertencia à família havia 70 anos. Depois eles foram processados e obrigados a limpar tudo, o que os enquadrou no Capítulo Sete. Eles não têm lidado muito bem com a pobreza. Há rumores de que têm assaltado bancos no Arizona e no Colorado. Os irmãos também são suspeitos do assassinato de um alpinista. Não são gente com quem se deva envolver.

— Infelizmente, já nos envolvemos. Magrelo tem um horrível calombo entre os olhos e um terrível corte na testa por conta de minha habilidade com uma garrafa de catchup. Se Anita não estivesse com seu 38, eles teriam surrado Billy até a morte.

Sua escolha de inimigos o alarmava. Não seria má idéia se ela deixasse o Novo México imediatamente. Ele olhou para a bolsa de couro.

— Está carregando uma arma? — Poderia apostar que ela nunca havia atirado.

— É claro que não. Eu nunca atirei.

— Gostaria de aprender ou prefere que eu a leve de carro ao aeroporto imediatamente?

— Eles nem sabem que estamos aqui.

— Ah, eles sabem. Estão usando o último dinheiro que têm para abastecer o carro e percorrer cada motel da área procurando por vocês. Sua equipe lembra fugitivos de um comercial de informática e eletrônica, e você não é exatamente o tipo de mulher que costumamos ver por aqui. Tome cuidado, está bem?

— Eu moro em Washington. De qualquer maneira, obrigada pelo aviso. Além disso, não vou me demorar por aqui. Só vim para tomar conhecimento do local exato do tal homem de gelo e localizar alguns sítios para o Fundo de Preservação. Ontem, sobrevoei a área destruída pelo incêndio. Conseguimos identificar as ruínas de quatro casas em forma de tocas. Preciso conversar com os proprietários do terreno e estudar os sítios, depois irei discuti-los com o arqueólogo do estado em Santa Fé. Sei que estou perguntando à pessoa errada, mas conhece algum sítio virgem?

Ele riu.

— Na verdade, sim. Às vezes é difícil dizer pelo mapa se eles estão em terras particulares ou do governo, o que implica em fazer sobrevôos. Nunca os vi do ar, mesmo quando sabia onde ficavam. A maioria tem de ser percorrida a pé. Leva muito tempo. É melhor lidar com o que tem por enquanto. Pode voltar mais tarde e verificar os outros pontos.

— E quanto a Magrelo e Rato?

— Mais cedo ou mais tarde eles serão presos.

— Espero que seja o quanto antes. — Ela estremeceu. — Gostaria de ver seus mapas, se você não se incomodar.

— É claro. — Ele apontou para a casa. — Pode levar algum tempo, porque são 15 anos de mapas.

Na metade do caminho para a casa, Lucy virou-se para olhar pela última vez para os homens de barro, todos intensos e vivos, uma colônia de dançarinos, posicionados, antecipando o próximo movimento. Esperando pela chuva... pela última dança. Não tinha pontos de referência em sua vida para um Jack Miller, nenhuma noção do que poderia conectá-lo a algo familiar.

Na sala de estar ele mantinha um armário comprido de madeira com gavetas muito finas, próprias para guardar mapas. Vários deles possuíam anotações em tinta vermelha e páginas dobradas nos cantos, diagramas com trilhas, pequenos detalhes e desenhos de vasilhas e outros artefatos, numerados, datados e anotados.

— Deixou um belo registro de seu trabalho. Isso não é perigoso?

— Seria necessário um exército de contadores do governo para entender tudo isso. E, mesmo assim, eles nunca encontrariam nada ilegal. — Ele retirou um mapa de uma das gavetas mais altas e o abriu sobre a mesa da sala de jantar. Olhou para a treinadora de papagaios por um momento. Ela fez um movimento coquete, virando-se e erguendo um ombro. Jack sorriu.

— O que é? — indagou Lucy.

— Nada.

Ela sabia que havia perdido alguma coisa, mas sua atenção foi rapidamente capturada pelos detalhes no mapa. As áreas das casas cavadas eram bem demarcadas, bem como as trilhas que não apareciam no mapa original do Serviço Florestal. Estava impressionada com a quantidade de detalhes que ele havia acrescentado.

— Cobriu uma boa extensão de terreno aqui.

Ele a viu estudar o mapa por um momento, depois, sem saber por que, sentiu-se impelido a voltar às gavetas e apanhar alguns outros. Ele os enrolou e entregou a Lucy.

— Há cerca de 25 sítios nestes mapas. Nunca foram tocados. Um deles é um sítio Mimbres clássico. Não preciso mais disso. Pode ficar com eles. Muitos dos sujeitos que possuem os locais dos sítios poderiam fazer bom uso de parte do seu dinheiro.

— Isso tudo é um tanto surpreendente e... muito tocante.

— Imagino que sirva para mantê-la fora de encrencas por alguns anos.

Levando em consideração seus propósitos, Lucy acabara de receber as orientações para encontrar uma mina de ouro. Podia imaginar que esforço ele tivera de fazer para encontrar os sítios. Ele estava sendo muito generoso. Talvez tivesse de pedir sua ajuda para decifrar as anotações, o que a levaria de volta àquele lugar muitas e muitas vezes. Ela sorriu do pensamento e imaginou se ele também havia pensado a respeito.

— Ninguém jamais me deu algo parecido com isso, Jack. Obrigada. Isso significa muito para mim.

— Há outro sítio que gostaria de lhe mostrar e que não está nesses mapas. Já esteve em cavernas antes?

— É claro que sim. Alguns de nossos sítios ficam em cavernas em West Virginia e na Pensilvânia.

— O que vai fazer amanhã?

— Pretendia ir encontrar alguns rancheiros que são donos dos sítios contidos na área incendiada. Por quê?

— Recentemente encontrei uma caverna que os Mimbres acreditavam ser a entrada para o mundo subterrâneo. O lugar está cheio de coisas interessantes. As câmaras superiores foram ocupadas por volta de 1130. Poderíamos entrar e sair da caverna em um dia.

Lucy notou que ele olhava mais uma vez para a cerâmica da treinadora de papagaios.

— Teria de ir buscar equipamentos e suprimentos esta tarde, se quiser ir amanhã — Jack acrescentou.

— Sim, eu quero. Muito. Trata-se de algo que o Fundo deveria tentar proteger?

— Não. As terras pertencem ao governo. Só pensei que você, mais do que qualquer outra pessoa que conheço, gostaria de ver o que há lá.

— Vou resolver o problema com os rancheiros hoje à tarde.

— Não se importa de ir com um novato, não é?

— Vou ter de guiá-lo? — Lucy perguntou.

— Não, eu... Bem, é que não sou muito bom para lidar com altura. Tenho de ir devagar.

— Não me incomodo com isso, mas teremos de avisar alguém em quem você confie sobre nossos planos. Temos de registrar nosso destino e quando pretendemos voltar. Algum candidato?

— Que tal Kills The Deer?

— Ele já esteve percorrendo cavernas?

— Oh, sim.

— Bem, ele não é exatamente um vizinho.

— Podemos combinar algo bem simples. Se não telefonarmos para ele até às dez da manhã de depois de amanhã, ele deverá ir procurar por nós. Posso mandar um fax com informações e um mapa. A cafeteria permite que os clientes utilizem o equipamento. Levaremos comida suficiente para três dias. Acha que o plano é razoável?

— Certamente.

— Devemos informar seu grupo?

— Acho melhor não. Henri já está cortejando o desastre, Billy está ferido e Anita só está à disposição de seu 38. Kills The Deer é suficiente. Pode sugerir que ele mantenha um equipamento preparado, só por precaução?

— É claro que sim. E irei buscá-la às dez e meia. Está bem assim?

— Perfeito.

— Ainda não mencionou o homem no gelo.

— Imagino que vai me dizer tudo que sabe quando se sentir preparado para isso. Se algum dia se sentir preparado para isso.

— Esteve imaginando, não é?

Ele a viu caminhar para o carro e despediu-se com um aceno. Estava tentando atraí-la para sua vida? Isso seria completamente inútil, considerando todas as coisas. Então, por que dera a ela seus mapas e se oferecera para levá-la a conhecer a caverna? Sentia-se um pouco descontrolado, um pouco confuso.

Assim que ela foi embora, Jack se sentou e olhou para Willow.

— Por que nunca fala comigo quando há mais alguém na sala?

— Você é um homem simples. É inquietante ter muitas coisas na cabeça ao mesmo tempo.

— Já notei. Mas me deixou perceber o que estava pensando, mesmo sem falar.

— Sim, mas esperei até não haver mais nada exigindo sua atenção.

— A idéia de dar os mapas a Lucy foi sua?

— O que ia fazer com eles? Um dia este lugar será inundado. Se ela tiver os mapas, eles a trarão de volta até você. Ela vai precisar de ajuda para compreender as anotações nos cantos das páginas.

— Confesso que pensei nisso.

— E acha que ela não pensou? É certamente corajoso para descer ao mundo intermediário — ela o provocou. — Deve estar se apaixonando.

— O quê?

Ela havia saído da tigela, adquirido sua estatura normal, e estava sentada sobre a mesa com as pernas cruzadas e os braços enroscados nelas. O papagaio estava a seus pés olhando para Jack.

— Sua voz mudou. — Ela suspirou. — Havia desejo nela. Você costumava manter o corpo inclinado para trás, e dessa vez se debruçava na direção dela. E aceitou rapidamente minha sugestão de entregar os mapas. Não lutou contra ela nem por um minuto. Algo aconteceu quando estava lá fora com ela? Não é verdade?

— Então... você que sabe tudo que eu sei, porém melhor... o que aconteceu?

— Ela ficou encantada. Quer que você a ame.

— Mas ela me ama?

— Ela está acostumada a amar Philip, e você é um homem perigoso, lembra?

— Não posso ser tão perigoso assim. Ela concordou com minha proposta de passarmos um dia inteiro na caverna.

— Talvez ela sinta falta do perigo.

— Acabou de dizer que ela ama Philip. Para que ela precisaria de mim?

— Você é um homem doce, Jack, com um toque meio idiota. Ela quer mudar a própria vida, mas ainda não admitiu esse desejo. Philip precisa mostrar a ela o quanto se tornou deficitário antes que ela atravesse o rio. Isso é parte do que você está fazendo por ela. Ela o enxergará melhor por sua causa.

— Você não entende este mundo. Eu sou o deficitário aqui, não o herói. Não suporto essa cultura, e sou completamente subsidiado por minhas transgressões passadas. Construo homens de barro com a ajuda de meninas. Não me sinto constrangido por isso, mas também não sou nenhum exemplo de homem moderno.

— Você é um velhaco, Jack. Não precisa se preocupar com sua masculinidade.

— Sabe, eu tinha uma vida bem agradável aqui, até vocês duas aparecerem.

— Vai fazer amor com ela na caverna? — Havia um tom estranho na voz dela.

— Eu faria amor com ela até no telhado — ele respondeu, sem se dar conta do anseio de Willow —, mas ainda não resolvemos a questão Philip, lembra? Como isso pode ser resolvido?

— Deixe o problema Philip com Philip. Ele não pode impedir a si mesmo de resolver as coisas a seu favor.

— Está muito confiante.

— Sempre existiram Philips neste mundo. Muitos deles estão destinados à autodestruição.

— Por que pensa que estou apaixonado por ela?

— Está muito apaixonado. — O papagaio pediu carinho bicando delicadamente o dedo da treinadora. Ela o deixou subir em sua mão, depois o ergueu até a altura de seus olhos e afagou sua cabeça. — Não gosto dessa sua idéia de descer ao segundo mundo. E se não voltar?

— Ah, não está preocupada comigo. Só se importa com a possibilidade de escapar da tigela.

— Gostaria de ter seu espírito preso a uma peça de argila pelo resto da eternidade?

Jack a encarou.

— Por que estou fazendo isso comigo?

— Confie em mim, você não está. Tudo isso está acontecendo porque foi bisbilhotar as anotações de Hans Becker.

— O que sabe sobre Becker? — Jack indagou desconfiado.

— Um homem cru o matou.

— Um o quê?

— Um homem cru. Alguém que nunca se tornou uma pessoa completa. Esse era o espírito de uma pessoa-escorpião.

— Esse homem cru tem uma picada particularmente dolorosa?

— Particularmente dolorosa. Ele conseguiu enlouquecer Becker. O homem cru queria o segundo mundo só para si, e ele é bem-vindo lá. Ele queria que você me encontrasse.

— Se eu voltar lá amanhã, serei picado outra vez?

— Ele o picou para fazê-lo cair e quebrar a tigela, porque assim ele estaria livre de mim para sempre. Como ele poderia saber que você não me levaria de volta à caverna? Você mesmo pensou em devolver a vasilha, lembra?

— Posso ter pensado nisso por um instante.

— Seu "instante" provocou a picada dolorosa.

— Então, enquanto estiver disposto a quebrar a vasilha quando o céu se cobrir de nuvens, estarei salvo do homem cru?

— Sim. E, no seu lugar, eu não mudaria de idéia. Ele o seguiu até em casa. Ele está aqui, na sua casa, ouvindo tudo que você diz.

— Como sabe disso?

— Antes de ser picado, lembra-se da estranha luz que atravessou o *canyon*, pulando como um inseto?

— É tudo um pouco confuso.

— O homem cru é daquele jeito. Ele costuma ir para casa à noite, encolhe-se nos velhos cestos e potes deixados nas cavernas, e sonha sonhos ruins. Mas, naquela noite, depois de picá-lo, ele o seguiu até em casa.

Jack olhou em volta e estudou os potes, os armários e outros possíveis esconderijos. Pensou ter sentido o odor de manteiga rançosa pairar no ar. Por um momento, descobriu-se acreditando que havia um homem cru dentro de sua casa.

— Que tipo de espírito é um homem cru?

— Eles são fantasmas famintos que vagam por aí, causando problemas. No início, a pessoa-escorpião pediu ao Coatimundi para fazer dele o chefe. Assim, Coatimundi tomou-lhe a alma, e ele tornou-se um xamã com grandes poderes. Mas, quando ele morreu, não tendo alma, não podia tornar-se uma pessoa-nuvem, e por isso nunca conseguiu retornar ao primeiro mundo. Ele foi deixado vagando sem forma. Homens crus são conhecidos por poderem penetrar na mente de um idiota e transformá-lo em uma pessoa importante.

— Coatimundi tem um impressionante senso de humor.

— Coatmundi tem muitas coisas. Ele é cheio de truques. Ensinou o papagaio a falar e contar piadas indecentes para embaraçar as pessoas. Às vezes ele esconde um fetiche de alguém arrogante para que a magia dessa pessoa desapareça.

— As histórias de Coatimundi eram secretas para o clã papagaio?

— Todos tinham histórias de Coatimundi, embora todos os clãs possuíssem histórias que eram secretas. Mas sabe como é isso. O clã do cervo dizia que o primeiro cervo tinha dentes afiados capazes de amedrontar o coelho, de forma que todas as noites o coelho ia esfregar delicadamente uma pedra nos dentes do cervo até eles serem retos e bons apenas para a relva. O cervo sempre foi pintado com dentes pontiagudos e evidentes para nos lembrar quem somos. Os clãs discutiam sobre quem fazia o que, mas concordavam sobre essas coisas terem acontecido antes, no início dos tempos. Havia maneiras estranhas de fazer as coisas, particularmente com os mortos. O povo tradicional não falava sobre suas cabeças. Eles os levavam para as montanhas à noite, e alguns clãs mantiveram esse costume até o fim. Os que praticavam os velhos hábitos diziam que os outros haviam se desviado e teriam um final amargo. Ficavam zangados por enterrarmos nossos ancestrais sob nossas casas e pintarmos imagens de animais e pessoas porque, eles diziam, isso causava problemas no mundo espiritual.

— Por que enterravam seus parentes sob as casas?

— Os que não tinham família eram enterrados na plaza entre as casas. Nós sepultávamos as pessoas que amávamos em nossas casas. Há um certo conforto em saber que a bisavó está logo ali, sob o chão.

Jack riu.

— E isso também significava que aquela seria sempre sua casa e a casa dos filhos dos filhos de seus filhos.

— Sim, isso também. Algumas pessoas que chegaram ao nosso vilarejo ouviram falar sobre onde enterrávamos nossos mortos e pensavam que isso era terrível. Alguns se recusavam a entrar, porque nossas casas eram assombradas pelos mortos. Um homem que apareceu vendendo contas disse que entrar em nossa casa seria o mesmo que descer ao mundo subterrâneo. Minha mãe teve de levar o jantar desse homem no telhado. Ele temia que os espíritos dos mortos pudessem capturá-lo.

— Você teve medo de entrar no primeiro mundo.

— Sim, é verdade. — Willow pensou nisso por um momento. — Seria penetrar no desconhecido. Chego a questionar se vou mesmo me tornar uma pessoa-nuvem, chover para o primeiro mundo e voltar como uma pessoa inteira para esse mundo onde estamos. Talvez agora seja diferente.

Jack nunca imaginou que ela questionaria seu destino.

— Quando você era criança, sabia sobre o primeiro mundo?

— Em cada casa havia um buraco, a raiz do ventre, ou o que se chama de *sipapu*, perto do buraco para o fogo. Os adultos nos ensinavam que a raiz do ventre descia até o primeiro mundo. Quando um bebê nascia, ele era seguro sobre a raiz do ventre para que um espírito do primeiro mundo pudesse entrar em seu corpo. Às vezes, vovô punha uma pedra sobre a raiz do ventre quando saía. Um dia, quando os adultos não estavam, tirei a pedra que cobria o buraco. Uni as mãos em torno dos olhos e olhei para baixo, mas estava tudo muito escuro para que eu pudesse enxergar alguma coisa. Então ouvi um ruído e colei meu ouvido ao buraco. De início escutei apenas um som como o de pessoas rindo em algum ponto distante. Depois de algum tempo, pensei estar ouvindo palavras misturadas ao riso, mas não conseguia compreendê-las. Era uma algaravia. Todos os dias, quando os adultos saíam, eu aproximava o ouvido do buraco no chão. Um dia me lembrei de que as avós diziam que tudo era ao contrário no primeiro mundo. Então pensei estar ouvindo uma conversa do fim para o começo. Aprendi os sons e os ensinei às outras crianças. Os adultos não conseguiam entender o que dizíamos.

— Nada mudou — contou Jack. — As crianças ainda ouvem o mundo subterrâneo, ainda falam de trás para a frente, e nós ainda não as entendemos.

— Você tem uma raiz do ventre?

— Talvez um baixo-ventre. — Ele apontou para uma tela na parede. — Chama-se televisão, mas serve aos mesmos propósitos. E soa como algaravia.

Ela olhou para a tela apagada por um momento.

— Não há nada ali.

— Mesmo quando está ligada, não há nada ali.

— A raiz do ventre sempre nos lembrava de onde viemos e que sempre voltaríamos. Era importante para nós sabermos que voltaríamos. Os palhaços nos festivais pintavam tiras pretas e brancas em seus corpos e faziam tudo de trás para a frente, para lembrar nosso local de origem.

— É bom ter um sentimento de direção.

— Dessa vez, se eu voltar, estarei no seu mundo. Serei como você e seu povo.

— Então poderá assistir à televisão para descobrir quem é e descobrir o significado da vida e o que será de você. Sempre pensei nisso sobre os Mimbres. Por que seu povo se separou?

— Meu pai disse que por várias vezes ao longo dos anos tivemos pouca chuva, mas nos tornamos melhores agricultores. Construímos mais e mais lugares para captarmos e armazenarmos a água e cavamos canais para conduzi-la. Plantamos onde quer que as plantas pudessem crescer. Como havia mais comida, as pessoas tinham mais bebês. Então, se seguiram várias estações de pouca neve no inverno e pouca chuva no verão. As pessoas tiveram de começar a mudar de lugar, procurar áreas onde houvesse maior umidade. Muitos morreram. Quando as espigas de milho secaram por muitas estações seguidas, as pessoas começaram a ouvir as velhas histórias. O povo tradicional pressionava minha família e as outras para pararmos de fazer imagens, mas nossas pinturas se tornaram populares entre as pessoas que vinham de onde o sol nasce no inverno. Confraternizávamos com essas pessoas. Elas nos davam comida, e nós dávamos a elas vasilhas pintadas. Muitos dos nossos começaram a pintar em troca de comida, mas finalmente desistiram e começaram a se mudar para o outro lado da montanha. E quando se muda para outro lugar, é necessário um grande esforço para recomeçar. Casas, represas e canais de irrigação tiveram de ser construídos e novos campos foram limpos. Às vezes as pessoas trabalhavam terra infértil e tinham de começar novamente. Se não havia comida suficiente para estocar e garantir o sustento na próxima estação, e a caça desaparecia, as pessoas morriam.

Ela se tornou agitada, andando de um lado para o outro, e foi ficando cada vez mais magra.

— As pessoas que atravessavam as montanhas encontravam uma luz diferente ali. Como também eram distintas as plantas selvagens e o sabor da água e o tempo de amadurecimento do milho. Espíritos desconhecidos viviam nas colinas e nas cavernas. Essas coisas penetram profundamente nas pessoas e mudam seu modo de pensar e de sonhar. Talvez alguns tenham sido adotados por outras tribos e aprendido novas canções, dançado novas danças e pensado novos pensamentos. Mesmo que tenham sobrevivido, já não eram mais o mesmo povo.

Jack notou que ela estava perdendo a cor. Até a brilhante plumagem do papagaio tornava-se acinzentada. Willow estava prestes a desaparecer completamente.

— Minha família e os outros que ficaram para trás morreram. Assim meu povo desapareceu, para sempre.

Jack sabia que os Mimbres nunca haviam desaparecido. Suas nuvens dançarinas ainda viviam nas mentes do povo em pueblos Zuni, Hopi e Acoma, e de muitos que caminhavam pelas ruas de Albuquerque, Santa Fé e Taos. Eles viviam nas ousadas pinturas kachinas de Kills The Deer.

Jack acreditava que as histórias que os Mimbres pintavam sobre seu mundo eram a origem dos cultos kachina. Certamente, imagens kachinas foram pintadas em suas cerâmicas. Agora seu mundo estava refletido na complexidade política e cerimonial de muitas sociedades pueblo e em sua atitude arisca para com indivíduos que buscam o poder em demasia. A fome de poder era alvo de deboche para os índios Pueblo, como eles haviam sido para os pintores Mimbres.

— Seu povo tinha pensamentos poderosos — ele disse. — Foram eles que mudaram a maneira de ser de outras tribos. Talvez algumas tribos os tenham absorvido, mas foram absorvidas por seus pensamentos. Seu povo sobreviveu às hierarquias Anasazi. A importância do povo nuvem ainda está viva nos pueblos ao norte. Vocês deixaram seus pensamentos com muitas tribos.

O que ele dizia a agradava muito. Sua cor começou a retornar, e o papagaio tornou-se novamente colorido, brilhante e animado. Era divertido para ela pensar que os Anasazi haviam se tornado Mimbres.

Jack se perguntou se devia contar a ela o que havia acontecido com a cerâmica, que o imaginário Mimbres cobria o sudoeste como pavimento e que ele havia comprado aquela casa com uma única tigela Mimbres. Possivelmente, uma das que haviam sido pintadas pela tia dela. Mas ele achou melhor não falar. Ela o atormentaria sem misericórdia se pensasse que sua vasilha era valiosa demais para ser quebrada por ele.

DOZE

Era noite quando Lucy concluiu a conversa com os rancheiros em cujas propriedades haviam sido recentemente encontradas as ruínas. Ela foi encontrar Henri, Anita e Billy no saguão do hotel, e discutiram os eventos do dia. Todos haviam ido ao museu, e Henri convencera o curador a levá-los ao santuário interno dos misteriosos objetos Mimbres, fragmentos, grandes pedras de fertilidade e caixas de ossos que pertenciam ao governo americano.

Anita procurava por uma conspiração, ou pelo menos por uma notória história de negligência burocrática.

— Aposto que os federais têm ossos armazenados em porões por todo o país.

— Com licença — pediu Lucy. — Odeio interromper, mas contei a Jack Miller sobre nossa aventura em Pie Town. Ele disse que Lars e Jacob são conhecidos por aqui como Magrelo e Rato, o que, provavelmente, nos diz tudo que precisamos saber sobre eles. Oh, sim, existem rumores sobre eles terem assaltado bancos e talvez até cometido assassinato.

Anita encolheu-se. Henri parecia chocado. Billy limitou-se a balançar a cabeça.

— Lamento elevar o nível de paranóia antes do jantar, mas vocês precisavam saber. Bem, tenho de ir dar um telefonema. Vejo vocês amanhã.

— Lucy, não nos abandone. Essa é, como vocês dizem, nossa hora de necessidade. — Enquanto a via partir, Henri sussurrou: — Talvez devamos deixar a cidade agora mesmo.

Billy resmungou:

— Acho que vou providenciar meu próprio 38.

— Vai levar duas semanas para obter uma licença — Anita lembrou. Ela sorriu e afagou seu braço. — É melhor ficar bem perto de mim, meu bem.

Henri animou-se.

— Já sei... Vamos chamar o Robo-Cop e conseguir aquelas latas de pimenta que eles usam com os, ah... desordeiros e com os jovens.

Anita o deteve.

— Acho que não quero estar por perto quando você estiver brandindo uma lata de spray de pimenta, Henri.

O quarto estava tomado pelo calor do dia. Lucy despiu-se e deitou-se sobre a cama arrumada, a mente cheia de Jack Miller, homens de barro, mapas e rancheiros, que inicialmente receberam seu interesse pelas terras com desconfiança, mas que haviam decidido cooperar por diversas razões que não envolviam dinheiro necessariamente. Alguns se deixaram envolver pela idéia de que outra civilização havia cultivado a mesma terra mil anos atrás. Fora um dia e tanto. Ela se sentou e começou a discar o número de Philip, mas hesitou.

Lucy devolveu o fone ao gancho e deitou-se. Jack acabaria fornecendo a localização do homem de gelo, se não o pressionasse. Pensar na impaciência de Philip a irritou. Ela respirou fundo e ficou olhando para o ventilador de teto, cujas pás revolviam a poeira antiga dentro do quarto abafado.

O telefone tocou. Ela o deixou tocar algumas vezes, olhando para o ventilador, e esperou que o ruído cessasse. Seis toques. A recepção devia ter verificado se estava no bar. Philip sabia que ela estava no quarto. No sétimo toque, ela se sentou e atendeu.

— Alô?

— Deve ter um quarto muito grande.

— Tive de vir correndo do outro lado da cidade. Como vai?

— Está irritada comigo?

— Não sei ao certo.

— Miller falou onde está o homem de gelo?

— Tive um ótimo dia, Philip. Realmente maravilhoso. E estou progredindo com a questão do homem de gelo. Estou certa de que Jack vai acabar falando, talvez amanhã, ou depois de amanhã. Se eu tentar pressioná-lo, ele vai se fechar. Sendo assim, não preciso me sentir pressionada por você. — Seu coração batia depressa.

— Essa sua reação é exagerada. Por quê?

— Você foi logo falando sobre Miller e o homem de gelo e...

— Você sabe como isso é importante.

— Sinto muito. Acho... Estou apenas frustrada, porque foi um ótimo dia para mim, não tenho nada para lhe dizer e não sei o que mais posso fazer para alcançar algum progresso com Miller. Já discutimos o assunto, e ele está pensando no que quer fazer.

— De quanto tempo esse sujeito precisa?

— Não tenho como apressá-lo. A única maneira de arrancar alguma coisa de Jack é jogar corretamente. Nunca conheci ninguém como ele. Não sei como interpretá-lo.

O silêncio que se seguiu significava que Philip estava considerando vários cenários. Ela, provavelmente, fizera Jack parecer bastante interessante.

— É bom saber que teve um bom dia. Não posso dizer o mesmo de mim. Recebi um e-mail de um índio chamado Sillcot, em Cleveland, nada mais. Ele ouviu falar sobre o dedo e já está me ameaçando com um processo.

— De onde ele apareceu?

— Ele faz parte do Fundo de Defesa dos Povos Nativos. São os rapazes com diplomas de faculdades de direito. Eles não são como os velhos radicais, mas vai ser uma briga horrível.

— Bem, você precisa deles tanto quanto eles precisam de você.

— Eles são uma maldita distração.

— Em meu mundo isso seria verdade, mas no seu é diferente, e você sabe disso.

Philip riu.

— Bem, a publicidade é necessária para o que você e sua amiga sexy chamam de Arqueologia do Grande Pênis.

— Como Sillcot descobriu sobre o dedo?

— Não sei, e é isso que está me aborrecendo nesse momento. Até agora, ninguém tem informação suficiente para divulgar a história, mas isso pode mudar rapidamente, em especial se mais alguém conseguir chegar a Miller.

— Não creio que Miller aceite falar com mais alguém a essa altura.

Houve outra pausa.

— O que disse para torná-lo tão sensível à nossa causa?

O hotel estava quente como o inferno. Os tijolos absorveram o calor do sol vespertino, transformando o quarto em um verdadeiro forno.

— Posso ligar para você em um minuto? O quarto está quente demais. — Ela foi até o banheiro, ficou sob o jato do chuveiro ensaboando o corpo e livrando-se do suor de um dia inteiro, vendo a espuma escorrer pelo ralo, e pensou nos homens de barro levados pela chuva e consumidos pelo rio Joaquin-Jimenez. Rápida, pegou o fone sobre a pia, onde o deixara, e pressionou a tecla de discagem rápida para acessar o número do apartamento de Philip.

— Oi. Estou no chuveiro. Sobre o que falávamos?

— Eu estava perguntando sobre o que você e Jack conversaram?

— Bem, vejamos, conversamos sobre seus homens de barro, arte, entropia e sobre uma caverna à qual ele me levará amanhã. Ele também me deu mapas detalhados de vários sítios intocados, muitos deles de casas cavadas no solo, e um de uma ruína Mimbres do período clássico. Foi uma atitude muito generosa, o que me faz pensar que ele pretende fornecer a localização do homem de gelo.

— Ele simplesmente deu a indicação dos sítios e os mapas?

— Ele disse que não os usaria para nada. Está fora do ramo há algum tempo.

— Disse alguma coisa sobre uma caverna?

— Sim. Ele quer me mostrar uma caverna Mimbres. Evidentemente, há algumas coisas bem interessantes dentro dela.

— Vai a uma caverna com ele? Só os dois? Isso é ridículo. — Seu tom de voz começava a aborrecê-la. — Quem vai garantir a segurança?

— Kills The Deer, aquele amigo de Jack que conheci em Albuquerque. Jack enviou um fax com o mapa da caverna. Pretendemos voltar antes do anoitecer. Se não telefonarmos para ele até às dez da manhã seguinte, Kills The Deer irá nos procurar. Além do mais, vou levar meu celular.

— Esse seu brinquedinho estático mal funciona em lugares abertos. Está pensando em telefonar do interior de uma caverna? Não gosto disso, Lucy. Acabou de dizer que não sabe como interpretar Miller. Isso não é exatamente um fator sobre o qual se possa construir uma relação de confiança. Por que ele está fazendo tudo isso por você, afinal?

— Não sei. Pode ser o jeito dele de tentar nos conhecer, descobrir se estamos preparando uma armadilha para ele, antes de decidir nos entregar o homem de gelo. Talvez ele simplesmente goste de mim.

— É isso que me preocupa.

— É muita delicadeza sua, Philip. Não se preocupe. Vai ser uma viagem rápida, e estaremos fora da caverna antes do anoitecer. Eu telefono assim que chegar no hotel, está bem?

— Como se minha resposta fizesse alguma diferença. E os tais sujeitos de Pie Town. Teve alguma notícia deles?

Ela hesitou por tempo suficiente para que Philip deduzisse que havia algo de errado.

— O que aconteceu?

— Nada. Não aconteceu nada. Mas eles vivem perto de Silverado.

— E estão procurando por vocês.

— Imagino que sim.

— Droga, Lucy. Isso tudo está se tornando um grande fiasco. Você se aliou a três perdedores que estão desperdiçando seu tempo, usando sua imagem em um vídeo estúpido, um trabalho sobre o qual não terá nenhum controle nem poderá opinar. Atingiu um homem com uma garrafa de catchup, ele está atrás de você, e agora vai se meter em uma caverna com um saqueador imprevisível.

— E tudo isso por você, lembra? Não preciso de nada disso. Estou fazendo o melhor que posso. A única parte perigosa diz respeito a Magrelo e Rato, e estarei fora daqui em dois dias, no máximo.

— Desculpe. Você disse Magrelo e Rato?

— É como os locais chamam os sujeitos de Pie Town.

— Isso é muito reconfortante. Sinto-me mais seguro. Escute, estarei embarcando no próximo vôo para Albuquerque. Amanhã à tarde estarei em Silverado.

— Para fazer o quê? Defender-me dos homens maus? — Lucy ouviu o som de vidros se quebrando no quarto e parou para escutar. Devia ter esquecido de trancar a porta.

— Ah, Lucy, querida. Sou só eu, Henri. Desculpe, derrubei um copo. — Havia um leve tremor na voz dele.

Ela cobriu o fone.

— Já estou indo. — Que momento perfeito. Henri. Tinha de concluir a conversa com Philip. — Ah, é Henri... e acho que ele está embriagado. Se você viver, ele vai poder entrevistá-lo para o vídeo.

— Está brincando?

— Quero que você fique em Washington. Não há motivo algum para deslocar-se até aqui. Só complicaria as coisas com Jack. Assim, por favor, fique em casa e organize o projeto. Você me pediu para descobrir de onde veio aquele dedo, e é exatamente isso que estou fazendo. Então, deixe-me agir, está bem?

— Quando estará de volta ao hotel?

— Acho que às dez, fuso local.

— Estarei aqui.

— Obrigada por confiar em mim e apreciar meus esforços. Boa noite, Philip.

Um dia na caverna com Jack Miller começava a soar cada vez melhor.

Ela secou os cabelos, vestiu o robe e saiu para lidar com Henri. Havia uma garrafa de vodca sobre a mesa. Ele estava de quatro, apalpando o carpete.

— O copo escorregou da minha mão. Por favor, tome cuidado... pequenos estilhaços... em todos os lugares. Fiz uma horrível sujeira. Use botas até a faxineira vir com o aspirador amanhã cedo. Eu sinto muito. Realmente.

— Tudo bem. Não vá se cortar.

— Tarde demais. — Ele segurava um dedo ensangüentado, sorrindo como se estivesse muito satisfeito.

— Muito bom, Henri. Por que não vai lavar as mãos, enrola seu dedo em lenços de papel e bebe mais uma dose de seu líquido preferido? Eu sirvo. — Sua irritação com Philip fazia da intrusão de Henri um alívio.

— Ouvi o som do chuveiro e esperei lá fora por algum tempo, depois pensei em entrar, se a porta não estivesse trancada, o que não estava. Fui indelicado, eu sei. Espero que me desculpe.

— Por favor, pare de se desculpar e vá lavar essa mão. Eu cuido dos vidros.

— Sim, sim. — Ele se dirigiu ao banheiro e voltou alguns minutos depois com o dedo envolto por lenços de papel. Henri aceitou o copo de vodca oferecido por ela. — Ouvi você dizer ao seu Philip que ele deveria vir para ser entrevistado por mim, mas só pode ter sido uma piada. Foi uma piada, é claro? Por quê?

— Não acredito que tenha ficado atrás da porta ouvindo minha conversa com Philip, Henri!

— Eu sei. Não pude me conter. Por que foi uma piada? — Ele bebeu alguns goles de vodca enquanto esperava, observando-a por cima do copo.

— Philip odeia pós-modernistas.

— Particularmente os desconstrucionistas pós-modernos franceses e inebriados?

— Sim, particularmente esses.

— Bem, certamente sou francês e estou inebriado. Mas do pós-modernismo e de seus seguidores estou, como vocês dizem, cheio. — Ele fez um brinde para o nada erguendo o copo de vodca. — Para o inferno com os pós-modernistas. — Estava mais do que embriagado. Mais um brinde: —

Para o inferno com os desconstrucionistas. — Ele sorriu para Lucy, que balançou a cabeça e riu. — Está aqui numa missão? — Por um momento pareceu quase sóbrio. — Procurando um dedo... como uma espiã? E Jack é a chave que abre o mistério?

— Você está ultrapassando os limites, sabe?

— Sei. — Ele se serviu de mais vodca e ergueu o copo para Lucy antes de beber.

Lucy não sabia que tipo de problema causaria, ou se causaria algum problema. Ele só poderia embaraçá-la. Evidentemente, acreditava que ela estava enganando Jack. Precisava demovê-lo dessa idéia.

— Sim, estou numa missão encomendada por um amigo, Philip. Devo descobrir a origem de um dedo muito antigo. Origem essa que só é conhecida por Jack. E é isso que deve manter em mente: Jack sabe por que estou aqui. Não tenho nenhuma intenção de enganar seu amigo Jack. Entendeu?

— *Oui*, madame.

— Agora, creio que é hora de voltar ao seu quarto e mergulhar num sono profundo.

Ele começou a se mover como se pretendesse levantar-se da cadeira.

— Devo dizer... no entanto... que a desconstrução da América é uma tarefa impossível. A va... va... vastidão do diafragma americano é muito... sólida e impenetrável para desconstruir. Palavra maravilhosa... sólida... onomatopéica. Décadas de teóricos têm provado...

— Não esqueça sua garrafa.

— Sim, sim. Estou indo. Estou indo. — Ele conseguiu abrir a porta, depois se virou e disse: — A cultura é simplesmente uma prisão na qual se desumaniza o indivíduo. Lembre-se disso. — E, depois de inclinar a cabeça num lento gesto de despedida, desapareceu no corredor.

Quando passou pelo quarto de Billy e Anita, Henri ouviu um dos discursos de Anita composto por palavras aprendidas em uma idade tenra de uma parenta texana demente cujo ódio pelos homens era o principal fogo da vida.

— Bastardo traidor, bode filho de uma mãe vadia.

Henri não tinha idéia do que a inflamara. Ela precisava de Billy e o amava, mas odiava tudo nele. Anita era uma mulher em conflito.

Quando conseguiu chegar ao quarto, os gritos haviam se transformado em suspiros, depois em gemidos. Alongados, os gemidos assumiram uma nova característica. Os sons sensuais atraíram Henri até o respiradouro sob o console na parede entre os dois quartos, junto do rodapé. Quando os gemidos se tornaram mais distintos, ele se esticou no chão e tentou observar pelo respiradouro. Tudo que conseguiu ver foram os trêmulos pés brancos da cama. Estava bêbado demais para ficar excitado, mas queria espiar. Havia sido um longo tempo. Ele ouvia e pensava em Nina. Ela gemia tão alto quanto Anita. Engraçado. Nina-Anita. Anita era tão boa quanto soava? Sentia saudades de sua Nina. Por que estava naquele país estranho, quando podia estar em casa, enroscado em sua bela esposa? Era um idiota que mal conseguia ganhar a vida. Ficou deitado no chão sentindo pena de si mesmo até notar que o gemido do outro lado da parede se tornara um ronco alto, um som que ia ganhando mais e mais volume a cada segundo. Jesus, ele pensou, o que ela estava fazendo com o rapaz? Henri pressionou o rosto contra o chão para obter um melhor ângulo de visão, mas foi inútil. O ronco tornou-se ensurdecedor, assustador. Henri rastejou para trás, sentando-se apavorado, depois percebeu que o barulho, um ronco, um estalo, um estouro, um rangido, vinha da janela aberta. Ele cambaleou até lá e olhou para baixo. A rua estava cheia de motocicletas. Muitas motocicletas. Amava as motocicletas mais do que tudo, exceto Nina, possivelmente.

Depois de observar por algum tempo, ele desceu para ir fumar na calçada. Aspirava o odor dos motores quentes, de gasolina, gás carbônico, e levava tudo aos pulmões com a fumaça do cigarro. Reverberações dos motores trepidavam em torno de seu crânio e desciam até os pés, passando pela bexiga e disparando um alarme que soava diretamente no cérebro; na primeira vez em que vira motocicletas era tão jovem, ficara tão excitado, que perdera o controle. Depois disso, sempre que se via cercado pela atmosfera única criada por aquelas máquinas era tomado pelo mesmo impulso. Cambaleando, voltou para dentro do hotel e foi ao banheiro masculino do bar, sorrindo o tempo todo — ninguém esquece a sensação de urinar na calça por puro prazer — e retornou à rua aliviado. Henri assistiu à parada, e até desceu da calçada para sentir o calor e a explosão de gases e máquinas.

Por nenhuma boa razão aparente, o grupo começou a notá-lo. Ele se deu conta de que as calçadas estavam vazias. Eram apenas Henri, os motociclistas e o roncar retumbante sob o céu azul. Estava imerso no paraíso da vodca.

Várias motos começaram a circundá-lo àquela maneira típica que lembrava o vôo de um bando de abutres. Seus olhos saltavam de um rosto para outro. Não havia nenhuma face particular. O rosto parou. Eram traços duros e cruéis que lembravam um índio-chicano e se escondiam por trás de uma barba.

O homem riu.

— Está se divertindo, homenzinho de preto?

— Desde que eu era menino — Henri demarcou com a mão a altura de seu joelho —, em Villon, sempre adorei as motocicletas e os motociclistas. Eles apareciam depois do anoitecer, correndo pela rua de calçamento de pedras, trovejando em torno da fonte diante da estação de polícia, e desapareciam na noite negra. Quando vi essa cena pela primeira vez, eu tinha seis anos de idade. Corajosamente, abri a porta da nossa loja e fiquei parado diante das luzes ofuscantes enquanto os motociclistas passavam em alta velocidade. Fiquei tão excitado que urinei na calça — Henri riu —, mas era uma calça curta.

— Leon Marquez — o homem apresentou-se estendendo a mão.

— Henri Bashé. — Henri apertou a mão de Leon. Era quente e grudenta. Ele apontou. — Sua mão. Está suja de sangue.

Leon examinou a mão ensangüentada e sorriu:

— Sí. Tentei matar um homem, mas ele escapou. Uma pena.

— Estou certo de que ele antecipou sua intenção. — Henri soava sério, sem saber o que deveria dizer, mas logo seus instintos humanitários assumiram o comando. — Tenho ataduras e anti-séptico no meu quarto. Venha, vou... como vocês dizem? Consertá-lo.

— Vejo que é um verdadeiro cavalheiro, francesinho Bashé. É uma raridade, nos dias de hoje. Obrigado.

Três outros homens, guarda-costas de Leon, estacionaram suas motocicletas e seguiram Henri e o líder ferido. Quando entraram no saguão do hotel, o recepcionista do turno da noite ficou imediatamente rígido e silencioso. Henri, por outro lado, havia recuperado parte da sobriedade. Todo aquele barulho havia restaurado temporariamente sua habilidade motora, permitindo que ele subisse os degraus aos saltos, providenciasse quatro copos no pequeno bar do segundo andar e abrisse a porta do quarto sem tropeçar uma única vez.

— Belas tatuagens — disse, elogiando os desenhos em seus ombros e braços quando os quatro motociclistas passaram.

— Obrigado, francesinho — disse Leon. — São muito antigas. Anasazi.

— Sente-se — Henri convidou. Ele serviu para os quatro doses triplas de vodca e foi buscar seu kit de primeiros-socorros no banheiro da suíte. Havia na maleta diversos medicamentos. Sentado no chão, começou a limpar e proteger com uma atadura a mão de Leon. Leon e seus amigos cheiravam a fumaça de madeira. A última vez que Henri havia sentido esse cheiro fora em uma visita à casa da avó no campo. — Vocês são de Silverado?

Leon riu.

— Não. Vivemos nas montanhas com os cães noturnos e os pumas. Havia gangues de motoqueiros na França quando você era menino?

— Vários anos depois da guerra ainda havia o mercado negro, e por isso existiam muitas gangues. Eles montavam motocicletas que haviam sido utilizadas na guerra. Alguns eram alemães, outros ingleses, franceses, italianos e americanos. A polícia nunca conseguia pegá-los, porque eles desciam escadas e percorriam ruas estreitas. Eram meus heróis. Eles me deixavam ajudar no trabalho com as motos, embora eu fosse só uma criança.

— Já montou uma motocicleta?

— Eu tinha 11 anos quando consegui ter minha primeira moto, uma Harley Davidson 45. Eu a montei com partes de outras três máquinas do mesmo ano. Foi minha maior aquisição. Mas eu era muito pequeno e fraco para ligar o motor no pedal. Tinha de pedir ajuda a algum adulto em quem confiasse para ligar a moto. Os caras malvados iriam, como vocês dizem, levá-la para dar uma volta. Se a volta fosse muito longa, eles ficariam sem gasolina. A gasolina era cara. Normalmente eu a roubava do carro de polícia durante a noite, na frente da estação, um pouco de cada vez. — Ele guardou os remédios e as ataduras na caixa. — Aí está, señor Marquez, tudo pronto. Novo outra vez, sim?

— Muito melhor, obrigado. — Marquez foi até a janela e olhou para a rua lá embaixo. Estavam na cidade há tempo suficiente para a polícia local ter acionado a patrulha estadual pedindo reforços. — Agora vamos embora. Você é um cavalheiro e um amigo, francesinho Bashé.

Henri os seguiu escada abaixo e os viu partir, as motos reluzindo sob as luzes da via pública para desaparecerem além da esquina da P. street com a Grant. O ronco dos motores ecoava por toda a cidade. Elas eram maiores e mais ruidosas do que as que ouvira na infância, mas a primeira noite com as motocicletas seria sempre maior em sua memória.

No caminho de volta, ele lembrou o trauma do recepcionista do hotel e foi procurar por ele.

— Sr. Homem da Noite, onde está você? — Não houve nenhuma resposta. Henri ficou parado diante do balcão, esperando, pensando em reconstruir sua 45. Aprendera tudo que havia para saber sobre a Harley Davidson 45, uma vitória sem paralelos em sua existência, por motivos que não poderia explicar. Ainda revivia a juventude quando ouviu alguém se mover atrás do balcão. O rosto surpreso do recepcionista surgiu diante de seus olhos.

— Boa noite — disse Henri. — Estava cochilando?

— Não, senhor. Estava esperando para ter certeza de que a gangue havia mesmo partido. Tenho pavor deles. Não posso me controlar. Levou pessoas muito perigosas ao seu quarto, sabe?

Henri fez um gesto com uma das mãos, depois o repetiu com a outra.

— Bom, mau, bom, mau, isso depende de muitas coisas. Eles pareciam ser sujeitos muito agradáveis.

— Aqueles homens são uma espécie de índios mexicanos que sabem como atravessar o deserto à noite sem usar as estradas, o que os protege contra a ação enérgica dos agentes. Eles vivem em cavernas, onde se escondem de aviões e helicópteros. Trazem drogas da máfia mexicana para Nuevo Casas Grandes, na fronteira. Eles matam pessoas. E são muito, muito maus.

— Às vezes nem mesmo as pessoas boas são tão boas assim. Não é possível saber.

Sorrindo, ele subiu para o quarto.

Henri sentou-se. Eram quatro horas e tudo estava quieto. Um ruído qualquer devia tê-lo acordado. Ele ouviu, esperando identificar os gemidos de Anita. Em vez disso, ouviu resmungos. Ele se levantou e foi olhar pela janela. A rua lá embaixo estava cheia de criaturas sombrias, cães negros correndo pela ravina. Um deles parou na rua, olhou para cima, para Henri, e começou a uivar.

Havia acordado com uma ereção. Anita e Billy estavam se divertindo muito. Ele ouviu, excitado e sonhador, e de repente os gemidos cessaram.

— Biliiiiii.

— Pêssego, não posso remar com uma corda.

Estava começando a clarear. A voracidade de Anita não o deixaria dormir mais. Tudo entre eles agora seria permeado pelo conhecimento de sua paixão consumidora. Ele coloriria tudo. O pensamento o inspirou a trabalhar em outro projeto.

Henri tomou banho, foi buscar café na máquina do corredor, acrescentou seu desidratado à mistura, acendeu um cigarro e começou a transferir sua lista de palavras do bloco de capa vermelha para outro maior e mais organizado. Havia reunido centenas de palavras desde o início da viagem. Qualquer coisa que soasse interessante em seu cérebro ia para o bloco: palavras de cartazes, revistas, banheiros masculinos, conversas, palavras mal-entendidas e palavras mal pronunciadas. Ele começou a ler a lista, fazendo marcas, sublinhando, desenhando setas, combinando, dissecando, sim, até mesmo desconstruindo palavras. Combinando e comparando palavras, palavras que podiam ser traduzidas em dinheiro.

A sorte o acompanhava. Sua última porção de sorte, além da questionável associação com Anita, agora tornada ao menos mais interessante pela voracidade sexual da jovem, havia surgido na forma de uma casual companheira de assento em um trem de Bruxelas para Amsterdam no ano anterior. Uma americana, uma espécie de gnomo com um cérebro encolhido, oferecera a ele um trabalho que consistia em buscar nomes e slogans para novas companhias. Henri recebia uma comissão. Seus nomes iam para um banco de dados com uma data. Se um nome fosse comprado e ele constasse de sua lista com uma data anterior a de outros registros, ele recebia 20 por cento do valor da transação. Era divertido, e através dessa atividade podia dividir o mundo nos pequenos fragmentos que tanto apreciava. Melhor de tudo, comercializava o absurdo. Nesse momento, sustentava ele e a mulher, Nina, com as palavras que vendia.

Até então, vendera muitos nomes, incluindo Anna-Retzia, uma linha de vestuário com base em Los Angeles; Juvenalia Teen Fashions; Bondo Zee, uma fábrica alemã de brinquedos sexuais; Vortex Vixen, um distribuidor de acessórios sexy voltado para o público New Age, e diversos slogans, incluindo "O último melhor lugar" para a Secretaria de Turismo da Prefeitura de Morioka no norte do Japão. Por seus nomes e slogans ele já havia recebido 80 mil dólares americanos, valor bruto. Henri sabia que isso não podia durar muito, e tinha de fazer euros enquanto o sol brilhava. Havia criado uma longa lista quando, uma hora mais tarde, Billy bateu na porta de seu quarto.

— Entre, entre. Estou pronto.

Billy entrou hesitante. O quarto estava azul por conta da fumaça. Nunca vira Henri tão cedo.

— O que está acontecendo?

Henri riu.

— Teve uma noite difícil?

— Por quê? Ouviu alguma coisa?

— Há um respiradouro na parede, perto do rodapé, sob a placa que diz "Não espie, não escute". Tampei meus ouvidos e fiquei cantando canções de ninar.

— Em que está trabalhando?

— Ganhando dinheiro — ele respondeu, já na metade do primeiro maço de cigarros do dia e folheando as páginas amarelas. — Envio listas de palavras para Rae Tesme, uma mulher pequenina de Hollywood, e ela me manda muito dinheiro em troca. Palavras por dinheiro. Tenho excelente, como vocês dizem, coordenação para o novo. O que vai fazer hoje, jovem Billy?

— Está muito enfumaçado aqui. É este o segredo, não é? Seu cérebro não consegue respirar ar puro. Você não pensa. Você alucina.

— Neste momento estou trabalhando num nome para uma bebida New Age com essência de carbonato, admiração e respeito. Até agora tenho Admirável Fiz Indígena, Zip Sagrado e Mago da Reserva.

— Eu desistiria de Mago da Reserva.

— Mas eu gosto de Mago da Reserva.

Billy aplaudiu, numa demonstração de entusiasmo.

— Quer trabalhar um pouco na edição? Buda está pronto, aquecido e esperando. E eu quero lhe mostrar algo em que estive trabalhando.

— O que é?

— Um pequeno artigo sobre como as pessoas usam a arqueologia para dizer o que já haviam decidido dizer.

— Vocês americanos cavam para criar um texto para si mesmos. As antigas relíquias ajudam a... obscurecer sua solidão. Precisam ouvir os sussurros do povo pré-histórico nos cômodos de suas casas. Na Europa desejamos revisitar nossos impérios perdidos. E, nunca esqueça, nossos homens da caverna foram melhores artistas que os homens das cavernas de vocês.

Eles pararam para pegar café no bar e desceram até a van, escondida no estacionamento do fundo do edifício, caso Magrelo e Rato os estivessem procurando.

Billy tinha uma cena pronta para exibir.

— Isso tudo foi produzido com tomadas descartadas de filmagens anteriores. Chamo o resultado de Contos de Antropologia. Você vai encontrar as melhores coisas nas tomadas externas. Foram filmadas em algum lugar do Pacífico Sul, e eu as encontrei na lata de lixo da *Geo*. — O clip mostrava um homem em primeiro plano com roupas ocidentais, agachado no chão da selva, observando um nativo nu tentando acender um fogo com varetas que ele friccionava para gerar faíscas no meio de um cone de relva seca. A filha do homem, uma menina pequena, permanecia sentada sobre suas pernas enquanto ele friccionava os gravetos, esperando o fogo começar. O esforço era inútil. O homem branco ficou aborrecido, tirou um cigarro do bolso da camisa e o acendeu com um isqueiro Zippo. Os olhos da menina saltaram dos gravetos manipulados por seu pai para o Zippo reluzente. Billy gravou um close de seu rosto e congelou a cena. — O filme editado é sempre uma ilusão; a tomada externa é a realidade.

— *Oui, certainement*. Então é isso. Como a vida consciente é apenas um sonho e nossos sonhos são a realidade, mas não diga a Lucy que eu disse isso.

TREZE

— Está indo embora? — perguntou a voz por trás da máscara de pele de cervo. Ela estava com as pernas estendidas ao longo da beirada da mesa, os dedos apontados, os braços e os dedos tentando alcançar o céu.

— Vou a um piquenique com a arqueóloga, lembra?

Ela baixou os braços, apoiando as mãos abertas sobre a mesa. Estava pensando. Então olhou para os seios e os sacudiu.

— Você é bem sexy para uma apari...

— Vão à minha caverna?

Jack identificou o ciúme na voz dela.

— Só vou levá-la para conhecer a caverna. Não vamos fazer sexo na sua sala.

— Realmente? Ela quer fazer sexo com você e você quer fazer sexo com ela. O que foi que eu deixei de captar?

— Philip, o homem com quem ela se relaciona.

— Pelas razões erradas, aliás. — Ela inclinou as costas, exibindo os mamilos túrgidos e rosados. — Pensar nela com você enche meu corpo de paixão. Acho que é hora da chuva.

— Vai cair em cima de mim?

— O que você faria se eu fosse de carne e osso?

— Isso é muito estranho. Estou sendo seduzido por minha própria aparição.

— Não precisa ir à caverna. Pode trazê-la para cá.

Estava perdendo a razão, olhando para Willow e tentando imaginá-la espiando enquanto ele fazia amor com Lucy. Jack decidiu que, se ela não falasse, seria como ter o olhar atento de seu gato.

— Devo promover um espetáculo erótico para um fantasma voyeur numa máscara de ave? Não sei se preciso disso.

— É hora de as nuvens virem. Você pode sentir o cheiro no ar.

— Devia ter ido encontrar Lucy há dez minutos. — Estava todo enrolado, com as malas contendo o equipamento perto da porta, enquanto ele procurava por um relógio que acreditava ter deixado dentro de uma gaveta dois anos antes.

— Você vai ter uma surpresa, Jack. Só gostaria de poder estar por perto para ver sua cara quando entender tudo.

— Até mais tarde. Tente não assombrar o gato. — Falar com Willow fazia com que ele tivesse a sensação de estar em dois lugares ao mesmo tempo. Era desorientador. Estava feliz por poder sair dali para ir à cidade.

Tinha um pressentimento de que ela não ficaria por ali por muito mais tempo. Talvez houvesse criado Willow na esperança de que ela pudesse explicar aquele gesto único, obscuro, mas ele a absorvera com seus pensamentos como fizera com As Irmãs. Elas haviam encontrado o caminho para aquele lugar que continha a lembrança de quem ele era. Havia sido o verão de Willow e As Irmãs. Que homem de sorte havia sido: a magia de Willow, dançarina e contadora de histórias, e a alegria contagiante das intermináveis brincadeiras das adoráveis Irmãs. Havia sido muito abençoado. Logo todas teriam partido. Ao perdê-las, perderia parte de si mesmo.

E havia Lucy. Estava prestes a conduzi-la ao centro do mundo dos Mimbres. Onde, ele se perguntava, isso os levaria?

No reservado estacionamento atrás do prédio do hotel, Anita abriu a porta da van, entrou e fechou-a com um estrondo. Ela estava pálida e arfava.

— Acho que eles nos encontraram.

— Quem?

— Magrelo e Rato. Eu estava no saguão, bebendo meu café e lendo o jornal. Levantei a cabeça e vi Magrelo passando naquela caminhonete vermelha cujos pneus esvaziamos. Ele olhou diretamente para mim.

Os três viveram juntos um momento de pânico. Todos os olhos estavam voltados para as janelas do veículo.

— Ele passou novamente? — quis saber Billy.

— Não fiquei esperando para ver se ele ia voltar.

— O sol está brilhando muito. Duvido que ele tenha conseguido enxergar alguma coisa através da janela e além do reflexo.

— Ele estava usando óculos escuros.

— Devem ser baratos e de péssima qualidade.

— Sim. Provavelmente.

— Provavelmente — concordou Henri.

— Eles vão nos encontrar. — Anita encarou Billy. — E quando isso acontecer, vão nos matar, porque você tinha de agir como um machão cretino e estúpido. Quero sair da cidade imediatamente.

— À luz do dia? Seríamos um alvo muito fácil. Eles nos seguiriam para fora da cidade.

— Oh. Meu Deus do céu. O que vamos fazer?

— Fique calma, docinho.

— Não se atreva a repetir as falas de *Pulp Fiction* para mim, droga. Aqueles imbecis querem nos matar.

— Está com seu 38 aí?

— Eu quase nem estou com minhas roupas aqui, pelo amor de Deus.

— Tudo bem. Tudo bem. Escute. Se ficarmos juntos e permanecermos na cidade, estaremos bem. Vá buscar o 38 e traga Lucy para cá quando voltar. Talvez possamos buscar refúgio na casa do amigo dela.

— Jack Miller?

— Sim, ele. O homem deve ter algumas armas.

— Tudo bem, Billy, mas ainda acho que devíamos fugir daqui. — Também gostava da idéia de ir se esconder na casa de Jack. Era um enigma. Anita abriu a porta, olhou para os dois lados, correu para a porta dos fundos do hotel, subiu a escada dos fundos aos saltos e quase colidiu com Lucy, que estava saindo. Anita assustou-se. — Lucy? Vai sair?

— Jack vai me levar à caverna Mimbres. Pretendemos voltar à noite. — Ela usava uma jaqueta de muitos bolsos, carregava uma mochila e usava uma calça folgada e confortável.

— Billy me mandou subir e chamá-la. Vi Magrelo passar em sua caminhonete pela frente do hotel. Não posso dizer se ele me viu ou não, mas tenho certeza de que estão atrás de nós. Quero sair da cidade.

— Jack está me esperando no saguão. Ele pode lhe dizer o que fazer.

Jack estava sentando num sofá muito longo, lendo o *The Albuquerque Journal*.

— Jack, lembra-se de Anita? Ela teme que Magrelo e Rato saibam que estamos aqui.

— Olá, Anita. Eu lembro. Muito Texas. No melhor sentido, é claro.

Sua preocupação nesse momento não estava relacionada às raízes humildes.

— Estou realmente com medo desses homens. Eu os vi bem de perto. Teriam matado meu parceiro, não fosse Lucy e meu 38. Tem alguma sugestão?

— Você está segura no hotel. Eles não virão procurá-los aqui. Estarão esperando até que vocês saiam para segui-los. Mantenha seu 38 por perto. Quando estiver pronta para deixar a cidade, eu cuidarei para que eles sejam distraídos.

— É mesmo? Puxa, obrigada.

— Lucy e eu vamos dar uma olhada numa caverna. Estaremos de volta ao anoitecer.

— As pessoas estão sempre se perdendo em cavernas. — Anita se sentia segura com Jack. Teria gostado de tê-lo por perto em base mais permanente. Por um breve momento, pensou em como seria agradável ser protegida e cuidada, em vez de proteger e cuidar.

— Estamos bem preparados. Não se preocupe conosco e não fique pensando em Magrelo e Rato. Você vai ficar bem. Uma coisa a ser mantida em mente: Lucy acertou Magrelo na cabeça. Talvez ele nem os reconheça. E quando Rato não estiver olhando para o cano do seu 38, só poderá se lembrar de seus olhos de um tufo de cabelos vermelhos e despontados. Óculos escuros e um lenço não seriam má idéia, se tiver de sair.

Lucy inclinou-se e tocou o joelho de Anita.

— Sei que tem muito trabalho para fazer. A van está bem escondida. Pode passar o dia todo editando. A recepção e o bar poderão oferecer tudo de que precisar. Mantenha Henri longe da rua, e tudo vai acabar bem.

— Sabe de uma coisa? — Anita perguntou pensativa. — Adoraria ir ver essa caverna. Talvez possa acompanhá-los. Tenho boas pernas.

— Lamento — Jack respondeu —, mas só temos equipamento para duas pessoas. Não posso permitir que venha conosco sem ter o aparato de segurança necessário. Essas expedições exigem algum planejamento. Outra vez, talvez?

— É claro. Lamento se fui indelicada.

Anita viu Lucy e Jack saírem, animada pela atenção de Jack e mais tranqüila depois de ouvir seus conselhos. Queria apertar o pescoço de Lucy.

— Caverna o diabo — ela resmungou enquanto se dirigia ao quarto para pegar o 38.

Quando voltou à van, Anita usava grandes óculos escuros ovais e tinha os cabelos vermelhos escondidos sob um lenço de seda negra decorada com rosas de sangue. Nas mãos ela levava uma caixa de balas e uma barra de ferro.

— Para o caso de eu errar o tiro e os bastardos escaparem — disse, colocando a barra na mão de Billy.

— Eu tenho ótima pontaria — ele respondeu, sentindo o peso da trava de segurança para portas. — Onde encontrou isto?

— No porão. Pedi emprestada ao zelador do prédio.

Billy estava editando um trecho protagonizado por Henri. Os dois homens não pareciam preocupados com Magrelo e Rato; Anita cuidaria de tudo. Ela absorveu a situação rapidamente, aceitou a responsabilidade, e acomodou-se no assento dianteiro, de onde tinha a melhor visão do mundo externo. Anita comeu barras energéticas e bebeu duas doses de Super Joose enquanto se mantinha atenta, em um elevado estado de ansiedade, dizimando sua serotonina, arruinando suas sinapses, oscilando entre extremos opostos num mergulho profundo e inexorável para o pânico. Henri e Billy editavam, inconscientes de sua iminente fragmentação. Sem se dar conta do que fazia, ela acariciava o 38 e fantasiava a morte de Magrelo por várias técnicas, todas executadas por ela em diversas roupas sumárias, enquanto Jack a esperava no chalé num estado de latejante excitação.

Fragmentos e trechos do que estava sendo falado no banco de trás, tudo misturado aos efeitos sonoros, invadiam suas fantasias. Billy mostrava a Henri uma série de desastres de automóveis.

— Esse — disse Henri. Billy congelou a cena final e começou a comprimir os sons do acidente em explosões prolongadas e graves com profundas reverberações e um eco de videogame dos anos 1980. — Muito bem — aprovou Henri. — Agora, mais ou menos 12 tomadas de carros colidindo... Isso é ótimo, Billy. Agora o denouement.

— De-nui-mã? O que é isso?

— Algo como... o último alívio. O expurgo. Ou, talvez, nos tempos atuais, apenas o gesto que antecede a pausa anunciando o que vem em seguida.

— Jorros de sangue?

— Jorro é ótimo.

Billy manipulou Buda e abriu uma pintura renascentista de uma mulher retraída cortando a carótida de um homem no ato de decapitá-lo.

— Só preciso de um segundo. Posso fazer jorrar o sangue e dar a ele um rápido piscar de olhos... Aqui vamos nós.

— Bom jorro. Jorrando sangue... o alívio da consciência... a catarse absoluta e a resolução clássica para a comédia humana.

— Perdi — disse Billy.

— Perdeu o quê?

— A parte divertida.

Jack e Lucy saíram da estrada na casa de metal amarelo de Becker. A galinha ainda ciscava na sombra do trator enferrujado. Enquanto Jack negociava as curvas fechadas e perigosas da encosta, Lucy perguntou:

— Como encontrou essa caverna, e há quanto tempo sabe sobre ela?

— Um alemão chamado Becker voou do alto do precipício para dentro do *canyon* num Taurus vermelho e morreu a meus pés, deixando um mapa com as indicações.

— Está brincando. Espero que esteja.

— O Taurus voador é muito mitológico?

— Muito absurdo.

— A verdade é absurda. Verifique o relatório do xerife. Mas não diga nada sobre o mapa e a caverna.

Ela ficou quieta por algum tempo. Seus pensamentos estavam com Anita, o 38 e os hematomas de Billy. Ela estudava a estrada sinuosa e estreita lá embaixo. Não havia nada atrás deles. E nada na estrada principal. Havia um caminhão estacionado no acostamento ao longe, mas imaginava que o veículo já estava lá quando eles passaram.

— Disse que Magrelo e Rato possuíam uma mina que foi fechada por conta de erros na deposição de lixo. Que tipo de mina era essa?

— Basicamente ouro. Era um velho veio subterrâneo no qual eles trabalharam durante anos. Mineradores de ouro têm de bater o minério, depois lavá-lo com cianídrico para remover os metais pesados. Havia ouro suficiente no veio para manter os irmãos com conforto mesmo quando o preço baixasse, mas os federais os obrigaram a parar o derramamento de cianídrico no rio.

— Então, eles ganharam a vida durante anos envenenando tudo que estivesse rio abaixo?

— Eles e os outros mineradores de ouro.

— Agora esses sujeitos estão loucos porque o governo os fez parar. Não podem arrumar um trabalho?

Jack encolheu os ombros.

— Você os contrataria?

Lucy balançou a cabeça com evidente desgosto.

Ele olhou para o brilho de ouro em suas orelhas.

— Belos brincos. Presente de Philip?

— Obrigada. — Havia esquecido o que usava nas orelhas e levou as mãos aos brincos para identificar as conchas de ouro de 24 quilates. — Sim. Foi um presente de... aniversário. — Ótimo, pensou, não posso mais usar ouro.

Ela ficou quieta por muito tempo.

— Desculpe — pediu Jack.

— Não se incomode com isso.

— Excesso de correção só complica a vida.

Lucy riu.

— Sim, Sr. Saqueador de Túmulos. A sua deve ser bem complicada.

— Você nem faz idéia.

Estava intrigada.

— Podia me contar.

— Sim, e seria tão inacreditável para você quanto é para mim. — Ele parou o carro fora da estrada. — É isso. Vamos atravessar por cima daquelas pedras e descer até o fundo. Há uma trilha de cervos mais ou menos na metade da descida. A caverna fica do outro lado do *canyon*, sob uma saliência. É tão bem escondida que não se pode nem vê-la deste lado do cume.

— Quero saber o que é tão inacreditável.

— Mais tarde, talvez. Vamos pegar o equipamento. Quero me concentrar na caverna.

Atravessaram o cume de pedras e começaram a descer. Dessa vez a viagem era diferente para Jack. Não pensava mais na treinadora de papagaios, em Hans Becker ou em onde ficava a caverna. Pensava em Lucy. Chegaram à trilha de cervos e logo alcançaram o fundo do *canyon*. Ele apontou para os apoios onde deveriam colocar as mãos e para o caminho em ziguezague que levava de proeminência em proeminência.

Subiram com esforço pela parede do precipício. Ele levava uma mochila e uma grande bolsa de nylon contendo dois equipamentos para escaladas, 60 metros de corda, capacetes, lâmpadas de cabeça, pilhas, água, barras de proteína e comida suficiente para três dias. Como era um amador em escaladas e um acrofóbico, usava a corda para puxar a bolsa de saliência em saliência.

A viagem foi mais rápida e segura do que a primeira. Ela o via subindo na sua frente, consciente de sua agilidade e força. Jack atingiu a parede sob a plataforma na metade do tempo que utilizara na primeira vez. Eles se sentaram na pedra olhando para o pequeno vale, seus detalhes empalidecidos pelas sombras desenhadas pelo sol muito alto. Tanto a estrada quanto a caminhonete estavam escondidos pela parede de pedras no alto do lado oposto do *canyon*.

— Atravessamos para outro mundo. — Ela olhou para baixo, para a base do paredão, para a piscina meio escondida. — Escute. Crianças estão nadando e brincando lá embaixo. — Por um momento, sentia-se uma adolescente testando o novo namorado.

Ele olhou para baixo para a piscina secreta. Seu rosto era inexpressivo, sóbrio demais para permitir piadas, ela pensou. Depois Jack fechou os olhos.

— Estão gritando. Uma delas é uma brincalhona estridente com guelras e asas. Pode respirar ar ou água e pode voar ou nadar. Acabou de escapar de uma caverna sob o rochedo que leva para o mar.

— O que mais passa por sua mente?

Ele a encarou.

— Bem... converso diariamente com a mulher mascarada da cerâmica que encontrei na caverna atrás de nós.

Lucy lembrou-se de tê-lo visto olhando para a treinadora de papagaios. Tinha de ser cautelosa.

— Foi isso que chamou de inacreditável?

— Mas inofensivo.

— Sua aparição tem um nome?

— Willow.

— Isso faz sentido. Mimbres é a palavra espanhola para salgueiro, ou *willow*, em inglês. Ela o segue por todos os lugares ou fica em casa?

— É estritamente doméstica.

Jack começou a puxar a bolsa com os suprimentos pelo último trecho da jornada.

— Os Mimbres pensavam nesse mundo, o mundo das árvores, dos rios, do sol e do céu, como o terceiro mundo. Estamos prestes a entrar no segundo mundo, a caverna, que era a passagem subterrânea ligando a superfície ao primeiro mundo, de onde eles eram originários. Seu primeiro mundo era muito parecido com o terceiro. Havia até um céu subterrâneo que ficava pairando sobre suas cabeças como uma tigela invertida. Os Mimbres acreditavam que, nos tempos antes dos tempos, eles foram guiados do primeiro para o segundo mundo por uma criatura espiritual que os fez meio animais e meio humanos. Eles viviam no escuro como animais-humanos antes do Coatimundi levá-los para o terceiro mundo. Ele também separou animais de humanos e deu aos últimos uma alma humana. Para os Mimbres, o universo era muito autocontido. Quando as pessoas morriam, seus espíritos tornavam-se pessoas-nuvens, similares às kachinas de hoje, e faziam chover. Então, elas desciam com a chuva, ensopavam a terra e emergiam no primeiro mundo. Depois de um tempo, suas almas renasciam nos seres humanos desse mundo.

— Um mundo muito circular, sem paraíso ou inferno. Os sacerdotes espanhóis que vieram para converter os pueblos do norte 400 anos depois devem ter passado por verdadeiros testes de paciência tentando desfazer esse nó tão apertado. Por que acha que os Mimbres acreditavam em kachinas e em seu mundo cíclico?

Jack hesitou por um momento e olhou para cima, para a beirada do precipício. A imagem despertava em sua mente a lembrança de uma espinha de dinossauro. Queria soar ao menos meio razoável.

— Bem, os Mimbres deixaram muitas pistas em sua cerâmica que os relacionam aos kachinas contemporâneos. — Ele olhou para Lucy e riu. — Willow preencheu algumas lacunas.

Lucy girou os olhos.

— Temos uma caverna para explorar — disse, preparando-se para ficar em pé. — Vamos em frente.

Ele retirou da bolsa maior 60 metros de corda de nylon, um conjunto de brocas para rocha, ferrolhos, um martelo, elos móveis, arreios, suéteres e luvas. Jack carregou a corda, e o restante do equipamento foi dividido entre as duas mochilas.

Lucy examinou os arreios.

— Onde os conseguiu? Parecem novos.

— São fios de nylon para cabresto. Eu os encontrei ontem na Jerry's Saddle Shop, uma loja de produtos para montaria. O produto tem garantia de vida eterna.

— Minha ou sua?

— Saberemos mais depois de testá-lo. — Ele apontou para a abertura da caverna. — Aquilo foi uma fenda na parede. Deve ter levado algum tempo para escavarem uma porta grande o bastante para permitir a passagem de um adulto.

A forma da abertura recoberta não passou despercebida para Lucy. Não havia dúvida de que ali estava a entrada para o útero da terra. Esgueirar o corpo pela abertura para o interior da caverna era estranho, peculiarmente sexual, e divertido. Jack devia ter suas próprias impressões sobre o assunto, mas não as expressava.

Devagar, eles giraram as lanternas examinando o espaço, procurando detalhes e fazendo um primeiro estudo físico da caverna e de seus tesouros. Ela notou as *ollas* de cerâmica simples, o machado de pedra, as facas, ferramentas diversificadas e fragmentos de ossos, e olhou também dentro dos cestos. A tensão apertada da trama a fez balançar a cabeça. Jack apontava sua lanterna para a pilha de conchas cor-de-rosa, depois pegou algumas e as ofereceu a Lucy. Esse era um gesto que ela jamais teria esboçado sem antes analisar todo o contexto, sem medir, numerar e fotografar o material, mas a beleza das conchas a encheu com um inesperado entusiasmo.

— Obrigada — disse, levando-as para a porta, para a luz do dia.

— No verão — contou Jack — as crianças as seguravam contra o sol para deixar a luz refletir-se em seus rostos.

Ela sorriu.

— Foi sua treinadora de papagaios quem contou essa história?

— Não. Mas é uma atitude infantil, não?

— Sim... — Lucy encarou-o. — Bem infantil.

Ele apanhou os capacetes e as lâmpadas de cabeça e levou-a para a região mais interna da caverna, pelo túnel e para o próximo aposento onde o esqueleto da treinadora de papagaios jazia atrás da parede de pedras reconstruída. Jack ficou quieto olhando para a parede, que dessa vez era iluminada pela lâmpada de seu capacete.

— Ela está enterrada ali — apontou. — O alemão, Becker, encontrou-a.

— O homem no Taurus vermelho voador cujo último ato foi deixar um mapa para você?

A gargalhada de Jack ecoou pelo aposento escuro.

— Ele não deixou o mapa para mim, exatamente. Eu o peguei.

— Velhos hábitos...

— Não está feliz por eu ter pegado o mapa?

Lucy ignorou a questão.

— Ela estava exposta quando você a encontrou?

— Sim. Originariamente, a fenda havia sido preenchida com argila quando as pedras foram postas em seus lugares. Becker removeu argila suficiente para retirar as cerâmicas sem incomodá-la. E deixou as vasilhas no chão para desenhá-las. Foi onde eu as encontrei. Não sei por que ele partiu sem levá-las. Talvez tenha sido forçado a sair correndo, ou então tinha a intenção de voltar.

— Quantas vasilhas?

— Duas pequenas e a da treinadora de papagaios.

— Onde estão as outras?

— Eu as devolvi aos seus lugares quando reconstruí a parede.

Era bom saber que ele havia enterrado novamente sua treinadora de papagaios.

Jack dirigiu o raio de luz para a *olla* apoiada na parede oposta e viu quando ela ergueu a tampa de pedra com movimentos cuidadosos.

A serpente morta olhava para ela com suas presas.

— Oh, isso é maravilhoso. — Lucy dirigiu sua lâmpada para o interior da *olla*, estudando o frágil equilíbrio dos ossos. — Talvez tenha sido uma espécie de talismã. Algo que servia como proteção. — Sua voz reverberava dentro do recipiente. — Fragmentos de mica foram inseridos nas órbitas dos olhos para fazê-los brilhar. O esqueleto deve ter sido reconstruído com muito cuidado e alguma substância aderente. Ele parece pronto para pular e atacar espíritos transgressores.

Suas vozes ecoavam no interior da caverna, atraindo-os para a passagem inclinada para o submundo dos Mimbres. Jack abriu o zíper de sua mochila enquanto Lucy iluminava a operação. Ele pegou o martelo e as brocas e começou o difícil processo de inserir uma broca na pedra para firmar os elos que sustentariam a corda. Depois de um tempo, Lucy assumiu a missão. Trocaram de posto por cerca de uma hora até terem dois ganchos presos na rocha, amarrarem a corda e soltarem-na na escuridão.

Lucy ofereceu-se para descer na frente.

— Tem certeza?

— É claro que sim. Já disse que fiz isso antes. Sou destemida.

— Bem, seja destemida, então. Para mim, descer é a pior parte da história, e também não sou muito bom para subir.

— Você se saiu muito bem no penhasco.

— Crianças e mulheres carregando bebês subiam e desciam por aquele penhasco todos os dias.

— Vamos. — Ela encaixou a corda em seus arreios e, com uma das mãos na parte da frente de seu corpo e a outra na parte de trás, começou a descer, caminhando pela rocha, testando a superfície. A descida tornou-se mais inclinada e íngreme até atingir um ângulo de 45 graus. Sair dali levaria um bom tempo e exigiria muito dos músculos de seus membros superiores. Havia descido uns 45 metros quando sua voz ecoou pela caverna.

— Meu Deus do céu.

Assim que a corda ficou frouxa, ele parou. Os pinos que os ancoravam davam a Jack confiança para descer rapidamente. Em menos de 15 segundos ele conseguiu ver o que havia inspirado a exclamação atônita de Lucy: uma pilha de ossos e crânios humanos no primeiro patamar da caverna. Aqueles eram os homens do norte, a gangue de canibais. Aquela era a surpresa de Willow, algo que ele não poderia ter imaginado ou adivinhado. Nenhuma intuição poderia ter produzido a história que ela contara e ainda o guiado até a prova concreta desse relato.

Lucy olhou para ele, notando a expressão em seu rosto iluminado pela lâmpada presa em seu capacete.

— O que acha? Um sacrifício?

Ele soava vago.

— Que tal assassinato em massa?

Tiveram de passar por cima dos esqueletos para prosseguirem a viagem para o interior da caverna. Willow assumia uma nova forma em sua mente. Uma velha frase da faculdade de propaganda: "Novas dimensões e importantes investidas", invadiu seus pensamentos. Sempre odiara essa frase, mas certamente se deparava com uma nova dimensão.

Lucy estudou o emaranhado de ossos, tentando determinar o que havia acontecido. Alguns estavam espalhados, outros, empilhados. Aparentemente, seis sobreviveram à queda e conseguiram rastejar para longe do grupo. Ela fez uma inquietante descoberta na pilha, ossos de dedos agarrando os ossos do pulso de outro esqueleto.

— Isso está parecendo um suicídio coletivo. É como se um houvesse agarrado o pulso do outro e, todos juntos, eles houvessem mergulhado para a morte. Todos parecem ter sido homens adultos. Acha que são Mimbres?

— Se fosse um suicídio Mimbres, haveria também mulheres e crianças. Talvez os Mimbres tenham emboscado um inimigo.

Ela olhou para os ossos, tentando entender como Jack chegara a essa conclusão.

— Uma emboscada? Não consigo imaginar como.

Jack também estava olhando para os ossos, antecipando a risada de Willow quando contasse a ela sobre os ossos dos homens do norte.

— Vamos seguir em frente.

Desenrolaram a corda e continuaram a exploração numa descida gradual por mais uma hora sem encontrar nada tão inquietante ou assustador quanto os esqueletos. Passaram por formações de quartzo que refletiam as luzes das lanternas e as separavam em distintos raios de cor que dançavam pelas paredes. Ultrapassado o quartzo, penetraram num túnel baixo que os forçou a rastejar numa descida muito inclinada por mais ou menos 20 metros antes de emergirem num amplo aposento onde as luzes cintilavam arrancando reflexos ofuscantes da mica na pedra.

Lucy virou a cabeça de um lado para o outro, deixando a lâmpada provocar uma explosão de cores e brilho.

— Uau! Mimbres disco, ou um esconderijo secreto dos Bee Gees.

Jack estava igualmente impressionado, mas por diferentes razões. Aquele era o aposento de mil olhos de Willow.

Quando direcionaram as lâmpadas para o alto, eles descobriram que o teto estava coberto de pêlos. Olhavam para centenas de morcegos adormecidos. Por alguns minutos ficaram ali parados, olhando para as criaturas peludas, até a luz começar a perturbar os dorminhocos do teto. Então, desligaram as lâmpadas e esperaram no escuro, sob o farfalhar suave das asas aveludadas. A cena da primeira plataforma ficara com eles, a confusão de esqueletos humanos e a imagem de ossos de dedos agarrando ossos de pulsos.

— Gostaria de começar o caminho de volta? — Jack perguntou.

— Sim, boa idéia. — Ela acendeu a lâmpada e os dois começaram a subida pelo mesmo caminho para a plataforma e o emaranhado de ossos.

Se Willow havia começado como uma projeção da mente de Jack, alguma parte reprimida dele mesmo, certamente estava fazendo um bom trabalho ao estabelecer uma identidade desligada da dele. Como ele poderia saber sobre os esqueletos? Talvez Becker houvesse feito a descoberta e, de maneira inconsciente, Jack havia traduzido uma frase enquanto analisava as anotações. Precisava revê-las e procurar por uma referência. Havia o aposento com mil olhos, mas ela não mencionara as formações de quartzo. Jack verificou as paredes em busca de uma imagem de Coatimundi.

— Oh, Deus, não. — O grito repugnado de Lucy o atingiu como um raio. Ele olhou para cima e viu sua silhueta entre os esqueletos. O que a alarmava não era evidente, até ele notar uma cobra se esgueirando por entre seus tornozelos. Depois, com grande velocidade, ela começou a rastejar por cima dos esqueletos e pelas rochas na direção de Jack. Foi necessário um momento para que a ilusão da cobra assumisse sua forma real, a de 45 metros de corda de nylon solta dos pinos que a sustentavam e amontoada sobre a plataforma. Os dois ficaram olhando para a escuridão que consumia a luz de suas lâmpadas. O primeiro pensamento de Jack foi de que a corda se rompera pelo contato abrasivo com uma ponta mais aguda da rocha, mas quando ele encontrou a ponta, viu sem nenhuma dúvida que a corda havia sido desamarrada dos ganchos.

Os dois se entreolharam por um instante, depois, em uníssono, concluíram:

— Magrelo e Rato.

As lâmpadas foram imediatamente desligadas e eles esperaram em silêncio, quase sem respirar.

Jack aproximou a boca da orelha de Lucy e sussurrou:

— Recue contornando a plataforma e fique na parte mais interna.

De mãos dadas e quietos, refizeram seus passos através dos esqueletos na escuridão. Depois de contornarem a plataforma, quando encontraram uma região onde não poderiam ser atingidos por objetos arremessados do alto, pararam e ficaram encostados na parede.

— Não vi ninguém atrás de nós — Lucy comentou. — Como eles souberam?

Jack reviu toda a paisagem mentalmente até encontrar uma resposta plausível.

— Cerca de meio quilômetro para o lado de cá da estrada principal há uma trilha que atravessa o vale e sobe pela colina até uma mina abandonada. É um ponto bem elevado sobre o vale. Se eles nos viram tomando o caminho da estrada secundária até aqui, tiveram tempo de sobra para encontrar a caminhonete e nos seguirem antes mesmo de termos alcançado a caverna.

— Temos pelo menos 20 horas antes de Kills The Deer aparecer. — As circunstâncias em que se encontravam pareciam diverti-la. Fatores alheios ao seu controle sempre proporcionavam uma sensação libertadora, como se fossem estranhos em um trem. — Pode me contar a história de sua vida.

— Acho que vou utilizar esse tempo para planejar várias maneiras de matar esse Magrelo quando sairmos daqui.

— Bem, eu já tentei, e foi exatamente isso que nos colocou nessa situação. Sendo assim, sou forçada a aconselhar que não adote medidas temporárias ou paliativas. — Ela ficou quieta por um momento, depois perguntou: — Acha que eles podem esperar para ver se alguém virá nos buscar?

— Duvido. Eles não são o tipo de gente que fica esperando alguma coisa, e se ficarem, não terão a menor chance contra Kills The Deer.

— Gostaria de ter terminado o serviço.

— Não foi muito profissional da sua parte.

— O que vai fazer realmente quando sairmos daqui?

— Vou colocá-la num avião.

— Quero saber o que vai fazer com eles.

— Vou metê-los numa enrascada do tamanho de sua ousadia. Uma perseguição. Juarez pode ser uma boa alternativa. Uma semana naquela cidade vai acabar com eles. A máfia mexicana os enrolaria em arame farpado e os empurraria rolando pela fronteira de volta para cá.

Ela riu ao pensar em Magrelo e Rato revirando Juarez, visitando todos os motéis tentando encontrá-la.

— Deixe-me verificar se meu celular funciona. — Ela retirou o aparelho da mochila, teclou o número do hotel e ouviu o silêncio. — Essas coisas funcionam em algum lugar?

— Está interessada em uma taça de champanhe, Dra. Perelli? Pessoalmente, gostaria de entorpecer um pouco meu sistema sensorial.

— Você trouxe champanhe? Tenho uma regra fundamental: nunca recusar champanhe quando estiver presa em uma caverna. Devíamos comer alguma coisa, também.

Acenderam as lâmpadas e desceram para o fundo da caverna, procurando um local adequado para comer e dormir. Encontraram uma superfície relativamente plana onde os dois poderiam se esticar e descansar.

Jack retirou duas velas de sua mochila e entregou-as a Lucy. Ela ainda estava derretendo a cera sobre a rocha para prender as velas quando ouviu o estouro da rolha de champanhe.

— Trouxe esta garrafa para comemorarmos uma aventura bem-sucedida na caverna — ele contou.

— Suponho que não seja um bom presságio começar uma comemoração antes de termos realmente o que celebrar.

— Existem muitas regras que desconheço sobre essa questão das celebrações.

— Sim, as celebrações estão imersas em regras.

— Por aqui, elas geralmente terminam em bebedeira. Isto é, se os presentes forem todos homens.

— E agora você entende mais alguma coisa sobre a cultura.

— Essa é uma das poucas coisas que os homens entendem sobre a cultura. Na verdade, notei que os homens não pensam tanto na cultura, mas seguem o programa imposto por ela. Pensamos em nós mesmos como resultado de um experimento de 2 milhões de anos administrado pelas mulheres. Somos a variante humana para os ratos de laboratório. Beba um pouco de champanhe. — Ele ofereceu um copo plástico contendo a bebida.

Lucy levantou o copo num brinde silencioso.

— Tem sido simbiótico — disse.

— O fato de nos terem gerado para sermos brutos confunde um pouco essa questão da culpa, não acha?

— Confundiria, se pensássemos nisso, o que não fazemos.

— Sempre me pergunto por que certas mulheres se sentem atraídas por certos homens.

— Eu normalmente contrario esse tipo, mas como já tenho um parceiro... Bem, meu cérebro inconsciente filtra automaticamente outras possibilidades.

— Realmente? — Havia caído na armadilha de acreditar que Lucy estava interessada por ele.

— Por outro lado, eu seria a última a saber, certo?

Ele sorriu e começou a revirar o conteúdo da mochila.

— Para a culinária da caverna, temos provolone e cheddar embrulhados a vácuo, peru assado e fatiado, mostarda de mel, centeio, pêssegos em lata, pequenos potes de iogurte, muitos deles, e barras de energia em nove sabores que protegem a floresta tropical.

À luz da vela, entre as formas da caverna, consumidos por pensamentos de assassinatos, união e fuga, beberam champanhe e devoraram sanduíches de peru, provolone e mostarda.

— Estou surpresa por não termos encontrado pinturas ou petroglifos — disse Lucy. — Não acha que nos últimos 13 mil anos alguém deveria ter descido até aqui com cordas ou escadas de madeira e deixado alguns animais na parede?

— Eu apostaria no Coatimundi.

— Você parece saber muito sobre esse lugar para alguém que nunca esteve aqui antes.

Ele ficou quieto por um bom tempo, tentando encontrar um meio de tornar sua história ao menos um pouco razoável.

— Jack?

— É só um...

— Fale. — Ela riu. O homem parecia sério demais à luz da vela. — Confie em mim.

— Tudo bem. — Jack bebeu um pouco de champanhe do copo plástico. — Quando encontrei Becker, seu bloco de anotações havia voado para fora do carro. Eu recuperei as páginas, levei-as para casa e tentei traduzi-las. Não lia em alemão havia muito tempo, e o trabalho foi lento e árduo. Comecei a procurar por palavras que pudessem se relacionar ao mapa que encontrei com ele. O que vou lhe dizer poderia ter saído das anotações de Becker, embora eu não tenha estado consciente disso o tempo todo. Realmente não sei. Estou apenas procurando por uma explicação racional sobre como eu poderia saber a respeito dos esqueletos.

— Então, parte do que você sabe é proveniente de simples dedução racional, baseada no que você leu e ouviu, e outra parte desse conhecimento veio de Willow, uma manifestação de sua imaginação superestimulada?

— Acho que sim. As histórias de Willow parecem misturar idéias aceitas e fantasias. Ela conta histórias que são tão fascinantes quanto lúgubres. O que descreveu como o sistema de crença dos Mimbres era um antigo culto kachina. Depois ela levou o relato mais adiante, afirmando que alguns grupos do norte adotaram muitas idéias Mimbres, o que ameaçou os chefes desses grupos que, por sua vez, enviaram gangues canibais para aterrorizar os Mimbres. Muitos Mimbres já haviam se mudado para o lado das montanhas onde fica o rio Grande, mas os homens do norte encontraram alguns deles no vale dessas montanhas e capturaram um rapaz ainda jovem, fazendo dele um exemplo. Eles o cortaram em muitos pedaços, matando-o, e o comeram diante de todos. Quando esses canibais encontraram Willow, ela disse a eles que existia um tesouro de penas de papagaios e que eles poderiam conquistá-lo se dessem as mãos formando uma cadeia humana e descessem ao segundo mundo. Com a tia ela havia aprendido um cântico para protegê-los dos maus espíritos, um canto estridente e choroso que mascarava os gritos daqueles que, agarrados aos pulsos de seus antecessores, caíam para a morte.

Lucy bebia champanhe e refletia sobre os detalhes do que estava ouvindo, tentando tirar algum sentido da história.

— Você tem um bom domínio do alemão?

— Estudei alemão durante um ano na faculdade. Podia ler os textos com facilidade.

— Alguma vez pensou em alemão?

— Às vezes, quando estava sonhando.

— O que mais Willow contou sobre a caverna?

— Ela disse que havia um cômodo com mil olhos que tinha vida e respirava, o que pode ser aquele espaço com a mica e os morcegos. Ela mencionou uma parede com um desenho de Coatimundi. Finalmente, havia uma piscina brilhante em uma grande sala com lanças que brotavam do chão. Os Mimbres acreditavam que a piscina cintilava por conta da luz do céu subterrâneo. Eles não entravam na água porque tinham medo de passar para o outro lado e perturbar o equilíbrio entre a vida e a morte. Não sabiam o que poderia acontecer.

— Ela não mencionou a câmara com o quartzo?

— Não.

A risada de Lucy tinha um toque animado de champanhe.

— Mil anos é muito tempo. Talvez ela tenha esquecido.

— Talvez eu não conheça a palavra alemã para "quartzo"?

— Então, isso tem acontecido desde que você tirou a vasilha da caverna e foi picado?

— As alucinações começaram quando eu voltava para casa. As conversas vieram depois.

— Mas não perderam intensidade, como aconteceu com as outras reações?

— Não. Na verdade, estão mais lúcidas e assertivas.

— Assertivas? Como?

— Ela afirma ser um fantasma cujo espírito ficou preso em sua cerâmica fúnebre há mil anos, diz que não é parte de mim, não é uma alucinação.

— Ela fala. Ela também se move ou sai da vasilha?

— Sim, ela sai da vasilha e adquire o tamanho de uma pessoa normal.

Lucy o encarou curiosa.

— Ela tem um corpo físico? Já tentou tocá-la?

Onde, Jack imaginou, ela queria chegar com tantas perguntas? Ele balançou a cabeça.

— Não. Não creio que haja alguma coisa para tocar.

— Ela sempre usa a máscara?

— Sempre. Às vezes posso ver seus olhos.

— Tem estado sob muito estresse recentemente?

— Além da picada, do dedo sem corpo e de você? Não.

— Eu sou motivo de estresse para você?

— Não o suficiente para provocar alucinações.

— Então me diga, por que eu seria motivo de estresse? — Ela estava sorrindo, provocando.

— Gosto de uma vida quieta, protegida. Não estou acostumado a ser afetado por mulheres estranhas. Não nos últimos tempos, pelo menos. Está causando... complicações.

Ela estava consciente do fato de estar flertando. Imaginava se Jack também havia notado, se havia sido óbvio para ele. Estava habituada a flertar com os homens de um jeito muito inofensivo, conferindo seu poder de atração ou poder ou qualquer que fosse o nome para esse magnetismo, mas era profissionalmente cuidadosa. O que acontecia ali era diferente. Não podia dizer onde estavam os limites. Isso a deixava um pouco ansiosa.

— Conseguiu isolar-se de tudo que o irrita, não é?

— Tenho vários projetos muito antigos em mente. Permaneço concentrado neles. Isso me mantém são. Qual é o seu segredo?

— Fui na direção oposta. Posso ser sã, mas não estou tão satisfeita assim com o atual estado de coisas. Você se concentra em experiências. Eu crio a burocracia que necessita de alimento constante. É raro que eu consiga sair para ir visitar os sítios, muito menos para ir procurá-los. Por isso seus mapas significam tanto para mim. Em resumo, eu angario dinheiro. Essa é minha vida, pedir dinheiro às pessoas. E quero sair desse ramo pela mesma razão que o fez desistir de comercializar objetos antigos. Tudo passa a ter um valor.

— O que quer fazer?

— Meter as mãos na terra.

— Como eu?

Ela riu.

— Tenho todos os seus sítios para escavar, lembra?

— Meter as mãos na terra é praticamente a única coisa que ainda faz sentido.

— Sim, é o que me permite fingir que ainda vivo no mundo natural.

— Há uma extraordinária cerâmica Mimbres de dois ursos conectados pelo cordão umbilical a um homem embrionário entre eles. Por trás e pela frente o homem é uma junção de pequenos campos de milho. Ele joga as mãos para cima contra os ursos, contra seus criadores. Não pode negá-los, mas quer escapar de seu insuportável elo com a natureza. Queremos a vida fácil das ceifas, das máquinas e das rodas, da gasolina e da eletricidade... queremos o subsídio.

— O homem se liga aos ursos por um cordão umbilical? Por que ursos?

— Porque são animais espertos, com características humanas. Em um tempo, houve uma ligação muito forte entre índios e ursos. Quando eu era garoto, fui para o Alasca trabalhar em um barco de pesca. Acabei indo morar em uma ilha que era o lar para diversos clãs de ursos idosos. O Conselho Cultural Nativo era controlado pelos Índios Cristãos Fundamentalistas, que consideravam os tradicionalistas um bando de pagãos problemáticos porque eles se opunham à idéia de o Conselho derrubar as florestas, construir diques e tirar os ursos dali. Quando cheguei à ilha, os homens mais velhos contavam histórias sobre os ursos, sobre como eles eram usados pelas pessoas e como devíamos pensar nos ursos, mas nunca diziam o nome do urso em seu idioma.

— Por que não?

— Acho que acreditavam que o nome era parte do urso. Quando se diz o nome dele, ele reverbera no espírito do animal e invoca um urso muito poderoso e perigoso.

— Como eles falavam sobre o urso, se não podiam dizer o nome dele?

— Chamando-o por outros nomes. "Lugar escuro", "Boca melada", "Homem de quatro pernas" e "Poderoso rato bestial" são alguns de que me lembro. Um lugar chamado Badger Creek é realmente Bear Creek, ou rio Urso, mas é necessário viver lá por algum tempo antes de compreender essas sutilezas.

— Quer dizer que a metáfora desvia a mente do verdadeiro urso?

— Os homens do clã do urso diriam que isso mantém a mente do urso longe de você.

— Eles deviam ter ursos bem estúpidos.

— Tem sorte por não haver nenhum urso por aqui, porque eles a comeriam.

— Se você estivesse comigo, eu não teria de me preocupar com os ursos.

— Acha que eu poderia salvá-la de um urso?

— Estou apostando na força das suas pernas. Correríamos juntos.

— Nem sempre isso funciona. Eles gostam de perseguir as presas mais agitadas.

— Encontrou os ursos sobre os quais falaram esses homens idosos?

— Conheci muitos ursos, mas não sei se eram os mesmos. Acabei indo viver do outro lado da ilha, onde Jessup Conklin me emprestou um de seus chalés.

— Subiu a montanha para ver o que havia lá em cima e simplesmente encontrou Jessup?

— Eu o conheci em um bar no continente. Ele estava ficando velho, e era cada vez mais difícil para ele suportar o inverno ali sozinho, e então ele passou a viver na cidade de novembro a maio. Ele disse que se eu o ajudasse em algumas coisas poderia conhecer os ursos. Bem, essas coisas transformaram-se em 14 horas diárias de trabalho, e eu não vi um único urso. De vez em quando ele apontava para as montanhas, para alguns buracos negros na neve. "Os ursos vivem lá em cima naquelas cavernas. Qualquer dia desses eles vão descer em busca da grama mais fresca. É o que eles comem na primavera." Depois de algumas semanas ouvindo isso, percebi que havia sido enganado. Uma tarde, caminhei até um campo próximo para ver as flores que desabrochavam. Por serem de um tom castanho-escuro, Jessup as chamava de lírios chocolate. Havia um pequeno campo dessas flores, e no meio do campo havia um trecho de grama muito macia. Eu me deitei ali e adormeci.

— O que aconteceu?

— Uma hora mais tarde tomei consciência de que não estava sozinho. Meus olhos estavam fechados, e eu não sabia se estava sonhando ou não, mas podia ouvir o som de grandes criaturas mastigando. Era um mastigar lento. Abri os olhos e vi ursos por todos os lados. Eles certamente sabiam que eu estava ali, mas não se importavam com isso. Fiquei imóvel por um bom tempo, só por precaução. Quando me sentei, bem devagar, eles estavam escavando os botões de lírio chocolate e comendo as flores. Os botões eram uma iguaria para os ursos. Mais saborosos que eu, pelo menos. Alguns deles levantaram as cabeças, mas continuaram cavando e comendo, cavando e comendo. Depois de um tempo, voltei à casa de Jessup e relatei minha experiência. Ele olhou pela janela e disse: "Mokie, Honey, Tansy, Adam, Geraldine e Christabol. Eles superaram bem o inverno, exceto por Adam. Está muito magro, talvez por ser velho, como eu. Ele está todo encurvado, como eu. Mas isso não é necessariamente um mau sinal." Então ele saiu e foi conversar com os ursos. Ele os amava. Todas as histórias que contava eram sobre ursos.

Lucy serviu mais champanhe para os dois.

— Conte-me uma.

Jack tirou da bolsa dois sacos de dormir enrolados, deu um deles a Lucy, desenrolou o outro e deitou-se de lado. Com a cabeça apoiada em um braço, bebeu alguns goles de champanhe.

— Minha história favorita era sobre um fantasma magro de um homem da Califórnia, Joaquin, que havia aparecido e ficado por lá com seu violino.

Uma noite, depois do jantar, eles fizeram uma fogueira para ajudar a espantar os mosquitos, e Joaquin tocou seu violino para Jessup. Na penumbra, as silhuetas de vários ursos foram surgindo sobre a duna de areia do mar onde eles haviam estado pescando caranguejos. Isso enervou Joaquin, e ele parou de tocar. Jessup fez um sinal indicando que ele deveria continuar, e ele continuou. Os ursos sentaram-se alguns metros longe deles e ouviram. Jessup ficou curioso quanto à intenção dos ursos e manteve-se atento, observando-os pelo canto do olho. Depois de um tempo, os ursos começaram a balançar, girando as cabeças para trás com as bocas abertas e longas línguas para fora.

Lucy tinha a mente cheia de imagens de enormes bestas escuras erguendo as cabeças e lambendo o ar com suas línguas vermelhas e pesadas.

— Jack, por que eles tinham as línguas para fora?

— Jessup dizia que eles queriam provar a música.

— Provar a música? Incrível. — Ela ficou quieta por um momento, revendo as imagens mentais, depois desenrolou seu saco de dormir, esticou-o ao lado do de Jack e deitou-se, pressionando as costas contra seu peito. — Estou ficando com frio. Você se incomoda?

— Acho que posso me habituar com isso.

Ela estendeu o braço e puxou a mão dele para cima de seu ombro.

Ficaram ali deitados lado a lado por um longo tempo, até que ela disse:

— Boa noite, Jack.

— Tenha bons sonhos.

Quando começou a cochilar, ela se tornou uma gigantesca besta castanha com hálito de lírios chocolate lambendo o ar para sentir o sabor da música.

CATORZE

Às três da tarde, Anita havia se tornado indiferente a Magrelo e Rato. Odiava editar, atividade que sacrificava seus olhos e seu traseiro. O consumo bem dosado de álcool amenizava o sofrimento. Por volta das seis e meia, ela sugeriu que todos fossem jantar. Billy e Henri desceram da van e examinaram o céu.

— Não suporto mais um minuto de FNH por hoje, docinho. Meu cérebro parou de funcionar. Talvez possamos ir caminhar um pouco depois do jantar.

— Nós, e enfatizo o pronome nós, não podemos sair desse maldito hotel até Jack retornar de sua inocente expedição à caverna com Lucy, porque ele vai nos dar cobertura para deixarmos a cidade, o que, espero, deve acontecer em breve.

Passaram pelo bar a caminho do restaurante. Luzes pequeninas e bem localizadas faziam as prateleiras de vidro brilharem sob as garrafas de uísque e conhaque alinhadas diante de um grande espelho no bar. Uma mulher alta e exuberante com ombros largos e seios fartos, alguém com cerca de 45 anos, estava sentada na ponta do balcão segurando um drinque. Com a outra mão ela massageava o ombro e o braço doloridos depois de horas ao volante do carro. Ela olhava para si mesma pelo espelho atrás das garrafas de uísque e conhaque.

Henri parou, notando sua perturbação, apresentou todos que o acompanhavam e perguntou:

— Não quer se juntar a nós, madame?

Ele era pequeno, de aparência inofensiva e até elegante em suas roupas pretas de estilo retrô, e sua voz tinha um acento francês que era relaxante.

Juntas, todas essas características desarmaram seu sensor de sanidade. Além do mais, estava um pouco inebriada. Mesmo assim, sabia que devia ter cuidado.

Henri notou sua hesitação.

— Está cansada da viagem e precisa comer alguma coisa. Sim? — ele perguntou entusiasmado. Henri jamais poderia seduzir de maneira consciente. Estava apenas cumprindo seu dever com a raça humana, o que o tornava basicamente atraente.

— Delores McKenzie — ela se apresentou, com um pálido sotaque de Oklahoma, acento que ia se tornando mais notável com a ingestão do álcool e a gradativa aproximação de casa. — Será um prazer juntar-me a vocês. — Levando o drinque, ela os seguiu para o restaurante. — Estou a caminho da cidade de Oklahoma para ir ver minha mãe depois de três anos trabalhando para um bando de cobras diabólicas em San Francisco. Fui chutada porque feri seus sentimentos. Eu odiava aquela gente.

— Para quais cobras diabólicas esteve trabalhando? — perguntou Henri.

— Ah, era um grupo ambiental que afirmava lutar pela salvação das espécies em extinção, mas que lutava pelo próprio bolso acima de tudo.

Anita tentava ignorar Delores.

— Podemos pedir a comida?

— Meu bem, você deve ser do Texas. Devia ter dito. De onde é? Eu apostaria meu dinheiro no encantador Lubbock Valley.

— Será que podemos não falar sobre o Texas? — Anita resmungou sem erguer os olhos do cardápio.

— Como quiser, queridinha.

— Ainda estamos esperando para ouvir sobre suas serpentes diabólicas — Henri insistiu.

A garçonete anotou os pedidos de comida e bebida. Delores quis um uísque triplo e bebeu alguns goles antes de abrir fogo contra as cobras em questão.

— O grupo para o qual eu trabalhava foi fundado na década de 1950 por pessoas sérias e comprometidas. Na década de 1980, os advogados assumiram o controle da operação quando perceberam que poderiam enriquecer processando corporações gananciosas e propondo acordos milionários. Esse dinheiro passava direto pela fundação e ia para os bolsos dos advogados.

A revelação chamou a atenção de Anita.

— E eles enriqueceram dessa maneira? Escaparam ilesos?

— Lamento, meu bem. Estamos falando sobre a terra do leite e do mel

— Estou impressionado — disse Henri.

— Mas tudo isso ficou no passado — Delores continuou contando. — Depois, os substitutos chegaram. Eles convenceram as agências para proteção da vida selvagem e os departamentos de estudos ambientais a fazer uma contagem de todos os animais em risco de extinção encontrados em terras particulares.

Ela parou para esvaziar o copo de uísque. Anita e Billy trocaram um olhar cujo significado era um só: Delores seria excelente material para o vídeo. Ela atendia aos requisitos da única crença que compartilhavam: a ira bem-informada era o principal recheio de um bom documentário. Anita sentiu-se culpada por não ter dado a devida importância à mulher.

— Os novos administradores encontraram uma relação significativa entre rancheiros empobrecidos e espécies em extinção. Em seguida, os banqueiros ameaçaram cobrar a hipoteca dos rancheiros pressionados que vendiam suas terras para a fundação... e que eram postas novamente no mercado. O novo comprador tem de assinar um acordo de não-desenvolvimento com os federais, o que, é claro, é um presente para os super-ricos.

— Por que é um presente? — Anita perguntou, curiosa.

— Eles obtêm grandes reduções de impostos por concordarem com a determinação do não-desenvolvimento, o que permite que acumulem dezenas de milhares de acres do vasto Oeste como seu playground pessoal. — Ela parou para provar a nova dose tripla que acabara de ser servida.

Henri mantinha o bloco aberto e anotava tudo, atento como um coelho em ambiente hostil.

— Naturalmente, os novos administradores levavam sua parte nas duas vendas. Valores indecentes, quantias que haviam passado décadas trancadas dentro de vacas comendo grama, foram subitamente liberadas, *sploosh*! Todos estão nadando na liquidez de uma forma ou de outra.

Henri sorriu.

— A América é linda.

Delores bebeu mais um pouco de uísque.

— Mas essa nova equipe... o comando dos contadores, está assumindo o controle, fazendo dinheiro rápido usando freelancers comissionados que convencem os enfraquecidos ricos a se separarem de parte de seu dinheiro e depois desaparecem. O estilo desses prestadores de serviço eventuais é sincero, como o dos novos âncoras da tevê ou dos acompanhantes que circulam em Hollywood, e muito eficiente com os negligentes dos fundos de pensão e os cordeiros liberais sobrecarregados com suas gordas heranças.

Anita se sentiu muito melhor sobre sua relação com o FNH. No mundo da ganância, ela não era considerada nem mesmo um grão de areia.

A admiração de Henri pelas coisas da América atingiu um novo patamar. Ele saboreava a racionalidade distorcida junto com sua vodca.

— Creio ter visto os tais freelancers envolventes numa festa recentemente. São pessoas muito astutas, madame.

A recepcionista do hotel aproximou-se da mesa. Ela se inclinou e sussurrou alguma coisa para Anita, que pediu licença para ir atender a um telefonema e seguiu a funcionária até o saguão.

Anita segurava o fone um pouco afastado do ouvido. O homem do outro lado da linha gritava, talvez embriagado, e ela levou alguns segundos para compreender que estava falando com Philip.

— Você devia ter telefonado há uma hora — ele berrava. — Que diabo está acontecendo aí? Eu já estava quase...

— Alô. Alô. Aqui é Anita. Pare de gritar. Lucy e Jack ainda não voltaram. Nós os esperávamos mais cedo.

Philip, que não estava habituado a ser interrompido, berrava ainda mais alto.

— Por que diabo um de vocês não foi procurá-los na caverna?

— A menos que queira falar sozinho, é melhor baixar o tom de voz, professor. Não temos a menor idéia de onde fica essa tal caverna. Além do mais, não podemos deixar o hotel por causa dos Irmãos Grimm: Magrelo e Rato. Sendo assim, estamos presos aqui.

— Acha que está falando coisa com coisa? Por acaso está bêbada?

— Vá para o inferno, palhaço. Se quer sua Lucy, venha até aqui e vá procurá-la pessoalmente. — Anita percebeu que estava mesmo embriagada. Já se preparava para pedir desculpas quando Philip arremessou o telefone contra a parede do quarto. Ainda era possível ouvir seus gritos distantes.

Quando foi apanhar o fone, já havia recuperado o controle.

— Se Lucy aparecer, por favor, diga a ela que estarei aí o mais depressa possível. Talvez ainda consiga embarcar num vôo noturno no Reagan. Lamento muito por ter gritado. As coisas não estão muito calmas por aqui.

— Sim, compreendo o que está dizendo. Conheço a sensação. Darei seu recado. — Anita devolveu o fone à recepcionista e agradeceu com um movimento de cabeça. O gerente parecia estar embaraçado. Anita sorriu. — Devia ter escutado o que ele me disse — comentou como explicação para seu comportamento antes de dirigir-se ao restaurante.

Todos olharam para ela esperando por um relatório.

— Era o Dr. Big Bone procurando por Lucy, a menina má, que não telefonou na hora combinada. Ele tem um lado bem grosseiro... e teve a audácia de sugerir que estou bêbada.

— Você está bêbada — opinou Billy.

— Eu sei. Mas não preciso de ninguém me dizendo que estou bêbada. É muito rude dizer às pessoas que elas estão bêbadas... Billy.

A ansiedade de Henri rivalizava com o efeito relaxante do álcool.

— Talvez... talvez... devamos ir até a casa de Jack procurar por pistas?

— Pistas? — perguntou Anita.

— Sim. É sempre bom procurar por pistas, como o mapa com, como vocês dizem, o X demarcado.

— Isso é inútil — Billy opinou. — Se estiveram na caverna, duvido que ainda estejam lá agora. Eles vão aparecer quando julgarem apropriado.

— Ainda acho que devemos ir à casa de Jack — insistiu Henri. Estava muito preocupado com Lucy e sentia que deviam fazer alguma coisa, qualquer coisa.

— Só tenho duas palavras para dizer — respondeu Anita. — Magrelo e Rato. Lembram? Eles certamente se lembram de você, de mim e do nariz de Billy. E da van. Não quero ser encontrada numa estrada deserta e à noite.

— E se usássemos outro carro e disfarces? — sugeriu Billy.

— De onde virá esse "outro carro"? — Anita quis saber. — Lucy não deixou as chaves de seu automóvel alugado.

Billy sorriu para Delores.

— Tem um pouco de tempo antes de partir, não é?

— Para você, docinho, se Deus já não me houvesse brindado com esse precioso presente, eu mesma criaria o tempo. Mas gostaria de saber que papel seus bons companheiros, Magrelo e Rato, desempenham nessa história.

— Digamos que foi uma invasão de território recíproca — Billy contou. Depois apontou para o próprio nariz. — Uma mulher chamada Lucy acertou a cabeça de Magrelo com uma garrafa de catchup e minha preciosa aqui pôs seu 38 na cara de Rato. As mulheres os deixaram viver, por motivos que, francamente, não compreendo muito bem. Agora eles estão atrás de nós. Então, que tal juntar-se ao grupo, conhecer o mundo?

— Ainda tem seu 38, querida? — perguntou Delores.

— Está aqui comigo, para ser bem franca — Anita revelou.

— Vamos ter de descarregar meu carro. Depois de três anos em San Francisco, você acaba acumulando uma quantidade impressionante de objetos inúteis.

Anita comia suas costeletas de carneiro e pensava. A proteína parecia exercer um efeito positivo em sua capacidade de raciocinar.

— Jack e Lucy podem voltar esta noite, e nós não vamos fazer muita coisa no escuro. Além do mais, estamos todos embriagados demais. Vamos descarregar o carro de Delores depois do jantar, e amanhã cedo partiremos. Prefiro enfrentar os riscos à luz do dia. Além do mais, podemos encontrar aquelas crianças que estão sempre com ele. Elas podem saber alguma coisa. — Anita decidiu que essa seria uma boa chance de parecer heróica e corajosa aos olhos de Jack, e, além disso, surpreender Jack e Lucy numa situação comprometedora justificaria suas suspeitas.

No estado de intoxicação em que se encontravam, todos pareciam considerar o plano razoável, opinião que emitiram através de vários ruídos e gestos enquanto devoravam a refeição. Henri, que havia substituído a vodca por lombo de porco bem passado, era o único que não estava comendo. Ele mantinha o bloco de anotações aberto e escrevia. Já havia anotado: "Carro de Delores, 38, querida, rancheiros empobrecidos e rancheiros pressionados", quando Delores esticou o pescoço para ler a lista.

— O que está escrevendo, papaizinho?

Henri olhou em volta. Depois sorriu e fechou o bloco.

— Adoro imaginar, como vocês dizem, esquemas. Tenho uma companhia, a Arte Marte. É um bom nome, não acham?

— O que ela faz? — quis saber Delores.

— Pela rede, vendemos o Cérebro de Einstein em uma corrente, O Sabonete do Papa em uma corda, As Glândulas da Culpa em potes de cristal, e vários outros itens, como as Orelhas de Vincent, é claro, e Tintura de Testosterona de Ernest. Como vocês dizem... presentes para entes queridos.

— Precisa de uma sócia? — Delores indagou, fazendo uma piada da qual poderia tirar proveito. — Já trabalhei com publicidade. Escrevia slogans.

Ele estava tentando acender um cigarro, mas a coincidência o fez perder a coordenação. Henri olhou para Delores, acendendo o isqueiro. Ela o estava deixando tonto.

Anita entregou a conta e o cartão de crédito à garçonete.

Os empregados do restaurante estavam fascinados com Henri, a quem haviam confundido com Ben Wang, o Grande Escritor, cuja anunciada chegada à cidade havia sido muito noticiada. O gerente, as garçonetes e dois empregados da cozinha se reuniram em torno dele.

— Os funcionários e eu queremos fazer um pedido — disse o gerente. — Só agora percebemos que estava na cidade e hospedado no hotel.

Ficaríamos honrados se escrevesse algumas palavras para serem deixadas na entrada do restaurante. Além disso, a administração gostaria de oferecer o jantar desta noite como cortesia. É uma honra tê-lo como nosso hóspede.

— Realmente? Quaisquer palavras? — Ele sabia que havia algo de errado, mas estava bêbado demais para compreender que era vítima de um caso de erro de identidade. — Muito bem, o que devo escrever? — Ele olhou para os companheiros em torno da mesa. — Alguém quer sugerir?

Todos estavam igualmente perplexos, exceto, é claro, Delores, que não podia saber que ninguém em toda a América, além de alguns poucos professores, saberiam identificar corretamente esse homem. Henri estava completamente confuso, mas gostava da idéia de ser reconhecido e receber presentes.

A garçonete foi buscar várias folhas de papel timbrado do hotel e uma caneta esferográfica. Ele escreveu: "Para todas as fadas e os duendes que abençoam esse extraordinário palácio em Silverado, o coração entrópico da América." Depois ele rasgou outra folha em tiras e copiou palavras aleatórias de seu bloco de capa vermelha, assinou-as, e as distribuiu como se fossem gorjetas. Os funcionários olhavam para suas tiras, sorriam para Henri, agradeciam e se afastavam confusos. Um disse: "Biscoito da fortuna Ben Wang".

— Vamos esvaziar o carro amanhã — decidiu Delores. — Acho que agora todos precisamos de travesseiros. Foi ótimo conhecer vocês. Até amanhã. — Ela beijou o rosto de Henri e se afastou cambaleando.

Billy e Anita o ajudaram a levantar-se da cadeira e o conduziram pela escada até o quarto, para a cama. Suas últimas palavras foram:

— Palavras por dinheiro, este é meu lema. *Palabras para dinero. Les mots pour les Euros. Verba pro pecunia. Worten für geld.*

Anita considerou se seria pessoal demais remover seus sapatos. Ela encontrou uma solução intermediária desamarrando-os.

No quarto que ocupavam, ela e Billy ouviram um dos sapatos cair no chão, depois o outro. Começaram a se despir trocando beijos e carícias. Billy era uma espécie de maravilha tripla — cinegrafista, editor e físico —, mas podia ser tão pouco prático e teimoso quanto um ornamento de chapéu. Ela precisava trabalhar duro para conseguir o que queria, e às vezes se perguntava se o esforço era recompensado, até ver as cenas, as séries editadas, ou até sentir aquele membro rígido penetrando em seu centro aveludado.

Henri, arrancado bruscamente de um estupor alcoólico, abriu os olhos e ouviu. Ah, lá estavam eles novamente. Cambaleando, saiu da cama, se arrastou até o respiradouro e ficou deitado no chão. Olhou pelas frestas horizontais para os pés da cama e viu os pés e os tornozelos nus de Billy. Ah, ele a estava pegando por trás. A imaginação de Henri desabrochou. Os pés de Billy estavam ancorados no chão, mas a cama se chocava contra a parede em uníssono com os gemidos abafados de Anita.

Então tudo parou. Henri viu os pés de Anita tocarem o chão e desaparecerem de vista. Ela o cavalgava, ele imaginou. Estava sobre seu membro. Os pés de Billy davam pequenos saltos pelo quarto. Então eles voltaram à cama e desapareceram. Henri ouviu as molas rangerem e Anita sussurrar:

— Bela cavalgada, caubói. Não esqueça as luzes.

Henri adormeceu no chão e sonhou com Nina, com seu traseiro redondo como um pêssego, suas coxas macias, com a luz da lua penetrando pela janela aberta numa noite de verão.

Henri sentou-se. Estava totalmente vestido, exceto pelos sapatos, e havia alguém batendo na porta. Ele se arrastou até a cama e rastejou para baixo das cobertas.

— Henri, sou eu, Anita. Temos de ir. Está decente? Posso entrar?

Ele começou a tirar as roupas, pensou melhor e sentou-se na beirada da cama. Sua cabeça doía.

— É claro que estou decente. Sou um francês. Entre. — Não lembrava como havia chegado ao quarto.

Anita enfiou a cabeça pela fresta da porta.

— Oi. Achei que devia dormir. Já esvaziamos o carro de Delores. Vou buscar café e pão na cozinha. Encontro você no fundo do prédio em dez minutos, certo? Não esqueça de usar um disfarce.

— Mas eu não me disfarço. Sempre uso preto.

— Fique aqui. Vou buscar alguma coisa marrom-escuro. — Ela bateu a porta e desceu a escada correndo.

Quando Anita finalmente retornou, havia em suas mãos uma camisa estilo havaiana bem larga que ela tomara emprestada de Delores. Henri pôs os óculos escuros que havia comprado na França e, no mesmo instante, assumiu um ar diferente de alguém que fugia de San Francisco correndo na direção errada. Anita imaginou se havia mudado a vida desse homem. Não conseguia imaginá-lo usando preto novamente, nunca mais, ou na França, para ser mais precisa. Desse momento em diante, a vida para Henri seria um grande luau gay.

Os outros trajes eram simples. Billy usava óculos escuros e um boné de beisebol dos Diamondbacks de Arizona, porque assim podia manter o nariz escondido sob a aba. Anita usava seu lenço cor-de-rosa e óculos escuros. Delores vestia calça preta e uma blusa de seda amarela sobre os seios pródigos e soltos.

Passava das dez horas quando o grupo partiu para a casa de Jack. Delores dirigia, Anita viajava no banco do passageiro com o 38 ao alcance da mão e os homens iam atrás. Eram tão óbvios que Magrelo e Rato nem olhariam em sua direção.

Anita segurava o 38 com as duas mãos entre as pernas, e levava a arma destravada. Sentia-se ansiosa e pronta para apertar o gatilho. Abastecida pela cafeína, pela estrada aberta e pela voz de Jim Morrison, ela sentia o medo transformar-se em ódio. Se visse Magrelo e Rato, simplesmente atiraria contra os dois.

Billy podia perceber que ela estava perturbada, mas não tinha idéia de quanto.

— Pêssego, docinho, por favor, ponha sua arma na bolsa. Veremos aqueles sujeitos muito antes de eles compreenderem quem somos, e duvido que eles...

— Cuida da sua vida, Billy Nariz. Lembra-se de quem nos meteu nisso, machão? Não quero morrer porque você sofreu uma súbita e incontrolável intoxicação por testosterona.

— Bem, agora é você quem está prestes a explodir por não conseguir controlar-se.

— Ele tem razão, docinho — disse Delores. — É melhor guardar essa coisa na bolsa. Isso também me deixa nervosa. Já ouvi falar de muita gente que atirou em amigos por engano... ou foi o que disseram.

— Bem, docinho, quando esta coisa disparar, não será por engano. — Mas Anita acionou a trava de segurança e guardou a arma na bolsa. Conseguira o endereço de Jack no catálogo telefônico e estava lendo os números nas caixas de correspondência. — Acho que estamos chegando. O número que procuramos é o 7.736.

Podiam ver As Irmãs perto do rio, trabalhando duro nos homens de barro. Delores guiou seu Honda 1990 para fora da via de pista dupla e pelo acidentado terreno arenoso na direção da casa. Assim que ouviram o som do carro, As Irmãs se levantaram e esperaram com o barro secando em suas mãos e escorrendo por entre os dedos dos pés.

— A caminhonete não está aqui — Anita constatou. — É melhor irmos falar com aquelas meninas perto do rio.

Anita virou o Honda para o lado direito da casa, mantendo as meninas à vista. Ela parou o carro e todos desceram. Anita olhou para trás por cima de um ombro, estudando a estrada. Tinha o 38 preparado, caso fosse necessário usá-lo. Todos esperavam e ouviam, mas só havia o silêncio. Evidentemente, não haviam sido seguidos. Ela desceu a encosta na direção das meninas com os outros caminhando logo atrás.

Henri, que ainda sofria com uma terrível ressaca, não conseguia desviar os olhos dos homens de barro. Como não olhava onde pisava, quase caiu. Os homens de barro eram peculiares, algo saído de um ritual religioso indígena ou mexicano. Mas aquele era o trabalho de Jack. Que tipo de homem fazia tais criaturas? Gostaria de determinar se Jack era um artista ou simplesmente instável. O que ele fazia com essas coisas? Em pé, encarou os homens de barro e teve a sensação de ser analisado por eles.

Anita estudava As Irmãs, tentando lembrar seus nomes.

— SuAnn, Sissy, Sadie e Snake. Certo?

— Sim, senhora — respondeu SuAnn.

— Estamos procurando o Sr. Miller e a Dra. Perelli. Eles estiveram aqui? — Anita tentava esconder o 38 nas dobras da saia, mas todos podiam vê-lo.

— Jack está metido em algum tipo de confusão? — quis saber Sissy, os olhos fixos nas pregas da saia de Anita.

— O Sr. Miller e a Dra. Perelli foram visitar uma velha caverna ontem. Eles deviam ter voltado na noite passada, mas não tivemos notícias deles, e estamos ficando preocupados.

As palavras de Sissy soaram um pouco trêmulas.

— Não vemos Jack há dois... dois dias.

Anita pensou que a menina estava sendo evasiva, o que a fez deduzir que ela sabia de alguma coisa. Todos se entreolharam por um momento.

— Vai atirar nele? — perguntou Snake.

Anita compreendeu que elas haviam notado o revólver.

— Não, não. A arma não é para Jack. É para outra pessoa. — Estava agitada. Era difícil demais explicar uma situação tão insólita.

— Vai atirar na mulher?

— Não, querida. Não vou atirar na mulher. Se Jack voltar, por favor, peçam a ele para telefonar para Anita no Priscilla Hotel. Farão isso por mim? Prometo que não vou atirar contra Jack ou contra a mulher que está com ele. Certo?

— Em quem vai atirar? — Snake persistiu.

— Não vou atirar em ninguém. — Ela se virou e olhou para a estrada por um segundo. — Este revólver é só... para praticar tiro ao alvo.

— De quem está com medo?

Anita estava perturbada demais para conversar. Já havia preocupado as meninas com a história sobre Jack. Ela olhou em volta como se só então notasse os homens de barro.

— Que coisas são essas? Vocês as fizeram? — Então, ela olhou realmente para As Irmãs. Estava cercada por aborígines. Anita ouviu o som de um veículo na estrada e virou-se a tempo de ver o objeto reluzente percorrendo a tira de asfalto em alta velocidade. Era apenas mais uma caminhonete Toyota desprovida de silencioso, mas ela estava abalada.

Billy aproximou-se, passou um braço em torno de seus ombros e afagou-os. Ela tremia. Ele sussurrou em seu ouvido:

— Está tudo bem, querida. Está tudo bem. Deixe-me ficar com a arma. Está assustando as crianças.

Ela olhou em volta para os homens de barro, pensou em usá-los como alvo para prática de tiro, só para amenizar a tensão, mas desistiu e entregou o revólver a Billy. A trava de segurança não estava acionada. Ele a acionou e guardou a arma no bolso. O espaço era apertado. As Irmãs riram, exceto Snake, mas todas estavam aliviadas.

— Acham que haveria algum problema se déssemos uma olhada na casa? — indagou Billy. — Pensamos que pode haver um mapa para a caverna.

Sadie não os deixaria chegar perto da casa.

— Vocês jamais o encontrariam, mesmo que ele existisse. Primeiro, porque Jack tem muitos mapas. Depois, porque a casa é uma confusão de lixo e coisas estranhas. E para terminar, Jack não gostaria de saber que estiveram lá dentro. Não.

— Além do mais — acrescentou Sissy —, se ele tiver um mapa para a caverna, deve tê-lo levado.

— Bem, vocês meninas devem saber — Billy resignou-se. — Vamos voltar para o hotel e esperar. Se souberem alguma coisa, ou se quiserem falar conosco, liguem para o Priscilla Hotel e peçam para chamar Billy ou Anita. Entenderam?

— Certamente. Somos capazes de telefonar. Temos um telefone em casa. Até logo.

— Até logo — disse Billy. — Henri, já estamos indo. — Billy olhou para Anita. — Bem, a idéia pareceu boa ontem à noite.

Henri libertou-se do poderoso magnetismo dos homens de barro e seguiu o grupo.

As Irmãs os viram partir no Honda. Assim que o carro desapareceu de vista, elas olharam umas para as outras, todas com o mesmo pensamento, inclusive Snake.

— Primeiro vamos nos lavar — SuAnn avisou. Todas foram ao riacho, retiraram o barro das mãos e correram para a casa. Nunca haviam entrado na casa de Jack sem terem sido convidadas, mas isso era diferente. Era uma emergência. Elas revistaram toda a casa, mas os únicos mapas que encontraram foram os do Serviço Florestal na parede do escritório de Jack, o que as fez perceber que não poderiam mesmo identificar um mapa ou diferenciá-lo de outros.

Depois de uma hora, Sadie teve uma revelação. Não havia caverna.

— Aposto que eles sumiram para fazer aquilo.

Sissy arregalou os olhos.

— É mesmo? Acha que eles estão fazendo aquilo?

— Lembra-se de como ela o olhou na frente da loja? Ela o quer muito.

A educação sexual das meninas consistia em comentários ouvidos de adultos desconhecidos e fragmentos disso e daquilo entre Marguerite e suas amigas, ou coisas que escutavam pressionando os ouvidos contra o alumínio frio do *trailer* bem perto da cama da mãe, quando eram banidas para que Marguerite e um sujeito qualquer pudessem ter um pouco de "paz e sossego". O que ouviam não era pacífico nem sossegado.

As Irmãs voltaram para perto do riacho e ficaram entre os homens de barro discutindo sexo. SuAnn e Sissy conheciam os aspectos mais básicos, mas nenhuma delas entendia a questão do ponto de vista da paixão. Snake estava repugnada, é claro. Não queria nem pensar em Jack fazendo aquelas coisas... Ela se afastou e foi espalhar mais gordura em Oliver Oil.

QUINZE

Quando ele acordou, Lucy estava sentada com o rosto voltado para cima, olhando para a escuridão. Jack esperou, pensando que ela podia ter ouvido alguma coisa. Ela teve um sobressalto ao ouvi-lo perguntar:

— Que horas são?

— Não sei. Espere um minuto. — Lucy vasculhou os bolsos em busca do relógio. — Seis e meia. O céu já está claro.

— Há quanto tempo está acordada?

— Pouco.

— Vamos fazer café e comer alguma coisa. — Jack acendeu sua lâmpada, colocou o capacete sobre uma pedra para poder enxergar Lucy e começou a se movimentar. De uma das mochilas, ele retirou um pequeno fogão de acampamento, café solúvel e as barras de granola, depois pôs a água para ferver. — Ainda temos algum tempo antes de Kills The Deer chegar aqui.

— Está muito confiante de que ele vai nos encontrar.

— Receio que ele seja nossa única esperança. É melhor que ele venha.

— Se eu conseguir encontrar um meio para sairmos daqui antes de Kills The Deer chegar, eu fico com o homem do gelo, está bem? — Lucy propôs.

— Acha que há outra saída?

— Talvez.

— Tudo bem. Se sairmos, o homem do gelo será seu. O que tem em mente?

— A piscina brilhante de Willow.

— Luz do sol?

— É a única coisa que faz sentido para mim. Nunca vi uma, mas já ouvi falar em piscinas em cavernas que refletem a luz do sol. Imagino que ainda estamos de nove a 12 metros acima do piso do *canyon*. A piscina pode ser a mesma que vimos da plataforma.

Lucy apostava nas sugestões inconscientes de Becker ou acreditava que Willow podia ser mais do que uma simples projeção mental? Talvez estivesse apenas tão assustada quanto ele, o que a tornava propensa a tentar qualquer coisa.

— Acredita que há uma saída através da piscina?

— Não sei. Temos de ir verificar. — Ela sorriu. — Até agora Willow não cometeu nenhum erro.

— E se ela estiver certa e nós acabarmos no primeiro mundo?

— Não terei meu homem do gelo.

Encheram os bolsos com barras de granola e pilhas novas e começaram a refazer o caminho para o teto cheio de morcegos.

Uma hora depois eles olhavam para cima, para o cobertor de morcegos que forrava o teto no aposento com olhos de mica.

— Ouviu essas coisas ontem à noite? — Jack perguntou.

— Já devia estar dormindo quando eles partiram, mas ouvi quando voltaram hoje de manhã. Eles sobrevoaram a área onde estávamos deitados, como se quisessem estudar os visitantes. Senti o vento provocado por suas asas.

Depois de muito tempo manobrando por entre brechas e passagens estreitas, encontraram uma câmara grande o bastante para poderem ficar em pé, um lugar cujo piso era apenas uma superfície plana. As lâmpadas encontraram as paredes e descobriram desenhos de um metro de altura de Coatimundi usando uma máscara de homem sorridente. Ele estava sentado como um homem devia sentar e sua espessa cauda era mantida arqueada sobre suas costas. No final da cauda havia um jovem papagaio com as asas abertas para manter o equilíbrio, seu bico aberto. A cabeça de Coatimundi estava virada, como se ele conversasse com o papagaio.

Lucy olhou para o pássaro.

— Eles estão definitivamente em conluio, decidindo o destino da raça humana, sem dúvida.

— Willow não disse nada sobre o papagaio — Jack comentou. — É de se pensar...

— Por favor, tente não pensar. Você vive em outro mundo, e nem o conhece direito. Acredita ser um homem conservador e racional, mas não é.

— Coisas acontecem.

— Coisas acontecem? — Ela riu. — Vamos ver se encontramos a piscina subterrânea de Willow.

A câmara prosseguia numa descida inclinada, depois se dividia em direções distintas. Após uma consulta ao compasso de Jack, decidiram seguir pela caverna à direita que, pela lógica, os levaria na direção do *canyon*. Depois de uma árdua escalada, de muito rastejarem e descerem diversas encostas, penetraram em uma nova câmara do tamanho de uma casa de dois andares com um teto arredondado cheio de estalactites. O piso lembrava um campo de lanças de pedra. Eles caminharam por entre as formações pontiagudas até chegarem a uma piscina escura.

— Há algo estranho no cheiro deste lugar — Jack opinou. — Não é o mesmo cheiro do resto da caverna.

— O que há de diferente ou estranho?

— Água fresca... ou imaginação em excesso gerada pelo desejo.

Quando se aproximaram da piscina, a luz das lâmpadas dos capacetes fragmentou-se sobre a superfície da água, refletindo alto na parede da caverna e, ao mesmo tempo, penetrando na piscina e sob a parede.

— Não está brilhando — Jack constatou com tom neutro, apesar da enorme decepção.

— Droga — praguejou Lucy.

Eles apagaram as lâmpadas e ficaram no escuro por vários minutos, esperando e torcendo. Uma luminosidade muito pálida surgiu. Gradualmente, ela começou a ganhar brilho.

— Está vendo uma luz? — Jack perguntou.

— Sim, mas são nossos olhos ou ela está na água?

O brilho permanecia com eles mesmo quando fechavam os olhos ou desviavam o olhar.

— É uma miragem — ela concluiu.

— Uma miragem pode deixar impressões de imagem?

Eles se concentraram na piscina e esperaram, fechando e abrindo os olhos. O brilho parecia vir por baixo da parede, de longe e do fundo.

Jack moveu a mão diante dos olhos.

— Posso ver meus dedos. Isso é uma luz natural filtrada sabe Deus por quantos metros de água. Como estão seus pulmões?

— Melhores do que a média, mas não tenho a menor idéia de quanto tempo levaríamos para nadar até o outro lado. E os seus?

Houve uma longa pausa, e ela tentou imaginar o que poderia estar passando pela cabeça de Jack. Finalmente ele disse:

— Magrelo e Rato podem estar lá fora.

— Cuidado com os olhos. Vou acender a lâmpada. — Depois de adaptar-se à claridade, ela consultou o relógio. — Temos tempo suficiente para avisar Kills The Deer. Não sairemos de Albuquerque em menos de uma hora.

— Quem vai primeiro?

— Tem certeza de que quer ir? — ela indagou.

— Nem pense nisso. Nós vamos conseguir. É possível percorrer uma longa distância nadando em 60 segundos.

A luz se apagou, e ele ouviu o barulho do capacete se chocando com o chão.

— O que está fazendo?

— Tirando a roupa. Vamos deixar os olhares de curiosidade e desejo para depois, quando estivermos salvos. Respire profundamente por cerca de três minutos antes de ir. Isso vai levar mais oxigênio ao sangue.

Ficaram nus no escuro, inalando e exalando como mestres de ioga. Lucy segurou a mão dele e puxou-o para que se sentassem na borda da piscina.

— Pronto?

— Tanto quanto jamais estarei.

Ela soltou a mão dele. Escorregaram para a água testando a profundidade, depois deram impulso para começar a nadar. Mais um toque de mãos, o último, e eles encheram os pulmões e submergiram para o céu subterrâneo de Willow, nadando lado a lado. Jack já havia contado 20 segundos, e a luz era apenas um pouco mais brilhante. Podia sentir a turbulência dos braços de Lucy e sabia que ela estava a seu lado, mas o brilho pálido só fazia seu peito apertar. Já estava ficando sem ar? A mão dela passou bem perto de seu braço. Um deles estava perdendo o fôlego.

Seus pulmões ardiam. Tentou não pensar nisso e nadar para a luz. Ela ia ganhando brilho, não ia? Sim, estava mais brilhante, definitivamente. Havia perdido a conta. Sua mão tocou a rocha acima deles. Tentou ir mais fundo, mas já estava perdendo o controle do braço. Assim ele se afogaria. Não afundaria. Sempre havia pensado que ia afundar, mas isso viria mais tarde. Primeiro, ficaria preso contra o teto, tentando ir para a frente, mas as pernas e os braços não cooperariam. Ficariam se movendo de um lado para o outro sem propósito ou coordenação. Visto de baixo, ele pareceria um gigantesco inseto desconjuntado, novo na água. Nadando com desespero, indo para nenhum lugar, assinalando para os peixes que o jantar logo seria servido.

Sua cabeça se chocou contra a rocha, e o choque provocou uma forte onda de dor, mas a dor era um fator positivo. Trazia de volta a consciência. Ele se virou para Lucy. Ela havia desaparecido. Olhou para a luz. Estavam próximos. O que havia acontecido com ela? Uma das mãos surgiu de baixo e tocou seu rosto. Ela perdera a direção e caíra alguns metros abaixo dele. Jack olhou para baixo e viu a palidez de seu corpo. Puxou-a pelo braço, e ela recuperou a direção. Iam para a luz, os pulmões ameaçando explodir. Por um momento, a luz tornou-se ofuscante, depois perdeu a intensidade. Ele esticou a mão para cima e tocou a rocha. Lucy passou por ele, desaparecendo no feixe de luz, e depois suas pernas se debateram na água. Ela havia emergido. Jack a seguiu, inalando água e ar, tossindo e sufocando, e respirando ao mesmo tempo, tomado por um pânico forte demais para sentir alegria. Em vez disso, pensava ter penetrado no mundo subterrâneo de Willow; tudo estava de pernas para o ar. O mundo não era o mesmo que ele havia deixado... há anos.

Eles se agarraram à borda, os olhos fechados contra a claridade, arfando como peixes que se afogam no ar. Quando a dor nos pulmões foi cedendo, ela abriu os olhos o suficiente para certificar-se de que Jack estava ali, a seu lado. No início, tudo que conseguiu ver foi a luz brilhando em seus cabelos escuros, nas sobrancelhas, e linhas verticais onduladas. As linhas eram vermelhas. A luz machucava, e ela fechou os olhos novamente. Não podia imaginar o que provocava as linhas vermelhas. Com os olhos semicerrados, estendeu a mão para tocá-lo no rosto. O vermelho descia por seus dedos pelo peito de Jack e se espalhava na piscina.

— Jack, você está sangrando. É sua cabeça. — Ela apalpou o couro cabeludo até encontrar o corte e pressionou-o com firmeza. O sangramento cessou. — Sente-se bem?

Ele ainda arfava, mas já podia falar.

— Eu... nunca... me senti tão bem. — Cansado, sorriu enquanto Lucy lavava o sangue de seu rosto.

— Não creio que seja grave. Os cortes na cabeça sempre sangram muito. Vai ter de mantê-lo comprimido. — Passando o outro braço em torno dele, puxou-o contra seu corpo e sussurrou: — Conseguimos. — E beijou-o no rosto.

Os olhos dele eram como frestas estreitas. Mal podia enxergá-la, tal a intensidade de seu brilho. Era uma sensação estranha a de tê-la pressionada contra seu corpo sem poder vê-la direito, vislumbrando apenas um fantasma radiante quando devia identificar uma pessoa completa. Por um momento pensou em Willow, a quem podia ver inteiramente com contornos reais, mas não podia tocar. Mais que tudo, queria sentir a pressão dos lábios de Lucy nos seus.

O corpo dela foi se afastando. Cada vez mais longe. Ela segurou sua mão e levou-a ao corte, indicando que deveria pressioná-lo.

— Precisa apertar essa região até o sangramento cessar.

Jack virou-se para a margem da piscina, porque assim poderia falar com Lucy sem ver seu corpo nu.

— Estou intrigado.

— Com o quê?

— Não se importou por me abraçar e colar o corpo ao meu, o que foi muito agradável, mas não pode beijar minha boca?

— Se eu o tivesse beijado, você me beijaria de volta, e eu teria desejado esse beijo.

— E isso teria sido...?

— Perigoso, eu acho.

— Então, temos sorte ou azar?

Ela olhou para ele e sorriu.

— Temos sorte por estarmos vivos.

Com voz suave e divertida, Jack respondeu:

— Acho que isso vai ter de ser o bastante.

Depois olhou para a plataforma onde haviam estado no dia anterior, de onde olharam para baixo e imaginaram crianças brincando, gritando e rindo de alegria. Aos poucos, começou a notar o frio entorpecente da água. Depois do que parecia ser uma eternidade, ele se acomodou sobre a rocha.

— Vou dar uma olhada na estrada e ver se nossos amigos estão por perto. Acho melhor ficar aqui até eu ter certeza de que a área está livre. Se eu não voltar em uma hora, acompanhe a corrente na direção daquele *trailer* amarelo que vimos no caminho para cá. Lá vai encontrar alguma coisa com que se cobrir. Será um bom lugar para esperar por Kills The Deer e detê-lo antes que ele venha até aqui. Devo voltar em 30 minutos. Trarei algo que possa usar... Há uma muda de roupas atrás do banco da caminhonete. — Sem olhar para trás, ele ficou em pé e caminhou para o *canyon* e para a encosta.

Lucy o viu desaparecer entre as árvores, pulando de uma pedra para outra, cruzando o riacho. Gostava dele nu. Gostava da forma de seu corpo e de sua agilidade e graça. A mão sobre a cabeça a fez sorrir. Ele não parecia ter dificuldades para andar... um garoto descalço com traseiro redondo.

Encontrando um caminho por entre a vegetação, evitando os espinhos tanto quanto era possível, ele fez um bom tempo. Era estranho pensar na sensação de atravessar a superfície da piscina para a luz do dia, de emergir no primeiro mundo de Willow. Era um explorador nu num mundo desconhecido.

O calor do sol baniu de seu corpo o frio entorpecente. Jack voltou a sentir-se humano. Quando alcançou as rochas que escondiam a estrada e sua caminhonete, parou e ouviu atentamente, respirando devagar e profundamente para recuperar-se do esforço da subida, tentando identificar algum sinal da presença de Magrelo e Rato.

O veículo estava mais acima, no ponto da estrada de onde havia atravessado as costas de dinossauro. Imaginava que os irmãos poderiam ter estacionado atrás de sua caminhonete, mas não os via por ali. Seu ponto de observação privilegiado, a leste, era oculto por uma elevação na estrada. Se ainda estivessem ali, ser visto era algo com que não teria de preocupar-se até alcançar a montanha. O automóvel não parecia ter sido tocado. Ele abriu o capô e constatou que tudo estava em ordem. A sacola de roupas atrás do banco incluía cuecas, calças cáqui, uma blusa de moletom, meias e sandálias, caso caísse na água algum dia.

Ele se vestiu para manter as mãos livres. Além do mais, poderia passar pelos espinhos em maior velocidade se tivesse o corpo protegido pelas roupas. As sandálias poupavam seus pés e conferiam equilíbrio. Já tinha neles mais espinhos do que gostaria de remover. Havia parado de sangrar e já não precisava mais manter a mão na cabeça. Podia descer com dignidade.

Lucy estava deitada sobre a rocha, deixando o sol aquecer seu corpo. Quando ouviu Jack se aproximando, sentou-se de costas para ele, modesta e recatada. Nenhum dos dois sabia como se comportar, e por isso renderam-se aos costumes. Entendiam o que estavam fazendo, e mesmo assim insistiam, embora suas peles nuas houvessem estado em contato meia hora antes. Jack despiu-se até ficar apenas com a cueca e deixou as roupas e as sandálias ao lado dela.

— Trouxe algumas roupas para você — foi tudo que ele conseguiu dizer. Depois se virou, atravessou o riacho e esperou do outro lado dos salgueiros enquanto ela se vestia.

Quando foi encontrá-lo, Lucy já havia recuperado o humor.

— A promessa da civilização — disse — é que iremos ao encontro da morte com graça.

Jack tocou a própria cabeça com um gesto hesitante.

— Não estava me saindo muito bem sozinho.

— Precisamos encontrar um telefone e ligar para Kills The Deer.

Quando saíram da montanha, Jack estudou toda a área tentando encontrar sinais de Magrelo e Rato. Eles deviam estar dormindo, sonhando satisfeitos com o sucesso do plano diabólico.

Ele parou no bar The Little Grande e, usando duas moedas que encontrara no cinzeiro da caminhonete, alimentou o velho telefone público instalado em um poste de aço no estacionamento.

— Bom dia, KD.

— Eu já estava saindo.

— Bem, contarei tudo com detalhes mais tarde. Se acontecer alguma coisa conosco, os culpados serão dois irmãos chamados Magrelo e Rato. Pretende ir ver os homens de barro?

— Eu não perderia esse espetáculo. Para quando espera chuva?

— Meu serviço pessoal de meteorologia afirma que ela virá logo. Estou contando com uma inundação secular.

— Disse Magrelo e Rato?

— Sim. Sujeitos perigosos. Lucy acertou um deles na cabeça com uma garrafa de catchup. Isso o deixou furioso.

— Eu também ficaria furioso com isso.

— Ela teve bons motivos. Mais tarde eu contarei tudo. Estou indo para casa dormir. Cuide-se.

Lucy estava sentada na caminhonete usando suas roupas, ouvindo a conversa.

— Todos vão se lembrar de mim por aqui como a Garota Catchup.

— Aposto que não é por esse nome que Magrelo se refere a você.

— A propósito, você me deve um homem do gelo.

— É verdade. Cuidaremos disso amanhã.

O trajeto até a cidade foi feito em uma hora, mas pareceu mais longo. Nenhum deles jamais havia estudado o mundo com tanto cuidado. Ele parou na frente do Priscilla, o motor da caminhonete ligado, a mente em ponto morto. E sorriu.

— Fique com as roupas.

Lucy gostaria de que ele desligasse o motor e conversasse com ela, mas Jack não fazia nenhum movimento nesse sentido. Então, ela se resignou com a situação e abriu a porta, detendo-se antes de descer.

— Posso beijá-lo?

Não era ao beijo que ele se opunha, mas ao sentimento de perda que o seguiria. Ela se aproximava com a mão estendida, os dedos próximos de seu ombro.

A buzina de um carro soou, fazendo-os olhar para trás. Lucy reconheceu Anita acenando ou espantando mosquitos.

Anita sabia qual era o significado daquele gesto de tocar o ombro. E o ombro estava nu.

Lucy olhou para Jack em sua cueca.

— Estamos encurralados. Vou deixar você ir embora. Eu telefono mais tarde, está bem? — E ela desceu da caminhonete para enfrentar os companheiros.

Jack sorriu, apesar da irritação com Anita. Ele voltou para casa dirigindo e pensando nos lábios de Lucy.

Quando abriu a porta, sua silhueta seminua recortada contra a claridade vazia do mundo iluminado pelo sol, Jack ouviu uma risada contida que logo se transformou numa estrondosa gargalhada. Ele fechou a porta e esperou que Willow se acalmasse. Ela estava sentada sobre a mesa com as pernas abertas.

— Boas-vindas para você também — Jack resmungou.

— O que achou da vida na caverna?

— Não é a maravilha que apregoam.

— Por dois dias estive deitada aqui, pensando em você e em Lucy. É minha hora. Estou madura. Liberte-me, Jack. Tenho mil anos de paixão contida pronta para chover.

Ele apontou para as pernas dela.

— Importa-se?

— Está ofendido? — Willow fechou as pernas. — Sinto-me excitada. Tenho todo um sistema climático para seduzir.

— Encontramos sua piscina brilhante.

— E os esqueletos?

— Sim. E a parede de olhos, Coatimundi, e as lanças.

— Isso deve ter posto sua mente racional em conflito.

— Sim. Mas ficamos presos na caverna e o que nos salvou foi a lógica, ou a falta de lógica de Lucy. De qualquer maneira, sua piscina cintilante leva de volta ao terceiro mundo, não ao primeiro.

— É óbvio que não foi para o primeiro mundo, porque voltou para mim.

— Entramos na piscina. Foi assim que escapamos da caverna.

— É claro que sim. Por isso está aqui usando uma calça curta. Você não foi para o primeiro mundo. Para isso teria de morrer. Então, teria encontrado os sem forma. Eles quase o pegaram, não foi?

Jack tocou o ferimento em sua cabeça.

— Acho que se pode dizer que sim.

— Estou feliz por ter voltado. Caso contrário, eu estaria numa bela encrenca, cheia de luxúria e sem nenhum lugar para onde ir. Estive aqui pensando em você e Lucy fazendo amor...

— Desculpe. Isso não aconteceu.

Ela o ignorou.

— E estou me preparando para fazer chover. Esperei mil anos. Vai ver uma chuva como jamais viu antes. E eu amo você.

— Amou todos eles.

— Tem razão, mas você é o único que está disponível agora.

Jack riu e foi até a cozinha espiar As Irmãs. As meninas conferenciavam. Sadie tinha as mãos na cintura e olhava para a casa. Elas o viram chegar na caminhonete, mas, felizmente, de onde estavam, não podiam ter visto quando saíra do automóvel seminu. O céu era de um azul pálido. Ele voltou à sala.

— Não há uma única nuvem no céu.

— Amanhã, depois de amanhã, no outro dia... As nuvens virão. Está pronto para quebrar minha vasilha?

— Sim, é claro — ele respondeu, apesar de sentir-se abandonado em conseqüência da pergunta. — Onde devo quebrá-la?

— Em sua lareira. A chaminé me lançará para as nuvens.

— Posso colar os pedaços da cerâmica depois?

— E o que fará com minha linda tigela? Vai trocá-la por outra casa? — Jack estava certo de que não havia mencionado a troca de uma cerâmica pela casa. Ela notou sua surpresa e riu.

— Não — respondeu. — Vou devolvê-la ao local de onde a tirei.

— Minha tia gostaria disso. O gesto pode até lhe trazer boa sorte.

Batidas na porta da cozinha interromperam a conversa. Jackson correu até a lavanderia para pegar uma calça e uma camisa. Quando voltou, Sissy, cumprindo uma missão, o esperava na porta. Devia ter visto parte de seu corpo quando passara correndo da sala para o corredor.

— Estávamos preocupadas com você. Aqueles amigos de Lucy estiveram aqui bisbilhotando. Eles são muito intrometidos. Queriam entrar em sua casa, mas nós não permitimos. — A menina esperou pelo elogio.

— Obrigado. Aprecio o que fizeram.

— Já estávamos começando a pensar se havia ido embora para sempre. O que esteve fazendo?

Pensou em todas as piadas que podia oferecer como resposta, mas desistiu de brincar.

— Lucy e eu fomos visitar uma caverna Mimbres. Ficamos presos e só conseguimos escapar quando encontramos uma piscina com saída para o outro lado da rocha. Foi uma aventura.

— Por isso voltou para casa pelado?

— Sim.

— Lucy também voltou pelada?

— Não. Eu tinha algumas roupas na caminhonete. Por que tantas perguntas?

Sissy encarou-o e respirou fundo.

— Se está apaixonado por Lucy, ela virá morar aqui, ou você vai embora com ela?

— Tudo bem, Sissy. Não vou embora com Lucy. Para começar, ela já tem outro homem.

— Isso não quer dizer nada. Essas coisas mudam o tempo todo.

Não havia esperado um comentário desse tipo. Jack ficou quieto por um momento. Estabelecera uma ligação com as meninas. Jamais havia pensado que a recíproca era verdadeira. Não queria que elas dependessem dele, e, certamente, ao mesmo tempo, queria. Finalmente, conseguiu dizer: — Além do mais, eu não deixaria vocês sem nada para fazer.

Sissy mordeu o lábio inferior. Depois resmungou um "Obrigado" e correu com toda velocidade de que era capaz para ir encontrar As Irmãs, que aguardavam o veredicto.

Jack fechou a porta e ficou observando as meninas por um instante, até ouvi-las gritar. As garotas pareciam muito distantes. Elas acenavam, e o gesto inocente o fez lembrar que elas é que partiriam. Marguerite era muito instável para permanecer em um mesmo lugar por muito tempo. Willow já teria desaparecido. Lucy também. Ele respirou fundo e soltou o ar devagar. Podia sentir o vazio no peito. Estava se afogando, descendo ao mundo dos mortos — um homem de barro sem galhos de salgueiro escondidos nas juntas para devolver a dança a sua vida.

A recepção ligou às três horas, 45 minutos antes do horário previsto para a chegada do vôo de Philip. Lucy ainda estava acordando quando Anita bateu na porta.

Ela estava completamente vestida.

— Trouxe seu disfarce — disse, entregando a Lucy uma sacola de compras. — Billy e Henri também querem ir. Você se incomoda?

— É claro que não. Temos de ficar juntos. Já pegou suas coisas?

Anita abriu a bolsa e tirou o 38 de dentro dela.

— Não saia de casa sem ele. Oh, sim. Não vamos nos atrever a usar a van. Precisamos do carro que você alugou. Delores ouviu o chamado de Oklahoma. Billy e Henri estão lá embaixo, ajudando a recarregar o carro dela.

— Que pena. Gostei de Delores, ou do pouco que conheci dela. — Lucy tirou da sacola um grande chapéu preto, óculos de sol gigantescos, e um top preto tomara-que-caia. — Meu Deus, há uma butique para travestis em Silverado! — O conjunto incluía um batom vermelho muito escuro.

O chamado de Oklahoma possuía forte magnetismo. Delores abraçou todos eles e deu beijos molhados em seus rostos. Quando ela partiu, sua lembrança permaneceu no odor de lavanda e na fumaça do Honda desregulado.

— Ela era incomum — Henri comentou fascinado. — Nunca conheci outra mulher como essa. Ela dá beijos molhados.

Delores voou para o leste. San Francisco e os vigaristas ambientalistas colocaram um grande ódio em seu peito, amedrontaram os pescoços vermelhos e deixaram saudades no pessoal de Silverado. Era uma mistura confusa e explosiva. Ela já estava 80 quilômetros além de Truth or Consequences quando foi parada por excesso de velocidade.

O avião de Philip estava atrasado. Henri sugeriu que fossem esperar na área para fumantes. Os outros protestaram, por isso ele providenciou uma vodca dupla e foi encontrá-los no restaurante de onde se podia ver a pista deserta. Estava satisfeito com o atraso.

— Lucy, talvez possa dar a Billy e Anita algumas informações básicas sobre o debate em torno dos primeiros americanos e as teorias de migração do grande professor Philip Sachs. Pelo menos eles saberão quando ligar a câmera.

Lucy bebeu seu café e estudou Henri. Era da opinião de que ele também sabia muito pouco sobre o assunto e precisava de informações antes de conversar com Philip. Sabia que Philip seria capaz de se sair bem com Henri. De fato, o encontro seria positivo para ambos, provavelmente.

— Muito bem, mas será uma versão bastante resumida sobre Quem Veio Primeiro. Essa questão em torno de quem chegou primeiro tornou-se uma rotina do tipo Abbott e Costello. Existem 87 teorias sendo pesquisadas desde a Terra do Fogo até o estreito de Bering. As teorias fazem afirmações que datam de 40 mil a 6 milhões de anos atrás e incluem vários grupos que migraram do Iraque, da costa sudoeste do Paquistão e da Índia, ou do norte da Sibéria, partindo do oeste, e povos da Europa que atravessaram diretamente o Atlântico ou percorreram o gelo desde o norte da Europa, atravessando territórios inóspitos. Existem teorias sobre os africanos terem cruzado o Atlântico para a América do Sul, e outras relatando que povos migraram através do Pacífico para o Chile. Essas várias teorias estudam padrões de mudança na linguagem e no DNA, datas-carbono de ossos e madeira associadas a certas ferramentas, e comparam formatos de crânio quando eles estão presentes para serem comparados. As tecnologias para a criação de ferramentas com pedras, bem como os tipos de ferramentas, são outros indicadores relacionados a quem, quando e onde. É um momento muito propício para se lançar teorias.

Anita gravava tudo e fazia anotações. Ela continuou escrevendo por algum tempo depois de Lucy interromper seu discurso, releu as notas e levantou a cabeça.

— Philip? Onde ele entra no meio de tudo isso?

— Ele acredita que as antigas populações do Sudoeste Asiático migraram para o Oriente Médio e para a Europa, enquanto um grupo aparentado percorria a costa da Índia para a Micronésia e para o norte, ao longo da orla do Pacífico. Eles possuíam crânios alongados, muito parecidos com os europeus, o que os distinguia dos homens de crânios arredondados dos siberianos do norte da Ásia ou dos índios americanos. Os atuais Ainu que vivem em Hokido, Japão, são descendentes desse povo. Philip estima que a migração do Ainu ancestral para a América do Norte ocorreu por volta do auge do período glacial, 15 ou 18 mil anos atrás, dependendo de quais datas tomamos por base.

— Fé baseada em datas — disse Henri, fazendo anotações em seu bloco.

— Podemos dizer que sim, Henri. — Lucy continuou falando. — Na opinião de Philip, o povo ancestral Ainu veio povoar boa parte das Américas do Norte e do Sul. Há cerca de 12 mil anos, eles desenvolveram uma tecnologia de criação de ferramentas de pedra, técnica que chamamos de Clovis, e podem ter desenvolvido esse método sozinhos ou sob influências externas. Existem evidências de que a tecnologia originária da Europa pode ter sido introduzida a partir da costa da Carolina. Qualquer que tenha sido a maneira pela qual esses métodos chegaram aqui, num tempo relativamente curto, a tecnologia Clovis cobriu boa extensão da América do Norte. As pontas de pedra eram eficientes para abater animais muito grandes, como bisões gigantescos e até mamutes. Esse estado de coisas prosseguiu até os norte-asiáticos migrarem da Sibéria e absorverem ou matarem a população Ainu-americana.

Anita viu o avião que chegava de Albuquerque percorrendo a pista para o portão. Ainda tinha uma última questão antes de Philip chegar.

— Clovis, no Novo México, tem alguma coisa a ver com as pontas Clovis?

— Só indiretamente, mas na época isso parecia muito importante. A primeira ponta Clovis foi encontrada em Blackwater Draw, perto de Portales, em 1932. Portales era um deserto, o que significava que os arqueólogos, depois de um longo dia de escavações sob o sol quente, tinham de enfrentar vários quilômetros de estrada de terra num Ford modelo A para chegarem na cidade de Clovis e encontrarem uma bebida. Assim, hoje temos a ponta Clovis em vez de termos a ponta Pontales, e, por favor, não pense que por isso os arqueólogos são todos bêbados vingativos, embora existam aqueles que discutam esse argumento. Existem alguns problemas básicos com as teorias de Philip, questões que, tenho certeza, Henri abordará com Philip para entretenimento de todos e deleite da câmera.

Henri assentiu para Lucy. Adorava a idéia de pressionar Philip diante da câmera. Ele sorria para o copo de vodca quando o avião de Albuquerque parou diante do portão.

Philip foi o primeiro a desembarcar. Estava preparado para o mês de julho no sudoeste, razão pela qual vestia camisa verde de mangas curtas e bermuda cáqui e calçava sandálias. Uma única valise atestava a intenção de permanecer em Silverado por apenas 24 horas, no máximo. Ele mantinha os óculos escuros e se mostrava inescrutável, muito diferente da aparência acadêmica ou docente que alguns ali podiam esperar. Anita decidiu que ele parecia um Robert de Niro pálido e meio gordo representando um mafioso em férias.

Lucy aproximou-se do portão de desembarque, abraçou Philip e beijou-o.

— Não precisava ter vindo, sabe? Mas estou feliz por vê-lo.

— O que aconteceu com você?

— Ficamos presos em uma caverna e só conseguimos sair de lá hoje de manhã. Foi realmente assustador.

— Belo traje. É típico do sudoeste?

— Estou disfarçada... Magrelo e Rato, lembra?

Um arqueólogo é treinado para olhar para a superfície da terra e imaginar o que existe embaixo dela. Com Lucy, esse talento se estendia ao Homo sapiens. A tensão no pescoço e nas costas de Philip emprestava ao seu modo de andar uma cadência diferente, como se mancasse um pouco, como se o chão não estivesse onde devia estar. Ele não tinha a postura rígida de um homem zangado com sua namorada por ela ter passado a noite com um homem estranho. O problema era com ele, não com ela. Ele se movia como um homem que sabia ter cometido um erro de cálculo.

Era gentil com ela, mas seus olhos vagavam, embora desse a impressão de estar atento ao que Lucy dizia e ao seu toque. Ela teria de esperar.

Lucy apresentou todo mundo e sugeriu que voltassem à cidade para comer. Philip informou que precisava dar um telefonema para Washington e prometeu ir encontrá-los na frente do aeroporto.

Anita pediu licença para ir ao banheiro, enquanto os outros seguiram para o carro. Ela inspecionou o batom e ajeitou algumas mechas vermelhas que escapavam do lenço, verificou sua aparência geral e ficou no banheiro por tempo suficiente para Philip começar a falar ao telefone. Então, ela saiu, e posicionou-se perto dos telefones. Ele falava com alguém chamado Tom.

— ... Porque não quero Ben Wang... Miller ou Sillcot até eu voltar.

Havia algo sobre um homem de gelo. O resto se perdeu entre os intermináveis anúncios do sistema de segurança e o incessante lamento rural que permeava cada recanto dos pequenos aeroportos entre Montana e Novo México. Anita saiu do edifício e acomodou-se no banco traseiro com Billy e Henri, fantasiando sobre as possibilidades de fazer alguma coisa com Ben Wang.

— Ele ainda está ao telefone — anunciou para Lucy. Estava particularmente curiosa quanto ao que Philip sabia sobre a história entre Lucy e Jack. Também queria participar do grande jogo, qualquer que fosse ele. Philip não havia atravessado o país só para ir resgatar a namoradinha.

Billy estava no meio do banco, com Henri à esquerda de forma que pudesse realizar grandes tomadas abertas de Henri para Philip no banco do passageiro. Ele havia convencido Lucy a posicionar o retrovisor de maneira a poder obter uma imagem de três quartos da cabeça de Philip e ver seu rosto no espelho ao mesmo tempo.

Philip entrou no carro e bateu com carinho no joelho de Lucy. Ele olhava para a própria mão, não para ela. Sentado e quieto, via a paisagem passar pela janela, até que a curiosidade de Anita sobre suas teorias de migração interrompeu seus pensamentos.

— Lucy mencionou sua teoria Ainu-americana, professor Sachs — ela disse. — Parece muito interessante. Estávamos imaginando quais, exatamente, poderiam ter sido esses caminhos de migração para as Américas. Incomoda-se se o filmarmos enquanto estiver explicando?

Philip disfarçou a irritação. A última coisa que queria era oferecer uma performance para Anita, mas fingiu que seria uma honra.

— Não. De jeito nenhum. A Ainu ancestral era uma cultura marítima. Dependendo das correntes oceânicas e da quantidade de água contida nas geleiras num dado momento, suas rotas os levavam a várias ilhas do sul do Alasca e para a Passagem do Continente. Ao longo do tempo, eles migraram pela costa para a América do Sul. Houve diversas migrações antes da chegada dos norte-asiáticos da Sibéria, vários milhares de anos mais tarde.

— Sua teoria não é um pouco frágil, professor? — indagou Henri.

— Frágil? Talvez possa ser mais específico.

— Que evidências tem para sustentar sua... ah, posição?

— Bem, Henri, eu não esperava mesmo que estivesse atualizado a respeito de assuntos tão alheios ao seu campo. Pequenas evidências físicas dessas antigas migrações permanecem, uma vez que o nível do mar era mais ou menos 100 metros mais baixo do que é agora. No entanto, há um crescente corpo de evidências que sustenta as migrações do Ainu ancestral para as Américas durante a última era do gelo. Por exemplo, há indicadores de DNA nos europeus arcaicos, nos sul-asiáticos e nos índios americanos que não apareciam nos primeiros siberianos e nos norte-asiáticos.

— Acredita que esse homem Kennewick descoberto na margem de um rio no noroeste há vários anos tenha alguma relação com o seu Ainu?

— Possivelmente, mas ele nasceu uns mil anos depois do desaparecimento dos Clovis. Pode pertencer a outra onda proveniente do sudeste da Ásia, ou talvez seja um sobrevivente da primeira. Também existem rumores de que as datas-carbono do Kennewick tenham sido contaminadas, que ele tenha sido realmente o que se acreditava de início, ou seja, um pioneiro branco.

— Vocês arqueólogos parecem tirar teorias, como vocês dizem... do nada.

Lucy olhou para Henri pelo retrovisor e riu.

— Como regra geral, você opera no vácuo, Henri. Por que o súbito interesse nos fatos? Em breve vai estar exigindo objetividade.

Ele estava irritado, mas ignorou o comentário. Afinal, tinha Philip para ruminar.

— Sua teoria — Henri persistiu — tem o propósito de desacreditar a afirmação dos nativos americanos sobre terem sido os primeiros americanos. Com efeito, o que está dizendo é que os siberianos vieram mais tarde, massacraram toda uma civilização e que, portanto, os índios americanos não têm nenhum direito legal sobre as terras e as águas que os europeus tiraram deles. Construiu uma bela racionalização para toda aquela idiotice racista ariana, não é?

Seu bastardo imbecil, pensou Philip. Ele sorriu.

— O Ainu americano pode ter sido simplesmente absorvido pelos siberianos. Quanto ao racismo, nossa profissão tem dificuldades até para descrever *raça*, Sr. Bashé. Mesmo geneticamente falando, o conceito não é de fácil definição.

Henri riu. Absorvido, francamente. Ele pegou seu bloco de capa vermelha e escreveu: "geneticamente falando."

— Interessante — respondeu, guardando o bloco no bolso da calça — que não se sinta capaz de definir raça, mas suas teorias suportem o racismo.

Philip não se deixava abater. Henri era apenas intelectualmente preguiçoso, um típico acadêmico francês. Parecia inútil continuar a conversa, e também não apreciava a incessante câmera de Billy.

Para Henri, Sachs era um valentão americano. Seguiram em silêncio pelo resto do trajeto até Silverado. Quando Lucy parou o carro no estacionamento dos fundos do hotel, Henri foi o primeiro a descer.

Anita estava prestes a interrogar Philip sobre o homem de gelo e Ben Wang, quando ele se virou e agradeceu a ela e a Billy por terem ido buscá-lo no aeroporto.

— Talvez os veja mais tarde. No momento, Lucy e eu precisamos conversar.

Levando sua valise, ele já se dirigia à porta dos fundos do prédio. Lucy o conduziu pela escada, abriu a porta do quarto e entrou logo atrás dele.

Philip retirou um bloco do bolso e começou a escrever. Depois olhou em volta procurando por um telefone.

— Ah. Há um aparelho no quarto. Não vou ter de usar meu celular. — Ele pegou o fone e levou-o ao ouvido. — E também temos uma linha direta. Conveniente. — Ele consultou o relógio. — O piloto anunciou que Silverado é famosa por seu museu de amostras de minério de prata e também por Billy the Kid. Precisamos ver tudo isso. — Philip sentou-se na beirada da cama e começou a teclar um número de telefone. — Tom, sou eu. Conseguiu? Sim. Não? Tudo bem. Continue tentando. Tem o número aí? É isso. Até logo.

Philip abandonava grandes porções do mundo quando estava imerso em um projeto. Lucy compreendia o que era manter o foco, mas Philip ainda evitava encará-la. Ele se levantou, virou-se e olhou para a rua por um momento.

— Acho que vou tomar uma ducha. Pode telefonar para Miller e dizer a ele que gostaria de encontrá-lo esta noite?

— Esta noite?

— Quanto antes, melhor. Imagino que ele esteja preparado para cooperar. — O discurso foi pontuado por um sorriso rápido. — Concorda comigo?

Estava perplexa. Philip insinuava que alguma coisa estava acontecendo entre Jack e ela. Gostaria de saber se ele realmente acreditava nisso. Nesse caso, estava aceitando a infidelidade como moeda de barganha em troca de um homem do gelo. Talvez estivesse apenas buscando alguma confirmação de sua insegurança com relação ao envolvimento entre eles. Seria natural que ele testasse o terreno, que não quisesse acreditar que ela estava perdendo o interesse, embora abrigasse esse temor.

Ao mesmo tempo, ele estava certo. Havia traído Philip, e sentia-se culpada pelo que ficara subscrito em suas conversas com Jack. Não chegaram a fazer amor, mas, de alguma maneira, fizeram. Imaginava se Philip havia lido sua alma, como ela era capaz de ler a dele. Quem havia traído quem, e quando?

Ele se despia a caminho do chuveiro.

— Quanto mais depressa resolvermos tudo isso, mais telefonemas poderei dar para o leste esta noite.

— Quer que eu vá com você? — ela gritou do lado de fora do banheiro.

— É claro que sim — Philip respondeu no mesmo tom. — Preciso de um guia.

Lucy sentou-se na cama e pegou o telefone.

— Acho que sou eu quem precisa de um guia — murmurou olhando para a janela. Depois começou a discar o número de Jack. O telefone tocou várias vezes, e ela esperou, torcendo para encontrá-lo em casa, esperando ouvir sua voz.

— Alô.

Ele havia corrido.

— Oi. Sou eu.

— Eu esperava que fosse.

— Está todo sujo de barro, não é?

— Sim, estou. O que aconteceu? Quer me levar para jantar?

— Sim, mas vamos ter de deixar para outro dia. Philip entrou em pânico quando não telefonei ontem à noite. Ele chegou há pouco de Washington. Agora quer ir encontrá-lo para conversar sobre o homem do gelo. O que acha disso?

— Ele quer conversar agora?

— Sim.

— Bem, é melhor resolver isso de uma vez. Até já.

— Obrigada, Jack. Sairemos dentro de alguns minutos.

Philip saiu do banheiro quando Lucy estava desligando o telefone.

— Tudo certo?

— Sim, tudo certo. — Não estava preparada para um confronto com Philip, mas precisava saber o que estava acontecendo com ele. Ela o observou enquanto se vestia. — Por que está agindo como um maluco? Isso está me deixando nervosa.

— Eu sei. Sinto muito. — Ele tinha vários mapas enrolados e presos por um elástico. Finalmente encarou-a. — É que... estou sob terrível pressão nesse momento. Está tudo pronto... ou quase pronto. A cooperação de Miller é essencial. Minha carreira está nas mãos desse bastardo.

— Não creio que seja uma boa idéia pensar nele como um bastardo. Ele certamente não tem sido, mas, se insistir nessa atitude, pode vir a ser.

— Eu sei. Eu sei. — Ele olhava em volta como se quisesse certificar-se de que não havia esquecido nada.

Lucy permanecia sentada na beirada da cama, rígida, atenta.

— Qual é o problema, Philip? Nunca vi você se comportar dessa maneira.

Ele parou e olhou para o ventilador de teto como se só então o notasse ali. Depois se virou e olhou pela janela para um ponto distante.

— Estou numa enrascada. Acho que me meti numa armadilha. Ben Wang está interessado nisso, e ele está me pressionando. Quer saber tudo. Foi um engano. Não sei... Não sei até onde ele quer chegar com isso. Pode ser um tiro que vai sair pela culatra. Mesmo que encontremos o homem do gelo e ele se encaixe na minha teoria de migração, tenho medo de que ele ainda me prejudique. Estou mais do que certo de que ele se valeu dos índios radicais de Sillcot contra mim, o que vai usar em seu artigo para a *Atlantic* sobre o racismo da arqueologia. Agora ele se meteu num filme da *Geo*. O homem está em todos os lugares. Isso tudo é muito perturbador.

Lucy balançou a cabeça. Deixar pessoas como Wang tomarem o controle não era um bom sinal.

— Eu sinto muito, Philip. De verdade.

Ele se virou e encarou-a.

— No momento, preciso cuidar desse assunto com Miller. Podemos ir?

Esse não era Philip, um homem sempre atencioso e cheio de consideração, até gentil. No desespero, ele fazia acordos com bastardos que agora o tinham encurralado. Sentia-se terrível por ele. Mordendo o lábio, ela se levantou e pegou as chaves do carro.

— Vamos.

Lucy dirigia em alta velocidade. A mente considerava o que podia ser dito e para quem. Philip estava quieto, olhando para os postes e para o arame farpado das cercas que passavam pela janela.

Jack voltara a trabalhar com As Irmãs. Eles davam os toques finais em mais um homem de barro e cortavam o fio de nylon que haviam sustentado as armaduras de salgueiro em seus lugares até a cobertura de argila secar. Foi com surpresa que ele ouviu o ruído do carro de Lucy deixando a estrada e subindo pela trilha de terra. As meninas e Jack ficaram olhando para a nuvem de poeira que seguia o carro na direção de sua casa. Ele olhou para as garotas e encolheu os ombros.

— Não vou demorar — disse.

— É Lucy? — perguntou Sadie.

— Lucy e Philip. — Esperou por uma reação, mas elas não tinham nenhuma idéia do que estava acontecendo. Apenas esperavam por uma explicação. — Falaremos sobre isso mais tarde. — Jack lavou as mãos no riacho, depois foi para casa a fim de receber os visitantes.

Tudo era muito cordial. Todos fingiam compartilhar os mesmos objetivos. Jack olhou para Willow. Ela fingia indiferença, embora suas costas estivessem um pouco arqueadas, como se o convidassem a olhar para ela. O riso contido logo se tornou um sorriso aberto, o que despertou em Philip uma certa paranóia.

Philip reagiu virando-se, fingindo estudar a arquitetura e a decoração da casa. Imaginava se Jack ia tentar algum truque.

— Você tem aqui um lugar extraordinário, Miller. Incomoda-se se eu der uma olhada por aí?

— Fique à vontade. Querem café, talvez um copo de vinho?

— Oh, receio entrar em coma se ingerir bebida alcoólica nesse momento. Prefiro café... puro, por favor.

Philip e Lucy começaram a andar pela casa, enquanto Jack ia preparar o café. Eles examinaram as diversas coleções, estudando paredes e prateleiras onde havia santos de madeira, crucifixos, uma coleção de antigas figuras de argila produzidas por crianças, uma pilha de cobertores para sela utilizados pelos Navajo em tempos de guerra e manchados de suor, uma caixa de pregos forjados a mão, velhas ferramentas e uma variedade de objetos retirados de escavações sob o sol do deserto. Philip estudava os cômodos de maneira metódica. No escritório, ele encontrou o desenho que Becker fizera da treinadora de papagaios preso a uma parede, perto de uma pilha de fotocópias de anotações feitas em alemão e de um dicionário de alemão-inglês. A ponta de uma página se destacava das outras, convidando uma inspeção. Philip abriu o dicionário onde Jack havia guardado o mapa de Becker. Lucy não havia tomado conhecimento de nada daquilo antes. O interesse de Philip nas anotações a alarmava, porque ele era capaz de ler em alemão com total fluência.

— É melhor voltarmos — sugeriu. — O café já deve estar pronto.

Mas Philip tinha nas mãos o mapa e os desenhos. Ele havia notado a cerâmica da treinadora de papagaios na sala de estar, sobre a mesa, e agora estabelecia a conexão entre a peça e o desenho enquanto lia as anotações, formando assim uma idéia do panorama geral.

A voz de Jack soou na porta do escritório anunciando que o café estava pronto. Surpreso, ele viu Philip virar-se com o mapa e o desenho de Becker nas mãos.

A arrogância de Philip preenchia todo o cômodo.

— Você parece ter resolvido um mistério. Esta é a imagem da vasilha que vi na sua sala de estar. Imagino que o mapa seja...

— Algo que encontrei no deserto.

— Que coincidência. E o X marca a caverna que você e Lucy foram investigar?

— Sim.

Os olhos de Philip encontraram o mapa do Serviço Florestal que Jack havia usado para seguir as indicações de Becker.

Lucy segurou a mão dele.

— Não é da sua conta, Philip. — Ela pegou o mapa e o desenho e colocou-os sobre a mesa. — Vamos tomar nosso café.

Ele concordou e seguiu os dois até a sala, mas não antes de perceber que a maior parte das terras particulares contidas no mapa do Serviço Florestal localizava-se em aluviais que se abriam como um leque até o rio principal que corria próximo da estrada. Todo o resto era federal. Não tinha idéia de onde o mapa do alemão se encaixava na confusão de linhas e contornos. Apenas pudera olhá-lo rapidamente, notando o X perto de uma linha que demarcava um penhasco, e deduzira que o sinal indicava a entrada da caverna a partir do terreno do rio. Obviamente, Jack não se retirara de nada.

Eles se sentaram à mesa da sala de estar, Lucy e Philip lado a lado e de frente para Jack. À sua direita, Jack podia ver a cozinha além da porta em forma de arco, através do vidro, e além dela, na descida para o rio, os homens de barro e As Irmãs.

Philip bebia o café e olhava para a vasilha da treinadora de papagaios na ponta da mesa. Lucy estava tensa, com as duas mãos unidas em torno da xícara. Ela olhava diretamente para Jack.

Sem desviar os olhos da cerâmica, Philip disse:

— Quando Lucy me contou que ia à caverna, imaginei que a decisão estivesse relacionada de alguma forma ao seu trabalho no Fundo, o que certamente a leva a visitar terras particulares com certa freqüência. — Ele se voltou para Jack. — Mas, se me lembro corretamente, ela disse que a expedição não era pelo Fundo.

Philip estava deixando claro que sabia que Jack havia roubado uma cerâmica de um sítio em território federal. Ele falava como se Lucy nem estivesse na sala. Ameaçava sem afirmar nada específico.

— Bem, não vim até aqui para conversar sobre sua experiência na caverna, embora tenha sido certamente uma aventura excitante... em muitos aspectos.

Lucy nem provara o café. Ela olhava de soslaio para Philip. Talvez fosse constrangimento, talvez fosse raiva... Qualquer que fosse o motivo, seu rosto estava ficando vermelho. Ser humilhada por Philip era algo que não fazia parte de sua experiência anterior.

— Droga, Philip, isso foi bem inconveniente.

A reação inicial de Jack à confusão e ao ressentimento de Lucy foi de jogar Philip para fora de sua casa, mas ele olhou para Willow, lembrou-se de seu comentário sobre o processo de autodestruição de Philip e conteve-se. Ela devia estar muito satisfeita sob sua máscara branca. Jack respirou fundo, certo de que Philip acabaria frito no próprio fogo.

Philip abriu os mapas sobre a mesa. Viera com um discurso preparado, mas agora não era mais necessário. Ele nem se deu ao trabalho de pedir. Tinha Jack nas mãos.

— Estes são os mapas mais detalhados que pude encontrar das geleiras do Alasca. Foram feitos através de fotos de satélite. Imagino que seja capaz de indicar a exata localização da caverna. — Ele começou a arranjar os mapas para que Jack pudesse ler todas as descrições. — De que áreas necessita?

Lucy desviou os olhos e balançou a cabeça com incredulidade.

— Com licença — pediu, levantando-se da mesa. — Acho que vou olhar os homens de barro.

Ignorando Philip por um momento, Jack a viu passar pela porta da cozinha e descer a encosta para o rio.

— Que áreas considera necessárias? — Philip repetiu autoritário. Ele se havia levantado e estava em pé ao lado de Jack. Por um momento, ambos ficaram observando Lucy caminhar para os homens de barro. Um homem estava vendo uma mulher sair de sua vida, enquanto o outro esperava vê-la entrar na sua.

Jack apontou um dos mapas.

— Vamos tentar este aqui. — Ele o puxou para fora da pilha e ajeitou sobre a mesa. — Nunca vi essa área de cima, e por isso ela é desconhecida para mim. O homem está em uma caverna de gelo, numa geleira suspensa, num vale sobre o mar.

Os vales mais elevados eram cheios de geleiras suspensas que derretiam no verão e despejavam no mar água e eventuais pedaços de gelo do tamanho de uma cama de casal. Jack traçou com o indicador uma linha que ia da baía até uma inclinação rochosa, e seguiu subindo para uma geleira em um vale centenas de metros acima do mar. A imensa geleira principal ficava diante dessa, diretamente para o norte. Os olhos de Philip acompanhavam o dedo de Jack. Ele estava inclinado sobre o homem, vendo seu dedo subir a encosta para a geleira suspensa.

O dedo prosseguiu pela linha paralela à geleira, depois começou um ziguezague pelo meio dela. Philip acompanhava os movimentos como quem espera um tio relutante assinar seu testamento. Mantinha-se calado. Jack deteve-se num pequeno patamar mais escuro a meio caminho da geleira, mais de 300 metros acima do mar.

— Esse patamar é muito parecido com a sombra lançada pela inclinação vertical da caverna.

Philip foi tomado por uma onda de alegria. Olhou para a sombra que guardava o segredo de seu renascimento. Era sua vez. Ele olhou para Jack, contente por ter conseguido o que queria. Nenhum dos dois reconhecia a chantagem sutil. Não era necessário um confronto. Philip olhou novamente para a sombra, imaginando seu homem tão antigo, as conferências, as entrevistas coletivas, as equipes de tevê, os helicópteros e os contratos para a publicação de muitos livros.

Jack podia ouvir a voz de Lucy ao longe, como se ela o estivesse chamando para sair e brincar. Seu magnetismo o conduzia para longe do mapa e de Philip.

— Gostaria de mais café? — ofereceu Jack, buscando uma saída para o clima de hostilidade.

— Não. — Philip soava ríspido. Estava planejando sua vida.

— Bem, acho que vou buscar um para mim — anunciou Jack. Ele olhou para Willow, que estendia a mão aberta como se cobrasse o pagamento de uma aposta. Era muito confiante, ele pensou. Jack foi para a cozinha e ficou parado na porta. Lucy observava Snake correr atrás das irmãs por entre as silhuetas inacabadas e esguias de alguns homens de barro.

Jack providenciou geléias, manteiga de amendoim, pão e leite e preparou suas variações favoritas. Ele acomodou os sanduíches, o leite e as xícaras numa caixa de papelão e desceu a colina. Todos interromperam o que estavam fazendo para comer o lanche.

O devaneio de Philip chegou ao fim quando ele percebeu o silêncio na cozinha. Intrigado, dobrou o mapa ao meio, enrolou-o e, segurando-o com uma das mãos, foi investigar. Da porta da cozinha, olhando para a encosta que descia até a margem do rio, além do exército de homens de barro, ele viu Jack, Lucy e um grupo de meninas comendo sanduíches. Por um momento, Philip esqueceu a vitória. Seu instinto era levar Lucy para longe dali.

Quando As Irmãs o viram descendo a encosta, segurando um cano em uma das mãos, elas pararam o que estavam fazendo. Na medida em que o homem se aproximava, elas puderam notar que o que ele segurava não era um cano, mas um papel enrolado. Aquele era o homem com quem Lucy estava envolvida. O que impedia Jack de ir embora com ela. Todas se alinharam, como Marguerite as ensinara, para serem apresentadas. Elas tinham poeira de argila nos cabelos emaranhados e manchas de barro nas roupas, nos braços e nas pernas. As manchas de Snake incluíam também graxa, óleo e areia. Os dedos pequenos e sujos seguravam sanduíches de geléia e manteiga de amendoim.

Philip caminhou diretamente para Lucy, ignorando Jack, As Irmãs e os homens de barro. Imaginava se todas aquelas histórias sobre crianças criadas por lobos teriam algum fundamento, afinal, ou se teriam base em fatos reais. Ele tocou o braço de Lucy.

— Temos de voltar para o hotel, querida. Estou esperando um telefonema. — Ele apertou a mão de Jack. — Obrigado por sua cooperação. Prestou um grande serviço à ciência da arqueologia. — Era impossível deixar de sorrir.

Apesar do movimento sutil de Philip para levá-la dali, Lucy permaneceu onde estava e encarou Jack por um momento.

— Obrigada, Jack. Sinto muito... Mandarei notícias sobre seu homem do gelo. — Depois ela se virou e apertou a mão de cada uma das meninas. — Adeus. Gostei muito de conhecê-las. Gostaria de poder ficar para ver seus homens de barro executarem sua dança. — De repente o mundo parecia ter saído do eixo para todos ali.

Jack e As Irmãs viram Philip e Lucy contornarem a casa e desaparecerem além dela. Depois de uma longa pausa, Sissy quebrou o silêncio e rompeu a tensão que parecia ter congelado o ar sobre os homens de barro.

— Quando vai chover, Jack?

— Logo — ele respondeu. — Muito em breve.

Willow havia prometido. Jack e As Irmãs veriam os homens de barro executando sua dança. Ele olhou para o céu. Willow era boa no que fazia. Já podia ver as nuvens se formando a sudoeste dali.

Ele apontou para o sol, que começava a se esconder por trás de pequenas nuvens baixas.

— Mais um dia, dois, talvez.

As meninas se despediram, cruzaram o riacho e correram para casa através das árvores para irem esperar por Marguerite.

Jack entrou em casa, pôs uma dose de uísque num copo e sentou-se. Willow estava esperando. Ela estava sentada sobre a mesa com as pernas flexionadas sob o corpo e o tronco e os braços estendidos.

— Você se saiu muito bem, Jack. Estou impressionada. Eu estava certa sobre o amante de Lucy, não?

— Sim. Não havia motivo para fazer chantagem comigo, e ele não precisava tê-la humilhado como fez.

— Ele está furioso. Lucy tem sido paciente e leal por muito tempo. Ela se ressente, e Philip sabe disso, mas todo o futuro profissional do sujeito depende de você e dela. Foi ele que saiu humilhado de toda essa história. Como não pode vencer, ele a está forçando a deixá-lo.

— Mas ele é muito possessivo. Foi até o rio e praticamente arrancou-a de lá.

— O que esperava? Ele está inseguro. Não consegue controlar-se. Ele não é do tipo de que desiste com facilidade, mesmo que a luta o esteja destruindo. Lucy vai ter de deixá-lo. Ela terá de tomar a atitude.

— E depois? Acha que ainda a verei? Você disse que ela gosta de mim.

— Ela gosta de você, quer ir para a cama com você... Ela o ama. Todas essas coisas são diferentes. Ela precisa estar por perto para apaixonar-se por você.

— Talvez volte para explorar o que começamos.

— Oh, sim. Seu generoso presente dos mapas das casas de meu povo. — Então, lembrando-o de que a idéia havia sido dela, Willow concluiu: — Foi um golpe de mestre.

— Você está sempre certa, não está?

— Sou velha, Jack. Muito, muito velha.

Philip apreciou as cores do pôr-do-sol enquanto Lucy dirigia.

Ela se obrigava a manter a calma e até o tratava de um jeito meio maternal.

— Por que tinha de comportar-se como um valentão? Jack estava disposto a entregar a localização do homem do gelo. Não precisava apelar para chantagem. Nunca o vi agir dessa maneira com ninguém.

— De que maneira, minha querida?

O tom indiferente era falso, e os dois sabiam disso.

— Você foi um cretino, Philip, e sabe disso.

— Só estava me protegendo. Ele podia decidir mudar de idéia, ou causar problemas mais tarde. Agora não tenho mais de me preocupar com essas coisas.

— Acho que você é um idiota.

Philip estava tão encantado com a nova vida que teria por conta do homem do gelo que se esqueceu de que, às vezes, o doador esquece de remover a etiqueta de preço.

DEZESSEIS

A manhã seguinte foi nublada e batida pelo vento. O tempo combinava com a disposição errática e fechada de Philip e Lucy. Durante o café, Anita se ofereceu para levá-los ao aeroporto para pegarem o vôo matinal para Albuquerque. Iriam no carro alugado de Lucy, e depois Anita o levaria de volta à locadora. Henri, que ainda dormia, não foi mencionado. Melhor deixá-lo quieto. Philip olhou para fora e viu folhas de papel e copos descartáveis na rua, levados pelo vento. Ele se levantou sem pedir licença e saiu do restaurante. Cinco minutos depois estava de volta.

— O aeroporto diz que o vento forte impede a aterrissagem das aeronaves. — Philip não escondia a contrariedade. — As condições devem se manter inalteradas por toda a tarde. Teremos de embarcar no vôo das sete da noite. — E por isso seria forçado a perder um dia em Silverado.

Lucy sugeriu que ele devia cuidar de seus telefonemas, o que era mais necessário naquele momento, tarefa que ele poderia cumprir do quarto. Se dormisse no vôo de volta para Washington naquela noite, poderia passar todo o dia seguinte trabalhando no escritório. Philip concordou com um movimento de cabeça, levantou-se e saiu. Lucy terminou de comer em silêncio, assinou a nota e foi para o quarto.

Havia dormido pouco, estava irritada e distraída, e não conseguia deixar de pensar nos eventos da tarde anterior. Philip falava ao telefone com um repórter do *The New York Times*. Ela calçou os sapatos e saiu. Philip a viu partir. Não havia nada que pudesse fazer, nada que fizesse alguma diferença. Ele esperou até que a porta fosse fechada, depois começou a discar novamente.

Lucy quase colidiu com Henri. Com uma xícara de café na mão, ele descia para ajudar no trabalho de edição.

— Bom dia, Henri. Quero lhe pedir um favor. Philip está usando o quarto para dar alguns telefonemas e eu estava pensando se poderia usar seu quarto por algum tempo. Não dormi muito bem na noite passada.

— É claro que sim. Não ia embora hoje cedo?

— O vento não permitiu. Vamos partir no vôo das sete da noite.

— Oh. Bem... Isso é bom. Vou aproveitar e sair com você.

Teria gostado de dizer a ele para ficar, mas limitou-se a sorrir.

— Mais tarde irei até lá embaixo para ver como estão se saindo.

Lucy ficou no quarto de Henri, folheando algumas de suas revistas, e tentou cochilar, sem sucesso. Por volta do meio-dia ela saiu, passou pelo quarto onde Philip continuava falando ao telefone, castigando uma pobre alma sobrecarregada sobre Sillcot e seu bando de bastardos.

Anita estava no banco da frente da van, executando sua rotina hipervigilante alimentada com barras de energia e cafeína. Billy e Henri discutiam determinado corte.

No final, a tensão e a discussão levaram Lucy de volta ao quarto de Henri. Ela olhava para o telefone por longos períodos seguidos, até que finalmente adormeceu pouco antes de Anita ir buscá-la para jantar. Como havia prometido o funcionário da companhia aérea, o vento ia perdendo força. O avião pousaria de acordo com o previsto. Tudo era perfeito.

Philip se mostrou muito satisfeito durante o jantar, mas não falou muito, talvez por ter pouco a dizer. Conversaram apenas sobre o ar pesado e as nuvens escuras que se aproximavam, vindo do sudoeste. Ele ainda evitava Lucy, que o ignorava, e ouvia Billy e Henri falando sobre a edição. Anita bebeu três copos de vinho tinto para acalmar-se.

Para Henri, Lucy parecia fora de foco como se operasse no piloto automático. Sabia que Philip devia ser a causa de tanta perturbação, o que só aumentava nele o desejo de vingança. Anita decidiu que era melhor deixar a van e usar o carro alugado de Lucy para ir ao aeroporto. Todos fizeram as malas, com Lucy e Philip na frente, e os outros no banco de trás. O rosto de Anita estava escondido atrás dos enormes óculos escuros e do lenço cor-de-rosa. Billy mantinha um boné puxado para baixo a fim de esconder o nariz.

Anita olhou para Henri em suas habituais roupas pretas.

— Pode se abaixar, caso eles apareçam.

Ele aspirou uma longa tragada do cigarro.

— Abaixar é bom. — E escreveu a expressão no bloco de capa vermelha.

No caminho para o aeroporto, todos admiraram o deserto em silêncio. Depois de Lucy parar no estacionamento, eles se dirigiram ao terminal. Lucy e Philip apresentaram os documentos necessários ao embarque e em seguida foram se juntar aos outros no restaurante para esperar pelo vôo.

Lucy sentou-se e desculpou-se com tom distraído.

— Desculpem. Esqueci que preciso dar um telefonema. Volto já.

— Quer que façamos o pedido por você? — Henri indagou.

Ela o encarou e sorriu.

— Você é sempre muito gentil, Henri. Obrigada. Gostaria de um copo de vinho tinto, por favor. — Ela saiu do restaurante e tentou falar com Jack pelo celular.

— Alô.

— Oi. Sou eu. Lucy. Estamos no aeroporto, esperando pelo avião. Não conseguimos viajar hoje cedo por causa do vento. Só queria me despedir e pedir desculpas pelo comportamento de Philip. Ele foi horrível.

— Não precisa se preocupar com a chantagem. Eu pretendia mesmo devolver a cerâmica à câmara funerária de Willow. Sendo assim, não haverá nenhuma evidência.

— Por isso não ficou zangado quando ele tentou dominá-lo usando chantagem?

— Eu não me importo com Philip. Já havia decidido fornecer a localização do homem do gelo, lembra? Fizemos um acordo.

— Ele nunca agiu assim antes.

— Bem, está agindo agora. O que me faz lembrar, recebi um telefonema de um tal Sloan Sillcot, representante dos índios numa firma legal com um nome longo e muito pomposo. Eles estão exigindo a localização do homem do gelo, que ele afirma ser um índio americano. Sillcot diz que seu grupo vai entrar com um processo se Philip ficar com o homem do gelo. Ele também disse que recebeu um telefonema de Ben Wang, que está escrevendo um trabalho sobre Philip. Sillcot ouviu a meu respeito por Wang. Sabe alguma coisa sobre isso?

— Philip disse que Wang escapou ao controle... e é perigoso. Ele vai usar qualquer coisa que você disser. Nunca tive de lidar com ele, mas tudo indica que isso está prestes a mudar. Você e eu acabamos de nos tornar parte da história.

— Como é Wang? Sillcot diz que ele quer falar comigo.

— Digamos que ele é um Eleanor Roosevelt muito dissipado e com barba.

— Está brincando?

— Não. — Ela riu. — Ele é um jornalista muito bom.

— Sim, e mata.

— Seu alvo será Philip, que provavelmente merece ser atacado. Se não falarmos com ele, Wang não poderá falar muito sobre nós.

— Estou feliz por ter ligado. Estava pensando quando poderá voltar para ir ver aqueles sítios Mimbres que lhe mostrei.

— Quando seria bom para você?

— A qualquer momento depois do final da temporada das chuvas. Boa parte dos campos estará encharcada durante as próximas semanas.

— Estarei esperando ansiosa pelo fim da temporada das chuvas. Agora tenho de ir.

— Eu a manterei informada.

— Adeus, Jack. — Ela levantou a cabeça e viu as nuvens brilhantes consumindo o sol. Uma brisa morna rearranjava seus cabelos. Ela voltou ao terminal, lembrando a piscina brilhante, o beijo, o contato entre seus corpos.

Anita mantinha Billy preparado, porém um pouco afastado, de forma que ele não passasse todo o tempo com a câmera no rosto de Philip. Ela queria envolver o famoso professor em seu projeto, mas ainda não sabia ao certo como proceder.

— Professor Sachs — Anita começou, sem perguntar se poderiam filmá-lo. — Soube que ontem esteve com Jack Miller. Gostaria de saber o que vocês dois têm em comum. A formação do Sr. Miller parece um pouco... contrária à sua?

Philip virou-se para Billy e olhou para a câmera.

— Desligue essa maldita máquina. Você nem pediu uma entrevista. Iria muito longe se desenvolvesse algumas boas maneiras.

— Desculpe — Anita interferiu. — Você parece estar sempre muito envolvido com a mídia. Não pensei que se importaria.

Philip olhou para ter certeza de que Billy havia baixado a câmera.

— Por que eu teria algo em comum com um notório ladrão de antiguidades cuja principal atividade na vida é construir homens de barro com crianças e cujas ações irresponsáveis num incidente em uma caverna quase mataram Lucy?

— Na verdade, gostaríamos de saber sobre seu atual trabalho com o homem do gelo. Fui informada de que Ben Wang está escrevendo um artigo sobre você. Isso é verdade?

— Como soube disso?

Anita não era Ben Wang. Ela conteve um tremor, depois respondeu simplesmente:

— Estamos tratando de algum segredo aqui?

Philip encarou-a.

— Estamos em um ambiente fechado. Não creio que precise de óculos escuros.

Ela os tirou, derrubou-os, e os óculos se quebraram no chão. Philip estava aborrecido por Lucy ter saído, provavelmente para telefonar para Miller. Assim que Anita recolheu o que restava de seus óculos e dela mesma, Philip sorriu e pareceu relaxar. Estava imaginando se ela era tão ingênua quanto parecia ser. Talvez os dois pudessem ser úteis, talvez pudessem até mesmo ajudar a equilibrar o que Wang pudesse fazer com ele.

— Sim. É um segredo, mas menos sigiloso a cada dia que passa. Estamos falando de um projeto delicado, Anita, e ficaria grato se não incluísse esses dados em seu vídeo, pelo menos por enquanto. Ficarei encantado em falar com você e dar uma longa entrevista daqui a uma ou duas semanas, e prometo que terá excelente oportunidade para dar um furo de reportagem. É possível até que eu possa direcionar algum fundo para o seu trabalho. Vai valer a pena esperar, garanto. Concorda com minha proposta?

Antes que Anita pudesse responder, Henri deu a Billy o sinal para ligar a câmera. Billy recuou e mudou de posição, de forma que Philips nem percebeu que estava sendo filmado.

— Professor — disse Henri —, gostaria de ter suas respostas para algumas questões, por favor. — Sem fazer sequer uma breve pausa, ele se atirou sobre Philip. — Vocês, arqueólogos, não fizeram tudo de que acusam os escavadores de potes, como saquear túmulos e roubar relíquias sagradas? Entupiram os museus universitários e os porões com artefatos e ossos de mortos nem tão antigos assim, construíram edifícios do tamanho de campos de futebol com muitos andares de altura para terem onde guardar seus tesouros, até tornar-se óbvio que colecionar objetos não era tão lucrativo quanto colecionar informação. Agora olham para essas informações que colecionam e dizem, mais, precisamos de mais. Mais dissertações de doutorado, mais dados, mais programas de computador. Vocês, arqueólogos, que nomeiam, definem e categorizam, representam a cultura oficial e sugam a vida das culturas que ela domina. Agora, os salvadores culturais rotulam os caçadores de potes como criminosos. Mas o papel do criminoso é desconstruir a cultura oficial. Assim, um viva para os criminosos.

Anita respirava fundo e mordia o lábio. O FNH não ia gostar disso.

Philip inclinou-se na direção de Henri para desferir o golpe fatal.

— Bashé, antes de você e seus multiculturalistas, pós-modernistas e relativistas desconstrucionistas terminarem, terão causado mais sofrimento e morte do que todas as pragas da história, porque terão erodido a possibilidade de esperança. Vocês são os destruidores de sonhos.

Henri respondeu:

— Você e sua gangue criaram uma metodologia esgarçada para sustentar a estrutura autoritária. São monstros intelectuais que desceram do...

Philip sorriu.

— Bashé, dane-se você e sua bobagem hiperbólica.

Henri olhou para Billy.

— Bobagem hiperbólica é bom. Como estava o foco?

— Perfeito — respondeu Billy, mantendo um ar indiferente.

Na opinião de Anita, Henri havia ultrapassado todos os limites. Ela não conseguia nem falar. O pequeno bastardo provavelmente arruinara todas as chances de uma entrevista com Philip Sachs, e quanto ao fundo... melhor esquecer. E Billy, o idiota, tivera a audácia de gravar o ataque de Henri, apesar de suas tentativas de chamar sua atenção com gestos discretos.

Philip olhou para Billy.

— Esse foi um erro muito estúpido que terá graves conseqüências, Sr. Caubói-cinegrafista.

Lucy retornou quando o vôo já estava sendo chamado. Ela tentou parecer normal, mas nada nela era normal. Viu todos se virando, um a um, para olhar. Sentia o rosto quente e sabia que estava vermelha. Estava se perguntando se eles notavam.

— Estou certo de que os passageiros de seu vôo já estão embarcando — Henri comentou. — Bem, acho que é hora de dizer adeus. Adeus, Lucy. Espero encontrá-la novamente. Adeus, professor Teoria-ariana.

Lucy beijou Henri na face, e depois se afastou para o portão.

— Eu mando um e-mail — Anita gritou para Philip ao vê-lo passar pelo portão de embarque.

— O e-mail é para a escrita — opinou Henri — o que a New Age é para a alma.

Anita fitou-o.

— Você não sabe nada sobre a alma, Henri. Não tem um osso *isprital* em seu corpo.

— *Isprital*? — Ele olhou para Billy. — O que é *isprital*?

— Ela está dizendo espiritual, Henri. — Billy mantinha a câmera ligada.

— Ah, espiritual, é claro. — Henri levou uma grande quantidade de fumaça do cigarro aos pulmões e considerou o conceito de espiritual. — Não sabia que era *ispritai*, Anita. Sempre me deu a impressão de ser uma dessas mulheres desesperadas cujo objetivo na vida é escapar do horrível destino de seus pais, o que sugere que o *ispritai* é só um bilhete para a abundância. — Ele tragou a fumaça mais uma vez. Quando exalou, percebeu que havia sido muito ríspido, e estava prestes a pedir desculpas, quando ela explodiu.

— Foda-se, Henri. Seu filho da puta nanico. — Ela olhou para Billy. — Vocês dois me arruinaram com Sachs e Wang. Podem voltar para a cidade andando. — Ela se dirigiu à porta.

Os dois ficaram no terminal vendo Anita marchar para o carro.

— Ela perdeu o *denouement* — disse Henri com certa tristeza.

— Podia ter esperado até estarmos na cidade.

— Não há táxis aqui?

— Não vi nenhum. Havia uma limusine do aeroporto, mas ela acabou de partir. Creio que teremos de pegar carona.

— Oh, quer dizer com o polegar, como Clark Gable?

— Infelizmente, Claudette Colbert já deixou o edifício.

— Bem, será uma boa caminhada. Vejo que as nuvens aplacaram o calor do sol. — Henri aceitava com simplicidade o estado de coisas e já caminhava para a porta. Seria uma longa caminhada, e Billy ainda estava dolorido, mas seguiu seu exuberante amigo pela estrada e para o vasto espaço aberto.

Lucy e Philip afivelaram os cintos de segurança e esperaram pela enxurrada de anúncios que soava como uma declaração de amor na voz melodiosa de todos os pilotos. Philip guardou silêncio até decolarem, e então, olhando pela janela, disse:

— Por que saiu e me deixou com aqueles idiotas? Aquela mulher... Anita, me fez perguntas sobre o homem do gelo *e* Ben Wang diante daquele francesinho idiota. Por que diabo tinha de conversar com ela sobre assuntos meus?

— Eu nunca disse uma única palavra sobre o homem do gelo ou Ben Wang. Quando telefonei para Jack para pedir desculpas por seu comportamento, ele me contou que Sillcot havia telefonado para ele exigindo a localização do homem do gelo. Evidentemente, Wang falou com Sillcot sobre Jack. O que quero saber é por que falou com Wang sobre Jack.

Philip olhou pela janela por algum tempo. Finalmente, olhou para Lucy.

— Eu estraguei tudo, querida. Podemos encerrar esse assunto? — Ele ficou quieto por um instante e voltou a olhar pela janela, para o mundo lá embaixo. — Por que diabos falei com Wang? — Então ele se voltou para Lucy mais uma vez. Havia uma nota de pânico em sua voz. — Jack não revelou a localização do homem do gelo, não é?

— Não pensei em perguntar, mas você certamente deu a ele motivos de sobra para isso — ela opinou sorrindo.

Henri e Billy não haviam percorrido mais do que dois quilômetros quando uma caminhonete vermelha e desbotada passou veloz em direção contrária. Magrelo olhou para o estranho homem vestido de preto.

Billy viu rapidamente o perfil de Magrelo quando ele olhou para trás.

— Vamos, Henri. — Eles correram para o outro lado da estrada e subiram a colina para um bosque de arbustos. Ainda estavam correndo quando ouviram o som da brecada violenta. Magrelo deixou a caminhonete derrapar para o acostamento, perdeu o controle momentaneamente e parou pouco antes de sair da pista.

Billy imaginava que podia correr mais do que eles, mas Henri ficaria para trás. Por isso ele se abaixou ao lado do francês, atrás de um arbusto, e sussurrou:

— Fique quieto, aconteça o que acontecer. Vou levá-los para as colinas, o mais longe que puder. — Ele deixou a câmera com Henri e rastejou por entre as árvores na direção de Magrelo e Rato. Ficou encolhido atrás de uma pedra até eles estarem bem perto.

— Ouvi um deles — disse Rato.

Rato, Magrelo e Billy prendiam o fôlego, ouvindo, esperando que um deles fizesse o primeiro movimento. Billy levantou-se de um salto, encarou Magrelo, deu uma olhada para a arma a seu lado e correu para as árvores. Correu por três segundos, depois se atirou atrás de um arbusto. Sentiu um ardor no braço e ouviu um disparo. Estava em pé novamente, muito perto das árvores. A arma explodiu, ejetou o projétil, engatilhou mais um. Billy se atirou para a direita. O segundo disparo se perdeu. Ele estava em pé e no meio das árvores antes de Magrelo tentar o terceiro tiro. Podia correr mais do que eles, e uma arma de fogo era quase inútil no meio de um bosque. Billy só precisava permitir que eles se mantivessem próximos o bastante para tê-los em seu rastro. Ele os arrastou pelas montanhas por pouco mais de duas horas. Quando eles desistiram e voltaram à caminhonete, a noite já havia caído.

Billy esperava que Henri fosse bastante sensato para ter ficado escondido até Magrelo e seu irmão entrarem na caminhonete e partirem.

Mas não. Depois do terceiro tiro, Henri esperou por meia hora e depois correu para a estrada ao ouvir o som de um caminhão. É claro, ninguém ia parar para um homenzinho delirante vestido de negro, acenando com as mãos, uma das quais segurava uma câmera de vídeo, no meio do nada. E ninguém parou. Alguns reduziam a velocidade para estudá-lo, depois seguiam em frente.

Furioso, ele começou a correr para a cidade. Vários metros depois, reduziu o ritmo para um trote leve, depois para uma caminhada resignada. Mais adiante, viu vários motociclistas ao cair da noite, seguindo em pares em sua direção. Eles saíram da estrada para as colinas à sua esquerda e desapareceram imediatamente, embora Henri não conseguisse imaginar como e para onde. Podia ouvir o som metálico de suas motocicletas, mas não as via entre os cactos e os arbustos espinhentos. Por um momento, havia imaginado que pudessem pertencer a Marquez e sua gangue, mas essas motos não eram Harleys ruidosas e potentes. Vinte minutos depois, ele encontrou a misteriosa rota de fuga, um riacho seco que subia a encosta. Durante a temporada de chuvas a água do riacho seguia por um funil que a conduzia a um largo aqueduto sob a estrada e para o deserto aberto.

Henri estava nervoso, imaginando se o próximo veículo transportaria sua morte. Estava exausto e decidiu sair da estrada e tentar cochilar no aqueduto. Seu desejo foi frustrado quando, ao descer, ele escorregou e caiu sobre um arbusto de cactos pontiagudos.

Ficou quieto por algum tempo, até ter certeza de que não havia sofrido nenhuma fratura, e depois continuou para o aqueduto, agora rastejando. Estava sentado em um ninho de folhas secas por mais de uma hora, retirando espinhos dos braços e das pernas, quando notou vários animais observando-o do pé da colina, possivelmente os cães noturnos que Leon Marquez havia mencionado. E se estivessem famintos? Talvez estivessem tentando descobrir se ele era um bom alimento. Os animais começaram a se mover pelas rochas em sua direção, suas longas caudas balançando sobre suas costas. Os dentes pareciam brilhar no escuro. Ele prometeu a si mesmo que se escapasse de Magrelo e Rato e da ameaça de dentes pontiagudos que encontrara nas montanhas voltaria para sua adorável Nina e nunca mais sairia de Paris novamente.

Os animais pararam vários metros antes do aqueduto e observaram, quase como se quisessem ter certeza de que Henri estava bem. Henri decidiu que estavam apenas curiosos e começou a conversar com eles. Os animais ouviam com grande interesse.

— Que espécie de animais são vocês? — perguntou. — Não são tigres, certamente, nem leões, nem ursos. Ouvi dizer que, sendo francês, sou incomível. Ou seria indigesto? Bem, o que importa é que sou um mau alimento.

Ele encontrou os cigarros, amassados da queda, e uma caixa de fósforos. Sentado, fumou olhando para a escuridão. Depois de acender o segundo cigarro, viu que as criaturas tímidas se aproximavam da beirada do aqueduto, olhando fascinados para a brasa acesa. Quando ouviram o som de um veículo que se aproximava, correram e desapareceram nas montanhas. Henri lamentou vê-los partir.

Magrelo devia ter desistido de Billy e ido para casa a essa altura. Henri caminhou até o riacho para olhar para a estrada. Tinha grande confiança na capacidade de Billy de superar Magrelo, parcialmente porque não podia suportar a idéia da morte de Billy. Um carro passou zunindo. Ele estava na margem do riacho, um ponto elevado, o que o tornou visível no instante em que a luz dos faróis o atingiu. Henri ficou parado na escuridão, sem saber o que fazer. Estava sem cigarros. Estava com fome. Ninguém havia parado quando havia luz, e ninguém ia parar no escuro. Ele ainda pensava nisso quando um veículo se deteve pouco antes do aqueduto.

O feixe de luz de uma lanterna brilhou, girou e encontrou-o. Em seu estado prejudicado ele lembrou que luzes fortes e direcionadas tinham alguma relação com a caça ao veado. Também lembrou quem tinha tal equipamento, e começou a correr para a margem, para longe da luz. Felizmente, tropeçou no exato instante em que Magrelo disparou. Henri rolou para o riacho, levantou-se e correu para o aqueduto. Ficou deitado em seu ninho de folhas, ouvindo. Alguns minutos se passaram, até que ele ouviu passos na margem do outro lado da estrada. Eles o haviam encurralado.

Henri ficou quieto e imóvel, encarando o deserto, tentando não respirar. Os dois homens estavam em pé no escuro, esperando que ele fizesse um movimento. Depois, por trás, ele ouviu os cravos das botas de Magrelo sobre o metal do aqueduto. No mesmo instante ele ouviu um caminhão se aproximando. Sem dúvida, a caminhonete dos dois irmãos e bandidos havia sido deixada no meio da estrada. Quando o caminhão aproximou-se, Henri viu a silhueta de um homem recortada contra a boca do aqueduto e ouviu Magrelo gritar:

— Ei, cara, aqui temos algo quente e saboroso. Pena que eu não tenha catchup.

Houve um estrondo. O eco do chumbo pesado ricocheteou no metal do aqueduto. A silhueta do homem caiu para trás quando a chuva de chumbo penetrou sua pele. Ao longe, o caminhão seguiu viagem, deixando para trás a escuridão e a respiração pesada de Magrelo no túnel de metal, os gemidos do homem caído e o barulho de suas botas roçando a terra, como se ele tentasse rastejar. Magrelo se deu conta de que havia atirado contra o próprio irmão.

— Jacob? Jacob? Onde está você, Jacob? Oh, Jesus Cristo. — As botas de Magrelo quase tropeçaram no corpo rígido de Henri quando ele saltou para o outro lado do aqueduto gritando pelo irmão. — Eu disse para ficar longe disso tudo, seu idiota. Fale comigo, seu grande tolo.

Para seu alívio, Henri ouviu os motociclistas. O primeiro tiro havia atraído a atenção do grupo. Agora eles abandonavam as montanhas, descendo o arroio para a estrada, mantendo as luzes apagadas, os motores em baixa rotação.

Quando os ouviu, Magrelo subiu pela margem até sua caminhonete, deixando o irmão. Os motociclistas desligaram os motores e escutaram... Magrelo correndo. Henri ficou quieto, esperando. Então a lanterna o encontrou. Um homem aproximou-se e apontou a luz para sua cabeça. Tudo parecia extremamente quieto. Todos esperavam por alguma coisa.

Henri olhou para cima, apertando os olhos contra a luz.

— Obrigado por ter salvado minha vida, muito obrigado. — Era um palpite. Quem segurava a lanterna? O desconhecido atiraria ou simplesmente pisaria em cima dele até matá-lo?

O homem virou-se e chamou por Anzapi. Mais um par de botas. Alguns sussurros. Tudo isso parecia ser algo ruim, mas esses homens cheiravam a fumaça de madeira, e isso era bom; Marquez tinha o mesmo cheiro.

— Francesinho Bashé? — Era Marquez. — O que aconteceu, caballero? Você está bem?

— Tenho muita sorte por ser azarado.

— Nenhum buraco extra em seu corpo? — Marquez riu.

— Sí. Nenhum buraco extra. Mas não sei sobre meu amigo Billy. Eles o seguiram até as montanhas. Não sei se ele está vivo.

Os motociclistas deixaram Rato gemendo no riacho e seguiram para a estrada levando Henri na garupa de Marquez. O francês segurava a câmera de Billy. Haviam percorrido menos de dois quilômetros quando a luz do farol encontrou Billy. Ele estava em pânico, mas era frio demais para demonstrar. Pelo som que ouvia, o grupo que se aproximava era de motocicletas off-road. Pelo menos não eram Magrelo e Rato. Ele se manteve parado enquanto era cercado pelas motos. Quando seus olhos se ajustaram às luzes, ele ouviu uma voz gritando acima do ronco dos motores.

— Biliiiii, Biliiiiiii! Sou eu, Henri. Está tudo bem. Leon salvou nossos traseiros.

A noite no deserto era fria, e a viagem de volta à cidade congelou Henri. Temer por sua vida e pela de Billy durante horas, ter os braços cheios de espinhos de cactos, ficar sem cigarros, quase ser morto por Magrelo, sentir o ar gelado da noite e ouvir o ruído e sentir a vibração das motos o deixou muito abalado. Ele desceu da motocicleta diante do hotel e sorriu para aqueles que os salvaram. Estava à beira das lágrimas, mas a boa educação e a gratidão o obrigaram a falar por entre os dentes:

— Por favor, permitam que eu pague um drinque para todos.

— Um drinque seria ótimo — respondeu Marquez. Eles estacionaram as motos no fundo do hotel e foram encontrar Henri no hotel. Henri pediu ao garçom duas garrafas de Chablis. O homem não seria rude com Henri, considerando que ele era um hóspede e estava acompanhado por um grupo numeroso, mas a consternação estava estampada em seu rosto. E ele não tinha nenhum Chablis.

— Pensando bem — considerou Henri —, podemos nos contentar com duas garrafas de seu melhor uísque, nove copos e uma... pinça. — A pinça apareceu com o restante do pedido. Aquele era um país espinhoso.

Depois de providenciarem cadeiras extras e se acomodarem, Henri começou a remover os espinhos.

— Notei que trocou de moto, Leon. Gostava mais da Harley. — Henri pegou um copo com uísque e brindou: — Por terem salvado nossos traseiros.

— As Harleys não têm um bom desempenho nas montanhas. Quem era o homem atirando? O que significava tudo aquilo?

— O nome dele é Magrelo. Ele estava tentando me matar, mas atirou no irmão por engano.

— Nós os conhecemos. São homens muito maus. Vamos cuidar deles por vocês. Não se preocupem mais com Magrelo e Rato, está bem?

— Muito generoso da sua parte. Obrigado. — Henri levantou o copo e sorriu. O uísque dourado e seus perigosos amigos aqueceram seu coração.

Billy pensou se produzir um vídeo com os motociclistas compensaria o esforço. Haveria muita bobagem envolvida, mais a possibilidade de dano físico, mas seria diferente de qualquer coisa feita antes. Depois da segunda dose dupla e mais duas cervejas, ele propôs a questão a Marquez.

Leon ficou pensativo. Estava habituado a ouvir idéias estúpidas, mas não era bom discutir tais idéias com pessoas que não conhecia.

— Você poderia produzir um filme muito interessante — disse —, porque somos pessoas interessantes que fazem coisas interessantes, mas provavelmente seria morto. Um de nós poderia matá-lo. É possível. Assim, para evitar problemas para todos, devo recusar sua proposta. Obrigado de qualquer maneira.

Billy estava aliviado. Além do mais, Anita teria odiado a idéia. Ele observava os motoqueiros com Henri. O francês estava descrevendo os estranhos animais que saíram das montanhas, ouviram suas perguntas e ficaram na escuridão espiando enquanto ele fumava no aqueduto.

Billy vira o carro alugado no estacionamento do hotel e a luz acesa em seu quarto. Queria subir e contar a Anita sobre Henri, Magrelo e Rato, e sobre como foram salvos por Marquez. Havia passado todo aquele tempo nas montanhas imaginando como fazer Anita feliz e reconquistar seu afeto novamente. Ela estava certa sobre seus filmes. Era auto-absorvido, mas essa era sua proteção. A dureza era a dela, imaginava. Era um impasse. Haviam começado vivendo um clima de doçura, harmonia e sexo. Era simples. Funcionava, e não precisavam conversar sobre o por quê. Quando começaram a se afastar, nenhum dos dois fora capaz de falar sobre o assunto. Ele apenas presumira que a solução era seguirem por caminhos separados.

Billy agradeceu aos motoqueiros por terem salvado Henri. Todos trocaram apertos de mão. Henri havia consumido muito uísque e falava com dificuldade.

— Obrigado, señor Marquez, por ter me deixado ser o cavaleiro de seu leão. Em Paris, minha linda Nina e eu jantaremos fora por muitos meses falando sobre suas boas ações.

Leon olhou para o curativo em sua mão.

— Paris deve ser um lugar aborrecido, monsieur Bashé. — Ele bateu no ombro do amigo francês. — Na próxima vez em que vier, eu o levarei até as montanhas e a Juarez. Eles fazem coisas que animarão seus jantares por muitos anos, como você disse. — Todo o grupo o seguiu atendendo a um simples gesto.

— Você está bem, Henri? — Billy perguntou.

— Estou me sentindo muito bem. — Ele mostrou a pinça. — Estou arrancando mais pêlos do que espinhos, mas tudo bem. É melhor ir ver Anita. Ela precisa de você. Faça o que ela quer e poderá reconquistá-la, talvez até convencê-la a aceitar algumas ocasionais, como ela diz... cenas artísticas e inúteis. Mas deixe-a concluir *Bashé na América* para que possamos ganhar algum dinheiro e eu possa ir para casa, está bem?

— Está bem, Henri. — Billy levantou-se a tempo de ver Anita atravessando o bar. Ela o viu e correu para o restaurante, atirou-se em seus braços e suspirou. Estava esmagando suas costelas, mas queria muito que ela o abraçasse.

— O que aconteceu com você, Billy? Voltei para buscá-los, mas vocês haviam desaparecido. Vi aquela caminhonete vermelha. Fiquei muito assustada. Tive certeza de que estava morto. Oh, Deus, Billy, eu amo você. Amo você, meu bem. — Sem notar a presença de Henri, ela segurou a mão de Billy e levou-o dali.

— Boa noite, caubói — gritou Henri.

Willow levantou-se e estava executando uma espécie de dança lenta sobre a mesa. Ela alongava os braços para o alto e balançava o quadril para a frente e para trás, deixando as tiras da saia deslizarem por cima dos glúteos. Ela empurrava os seios na direção dele e os sacudia, depois as mãos escorregavam para baixo, roçando os mamilos, o estômago, o cinto urdido que segurava sua saia. Ela soltou o cinto, deixando a saia de tiras cair sobre a mesa. Com o dedo do pé, ela a empurrou em sua direção.

— O que está fazendo, Willow?

Ela girou num círculo completo.

— Chegou a hora, Jack. Pensar em você com Lucy me ajudou a atrair as nuvens. Elas choverão ao amanhecer.

O cheiro estava no ar.

— É hora de quebrar a vasilha?

— Quanto antes, melhor.

Jack pegou o telefone e teclou o número de Kills The Deer.

— Oi, é Jack.

— Oi, Jack. Tudo bem por aí?

— Sim, vai chover amanhã de manhã. Não queria que você perdesse o espetáculo. As nuvens estão pesadas, e tudo parece muito quieto.

— Estarei aí ao amanhecer.

— Dirija com cuidado — ele aconselhou antes de desligar. Willow o observava, fantasiando e executando sua dança lenta.

— Tenho um pedido a fazer — ele disse.

— Faça-o.

— Gostaria de ver seu rosto. Pode tirar a máscara antes de ir?

— Se não se sentir atraído por mim, isso quebrará o encanto. Não haverá chuva, e eu ficarei perdida no céu. Quer que eu corra esse risco?

— Não, é claro que não. — Tinha a sensação de estar sendo abandonado por uma amante.

O gesto que vira no desenho de Becker começara tudo isso e, em última análise, o empurrara para Lucy. Fora seduzido pelo cumprimento, a solicitação, o convite de um gesto. "Entre em minha casa", dizia o gesto. Era o gesto do amor. E Lucy também o vira.

Willow o fizera pensar em ser abraçado por Lucy na água, em sentir o contato de seu corpo nu contra o dele, invisível ao sol brilhante.

— O que está fazendo, Jack? Posso sentir alguma coisa acontecendo comigo. Todo meu corpo parece formigar.

Era hora de despedir-se do fantasma que habitava sua mente.

— Adeus, Willow.

Quando ele estendeu a mão para a vasilha, ela se inclinou e beijou-o. Podia sentir a paixão em seu beijo, mas ela havia desaparecido, atraída para dentro da cerâmica. Com a sensação do beijo ainda nos lábios, ele atirou a tigela na lareira, quebrando-a contra os tijolos. Julgou ter ouvido uma rajada de vento subindo pela chaminé, mas a imaginação faz coisas.

DEZESSETE

Antes do raiar do dia o vento começou a soprar forte, arrastando arbustos, raízes soltas, ninhos e pequenas aves de seus lugares de repouso. Havia clareado quando o vento parou. Tudo ficou quieto e silencioso.

Jack despertou de um sono profundo. Estava garoando. Era quase um vapor. Ele se vestiu e saiu para ir examinar o céu. Sentia o abraço da umidade. Estava recordando a última dança de Willow quando se lembrou do dedo empurrando a saia por cima da mesa em sua direção. Entrou para ir olhar... e encontrou a mesa vazia.

O telefone tocou. O ruído despertou a lembrança das primeiras palavras de Willow: "Você é o Larva-branca." Nunca havia perguntado quem era o Larva-branca, droga. O telefone continuava tocando. Ele olhou para o aparelho, deixando-o soar mais duas vezes antes de finalmente ir atender ao chamado.

— Aqui fala Ben Wang. — Era Eleanor Roosevelt com barba e asma. — Estou procurando por um certo Jack Miller que costumava negociar artefatos indígenas.

— Já o encontrou. O que você quer?

— Soube que há algumas semanas você teve em mãos um dedo congelado. Mandou o dedo para Carlos Martinez, um assistente de laboratório no laboratório O'Connell em Berkeley, para um teste oficioso com o objetivo de estabelecer uma data pelo método carbono-catorze. O trabalho dele indica que o dedo tem aproximadamente 15 mil anos de idade. O chefe dos técnicos do laboratório, Mickey McGregor, identificou nesse dedo traços de DNA que aparecem nos antigos europeus. Soube que esse dedo veio de uma caverna de gelo em uma geleira no Alasca. Estou correto até aqui?

— De onde tirou esses dados?

— Estou escrevendo um artigo sobre a descoberta, e gostaria de reunir todos os dados que puder obter. Soube também que a Dra. Lucy Perelli foi enviada por seu amigo e mentor Dr. Philip Sachs para procurá-lo, e que vocês dois ficaram presos juntos em uma caverna. Pode me contar alguma coisa sobre esse tempo que passaram na caverna?

— Tudo está se transformando em assunto de tablóides, não é?

— Tenho a impressão de que ela foi muito persuasiva e o convenceu a divulgar a localização do homem do gelo. Essa afirmação é correta?

— Quem forneceu meu nome?

— Isso é importante?

— Por que está mencionando Lucy Perelli?

— Acha que Sachs traiu você e Perelli?

— Você é o perfeito bastardo.

— Sempre ouço variações a respeito desse mesmo tema. Mas estou apenas fazendo o meu trabalho. Você e a Dra. Perelli fizeram amor na caverna ou em alguma outra ocasião?

— Foda-se, Wang. Adeus.

Ele investigou suas anotações em busca do número do telefone de Lucy em Washington, foi atendido pela secretária eletrônica e esperou pelo sinal eletrônico para deixar um recado.

— Lucy, sou eu, Jack. Telefone para mim.

— Não desligue. Estou aqui.

— Rastreando suas chamadas?

— Sim. Tentei falar com você.

— Quer dizer que Ben Wang já a encontrou?

— Sim, mas não conversamos por muito tempo. O maior interesse dele parece ser sobre termos ou não feito sexo na caverna. Philip planejou tudo isso. Não sei se ele pensa que o traí, mas isso é totalmente absurdo e fora dos limites.

— Concordo, mas ele está desesperado. Bem, há outro motivo para o meu telefonema. Quer ir me encontrar em Juneau para ver o homem do gelo?

— Deus, sim. Acha que conseguimos chegar lá antes de Philip?

— Acho que sim.

— Já está chovendo?

— Garoando. Mas imagino que o temporal desabe em breve. Kills The Deer deve estar chegando. Precisa vir no ano que vem.

— Eu irei, certamente. Devia ter ficado dessa vez. Quando poderá estar em Juneau?

— Irei encontrá-la no aeroporto de Juneau sob o urso polar, depois de amanhã. Você chegará lá antes de mim. Alugue um carro no aeroporto e hospede-se no Tlingit Motor Lodge. As Irmãs estão chegando. Agora preciso ir, mas... antes eu... quero dizer...

— Sim?

— Vai começar logo.

— Era isso que queria dizer?

— Eu... sinto...

— O quê? Fale, Jack.

— Lembra-se do gesto de Willow?

— Sim.

— Quando o viu pela primeira vez, lembra-se do que disse?

— Que o pintor a amava muito.

— Quando penso naquele gesto, lembro-me de você.

— Continue pensando. Vamos nos encontrar em breve.

— Não tão breve. Não o bastante. — Ele parou por um momento. — Já pensou que estamos tendo essa conversa por causa de uma cerâmica roubada e de um dedo congelado?

Jack telefonou para Finley, um pescador e velho amigo dele e Berndt's em Juneau. Ao ser atendido pela secretária eletrônica, ele deixou um recado detalhado. Havia acabado de desligar quando ouviu a picape de Kills The Deer subindo pela trilha.

Kills The Deer estacionou na frente da casa e desceu a encosta, vendo As Irmãs caminharem lentamente por entre os homens de barro, procurando por sinais de mudança. Quando Jack entrou na cozinha, Willow brilhou num relâmpago que cortou o céu e gritou um trovão estrondoso. O céu se abriu.

Um homem de barro alto com um rosto estreito foi perdendo o braço direito lentamente. As meninas aplaudiram. Os aplausos atraíram Jack para fora. Outro homem de barro, esse mais roliço e de cabeça muito redonda, também começou a derreter. As meninas estavam eufóricas, correndo por entre os bonecos, em torno de Jack e de um índio muito assustado.

— Este é meu amigo, Kills The Deer. Estas são As Irmãs: SuAnn, Sadie, Sissy e Snake. Digam olá, mocinhas.

Elas se entreolharam por um segundo, depois gritaram.

— Olá, mocinhas — e riram, caíram e rolaram no barro como potros exuberantes.

Os finos galhos de salgueiro que sustentavam as posturas, os braços, as pernas, os tornozelos, os pulsos e as cabeças começaram a escorregar. Os dançarinos posicionados se moveram, alguns com lentidão e graça, outros com solavancos grotescos. Alguns, incapazes de conter o entusiasmo por um momento de vida, explodiram. Então começou a fúria destruidora de barro e galhos. Toda a colônia se libertou e escorreu pela água do rio que ia subindo rapidamente. A única exceção era Olive Oil, que se mantinha ereto e resoluto, esperando pela enxurrada avassaladora. O Joaquin-Jimenez transformava-se em rio com velocidade impressionante.

— Se continuar assim — Sissy disse, molhada até os ossos e apertando os olhos contra a chuva —, vamos ter de correr para o terreno mais alto.

Todas pulavam de um pé para o outro e marchavam, pé direito, pé esquerdo, pé direito, pé esquerdo, pé direito, pé esquerdo, através da lama de homens derretidos. Elas cantavam "Anjos, demônios, anjos, demônios, anjos, demônios". Todas caíram novamente, rindo e rolando. A chuva ganhou força. O Joaquin-Jimenez superou os limites das margens e começou a subir a encosta.

Jack olhou para o céu, para o trabalho de Willow, e soube que era melhor começar a retirar algumas coisas da casa, embora ainda esperasse contar com várias horas antes de a água alcançar sua porta. Deixando o rio para as meninas, ele voltou para casa.

Kills The Deer o seguiu, rindo.

— Onde encontrou essas jóias?

— Elas me encontraram.

— Seriam capazes de aterrorizar muita gente.

— Com bons motivos. Vá se secar. Há roupas no meu quarto. Jack foi ao armário perto do banheiro para pegar lençóis e toalhas para As Irmãs. De tempos em temos tinha companhia, apesar de si mesmo, e por isso mantinha um armário cheio de roupas de cama e toalhas que encontrara no Exército da Salvação em Silverado. Gostava do som do Exército da Salvação. Que conceito.

As Irmãs entraram batendo os pés, deixando um rastro de lama na cozinha e no banheiro. Primeiro elas lavaram as roupas, depois se lavaram. Enroladas em toalhas e lençóis, voltaram juntas à sala e comeram seus sanduíches.

Jack pegou um pote vazio de sorvete no armário e recolheu os fragmentos da tigela da treinadora de papagaios de dentro da lareira. As Irmãs o observavam. Estavam pensando se Philip havia ficado zangado e quebrado a tigela, ou se Jack a quebrara. Todas relutavam em perguntar. Talvez houvesse sido Lucy. Aquele era assunto para adultos. Às vezes não era uma boa idéia fazer perguntas.

Jack deixou os cacos sobre a mesa, pegou seis pedaços de papel e um grande tubo de cola.

— Vamos montar isto aqui antes que o rio venha nos buscar.

Kills The Deer acendeu o fogo e pendurou as roupas das meninas em um cabide para secar. Todos se sentaram à mesa e montaram a vasilha. Havia muitas brechas na montagem. Ninguém poderia dizer que o trabalho ficara perfeito, mas pelo menos a peça estava inteira.

SuAnn estudou a fragmentada treinadora de papagaios.

— Ela está dançando, Jack?

— Sim. Definitivamente, ela está dançando.

— Ela usa uma saia longa feita de tiras.

Jack sorriu, pensando naquelas tiras escorregando sobre o traseiro nu de Willow.

Um relâmpago explodiu entre as nuvens e um trovão sacudiu as janelas.

— Isso foi perto demais para eu me sentir confortável — queixou-se SuAnn.

— Vou passar alguns dias fora — Jack avisou. — Quando voltar para casa, terei de ir devolver esta tigela ao local de onde a tirei. Assim, preciso que a escondam em um lugar seguro até eu voltar para casa.

— Nosso *trailer* é seguro, tanto quanto possível, o que não é muito — opinou Sissy.

— Podemos enterrá-la em uma caixa sob o *trailer*. Ninguém vai lá além de nós — sugeriu SuAnn.

Snake aproximou-se e sussurrou no ouvido de Jack:

— A moça na tigela vai falar comigo também?

Jack encarou-a.

— Quem pôs essa idéia na sua cabeça?

— Eu ouvi.

— O nome da moça é Willow. Sempre que trovejar, ela estará falando.

Mas Snake sabia reconhecer um segredo.

— Ela não falava dessa maneira com você.

— Não, tem razão — ele respondeu. Evidentemente, Snake podia ouvir tão bem quanto podia ver. Imaginou se ela havia visto Willow fora da vasilha, mas Sissy interferiu antes que ele pudesse perguntar.

— Podemos ajudá-lo a devolver a tigela ao lugar de onde a tirou?

— Terão de jurar que nunca contarão nada a ninguém.

— Nós juramos — disse Sissy. Depois olhou em volta. — Certo?

— Certo — concordaram as outras.

— Quando virem o lugar da tigela, terão tanto medo que molharão as calças.

Elas arregalaram os olhos.

— Certo — disse Snake. Todas concordaram que fariam qualquer coisa para ver o lugar da tigela. — Vamos ver uma pessoa morta?

— Sim, uma pessoa morta há muito tempo.

— Já vimos coisa pior — lembrou Sadie. — Além do mais, somos corajosas.

— Suponham que essa pessoa morta possa sugar seus cérebros por suas orelhas?

— Para começar, temos cérebros grandes demais para serem sugados pelas orelhas. E pessoas mortas não sugam tão bem assim. Pronto.

— Também posso ir? — quis saber Kills The Deer.

— Vai ter de jurar — Sissy apontou séria.

— Oh, eu posso jurar qualquer coisa.

— Se Jack disser que pode, você pode — decidiu Snake.

— Bem, ele pode ir conosco, se todas me ajudarem a carregar as duas caminhonetes lá fora com tudo que eu puder carregar antes de a inundação passar pela porta. Mas antes temos de construir uma moldura para a carroceria da minha caminhonete e estender uma lona sobre ela.

O veículo de Kills The Deer já possuía um compartimento de metal que servia para sustentar suas pinturas quando ele decidia vendê-las. Usando algumas vigas dois por quatro retiradas desse compartimento, eles martelaram e pregaram por cerca de meia hora, montando uma excelente armação. Era uma estrutura alta e estranha, mas sólida. Jack dirigiu o veículo até a porta da frente, e eles se preparam para carregar todos os objetos para fora.

— Há muita coisa em sua casa para caber nas duas caminhonetes — disse Sissy. — Como vamos decidir o que levar?

Jack percorria a casa. Os outros o seguiam, um pouco desanimados com a variedade e a quantidade de coisas inúteis.

— Por que não pegamos apenas o que queremos salvar? — sugeriu Jack.

Todos olharam em volta, e cada um encontrou alguma coisa que mais gostavam e começaram por ela. A primeira escolha de Snake foi o crânio de coatimundi. SuAnn, uma alma quieta e profunda, agarrou um pequenino retábulo de um Menino Jesus com olhos de oliva. A opção de Sissy foi um painel de porta desbotado pintado com uma bicicleta amarela. Sadie pegou o crânio de um gato selvagem e uma raiz em forma de mulher com lábios grossos que lembravam os de Marguerite. Jack encheu uma caixa com raízes de várias formas e as cobriu com rosas e tulipas secas. Kills The Deer, um eterno amante da ironia e da "simbologia", escolheu uma caixa de santos. Eram figuras de madeira entalhada com cerca de 30 centímetros de altura e que, num dado momento, haviam sido pintadas ou vestidas com finos tecidos. Agora estavam nuas, desbotadas e sem rosto.

Antes da primeira viagem às caminhonetes, Kills The Deer perguntou:

— Sabem como eles perderam os rostos?

As Irmãs balançaram as cabeças.

— É por causa das lebres. — Ele segurou um santo para ser inspecionado por todas. — Há anos, em alguns vilarejos, os pequenos santos eram feitos por vários artesãos. Os mestres faziam as cabeças. Eles sempre são detalhistas. Queriam que os pequeninos olhos de vidro ficassem nas cabeças para sempre, por isso usavam um formão para abrir a cabeça ao meio e encaixar os olhos por dentro dela. Depois cavavam pequenos buracos na frente, orifícios com tamanho suficiente apenas para que o vidro pudesse ser visto por eles. Atrás da cabeça eles cavavam um buraco maior, mas paravam antes de atravessar a esfera. Então, eles colavam os olhos em pequenos bastões e os pressionavam atrás das órbitas oculares. Usavam cola de lebre para devolver à cabeça seu formato original sem prejudicar o rosto e as linhas entalhadas que compunham o cabelo. Às vezes, os santos eram deixados para trás numa casa dilapidada quando uma pessoa idosa morria. Se a cola era molhada, os rostos se soltavam e desapareciam.

— Ah — disse Sadie. — Não acredito nisso.

— Bem, eu acredito em parte do que ele disse — revelou Sissy. — Mas parece um pouco fantasioso.

Jack encolheu os ombros para Kills The Deer.

— Elas não são fáceis.

— Gosto disso — contou Snake, usando sua maneira peculiar de falar para expressar sua simpatia por Kills The Deer. — Mas é melhor mantermos essa tigela seca.

Depois de uma hora, eles decidiram que tudo que desejavam levar já estava nas caminhonetes.

— E quanto à nossa casa? A enchente também vai chegar lá? — SuAnn indagou.

— Seu *trailer* fica mais ou menos 15 metros acima do rio e do nível da minha casa. Vocês vão ficar bem. Levaremos vocês para casa antes de partirmos. Podem cuidar do meu gato enquanto estou fora?

— A vasilha *e* o gato? — estranho Snake.

— Sei que estou pedindo demais.

— Melhor pegar a comida do gato.

Jack e Kills The Deer levaram as meninas e o gato de Jack para o *trailer* e deixaram também sua caminhonete com elas. Snake ia na frente com Kills The Deer. Ela estava quieta. Snake tinha muitas coisas na cabeça. O *trailer* ficava em um outeiro bem acima e distante do rio.

As Irmãs levaram o gato e a tigela, envolta em toalhas e filme plástico, acenaram e correram para o *trailer*.

Kills The Deer conduzia Jack pela tempestade, para o leste e para a base das montanhas Negras na direção do rio Grande e da auto-estrada para Albuquerque. A água transbordava dos riachos, enchia os aquedutos e corria para a estrada. Eles reduziram a velocidade ao máximo para ultrapassar a área mais encharcada. As encostas mais escarpadas começavam a sofrer os efeitos da erosão, mandando para baixo pedras do tamanho de balas de canhão. Em algumas horas as margens absorveriam a água e se confundiriam com a estrada. Semanas transcorreriam até que o departamento de vias públicas mandasse remover o barro, as pedras e as árvores caídas.

Assim que começaram a subir a parte mais íngreme da montanha, a verdadeira ameaça passou a ser representada pelas árvores com raízes pouco profundas no solo fino. Um relâmpago cruzou o *canyon* no mesmo instante em que um trovão sacudiu o automóvel. Jack olhou para o céu, para todos aqueles anos de luxúria contida. Imaginou Willow, agora do tamanho de uma montanha, enviando relâmpagos que ia tirando das nuvens e moldando os trovões com as próprias mãos. Ela começava a assustá-lo.

Um galho pesado esmagou parte do capô, outro rachou o pára-brisa e um terceiro arrancou o limpador do lado de Jack.

— Droga, Willow!

A caminhonete derrapou e saiu da estrada para o acostamento. Jack olhou para cima, para a tempestade, como se esperasse vê-la sacudindo as coxas e os seios, gemendo trovões, tendo um orgasmo de mil anos.

Kills The Deer inclinou-se para a frente e olhou pelo pára-brisa rachado.

— Não há nenhum salgueiro aqui, Jack.

Jack encarou-o.

— E daí?

— Você disse salgueiro. Willow.

— Eu disse isso?

Continuaram atentos ao ponteiro que marcava a temperatura para descobrir se o radiador estava vazando. Cerca de um quilômetro e meio adiante, encontraram outra árvore. Pelo menos essa já estava caída. Eles usaram a serra para abrir caminho.

A tempestade estava confinada ao lado oeste da cordilheira. A chuva parou e o vento perdeu força assim que terminaram de subir a montanha e começaram a descida do outro lado, serpenteando através de *canyons* que se abriam para um amplo vale perto de Truth or Consequences.

Kills The Deer olhou para a pequena e fluorescente cidade de Rio Grande.

— O prefeito do lugar deu esse nome à cidade depois de um programa de tevê na década de 50. Sabia disso?

— Ouvi dizer que o nome original era Truth *and* Consequences, mas o conselho de cidadãos decidiu mudá-lo.

Quando entraram na auto-estrada para Albuquerque, Jack sentiu que finalmente estavam fora do alcance da ira de sua ciumenta dançarina das nuvens. Com sorte, sua luxúria de mil anos seguiria o curso normal, e ela choveria para o primeiro mundo, onde iria encontrar seus ancestrais.

A grama, as árvores e os arbustos nas montanhas normalmente ajudavam a reduzir a velocidade de descida da água, deixando que o solo a absorvesse, reduzindo a intensidade com que ela atingia os riachos e as valas. Mas, três meses antes de Willow ser libertada, dezenas de milhares de acres haviam queimado até o chão em torno da bacia hidrográfica que alimentava o Joaquin-Jimenez. Quando Jack, As Irmãs e Kills The Deer viram o rio subindo, estavam vendo apenas a enxurrada proveniente dos vales baixos.

Kills The Deer e Jack já estavam longe quando Snake e SuAnn viram a torrente resultante da imensa área queimada. Uma parede de água de quase cinco metros de altura invadiu o *canyon* sob o *trailer*, seguindo para a casa de Jack.

SuAnn abraçou Snake.

— Receio que Oliver tenha chegado ao fim — ela disse.

— Na próxima vez eu o farei muito mais duro — Snake prometeu.

Mas ambas pensavam na casa de Jack.

A parede de água atingiu a construção negligenciada com tanta força que as janelas mal tiveram tempo para explodir antes de os tijolos desabarem. A água passava com tanta velocidade que sugava os tijolos do chão.

Antes de o avião atravessar o Grand Canyon a caminho da monotonia de Seattle, Jack adormeceu, arrebatado pela definitiva e irrevogável liquefação do amor de Willow.

DEZOITO

Durante o vôo de Seattle para Juneau, ele olhou para baixo para as imensas geleiras canadenses que alimentavam os rios e o mar de Inland Passage. A pressão da camada superior de gelo tornava a face glacial num verde translúcido, como se ela fosse iluminada por dentro. Imaginou colônias de mamutes congelados naquelas geleiras. Dependendo da profundidade e do movimento, podiam ser alargados e afinados como manteiga pela pressão do gelo em movimento. Outros, suas grandes presas de marfim, cabeças gigantescas e dentes grandes como punhos intactos, ainda esperavam, prontos para saírem e caminharem por um prado verdejante e começarem a pastar ou brigar pelo território, por uma companheira, ou contra a ameaça próxima de homens com lanças de belas pontas afiadas.

Em algum lugar, no meio de todo aquele gelo, havia homens, mulheres e crianças que se haviam reunido tentando conservar o pouco calor que ainda lhes restava contra a catastrófica tempestade de verão que não degelaria se não em mil anos.

Um anúncio entusiasmado dos fatos glaciais causou sobressalto em Jack e levou-o de volta ao momento, comprimindo um amplo devaneio numa insípida brochura de viagem. A tripulação recebeu ordens para inspecionar os cintos de segurança e preparar para a aterrissagem.

Lucy esperou na frente de um enorme urso polar de pelúcia mantido ereto dentro de uma redoma de vidro. O trânsito para o aeroporto era lento, por isso ela dispunha de muitos minutos para absorver a estranha beleza do urso e estudar a ironia silenciosa de sua expressão sublime.

Quando os alto-falantes começaram a gritar, ela voltou sua atenção para os passageiros que desembarcavam. Ela viu Jack, ainda atordoado pelo vôo, desviando os carregadores e viajantes que atravessavam seu caminho. Ele seguiu para a periferia da área ocupada por perdidos e reunidos e se descobriu olhando para o urso branco. Lucy aproximou-se sem que ele a visse, tocou seu pescoço, colou o corpo ao dele e beijou-o nos lábios. O urso polar vira muitas cenas como aquela. Para Jack e Lucy, era a primeira vez que seus lábios se tocavam.

Ficaram ali abraçados e quietos, desfrutando do momento, até serem interrompidos por ruidosas meninas de Tlingit que ali se reuniam para verem o grande urso branco.

Jack tornou-se sério e formal.

— Desculpe — disse, os olhos fixos em Lucy. — Já nos conhecemos?

Lucy tinha um sorriso malicioso e um brilho intenso no olhar. Com exceção das risadas descabidas, as meninas eram bem-educadas. E estavam limpas. Ele imaginou como estariam As Irmãs.

Esperaram junto da esteira de bagagens, apoiados um no outro como se estivessem separados há meses.

— Precisamos partir imediatamente — Lucy anunciou. — Se esperarmos até amanhã, chegaremos tarde demais. Falei com um amigo no escritório de Philip e ele me disse que o professor já deixou Washington e providenciou um helicóptero para transportá-lo de Anchorage até a geleira.

— Um helicóptero grande? Hmmm. E pensar que o dinheiro dos seus impostos está pagando por isso. Bem, precisamos de roupas, suprimentos e de um barco. Talvez o de Finley esteja pronto. Procure uma grande valise verde com uma etiqueta cor de laranja. Vou tentar falar com Finley. — Ele se dirigiu aos telefones públicos e discou para o celular de Finley.

— Finley.

— Olá, aqui é Jack. Como vai?

— Trabalhando na janela do Hilde.

— Não precisa ser tão pessoal.

— Pela sua voz, posso dizer que precisa zarpar ainda hoje.

— Acertou.

— Ainda tenho mariscos nos respiradouros do aquecedor.

— Isso só acontece coma s espaçonaves quando os alienígenas atacam.

— Bem, bem-vindo a Juneau.

— Podemos chegar à baía em três horas, e depois ainda levarei uma hora para atravessar o gelo até a geleira, certo?

— Algo que você precisa considerar... houve uma grande nevasca. Boa parte do caminho para o topo da principal geleira está limpo. Depois disso, o progresso é muito lento.

— Só precisamos chegar lá a tempo de subirmos antes do anoitecer. Lucy e eu podemos passar a noite na caverna e sair bem cedo.

— Quanto antes você parar de falar e vier para cá, mais cedo...

— Estaremos aí em uma hora... uma hora e meia.

— Até lá terei tudo pronto. Traga-nos alguma comida, estamos famintos.

— Salmão defumado?

— Burritos de microondas já seria perfeito.

— Burritos. Certo. Como vai nosso amigo Berndt?

— Aquela médica por quem ele se apaixonou ficou noiva, e isso o deprimiu por alguns dias.

— Estou certo de que ouvirei essa história com todos os detalhes quando voltarmos. Até breve. — Ele desligou e virou-se a tempo de ver Lucy atravessando o terminal carregando sua valise.

— Philip não vai partir para a geleira até amanhã cedo, vai? — ela perguntou.

— Não — disse Jack. — Estaremos a caminho antes de ele aparecer. Eles nunca nos verão.

— Não me importo se ele nos vir. Só quero ver o homem do gelo antes de ele aparecer.

Jack dirigiu para Juneau de forma que Lucy pudesse apreciar o cenário. Sua cabeça girava de um lado para o outro tentando registrar tudo. Ela nunca vira nada como Juneau. O lugar era um parque de geleiras com uma queda de água de 300 metros de um lado, uma baía de barcos de pesca e navios do outro, e centenas de pequenas casas que pareciam estar penduradas nas colinas entre um ponto e outro. As previsíveis estruturas do governo também eram visíveis. Queria a cidade do livro de histórias.

Subiram a rua principal de Juneau para Moose Goods Mercantile, onde equiparam Lucy para a subida até a caverna de gelo: casacos, botas para neve e barras de energia. No caminho para as docas, pararam para comprar suprimentos no Juneau Market. Lá dentro, encontraram uma estranha combinação de rostos de Nova York, do Meio-Oeste rural e de indígenas, uma interessante mistura de cores e tipos, todos desprovidos de expressão.

— Finley pediu para levarmos burritos de microondas.

— Na terra do salmão, ele quer burritos congelados?

— Nunca comeu um bom burrito de microondas, não é?

— Longe de mim maldizer o burrito de microondas — ela respondeu, estudando o freezer em busca do pedido de Finley.

— Encontre os burritos — disse Jack. — Vou pegar para nós o melhor salmão que você já comeu. — Ele seguiu para outro corredor.

— Não vá. Nunca mais conseguirei encontrá-lo.

Ele se virou e voltou para perto do carrinho. Lucy brindou-o com um longo e suculento beijo de supermercado. Houve aplausos aleatórios, até um assobio desprovido de entusiasmo. Jack ficou vermelho e imaginou o açougueiro declarando-os marido e mulher em nome das ervilhas verdes, com o Gigante do Verde Feliz como padrinho. E As Irmãs? Lucy se mudaria para o Novo México? Ele sentia que beijar em público tinha um toque de filmes sentimentais, o que explicava por que um beijo de supermercado parecia ter uma força tão devastadora.

Nas docas, Jack apontou para os gigantescos navios na entrada do porto.

— Aqueles capitães gostam de ciscar. Há alguns anos um navio enfiou o nariz na lateral de outro. Arrancou a lâmina de aço de três centímetros de espessura como se fosse uma latinha e deixou exposta uma sala de estoque inteirinha. Coisas como essa acontecem a cada três ou quatro anos, mas foi a primeira vez que vi a decoração interior.

— Deve ser muito aborrecido — disse Lucy —, toda aquela comida e equipamentos. Depois da grande descoberta de Philip, eles estarão atravessando os icebergs procurando pelo homem do gelo. Haverá anúncios na *American Archaeology*.

Eles encontraram o barco de Finley, o *Hilde H.*, e levaram todo o equipamento para o píer no momento em que Hilde saía da cabine. Ela era uma mulher grande, com cerca de 50 anos, cabelos louro-avermelhados.

— Olá, Hilde. Esta é minha amiga, Lucy Perelli. Esta é Hildegard Hansen, co-proprietária do *Hilde H.* e sócia de Finley.

— Olá, Lucy, bem-vinda a bordo. É bom vê-lo, Jack. Finley está lá embaixo, mexendo num respiradouro do aquecedor. — Ela se aproximou da balaustrada, olhou para baixo e gritou: — Como está indo, Finley?

A resposta soou abafada, mas positiva.

— Jack está aqui com uma amiga.

Um homem magro vestindo um guarda-pó subiu a escada interna do barco. Ele devia ter cerca de 60 anos e seus dentes eram brancos e brilhantes em meio à barba rala. Simpático, ele sorriu enquanto apertava a mão dos convidados. Suas mãos eram firmes e seus olhos, cinzentos.

— Como vai, Miller? Sua amiga é muito bonita. Trouxeram os burritos?

Jack mostrou uma sacola de supermercado, e Finley dirigiu-se à cabine.

— Venham, amigos, vamos pôr essa maravilha na minha barriga.

Jack sentou-se no assento do comandante e olhou em volta, verificando o estado geral do barco. Tudo parecia lindo e em bom estado de conservação.

— Por quanto tempo ainda vai poder pescar aqui?

— Hilde recebeu algum dinheiro, ou já estaríamos limpando peixes para os malditos japoneses.

— Finley, eles não são malditos japoneses — disse Hilde —, são benditos japoneses. E quando o dinheiro acabar, teremos sorte se conseguirmos limpar alguns peixes. — O trabalho duro dera a ela ombros poderosos, um traseiro firme e redondo, pernas fortes e uma atitude impressionante.

— Ela tem aquele belo traseiro por ter sido bem-educada. O pai dela era almirante na Marinha da Noruega. E ela também é inteligente.

— Meu pai era um guarda-marinha, Finley. — Ela suportava as grosserias de Finley, suas piadas e seus lampejos de humor de gosto discutível porque ele sabia como consertar tudo, corria riscos, gostava de explorar com ela os pequenos recantos e ilhas ao longo da costa, e ainda era um parceiro impressionante sob os lençóis.

O *Hilde H.* era um barco de pesca de 32 pés dirigido por lemes duplos. Era bem projetado e bem construído, mas obsoleto, não muito diferente de Finley e Hilde, que haviam chegado tarde ao desabrochar da independência e ficado nela por muito tempo. A velha Juneau já devia ter mudado quando eles chegaram. Pescar se tornara uma atividade corporativa e internacional. Uma herança do avô de Hilde, um corretor de pescado norueguês, os mantivera literalmente à tona. Orgulhavam-se de seu barco e da vida na água. Hilde e Finley queriam ser pescadores honestos. Não era pedir muito, mas, por motivos que jamais entenderiam completamente, era. Levar Jack e sua amiga até a geleira não era pescar, mas, como Finley dissera:

— É dinheiro em caixa, dinheiro no bolso.

Seu principal objetivo era evitar ser pego pelas engrenagens da civilização.

— O trabalho dos grandes homens é pegar os pequenos e dar a eles algo para fazer. Nosso trabalho é ficar fora da rede.

Para Finley, ficar fora da rede envolvia uma variedade de atividades, legais ou não.

Eles zarparam no início da tarde, deixando um rastro de bolhas que se estendia até o píer. Assim que se afastaram do porto, Hilde movimentou as hélices com o timão, alargando a esteira de espuma. A inveja e o anseio dos turistas atracados no porto os seguiram até bem longe. Eles entraram no canal para o mar aberto e seguiram para o sul. Finley aqueceu os burritos no microondas, e eles beberam o vinho tinto que Lucy havia providenciado.

— Ela está correndo demais — Jack comentou.

— Ajuda a manter os mariscos afastados.

O mar era cristalino, o que ajudava a enxergar obstáculos como pedaços de madeira submersos que ocasionalmente afundavam pequenas embarcações. Estavam navegando há cerca de duas horas quando o jato poderoso de uma baleia rompeu a superfície, subiu uns quatro metros no ar e pôs fim a qualquer dúvida que pudesse haver sobre a existência da mais pura beleza.

Inland Passage tinha a fama de colocar as pessoas, até as mais experientes e cínicas, em transe. O ar marinho misturado ao vento que soprava das geleiras; as baleias, as gaivotas, as aves do litoral; o céu e as montanhas refletidas na água escura; gelo submerso do tamanho de um navio; todo o cenário despertava sentidos que as pessoas nem sabiam possuir. Os extremos da morte e da beleza faziam das vidas das pessoas que trabalhavam na água algo fatal e quase mudo, exceto no caso de Finley.

Uma hora depois, eles tomaram a direção do leste para a Baía de Koosnuku e negociaram as massas de gelo marinho que um dia haviam integrado a geleira. Finley tinha linhas estendidas da proa à popa e passando pelos cabos do leme, o que permitia que ele pilotasse da proa e se mantivesse atento ao gelo. Meia hora mais tarde o ar frio e parado que pairava sobre a água mantinha todos, exceto Hilde, encolhidos em seus moletons e jaquetas.

Finley convidou Lucy a ir até a proa e apontou para a água bem abaixo do barco.

— Penso no gelo sob a superfície como uma espécie de sonho. — Ele ficou quieto por um momento, pensando no sonho, ou conferindo ênfase ao que dizia, Lucy não tinha certeza. Ele mostrou os icebergs em torno da embarcação. — Essas estruturas de gelo repousam sobre sonhos do tamanho de montanhas. No final, o sonho derrete e essas pequenas ilhas de realidade submergem para o mar adormecido. O mar é como o sono, e as coisas que vivem nele são seus sonhos.

Lucy podia ver o gelo submerso desaparecer na água escura bem abaixo da superfície, no profundo mar adormecido.

Mais tarde ela foi encontrar Jack na cabine.

— Seu amigo é um doce sonhador. É um grande contraste com seu exterior endurecido.

— Esse lugar permite que ele pense dessa maneira. É isso que o mantém aqui.

As ilhas de gelo flutuante tornavam a navegação mais traiçoeira na medida em que Finley se aproximava da geleira. Ele seguiu para um ponto na margem esquerda onde a montanha encontrava a água. Aproximaram-se de uma barra de areia a um quilômetro e meio da parede de 150 metros de verde translúcido, que periodicamente desprendia gigantescas porções de gelo sem aviso prévio, provocando ondas de mais de dez metros de altura.

Jack saltou da proa para a areia. Lucy passou o equipamento para ele, depois pulou para a praia.

Finley gritou:

— Amanhã às três horas, está bem?

— Três horas. — Eles acenaram dispensando Finley, pegaram a bagagem e seguiram para a trilha que os levaria ao topo da geleira. Assim que deixaram a praia, a subida tornou-se acidentada e íngreme por uma trilha que raramente era usada. Eles contornaram a geleira, mantendo-se em solo firme. Perto do topo descansaram, comeram, beberam água e agasalharam-se ainda mais. O reflexo do sol no gelo os animava a prosseguir, embora fosse quase sete horas da noite. Ainda teriam pelo menos quatro horas de luz.

A geleira suspensa a que se destinavam ficava em um vale muito alto várias centenas de metros acima da geleira principal. A subida era difícil, acidentada demais para calçados de neve, mas não o bastante para despertar em Jack o velho medo de altura. Algumas áreas eram totalmente limpas de neve pelo vento, restando apenas caminhos de pedra nua com uma leve camada cintilante de gelo.

Outras vezes submergiam até a metade das coxas na neve macia. A subida consumia mais tempo do que Jack antecipara. O último quilômetro para o vale elevado era uma briga constante contra 60, até 90 centímetros de neve acumulada. Assim que atingiram o nível da neve na geleira suspensa e puderam calçar novamente os sapatos apropriados para esse tipo de terreno, tudo ficou mais fácil.

Haviam escalado 400 metros desde o mar com a noite caindo. A subida os esgotara. Eles pararam e olharam para a geleira principal localizada em outro vale muito alto quase três quilômetros distante dali e com sua própria geleira suspensa. O vale era escarpado e inclinado para o sul, terminando em um penhasco 300 metros acima do mar.

— Sorte não termos ido para lá — disse Lucy. — Não sei se teria suportado.

Jack olhou para o vale.

— Não — respondeu, e caiu sobre a neve, onde ficou deitado por alguns minutos, os sapatos de neve apontados para o céu. — Duvido que possa me mover. Não imagino como será o amanhã para os meus sentidos.

— Vamos, Miller, mova-se. Quero ver seu homem do gelo antes que esteja escuro demais.

— Já está escuro demais. Sempre precisamos do sol atravessando o gelo para enxergá-lo. E ainda temos mais uma hora de caminhada até chegarmos na caverna.

Estava quase escuro quando encontraram a caverna do homem do gelo. Se a neve tivesse mais 20 centímetros de altura, não teriam visto a entrada. Apesar da neve, ao amanhecer haveria luz solar direta em quantidade suficiente para iluminar o homem do gelo suspenso na parede externa da caverna.

Eles rastejaram pela abertura, conseguiram desenrolar os sacos de dormir e adormeceram vestidos. Lucy tocou a mão dele antes de pegar no sono.

— Obrigada — disse.

— Só estou cumprindo uma promessa. — Jack sorriu e adormeceu.

Lucy sentou-se, sentindo o profundo *wump wump* das hélices de um pesado helicóptero em seus ossos. O sol iluminava a caverna de gelo.

— Jesus. Deve ser tarde.

De repente compreendia que estavam prestes a ser invadidos por Philip, Ben Wang e uma equipe de cinegrafistas e fotógrafos da *National Geographic*. Já havia enrolado o saco de dormir e começava a guardá-lo na bolsa quando notou que Jack não se movia.

— Gostaria de fazer um pouco de café para mim antes de sair correndo? — ele perguntou.

— Jack, por favor. Eles estarão aqui em poucos minutos.

— Tudo bem. Ouça.

O helicóptero ia soando cada vez mais distante. Ela rastejou pela abertura e olhou para cima, para a aeronave que se retirava. Ela atravessava a geleira para o vale mais alto sobre a baía. Jack a seguiu. Juntos, ficaram no banco de neve que protegia a entrada para a caverna e viram o grande helicóptero seguir para o vale a três quilômetros dali.

Philip viajava na frente com o piloto, estudando o terreno, procurando pela sombra que Jack havia apontado no mapa. Estava ficando agitado.

— Este mapa foi fotografado no final da tarde. Não existe muita relação com os detalhes que vemos aqui. E a neve também não está ajudando.

O piloto, irritado desde o início com a atitude grosseira de Philip, não estava satisfeito por ficar voando em círculos procurando por uma caverna de gelo com um mapa inútil. Assim que alcançaram o limite da fenda, o piloto fez o contorno e voltou pelo mesmo caminho. Philip estudava o vale tentando identificar a sombra mencionada por Jack, quando o helicóptero subiu alguns metros.

— Que diabo está fazendo? — ele gritou pelo microfone.

— Avalanche — o piloto gritou de volta. — Acho que as hélices foram atingidas pelo deslocamento de ar.

Philip viu a montanha desabar sob a aeronave. Seu coração desmoronou com ela. Ele pressionou o rosto contra a janela.

Não sabia que efeitos a avalanche faria com a caverna de gelo. Talvez nada. Talvez a neve caísse em torno da geleira, deixando seu destino intacto.

— Vasculhe a montanha depois de a neve assentar. Ela tem de estar ali. A neve deve ter passado por cima da caverna. Vamos encontrá-la.

Ele olhou para a produtora da *Geo* em busca de uma confirmação, de esperança. A mulher balançava a cabeça com evidente desânimo.

Do outro lado da geleira, Jack e Lucy viram a neve sob o helicóptero de Philip começar a fragmentar-se como um grande prato de porcelana se quebrando em câmara lenta. Os *wumps* das hélices ficaram abafados sob o estrondo assustador. Podiam ver a avalanche iniciando, descendo, ganhando força, até explodir sobre a abertura do vale, para o mar. Por vários momentos, até o helicóptero desapareceu em meio à nuvem branca que pairou no ar.

O helicóptero pairava sobre o vale, depois começou a se mover para cima e para baixo. Philip, o piloto, Ben Wang e a equipe de mídia olhavam pelas janelas, procurando por um objeto que pudesse ser a sombra desenhada no mapa.

Muito tempo depois de todos na aeronave aceitarem que nenhuma caverna de gelo seria encontrada no vale, que toda a viagem havia sido inútil, Philip desistiu. A avalanche deveria ter levado para o mar o homem do gelo, enterrando-o sob toneladas de neve.

Ele não podia olhar para os outros. O homem que havia trabalhado duro por tantos anos era incapaz de contemplar que algo tão injusto, tão fora de seu controle, havia acontecido. Ele presumiu que, finalmente, em meses ou anos, seu homem do gelo se libertaria da neve compacta e acabaria se dissolvendo no mar, sem ter sido examinado pela ciência. A neve derreteria e o homem do gelo seria devorado pelos peixes.

Lucy olhou para Jack.

— Você o enganou, ou eles não souberam ler o mapa?

— Você e eu temos um acordo, lembra? Se conseguisse nos tirar da caverna Mimbres, eu lhe daria o homem do gelo. Nunca tive nenhuma obrigação com Philip. E sem o homem do gelo Wang não tem história, exceto talvez uma coluna na *Golf Digest* sobre o fracasso de Philip. Se quer entregar o homem do gelo a Philip, a decisão é sua.

— Não. Ele será sempre seu, Jack. — Estava zangada com Philip, mas também sentia pena dele. — Pelo menos ele pensa que o homem do gelo caiu no mar. Não vai perder os próximos cinco anos de sua vida procurando por ele. — Sabia que sua insaciável ambição o levaria a buscar outras glórias.

Jack segurou a mão dela.

— É hora de ir ver seu homem do gelo.

Eles rastejaram para dentro da caverna e sentaram-se sobre o saco de dormir, olhando para a espessa parede de gelo iluminada pelo sol. No meio dela era possível ver o homem do gelo cercado por três ou quatro metros de gelo, deitado de lado com as costas voltadas para eles, um metro e meio acima do piso da caverna. Jack jamais o vira àquela hora da manhã, com o sol incidindo diretamente sobre a parede. A intensidade da luz fazia toda a parede brilhar, e a luminosidade cercava o homem cativo.

Nenhum dos dois falava. Ficaram ali sentados, estudando o homem no gelo. Depois de muito tempo, Lucy disse:

— Acho que são duas pessoas. A menor é uma mulher. Vê onde o braço dela envolve seu corpo? Ela o está abraçando. Sua mão está pressionada contra as costas do homem. O início de seu rosto está logo acima da cabeça dele.

Jack uniu as mãos em torno dos olhos para reduzir a intensidade do brilho do sol e inclinou-se para a frente. Seus olhos não se ajustavam à luz com facilidade. Ele tentou imaginar a forma de uma mão nas costas do homem. Parecia haver algo ali, mas o sol penetrando no gelo dificultava a identificação de uma imagem distinta.

— Olhe bem acima da cabeça do homem — Lucy orientou-o. — Vê como ela tem uma forma estranha? O que está vendo é a ponta da cabeça da mulher. O olho está fechado. Se estivesse aberto, ela estaria olhando diretamente para nós. Seus lábios estão próximos do ouvido dele, como se sussurrasse. — Lucy esperou um momento. — Conseguiu ver?

Foi a vez de Jack fazer uma longa pausa.

— Talvez... Vejo o que pode ser a curvatura de sua testa, mas não é uma imagem nítida.

— Relaxe por um momento. Está se esforçando demais. Não olhe diretamente para ela, mas para baixo. A luz refletida em seu rosto vai iluminar os traços se não olhar diretamente para ela.

Ele olhou para baixo, para o meio da cabeça do homem, fechou os olhos por um momento, depois os abriu lentamente. Então começou a ver a linha da mandíbula feminina, a face, o olho fechado.

— Meu Deus. Eles estão abraçados há 15 mil anos. — Jack olhou para Lucy. O brilho da luz através do gelo iluminava seu rosto. Ela tinha aquele brilho que vira em seu olhar diante do urso branco.

Ela sorriu, pôs a mão em seu ombro, aproximou os lábios de seu ouvido, e murmurou:

— Diga-me, Jack, o que ela está dizendo para ele?

AGRADECIMENTOS

Obrigado a Diane Reverand, editora *extraordinaire*.

Quero agradecer aos seguintes indivíduos por sua bondade, por seu tempo e por sua ajuda. Eles não são de maneira nenhuma responsáveis por minhas transgressões.

David Alt, Geologia, Universidade de Montana
Brad Baker, pescador
John Peterson Baker, mergulhador e bate-estacas
Harry Benjamin, artista
Anthony Berlant, artista
Frank Bessac, professor emérito de Antropologia, Universidade de Montana
Susanne L. Bessac, antropóloga
Cynthia Ann Bettison, diretora, Museu da Universidade do Oeste do Novo México
Nan Bovingdon
J. J. Brody, curador de pesquisa, Museu Maxwell
Ray Dewey, comerciante de antiguidades, Santa Fé
Brenda A. Dorr, curadora de arqueologia, Museu Maxwell
Dumont Maps and Books, Santa Fé
Kurt Feidler, chefe de lesões na espinha dorsal, VA Medical, Albuquerque
Loreen Folsom
Thomas A. Foor, Antropologia, Universidade de Montana
Douglas Gavin, construtor de Harleys 45

Christopher Hill, Antropologia, Universidade Boise State
Laura Holt, bibliotecária, Museu do Novo México
Carla Homstad
Ann M. Irwin, diretora assistente da Divisão de Assuntos Ambientais, Texas DOT
Amy Jameson, gerente assistente, Museu Maxwell
Charles A. Johnson II, palestrante
Charles Jonkel, presidente, Fundação Great Bear
Gertrude Lackschewitz
Steven A. LeBlanc, diretor de coleções, Museu Peabody de Arqueologia e Etnografia, Universidade de Harvard
Mike McKay, proprietário da Rainbow, um teimoso Scarlet McKay
Nicholas Pottrer, vendedor de livros, Santa Fé
Paul Perry, escritor, aventureiro
Wanda Raschkow, arqueólogo
Elaine Rose, professora
David Rosenthal, Antropologia, Museu de História Natural
Karen Rossmen, gerente de serviços do museu, Museu da Universidade do Oeste do Novo México
Curtis Schaafsma, curador de Antropologia, Museu do Novo México
Harry J. Shafer, Antropologia, Texas A&M
Brian S. Shaffer, Geologia e Arqueologia, Universidade do Norte do Texas
Cordelia Thomas Snow, Divisão de Preservação Histórica, ARMS, Santa Fé
D. Gentry Steele, Antropologia, Texas A&M
Barbara Theroux, Fact & Fiction Books
Sally Thompson, antropóloga pesquisadora, Educação Continuada, Universidade de Montana
Janis Thompson-Bouma, arqueólogo
Clint Traver, alpinista
Laurie Urfer, ilustrador
Michelle Valintine, Idiomas Estrangeiros, Universidade de Montana
Cristina S. VanPool, Arqueologia, Universidade do Novo México
Lynne Wolfe, desenhista

BIBLIOGRAFIA

Os leitores com interesse em migração de povos antigos, roubo de antiguidades, cultura Mimbre, pós-modernismo, desconstrucionismo e ursos que apreciam música poderão achar proveitosos os livros e artigos a seguir.

BAKER, Tony. *The Clovis First/Pre-Clovis Problem*. 1997. http://www.ele.net/art_folsom/preclvis.htm

BASSET, Carol Ann. "The Culture Thieves: They Gain a Fast Buck. We Lose the History of an Entire Civilization". *Science 86*, 1986. pp. 22-29.

BAUDRILLARD, Jean. *America*. Traduzido para o inglês por Chris Turner. Londres e Nova York: Verso, 1988.

BRADEN, Maria. "Trafficking in Treasures: In Attempting to Stop the Booming Artifact Trade, Laws Have Been Passed to Deter Looters, but some Collectors Are Complaining as a Result". *American Archaeology*, 2000. n. 3(4). pp. 19-25.

BRODY, J. J. *Mimbres Painted Pottery*. Santa Fé: School of American Research, 1977.

BRODY, J. J., SCOTT, Catherine J., LEBLANC, Steven A., BERLANT, Tony. *Mimbres Pottery: Ancient Art of the American Southwest*. Nova York: Hudson Hills Press, 1983.

BRODY, J. J., SWENTZELL, Rina. *To Touch the Past: The Painted Pottery of the Mimbres People*. Nova York: Hudson Hills Press, 1996.

CARR, Pat. *Mimbres Mithology*. El Paso: Texas Western Press, 1979.

CHATTERS, James C. "The Recovery and First Analysis of an Early Holocene Human Skeleton from Kennewick, Washington". *American Antiquity*, 2000. n. 65(2). pp. 291-316.

CHUSHING, Frank. *The Mythic World of the Zuni*. Albuquerque: University of New Mexico Press, 1988.

DAVIS, Carolyn O'Bagy. *Treasured Earth: Hattie Cosgrove's Mimbres Archaeology in the American Southwest*. Tucson: Sanpete Publications, 1995.

FEWKES, J. Walter. *The Mimbres: Art and Archaeology*. Introdução de J. J. Brody. Reimpressão de três ensaios de Jesse Walter Fewkes publicados pelo Smithsonian Institute entre 1914 e 1924. Albuquerque: Avanyu Publishing, 1989.

GOODSTEIN, David, WOODWARD, James. "Inside Science". *The American Scholar*, outono 1999. pp. 83-90.

LEBLANC, Steven A. *The Mimbres People: Ancient Pueblo Painters of the American Southwest*. Londres e Nova York: Thames e Hudson, 1983.

____________ . *Prehistoric Warfare in the American Southwest*. Salt Lake City: University of Utah Press, 1999.

LEKSON, Stephen H. *The Chaco Meridian: Centers of Political Power in the Ancient Southwest*. Walnut Creek, Califórnia: AltaMira Press, 1999.

MILLER, Joaquin. *True Bear Stories*. Nova York: Rand McNally, 1900. (Quando era menino, li um conto de Miller sobre ursos que apreciavam música. Acredito que o espírito dele não se ofenderá com minha versão daquele belo e inacreditável texto.)

MINNIS, Paul E. *Social Adaptation to Food Stress: A Prehistoric Southwestern Example*. Chicago: The University of Chicago Press, 1985.

MOULARD, Barbara L. *Within the Underworld Sky: Mimbres Ceramic Art in Context*. Santa Fé: Twelvetrees Press, 1981.

NELSON, Ben A., LEBLANC, Steven A. *Short-term Sedentism in the American Southwest: The Mimbres Valley Salado*. Albuquerque: Maxwell Museum of Anthropology e University of New Mexico Press, 1986.

NELSON, Margaret C. *Mimbres During the Twelfth Century*. Tucson: University of Arizona Press, 1999.

NORRIS, Christopher. *Deconstruction: Theory and Practice*. Edição revista. Londres e Nova York: Routledge Press, 1991.

SNODGRASS, O. T. *Realistic Art and Times of the Mimbres Indians*. El Paso: O. T. Snodgrass, 1997.

STANFORD, Dennis. *Northern Class, Northern Trades*. Entrevista. 2001. http://www.mnh.si.edu/arctic/html/dennis_stanford.html http://www.mnh.si.edu/arctic/html/dennis_part_2.html

O'TOOLE, Fintan. "The Many Stories of Billy the Kid: Was the Legendary Western Outlaw Actually an Irish Terrorist?". *The New Yorker*, 28 de dezembro de 1999. pp. 86-97.

PATENT, Dorothy Hinshaw. *Secrets of the Ice Man*. Nova York: Benchmark Books, 1999.

PRESTON, Douglas. "The Lost Man: Is It Possible That the First Americans Weren't Who We Think They Were? And Why Is the Government Withholding Kennewick Man, Who Might Turn Out to Be the Most Significant Archaeological Find of the Decade?". *The New Yorker*, 16 de junho de 1997. pp. 70-81.

SCHAAFSMA, Polly. (ed.) *Kachinas in the Pueblo World*. Albuquerque: University of New Mexico Press, 1994.

SHAFER, Harry J. "Extended Families to Corporate Groups: Pithouse to Pueblo Transformation of Mimbres Society". Versão revista do ensaio apresentado na XI Mogollon Conference, Las Cruces, Novo México, 2001.

SILVERMAN, Max. *Facing Postmodernity: Contemporary French Thought on Culture and Society*. Londres e Nova York: Routledge Press, 1999.

STEELE, D. Gentry. "Facing the Past: A View of the North American Human Fossil Record". Monografia não publicada. s/d.

STEELE, D. Gentry, POWEL, Joseph F. "Paleobiology of the First Americans". *Evolutionary Anthropology*, 1993. n. 2(4). pp. 138-146.

SWIFT, Jonathan. *Travels into Several Remote Nations of the World by Lemuel Gulliver*. Londres e Nova York: MacMillan & Co., 1894.

THOMAS, David Hurst. *Skull Wars: Kennewick Man, Archaeology and the Battle for Native American Identity*. Nova York: Basic Books, 2000.

THOMPSON, Sally. "The Sacred Bird: The Scarlet Macaw among Puebloan Peoples". Capítulo 25 de *The Large Macaws: Their Care, Breeding and Conservation*. Fort Bragg: Raintree Publications, 1995.

TURNER, Christy G. II, TURNER, Jacqueline A. *Man Corn: Cannibalism and Violence in the Prehistoric American Southwest*. Albuquerque: University of New Mexico Press, 1999.

VANPOOL, Christine S., TODD L. "The Scientific Nature of Postprocessualism". *American Antiquity*, 1999. n. 64. pp. 33-53.

WHITTLESEY, Stephanie M. (ed.) *Sixty Years of Mogollon Archaeology: Papers from the Ninth Mogollon Conference, Silver City, NM*. Tucson: SRI Press, 1999.

Este livro foi composto na tipologia Classical Garamond, em corpo 10,5/13,6,
impresso em papel off-white 80g/m², no Sistema Cameron
da Divisão Gráfica da Distribuidora Record.